首尔地铁线路图

任务

- 光化门 광화문
- 安国 안국
- 东大门 동대문
- 昌信 창신
- 新设 신설
- 东大门历史文化公园 동대문역사문화공원
- 东庙前 동묘앞
- 新堂 신당
- 首尔站 서울역
- 明洞 명동
- 东大入口 동대입구
- 青丘 청구
- 会贤 회현
- 忠武路 충무로
- 金湖 금호
- 药水 약수
- 玉水 옥수
- 狎鸥亭 압구정

全知读者视角

시독전지
점자적

2

[韩] sing N song 著
杨可意 译

国际文化出版公司
·北京·

主线任务#4:"王之资格"已开始。
　请占领位于光化门十字路口的"绝对王座"。

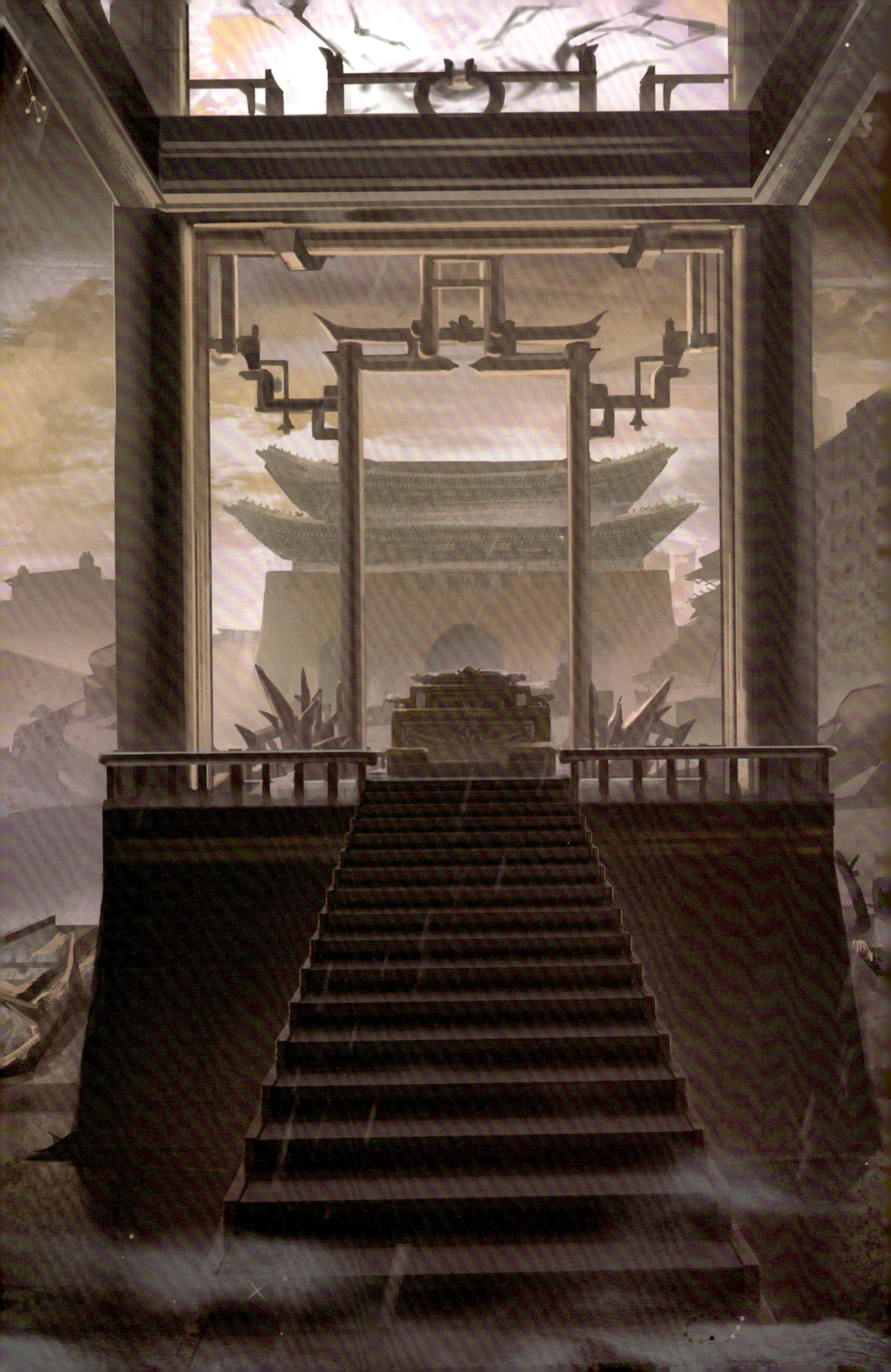

目录 Contents

13 Episode
诸王之战 　　001

14 Episode
王座的主人 　　043

15 Episode
没有王的世界 　　084

16 Episode
第5个任务 　　133

17 Episode	SSS级天赋	166
18 Episode	读者的战斗	205
19 Episode	奇异点	239
20 Episode	泛滥之灾	279
21 Episode	无法改变的东西	316
22 Episode	三个约定	356

#81-7623

• LIVE ON

几位喜欢下厨的星座好奇你的料理味道。

几位喜欢快节奏剧情和暴力情节的星座发出抱怨。

星座 紧箍儿的囚徒 盛气凌人地说让那些家伙老老实实观看。

「首尔七王」中的最强者，当数「霸王」刘众赫。

那人大步流星地朝我走来，背后的「黑色旗帜」在空中飘扬，嘴上说着：「你死定了……」

Episode 13
诸王之战

1

我的计划其实很简单。

第一使徒，也就是那个抄袭作家，只掌握着《灭活法》前半部分中有限的信息。拥有情报的家伙们总想维持这种信息差，甚至会隐瞒同为先知者的其他人。

与之相反，有的人则是在知晓"先知者们"的存在之后就开始利用"启示"中的情报了，这个人便是"首尔七王"之一的"暴政之王"。

一边是想要独吞情报的人，另一边是想要获取情报的人。

二者相遇之后会发生什么？答案不言而喻。

李圣国问："……也就是说，您要编写一本《启示录》吗？"

"是的。"

行动计划也很简单：把抄袭作家的小说内容制作成电子文档，然后散布至各个站点。比如，大概达到这种效果就足够了——

"先知者们"持有的《启示录》部分内容外泄了！

之前发生的事也为这次行动做好了铺垫。

多亏了韩东勋利用"网络水军"技能，"先知者们"的相关信息已经在网上流传开了。在这种情况下，如果文档内容外泄的消息一经传出，一定会在网上掀起轩然大波。

如此一来，那几个还活着的早期下车者就会觊觎隐藏碎片的信息。那么自然而然地，那些家伙的"金主""暴政之王"也会有所行动。

"但是……我们根本就不记得《SSSSS级无限回归者》的内容，要怎么制作文档呢？"

"为什么要记得抄袭的作品？"

"嗯？"

"我们不是都记得原著的内容吗？"

"啊！"

一声短暂的感叹后，郑民燮的神情依旧有些郁闷。

"但还是有个问题，我们俩知道的《灭活法》隐藏信息，基本上都使用过了……"

"我来提供情报，然后你们把这些情报和小说前期的内容混在一起写。适当地透露一些道具的信息就行。"最重要的是，要专挑那些能够让抄袭作家或者"暴政之王"垂涎的道具来写。

李圣国尴尬地笑了："挺好笑的，我现在竟然要制作 txt 文档，以前只是看罢了。"

这俩家伙……难道之前看小说都只看盗版 txt？

郑民燮也开口道："但做这种事情，我们不就成了和那家伙一样的人了吗？不都是在抄袭吗……"

他的话不无道理。我斟酌片刻，答道："我听说过这样一句话：抄袭之作希望读者永远别去看原著，戏仿之作则是看过原著之后再看才更有意思，而致敬之作的创作初衷是向读者推荐原著。"

"啊，这句话还挺有意思的。"

"所以说，我们现在要做的，就是致敬。"

说真的，我希望越多人知道《SSSSS级无限回归者》越好，这样就能让抄袭作家早日完蛋。

我们借来孔弼斗的笔记本电脑之后就开始编写文档。由于我们几个都没什么写小说的经验，所以不得不绞尽脑汁地相互讨论。

郑民燮揪着自己的头发说:"原来写东西这么难啊……作者们真厉害……"

"大概写写就行,反正也不需要多具体的内容,只要有能让他们上钩的诱饵就行。说不定越不完整的启示反而越能骗到'先知者们'。适当地把真假信息混在一块儿写吧。"

郑民燮负责输入内容,我则看着屏幕,一字一句地向他透露更多情报。

"还有,小说里的人物名字也改掉吧,不然我不太放心。"

李贤诚也好,李智慧也罢,这些登场人物看到这个故事之后,认知上可能会受到冲击。尽管无论是否愿意,他们总有一天会知道自己身处"小说中"的世界,但也不必现在就知道。

郑民燮却说了句令我意外的话:"这件事您不用太担心。"

"什么意思?"

"其实我和圣国试着在一些登场人物面前说过'这里是小说世界',但他们全都一副完全听不懂的样子,就像游戏里的NPC[1]一样……无论我们再怎么强调我们说的是真的,他们都只当是在开玩笑。"

这还真是个意料之外的情报。这么说来,我的确目睹过好几次郑民燮或其他使徒对登场人物说着"你不过是个配角"之类的话。回想当时登场人物的反应……确实有些古怪。

郑民燮继续说:"这也是为什么第一使徒能够轻而易举地从人群中找出先知者。这个世界里的'登场人物'对'这里是小说世界'这句话非常抗拒,或者直接装作没听到。我想使徒们执意使用'启示'一词来代指《灭活法》也是出于这个原因吧。"

他的话令我感到不太舒服,我不禁问道:"……登场人物和我们的不同之处,到底是什么呢?"

"嗯?呃……我们是现实中的人,登场人物是小说中的人?也就这一点不同吧?"

"那……这个世界又是从什么时候开始区分现实与小说的呢?"

---

[1] NPC:游戏术语。在游戏中指不被现实中的玩家操纵的游戏角色。

"这个嘛……从第1个任务开始的时候？"

郑民燮的回答并没有解决我的疑问。

面前的李圣国和郑民燮，明明和我一样同为小说之外的人，因此刚开始我也看不到他们的身份信息。但不久前技能更新后，我就能成功对他们使用"登场人物浏览"并查看他们的信息了。那么他们现在究竟是"现实人物"，还是"登场人物"呢？

如果随着时间的流逝，所有人最终都将变成"登场人物"的话……

我立刻转头看向远处的刘尚雅和李吉永。

专属技能"登场人物浏览"已发动！

该人物未在"登场人物浏览"中进行登记。

正在收集该人物的相关信息。

幸好，我还是看不到他们二人的信息。或许是察觉到我的视线，刘尚雅忽然回头看向我，露出一个微笑，李吉永也跟着看向了我："哥哥，怎么了？"

"没什么。"

虽然不清楚为什么，但我心里踏实了许多。

＊＊＊

没过多久，我们就完成了小说的大纲。如果把这种水平的东西放在 Textpia[1] 上连载，肯定没几个人会看，但这都无所谓。

"先把《启示录》内容泄露的消息散布出去吧。"

李圣国问："时间还来得及吗？"

"我去拜托一下东勋。如果用'高贵的隐遁型废人'特性，应该能在短时间内传播开。"

"啊，如果有东勋帮忙的话……我明白你的意思了。但不是所有站点都能上

---

[1] Textpia：模仿韩国原创网络小说网站 Munpia 的平台名称。Munpia 即文笔雅，为本作《全知读者视角》的连载平台。

004

网,没有网络的那些地方怎么办?"

"我会派人过去。"

说着我望向身后,仿佛正等着我似的,姜日勋朝我点了点头。救下曾是"东大门队伍"副代表的他还是挺值当的。

李圣国则表示赞同:"啊,原来如此。如果派日勋去的话确实能够……真是的,我都忘了这茬。"

"姜日勋,你准备好了吧?"

姜日勋的表情略有些紧张:"散布消息这种事就请放心交给我吧,我有信心。只要放出风声就行了吗?"

登场人物"姜日勋"正依赖着你。

你对该人物的理解度有所提升。

姜日勋——终于到了他发挥"谣言专家"特性的时候。

此刻距离任务结束还有44小时。

最终决战将在接下来的一天内打响。

***

——东勋,谢了。

——我只是还你人情,不用放在心上。

登场人物"韩东勋"对你抱有些许的信任。

经过之前的事后,"高贵的隐遁暗影之王"韩东勋渐渐对我敞开了心扉。看来,我将他从"先知者们"的魔掌中解救出来一事起到了很大的作用。

——我对你有一种莫名的亲近感。

——亲近感?

——就像是很久以前就认识的人……哥哥,你也是"隐遁型废人"吗?

——也不是没可能,每个人多多少少都有"隐遁型废人"的特性嘛。

——这样吗?和哥哥对话的时候,总能感到一堵不可名状的墙存在。虽然我没法说清楚,但是我很喜欢这种感觉。

——一般来说，人们不是不喜欢这样的墙吗？

——我只相信有墙的人。在我看来，如果想了解一个人，首先就要面对那堵墙。

这个才 17 岁的孩子，说起话来却像个哲学家。话说回来，他口中的"墙"……也许他说得没错。正因为存在无法逾越的壁垒，才会让人更加迫切地想要了解其背后的故事吧。

——总之，我放出的消息已经传开了。但哥哥你要怎么散布你伪造的那份《启示录》呢？也发在网上吗？

——不，直接传到网上可能会被无关人员看到。我打算把这个拿去卖。

——拿去卖？怎么卖？

我开始向韩东勋解释。

＊＊＊

距离任务结束，还有 40 小时。我召集了忠武路的同伴们。

"这次的任务并不轻松，如果不能在接下来的 40 小时内占领'昌信站'，我们的队伍就会全军覆没。但是目前占领了这个站点的队伍，实力不容小觑。"

"唉，哪次任务轻松过？这次的对手是谁啊？"

我回答了郑熙媛的问题："一个叫'暴政之王'的家伙，他是'首尔七王'之一，也是北方地区拥有最多领地的王。"

这一次换李贤诚问道："他是个什么样的人？"

"他从道峰区一带崛起并向南扩张，建立着自己的'王国'。不论男女，只要有几分姿色就会被他纳为妾，不然就会被杀掉或者被当作奴隶。"

郑熙媛故作忧虑地皱眉道："独子要是被抓到，肯定会被当作奴隶使唤。"

"……呵呵，那你也一样危险。"

"但我不愿意当妾啊……不如直接去把他杀了吧，怎么样？"

"不太可行，他的背后星很强大。我们目前有两个完成任务的方法：抢走他的旗帜，或者占领他的大本营'道峰站'。"

两个办法都有点棘手，同伴们听后都面色凝重。

我决定直接切入正题："我们先去光化门。"

"啊，你不是说要去攻打'暴政之王'他们吗？"

"那些人也会去光化门。"

"你怎么知道？"

"因为我放出了一些情报。考虑到他们赶过去需要的时间，我们稍后就要出发，请大家提前做好准备……嗯？"我看向手机。

"怎么了？"刘尚雅问道。

我露出一个微妙的笑容："没什么，事情的进展似乎比我预想的更快。"

我的手机上收到了韩东勋的信息。

我散布了消息说可以在"交易所"搜到"启示"，这样可以吗？

嗯，可以。干得不错。

接着，我听见不断响起的系统通知声。

在交易所上架的道具已售出。

在交易所上架的道具已售出。

鼻荆的声音从空中传来。

——你的特性是骗子吧？

——星座们的反应如何？

——激动得不行。之前信息屏蔽的限制也逐步解禁了，还有星座直接买下你的书送给自己化身的。但是你这样做的话又会被盯上的，没关系吗？而且，把情报都泄露出去，对你自己也不利吧？

——不会。

我还掌握着其他情报。而且，我提供的都是我不需要的，反而那些信息还会让某人吃亏。

——把我卖东西赚的 Coin 交出来。

——给你，臭小子。

在交易所已售出 16 本《启示录——SSSSS 级无限回归者》。

已获得 16000Coin。

当然了，我的文档并不是免费的。反正需要这些情报的家伙都有背后星，所以比起传到网上，通过"交易所"贩卖的效果会更好。

如果把包含重要情报的《启示录》免费公开，才更容易让人起疑。

那么，如果标上价格出售呢？有需求的人自然会买账，因为他们会误以为这些情报具有相应的"价值"。有时候，决定情报价值的并非内容，而是其价格。

话说回来，竟然卖了16000Coin，还挺能赚的。

我对同伴们说道："抱歉，我去睡一会儿。"

"……你是不是心太宽了？"郑熙媛无奈道。

"有些事只有睡着的时候才能做。"

我找了个地方躺下。刘尚雅不知从哪儿拿了条薄毯盖在我身上。郑熙媛则是感到很荒唐地频频咋舌。

我瞬间进入了睡眠状态。过了一会儿，我模糊的意识中响起了系统通知。

专属技能"全知读者视角"第三阶段已发动！

从我目前掌握的信息来看，"全知读者视角"分为三个阶段。

第一阶段，能够了解登场人物的简单欲望或感情。

第二阶段，能够读出登场人物的内心想法。

第三阶段，能够看到登场人物所处的周边环境或直接进入其第一视角。

时至今日，我总共经历了两次第三阶段。一次是在梦里，一次是在假死状态时。在梦中，我看到了离开金湖站的刘众赫；在假死状态下，我目睹了同一时刻忠武路站的现场状况。这两次经历有一个共同点，那就是我处于意识模糊且不稳定的状态。但仅达成这一条件，还不足以发动第三阶段。还有一个最重要的条件，那就是——

"代表，您在看吗？该死的……是这么做没错吧？"

姜日勋望着天空，专注地自言自语。

"我已经在'暴政之王'那边散布了消息，他们应该很快就会有所行动了。您在听我说话吧？"

——这个登场人物和我必须同时"想着彼此"。

不久后，视野一阵扭曲，姜日勋正在暗中观察的景象出现在我眼前。画面中的男人露齿一笑，他披着华丽的龙袍，头戴奇异的金冠。在周围奴隶的侍奉下，男人缓缓从自己的王座上起身。

"新的启示？"

"应该属实，这是用 Coin 买来的情报，不会有错。"

"泄露情报的家伙是什么人？"

"大概是一名使徒。"

"可信度呢？"

"已经对《启示录》中出现的几条隐藏信息进行了确认，全部属实。"

男人再度露齿微笑。

"去光化门，在其他人到达之前，占领那里。"

很好，"暴政之王"终于开始行动了。

现在的问题是另一边进展如何。我在心中想着郑民燮，很快便听见了他的声音。

"代表，那家伙到了。"

时机正好。郑民燮提前到达了位于光化门的世宗大路十字路口。紧接着，我通过郑民燮的意识，看到了他所处位置的周边环境。

"穿着黑色连帽衫的那个，应该可以确定了，就是那家伙。"

建筑物之下，出现了几个晃动的人影。不出所料，我早已猜到抄袭作家会最快行动。光化门中藏着刘众赫第 3 次回归时最有用的隐藏碎片之一。抄袭作家想必已经急得火烧眉毛了，所以一定会火速前往。

"问题是，除了那些家伙，好像还有其他人来了。永登浦、龙山，还有城东区的王似乎也开始行动了……事情是不是闹得太大了？"

不，这正是我乐于见到的情况。暗藏在水面之下的一帮人接连登场，我也不必一一上门"拜访"了。

终于，来到了第 4 个主线任务的终幕。诸王之战即将打响。

2

意识缓缓归位，我的感知逐渐回归到现实中。

专属技能"全知读者视角"第三阶段已解除。

使用第三阶段造成的疲惫感比预期要高，无法维持过长时间。除此之外，我还发现了一个遗憾的事实，那就是：并不是只要使用"全知读者视角"第三阶段就能无条件地获得技能奖励。好像只有进入"第一人称主角视角"的状态才能获得奖励。但很可惜，我还没找出触发条件。如果每次睡着时都能通过"第一人称主角视角"拿到刘众赫的技能，那就再好不过了。

睁开双眼，我刚一起身，就发现郑熙媛正在盯着我看。

"你又说梦话了。"

说梦话？不可能吧。

"我说了什么？"

"妈妈之类的吧。"

"……妈妈？"

我为什么会说这种梦话？也不知道她说的是真是假，反正我有些尴尬。郑熙媛只是一脸似笑非笑的表情静静地看着我。

我试图糊弄过去："嗯，我确实很担心妈妈。不说这个了，郑熙媛，我要拜托你一件事。"

"什么事？"

"我希望你不要参与光化门的战斗。"

"为什么？"

"还有另一件事需要处理，但我信任的人只有你。"

听到"信任的人"这几个字，郑熙媛噘起嘴，半推半就地说道："说来听听。"

***

和郑熙媛聊完，我的当务之急就是确定我的队伍成员中谁留守忠武路、谁与我一同前往光化门。

"郑熙媛有其他任务,所以排除她。先定下留在忠武路的人选吧。"

同伴们吞了口唾沫,他们的表情紧张得就像等待接受皇恩的臣子们一般。

"首先,请孔弼斗和李贤诚留下。"

"哼,你还真把我当奴隶使唤了。"

孔弼斗嗤之以鼻,似乎早就猜到了我的安排。反观李贤诚,他的面色有些发白,就像没能得到长官的提拔一样。

我解释道:"贤诚,你必须留下,我们需要有人和孔弼斗一起守护大本营。有你在,即便忠武路遭受袭击,你也能像刘尚雅一样很好地承担起领导队员的责任。"

"是,我明白。"

李贤诚还是快快不乐,但我也无可奈何。之所以让他留守,是因为我有自己的考量。

"你已经有很多好的技能了,但问题是技能的等级都太低了。在我们离开的这段时间,请你尽可能地提高'粉碎泰山'的熟练度。等到这个任务结束之后,我们会有更需要你的时刻。"

听我这么说,李贤诚的表情才变得轻松了些。

"好的!放心交给我吧。"

果然,只要给军人定下明确的目标和每日任务,他们就能最大限度地发挥自身的优势。

安排妥当后,我们启程前往光化门。

先不提不受我指挥的刘众赫和李智慧,这次外出的核心人员有:我、刘尚雅、李吉永以及李圣国四人。我们渐行渐远,身后是挥手告别的忠武路成员们。

"副代表!祝您一路顺风!"

"您一定要多保重!"

这才过了几天,刘尚雅就已深得人心。也许是这短短几天时间让人们对刘尚雅产生了感情,他们的眼神中都透着担忧。

等到真要离开的时候,刘尚雅却面露不安。

"独子，我真的帮得上忙吗？"

这种情况下，一定要明确地给予肯定。

"刘尚雅，你见过我毫无理由地让一个人加入队伍吗？"

"那倒是没有，但是……我不确定自己是不是能像贤诚和熙媛那样帮上忙。"

"你能做到他们做不到的事，所以这次的行动，是缺你不可的。"

经过我的反复强调，刘尚雅的紧张不安稍稍缓解。坦白说，刘尚雅是个不可多得的人才。

"你之前说过自己有韩国史的证书吧？"

"啊，是的。"

也许是因为提到了过去的事，刘尚雅的表情变得明快许多。但这种变化转瞬即逝，她很快又闷闷不乐了。

"现在已经派不上用场了……"

"当然有用了，这就是我带你来的原因。"

我本来没打算把这个任务交给刘尚雅，因为广津区那边也有可用之才。但时间紧迫，我没法去找那个人，而且刘尚雅的知识储备也完全够用了。以我对刘尚雅的了解，她会为了考取韩国史一级证书而将韩国历史背得滚瓜烂熟，因为这对聪明的她来说并不是什么难事。

"还记得上次四溟大师铜像的事吧？"

"记得。"

"我们去光化门的路上也会有很多类似的东西。那边有国立博物馆，还有很多伟人塑像。"

刘尚雅一点就通，立刻发出一声感叹："啊！原来如此。这么说，其他历史遗物和遗址中应该也蕴含着星座的力量呢。"

"没错，我希望你能帮忙找出这些遗物和遗址。"

"明白了！让我想想。"

"如果是名人留下的鲜为人知的东西就更好了。"

尽管同属伟人级的星座，但根据其知名度的差别，拥有的力量也会有所不同。这一点看四溟大师和忠武公之间的区别就能得知：四溟大师留下的物品都是B级的，而忠武公留下的双龙剑虽然不能在实战中使用，等级却是S级以上。

"我们的人数相对较少，所以要在去光化门的路上，尽可能多地搜集道具。"

"暴政之王"带来的化身数量应该会有几百个，而抄袭作家那家伙也有一定的势力。除了要面对这两个强敌，我们同时还要提防从永登浦、龙山、城东区等方向涌来的王。

第4个任务的后半部分相当于伟人级星座的代理人之战，因为任务的终末阶段有一个让伟人级星座们分外期盼的特别活动。与以往不同的是，这次任务中会出现与星座的同步率较高的化身，危险程度也随之增加。伟人级星座们在世时的经历将决定他们之间的生克关系，因此，熟知历史的刘尚雅在此次任务中大有可为。

刘尚雅忽然拍了一下手："啊，这么一看，我倒是想起了一个地方。"

"嗯？"

"我不知道我记得对不对……但这附近可能有一座关圣庙。"

"关圣庙？"

"嗯，那里可能也蕴含着伟人之力，我们要去一趟吗？虽然那位不是韩国的伟人……"

不是韩国的伟人？

关圣庙……我作为《灭活法》的忠实读者，却也从未听说过这个地方。无论如何，我们决定听从刘尚雅的建议，向地面上移动。走了好一会儿，李圣国大喊一声："哦，是那个吗？"

这附近还真有一座老旧的祠堂——关圣庙南庙。首尔市中心竟有这样的建筑？更让我感到惊讶的是祠堂旁边的说明文字。天啊，这难道是？我完全没想过，这种地方竟然有一座供奉着中国最强武神的祠堂！

刘尚雅神情紧张地问："然后，该怎么做？"

我环顾四周，没看到任何雕像。

"先表达一下敬意吧。"

这和上次四溟大师铜像的事不同,不是每次靠一通破坏就能获得好的奖励。我们用祠堂里的破碗盛来清水,然后静静地合掌敬拜。不知过了多久,我们终于听到了系统通知。

该祠堂已废弃许久。

一位喜欢使用偃月刀的星座很高兴你们的来访。

一位喜欢使用偃月刀的星座亮出了自己的星座称号。

星座"美髯公壮缪侯"为诸位赐福。

"美髯公壮缪侯",尽管他是中国的武将,但在韩国也是位无人不知无人不晓的伟人。因为这个星座正是著名历史小说《三国演义》中的关羽,关云长。

由于受到星座的祝福,接下来24小时内,力量和体力的等级都将提升5级。

李圣国喜笑颜开:"代表,这也太好了吧?"

"是个不错的开始。"

虽然不知道为什么首尔也有关羽的祠堂,但既然日本也有供奉忠武公的祠堂,这也许是件很正常的事。而关羽在全世界的知名程度高于忠武公,所以能够提供这么高的增益效果也在情理之中,只不过——

"但我们应该拿不到道具了。"

李圣国也惋惜道:"太可惜了,如果能得到青龙偃月刀之类的道具就好了……"

事实上,由于关羽是中国的武圣,所以他在韩国的雕像不会掉落高级道具。远在中国的关羽的化身是谁来着……虽然无法与齐天大圣或乌列尔匹敌,但有了关羽这样的背后星,那个化身也能在中国雄霸一方。

李吉永忽然抓住我的衣角:"哥哥。"

我看到他头上蟑螂的触角剧烈颤动,顿感不妙,接着,我们看到了远处走来的一列整齐纵队,大概有五十人。

我利用"冷静洞察"探查到他们的人均体力、力量、敏捷等级之和约40级。虽然远远比不上使徒们,但也足以被称为精锐部队了。

有着五十人精锐部队的军阀……

李圣国喃喃道:"他们穿的衣服,总感觉在哪儿……"

队伍中男人们的穿着让人不禁联想到古装剧中的花郎[1],他们每个人都涂脂抹粉,任谁看都是一群出众的美男子。

李圣国小声说:"最前排的那个男的,不是黄升旻吗?感觉是一群演员呢。"

虽然看起来很像古装剧的拍摄现场,但这些人却一副杀气腾腾的气势。一个男人走上前来,抬起手中的长枪对准我,问道:"来者何人?胆敢阻拦王的道路!"

"你们又是谁?"

虽然嘴上这么问着,但我心里基本已有答案。本以为过段时间才会与他们相遇,没想到实际情况却早于我的预期。一个女人的声音从花郎们的簇拥之中传来:

"那面褐色旗帜……难道你也是'王'吗?"

"我是王,怎么了?"

"没想到中部地区也有王,真是令人诧异。"

她的嗓音有如沐浴在春风之中的花瓣般轻柔,确切地说,这应该是她刻意演出的甜美音色。

我答道:"这个世道,遍地是王。"

"成王者,必有其能。听令!全军后退!"

花郎的队伍有条不紊地后撤散开,一个身着王族服饰的女人出现在队伍中心。她发黑如缎,盘发的装扮端庄而美丽,容貌绮丽、耀眼夺目,活脱脱就是一位从古装剧里走出来的女主角。

"那……那不是闵智媛吗?"李圣国结结巴巴道。

女人笑了:"……有人认识我?"

"我是你的粉丝!"

被魅惑了的李圣国向前迈了一步。这家伙还真是愚蠢,好歹是个"催眠师",

---

[1] 花郎:新罗选拔以真骨为代表的贵族阶层,再吸收平民出身的基本成员作为铺垫,组成"花郎徒"组织,意在培养高级人才。

015

怎么反倒先被对面魅惑了!

　　专属技能"破魔 Lv.2"已发动!

　　李圣国的瞳孔瞬间恢复了神采,他清醒过来:"哈,对……对不起。"

　　女人的眼中掠过一丝异彩。话说回来,耐人寻味的是,李圣国认出了闵智媛,意味着这个女人是现实中存在的人物。

　　巧的是,《灭活法》中"首尔七王"之一的"美戏之王"本名也是闵智媛。难道"美戏之王"是现实中的人物吗?这只是个巧合吗?没关系,简单确认一下就知道答案了。

　　专属技能"登场人物浏览"已发动!

　　还好,技能顺利发动了。

　　+

　　〈人物信息〉

　　姓名:闵智媛

　　年龄:26岁

　　背后星:寐锦之尊

　　专属特性:演员(稀有)、美戏之王(英雄)

　　专属技能:武器锻炼 Lv.5、号令大军 Lv.2、桃花煞 Lv.4、皮肤保养 Lv.1、千变面孔 Lv.3、演技 Lv.2……

　　星痕:天人魅惑 Lv.4、超群的女中豪杰 Lv.3

　　综合能力值:体力 Lv.18、力量 Lv.18、敏捷 Lv.21、魔力 Lv.23

　　综合评价:能力出众的背后星遇到了同样优秀的化身。在背后星的庇护下,貌美如花的她将更加光彩夺目。只要她的美貌依旧,她的军队就只会效忠于她一人

　　+

　　我面前的这个女人果然就是《灭活法》原著中的"美戏之王"。既然"登场人物浏览"能够成功发动,就说明她不是现实中的人物……那么,李圣国又是怎么认出她呢?这难道和李圣国被系统录入"登场人物"一事有关联?

我低下头，说："闵智嫒女士，见到您是在下的荣幸。"

"这位王也是我的粉丝吗？"

我是她的粉丝？我承认她美貌惊人，但她不是我喜欢的类型。而且客观来看，刘尚雅也是个不亚于她的美人，所以我猜李圣国刚才是被她的特殊技能魅惑了。

我故意用古装剧台词的腔调答道："在下虽不是粉丝，但怎会认不出您来？您乃是城东区之王啊！"

闻言，闵智嫒的表情一僵。

"你是……"

她的背后星是"寐锦之尊"。纵观《灭活法》全文，只有一个星座拥有这样的称号。

"如此看来，您和背后星的同步率应该非常高吧，那就烦请您帮忙转达我的敬意。在下能够亲眼见到新罗的最后一位女王，真是倍感荣幸。"

"寐锦之尊"是新罗最后一位女王"真圣王"的星座称号。

登场人物"闵智嫒"的背后星剧烈动摇。

"您不必惊慌，您不是为实现新罗之夙愿而来的吗？"

背后星和化身之间的同步率过高，会导致背后星把生前未能实现的愿望强加在化身身上。《灭活法》原著中也经常出现这种情况，这是怀憾在心的伟人级星座们最容易犯下的错误。但这很可能招致猛烈的盖然性[1]反噬，让星座们落得个陨灭的下场。

闵智嫒眯起眼睛道："你……"

如果按照《灭活法》的剧情发展，首尔的三个地区——城东区、龙山区和永登浦区的交界处此刻应该正在上演激烈的领土争夺战。

正如很久以前朝鲜半岛的后三国时代那般。

这时，我收到了一条意料之外的通知。

收到新的悬赏任务！

---

[1] 盖然性：有可能但又不是必然的性质。

什么？悬赏任务？

+

＜悬赏任务：统一后三国＞

类别：悬赏

难度：？？？

完成条件："寐锦之尊"等来自新罗的伟人级星座们希望推举化身"闵智媛"为首尔三区之王。请帮助化身"闵智媛"击杀背后星来自后百济和泰封的"王"。如果完成任务，你将获得星座"寐锦之尊"的好感

规定时间：38小时

奖励：2000Coin

失败惩罚：无

+

我呆呆地望着任务窗口时，注意到闵智媛忽然露出了微笑。

"我的背后星想看到你们的诚意，你们会接受任务的吧？我就长话短说了，成为我的部下吧。"

她那趾高气扬的语气就好像在说："我的星座都愿意出2000Coin了，你们这群家伙难道还要不识好歹地拒绝我吗？"

我发出一声干笑。看在星座的面子上，我已经表现出了充分的尊重，但却好像被对方当成软柿子了呢！

星座"紧箍儿的囚徒"讨厌化身"闵智媛"的背后星。

星座"隐秘的谋略家"嘲笑伟人级星座的财力。

得到了2000Coin的赞助。

在交易所已售出5本《启示录——SSSSS级无限回归者》。

追加获得5000Coin。

如果她也能听到我的消息通知，她又会作何表情呢？区区2000Coin？就出这么点钱，还想让我成为她的部下？

星座"寐锦之尊"等待着你的选择。

闵智媛自信满满，仿佛已经将我们收入麾下。

我耸了耸肩，对她说："我拒绝。"

就连身为演员的闵智媛也没能控制好自己的表情，她的眼神立刻开始动摇，她队伍中的几个花郎也目瞪口呆。接着她用愚蠢的方式对我的话做出了回应。

"……你说什么？"

比起接受现实，她似乎选择了怀疑自己的听力。

"我好像听错了呢……你能再说一遍吗？"

"我不会做您的部下。"

想用区区 2000Coin 买到一个部下？真是痴人说梦。

我对身后的同伴们说："走吧，我们还要赶路呢。"

我们毫不犹豫地转过身去，闵智媛急忙喊道："等一下！如果你们觉得 Coin 不够，我可以再加，只要我和背后星好好商量一下——"

"不需要。"

"给我站住！"

也许是太过心急了，她竟然直接跑过来挡在了我的身前。这种行动速度超出了她的敏捷等级。

"你该不会是不清楚 2000Coin 的价值吧？你有什么拒绝我的资本呢？"

"……资本？"

"诸王之战即将打响，虽然不知道你的背后星是谁，但是这附近的中小型组织都会被清理一空。坦白说，应该是由你给我 2000Coin 求我收下你们。你还没看清局势吗？我可是新罗的王，也是即将一统三国的王！"

也许是因为过于投入角色，闵智媛看起来多少有些迷失自我了。也是，闵智媛的人设本就如此。她在原著中也是一位非常出色的演员，由于和"真圣王"的高度同步，她一度错把自己当成了新罗的最后一位女王，所以人们才说方法派演技[1]可怕啊。

---

[1] 方法派演技：又称"方法演技"或"方法派表演"，是一种影视戏剧表演技巧，脱胎自苏联戏剧家康斯坦丁·斯坦尼斯拉夫斯基所创立的写实主义表演体系的演技训练，主要通过演员外在的肢体和表情深入地挖掘出人性、人心的复杂性。它要求演员在镜前、幕后都要保持同角色一样的精神状态。

"您好像搞错时代了，现在可不是后三国时代。"

"搞错时代的人是你吧。大韩民国已经结束了，你难不成还在等待政府的救援吗？"

几秒前还在胡言乱语地自称为王的闵智媛突然变得思路清晰了起来。

"新时代已经开启，而这个时代就是由我——闵智媛开启的。"

看来刚刚以为她思路清晰只是我的错觉。原来逻辑自洽地胡说八道，也会让一个人看上去思路清晰，能言善辩啊。

正当我思考该如何摆脱她时，善解人意的刘尚雅插话了："那个，女王陛下？"

"什么事？"

"据我所知，新罗是后三国中最弱小的国家……如果按照历史发展下去，您的设想会不会有些难以实现呢？您要如何一统三国……"

闵智媛被问了个猝不及防，脸色瞬间变得惨白。

"你……你知道什么？还敢在这儿自以为是！"

"我有……韩国史一级证书。"

"韩……韩国史一级……"闵智媛惊慌失措，结巴道，"韩国史一级有什么了不起的！"

"尚雅，我们走吧。这位女王好像不太了解历史。"

听到我的话，闵智媛的脸涨得更红了。

"等等！我还没说完呢，3000Coin，如何？"

我直接无视她，转过身去。

"3500！我给你3500！"

加价幅度减少到500了，如此一来，我也大概清楚女王陛下的资产规模了。不出我所料，根据伟人级星座的知名度，其财力水平也是天差地别。我继续往前走。

"3600，不，3700！"

我停下脚步。

看到我转回身，闵智媛的表情似乎在说"我就知道会这样"。

我也真是个浑蛋。我本可以直接离开，但却偏偏要教训一下这家伙。

我冷冰冰地说："我想开个价。"

"你什么意思？"

"10000，如何？"

"……10000？"

"啊，好歹也是要买一个身份为'王'的人啊……这价钱太低了吗？那就20000吧。"

抱着胳膊的闵智媛表情渐渐凝固，接着怒瞪着我道："你在跟我开玩笑吗？20000Coin？你不会真觉得自己值那么多钱吧……"

"不，我的意思是要用20000Coin买下您。"

"什么？"

"准确来说，是要买下您所有的兵力。"

闵智媛瞠目结舌，然后迅速清醒过来："你……你不可能有那么多Coin！"

"我很好奇您是怎么想的。您到底为什么会觉得您自己没有，所以别人也没有呢？"

我打了个响指。接着，一道光芒闪过我的食指尖，我所拥有的部分Coin以数字的形式显示在半空中。

20000Coin。

堪堪维持着面无表情状态的闵智媛终于崩溃了："这不可能……"

"您现在相信了吗？"

从难以置信到惊讶，再到流露贪念——短短时间内，闵智媛的表情几次变换。

她的表现倒也情有可原。因为20000Coin能大大提升化身的综合能力值，即便不能直接改变后三国的势力范围，也势必产生一定的影响。

但可惜的是，她并未因为贪念而放弃自尊。

"你的意思是，想用钱来收买我？"

"怎么，不合适吗？不是您先试图这样做的吗？"

听到我这么说，花郎队长大喊着站了出来："你好大的胆子！"

这位队长身形消瘦，清秀俊美，虽然看起来没有多少肌肉，但拥有的气概却完全不同于其外表。

刘尚雅说："独子，那个男人是……"

就在她开口的那一刻，我也反应了过来。新罗阵营中的确有这样一个星座。

在后三国时期，新罗并非始终处于劣势。如果不看特定的时代，新罗其实涌现过许多将才，比如金庾信[1]之类的，但现在的问题是，这次轮回中的新罗阵营中没有金庾信。

"官昌[2]倒是个不错的背后星，但你还是太过冲动了。万一我的背后星是阶伯[3]，你又要如何应对？你应该不希望再现黄山伐战役[4]吧。"

男人惊慌地睁大眼睛道："你这家伙……莫非是百济的走狗？"

星座"临战无退的花郎"因你的发言而感到愤怒。

这家伙的背后星果然是官昌。

"临战无退的花郎"——官昌。虽然这个星座没有什么了不起的星痕，但他对没落的新罗忠贞不贰。

"我不属于百济阵营，我只是个普通的韩国人。"

"你这家伙！"

"我尊重你的爱国之情，但我劝你谨言慎行，毕竟我拥有的 Coin 可不止 20000。"

我又打了个响指，显示在半空中的 Coin 数字开始增加。

男人的脸色渐渐变得苍白。

小富小贵会让人心生贪念，腰缠万贯的富贵之气却会让人又敬又怕。

越是深知 Coin 力量的化身，就越容易感到敬畏和恐惧。

---

1 金庾信：新罗名将，新罗统一三国的元勋。后被追封为"兴武大王"。
2 官昌：新罗太宗武烈王时期的花郎。新罗和唐朝的联合军攻打百济时，官昌两次被俘虏，第一次时，阶伯没有杀他，而是放他回去，第二次，官昌被杀死。官昌的英勇鼓舞了新罗军队的士气，百济军队大败。
3 阶伯：百济将领，杀死了官昌。在黄山伐战斗中不敌金庾信，英勇战死。
4 黄山伐战役：公元 660 年，由阶伯领导的百济军队和金庾信领导的新罗军队在黄山原野进行的战斗。百济战败，自此走向灭亡。

短暂怔了一下，闵智媛终于开口了："你到底是谁？"

这个问题来得真"快"。我当然没打算告诉她。

"闵智媛女士，不是所有事都能用钱解决，我本以为您身为演员应该很清楚这一点。结果，真令人失望。"

说完这句话，我转过身，不打算继续和她纠缠。同伴们后知后觉地跟上我的步伐，闵智媛凄楚的声音从我们身后传来。

"慢着！等一下！"但她没能再追上我。

我们与新罗军队拉开一定的距离后，刘尚雅闷闷不乐地说："独子，我能问你一个问题吗？"

"请说。"

"刚才那位女士很有名吗？"

意料之外的问题让我稍作犹豫："啊？嗯……应该是吧？"

"果真是这样，毕竟你和圣国先生都认出了她……我之前也有认真看古装剧来着，怎么对她完全没印象呢？"

我还纳闷她怎么又不高兴了，竟然只是因为这个？

李吉永插话道："姐姐，我也不认识她。"

"啊，吉永也不认识吗？那就好。"刘尚雅似乎安心了。

其实这也不奇怪，如果闵智媛只是小说中的人物，那刘尚雅和李吉永确实不可能认识她。问题是李圣国认识她。

"李圣国。"

"啊，我在。"

听到我的呼唤，还在偷摸回头看的李圣国突然清醒过来。看来闵智媛的美貌给他留下了深刻的印象。

"你刚才说你是闵智媛女士的粉丝？"

"嗯？哈哈，是的。您不认识她吗？她可是很出名的演员啊……欸？"李圣国的表情忽然变得有些古怪，"哦……闵智媛……女士？哎哎？我怎么会认识闵智媛呢？不对，我从一开始就认识她吗……"

我立即发动"登场人物浏览"。

专属技能"登场人物浏览"已发动！

+

<人物信息>

姓名：李圣国

年龄：25 岁

背后星：老钟摆的管理人

专属特性：催眠师（稀有）

专属技能：催眠 Lv.3、虚张声势 Lv.4、武器磨炼 Lv.3、特性探索 Lv.2……

星痕：酣然入梦 Lv.1

综合能力值：体力 Lv.13、力量 Lv.13、敏捷 Lv.17、魔力 Lv.18

综合评价：正在进行综合评价

+

这是我第二次查看李圣国的人物信息，相比上次，其实没有多大变化，除了一点——

李圣国"第九个下车者"的特性消失了。

"李圣国？"

"呃……怎么了？"

"……不，没什么。"

为避免引起不必要的骚动，我选择了缄口不言。在《灭活法》的世界中，只有当一个人失去其特性资格时，才会导致其相应特性的消失。

所有的"下车者"都多少知晓这个世界的"未来"。李圣国只知道《灭活法》序章部分的内容，而目前任务的进展已经超出了他所掌握的信息范畴。

我的心中很快就有了一个假设：也许在经历过本人知晓的全部《灭活法》情节后，"下车者"们都会转变为小说中的"登场人物"。这个假设看似异想天开，但并非全无可能。而且如果事情真如我所料，那么李圣国和郑民燮的人物信息可以被查看一事也有了解释。而如果真是这样的话……也许总有一天，我也会……

登场人物"闵智媛"对你抱有些微好感。

这条令人哭笑不得的通知，把我脑中愈加复杂的思绪全都搅乱了。我下意识地回头望去。视野中，已经与我们相隔很远的闵智媛仍然站在原地看着我的方向。我看不清她的表情，但从她的动作来看，她应该是生气了。

那么，刚才那条通知……不对，等等。我怎么把那个情节给忘了！

我这时才忽然记起来。那是第11次还是第几次回归来着，刘众赫一见到闵智媛就不管三七二十一地揪住她的领子，而就是在那一次回归中，闵智媛一直对刘众赫……

难以置信，现实中怎么会存在这样的人？这简直是无稽之谈，只有小说里才可能出现这种剧情发展吧……

突然间，我有种不祥的预感。难道说……不会吧？

但我明明没揪过她的衣领啊。

＊＊＊

一小时后，我们从地面疾行而过，将身形隐入光化门附近的高楼大厦之中。尽管目之所及全无人迹，但我敢确定，那些购买了我的文档的王一定都躲在附近。毕竟我太清楚其他王都是为了什么而来的。

——那些家伙都会看情况展开行动，我们也伺机而动吧。

我提醒大家多加小心，同时缓慢前进。

到达国立古宫博物馆入口的那一瞬间，他的心跳开始加速。在此沉睡的大多数遗物不过是一文不值的垃圾。但是，这当中有且仅有一件真品——

"四寅斩邪剑。"

光化门最强的SSSSS级道具，就藏在此处！

尽管这是我自己笔下的文字，但读着还是让人不禁脚趾抠地。

"四寅斩邪剑"的确在国立古宫博物馆之中，但它肯定不是SSSSS级道具，因为"SSSSS"这个等级本就是不存在的。尽管如此，"四寅斩邪剑"客观来说还是一把性能尚可的剑。实际上，第3次回归时的刘众赫在早期也很爱使用这把剑。

——哥哥，既然那把剑是件这么厉害的道具，我们不应该先下手为强吗？

——我们不用现在就拿到那把剑。

"四寅斩邪剑"固然是一把宝剑，但获取它并非我的当务之急。不过我知道，抄袭作家和其他王的想法与我不同——"四寅斩邪剑"是一把能在任务初期发挥出最佳战斗力的剑，所以他们一定都分外眼馋。

因此，我们的行动计划十分简单：趁其他王被这把宝剑吸引注意时，我要带着同伴们去夺取其他遗物。现在的问题是，其他王什么时候才会动手……不过也无须多虑，因为在这个该死的世界里，一旦任务进度停滞不前，鬼怪们就会有所行动。

"呵呵，真是的，我还没下达指令呢，你们竟然都乖乖聚在一起了。"

不出所料，伴随着空中迸溅的火花，中级鬼怪现身了。

"听话的孩子就该得到奖励呢，你们说对吗？"

轰隆轰隆——一尊古色古香的金色王座缓缓升起，屹立在光化门广场的中心位置，屏息之声从光化门的四面八方传来。

虽然尚未出现任何任务说明，但在此刻，所有的王都心下了然：仅一人能登此王座。

主线任务已更新。

主线任务#4："王之资格"已开始。

被系统通知吓了一跳的李圣国自言自语道："怎么又来一个主线任务……"

现在的确不是个好时机，我们的既有任务尚未完成，系统就发布了新的主线任务。

我打开了新任务的说明。

+

<主线任务#4："王之资格">

类别：主线

难度：A

完成条件：请占领位于光化门十字路口的"绝对王座"

规定时间：8小时

奖励：10000Coin

失败惩罚：无

★只有完成隐藏任务"君王之道"的王才能挑战该任务

★占领"绝对王座"的王享有对其他王的绝对命令权

★该任务存在附加完成条件

+

情况不妙，我的队伍还没有占领"旗帜争夺战"的目标站点，这让我的压力倍增。接下来，我不但要击败"暴政之王"并占领"昌信站"，还要完成与"绝对王座"有关的主线任务。

中级鬼怪再次开口道："呵呵，各位看起来都很慌张呢。哎呀，别这么忧心忡忡的，反正这次任务的进度不会太快。"

足以激起千层浪的任务发布后，光化门却鸦雀无声。这是自然，能活到现在的王一定都很清楚，务必要仔细倾听鬼怪的话。

"大家应该都猜到了，第4个主线任务的目标，就是选出一位能够坐上那个王座的王。当然了，王座并非对任何王都开放，想要参与这场竞争，就必须先证明自己的资格。"

中级鬼怪露出一个令人作呕的笑容。

"那么，现在就公开'第一个资格'吧。"

+

＜王之资格＞

1. 王座之主须比诸人皆有勇力

——"绝对王座"拒绝一名软弱的王。若想挑战王座，则至少需要拥有"黑色旗帜"

（附加资格条件稍后公开）

+

"黑色旗帜"……果然，第一个条件的达成难度就令人咋舌。

"呵呵,既然我已经指明了努力的方向,就希望各位能打造出有趣的故事咯!"

中级鬼怪消失后,刘尚雅面露担忧。

"黑色旗帜的话……那不是要占领至少二十个站点才能得到吗?"

"没错。"

现在我们队伍的旗帜是褐色的,这说明我们已经占领了至少十个站点。

"那我们该怎么办?如果想得到黑色旗帜,还要再占领十个站点,但这附近不可能还有没被占领的站点……"

"正因为没有空站点,系统才会设置这样的条件。"

"什么?"

据我所知,截至目前,没有一个王获得了黑色旗帜。

"还记得吗?改变旗帜颜色的办法并非只有一个。"

"啊!"刘尚雅恍然大悟。

占领站点固然可以提升旗帜的经验值,不过,还有比这更快的办法——抢夺其他队伍代表的旗帜。而此刻,许多拥有旗帜的王正聚集在光化门附近。

我安抚着同伴们的情绪:"各位不用慌,一切都在我的预料之中,我们按计划行事就行了。"

"按计划行事",话虽如此,但实施起来却非易事。光化门上方战云密布,颇有一种山雨欲来风满楼的惊心之感。杀意涌动的高楼大厦之间,秣马厉兵、排兵布阵的声音也隐约可闻。再过不久,人们就会陆续开始行动。那些曾为了在职场晋升而互相竞争的人,现在可以用真刀真枪杀死竞争对手。而那些曾经想要拥有更大面积居所的人,现在则为了占领更多站点而抢夺其他人的旗帜。这一切只是为了杀死他人并抢夺更好的道具,从而让自己在这个危机四伏的世界上生存下去。

李圣国看着外墙由珍珠岩铺就的冰冷都市建筑物,难以置信地低声自语道:"我总觉得瘆人,这里真的是韩国吗……"

"是的,我们身处的地方一直是韩国。"

"代表,您不怕吗?"

"我也害怕。"

我没说谎，我也有害怕的时候。坦白说，我甚至经常感到害怕。就算我读过《灭活法》，但在这一切发生之前，我也不过是一个普普通通的公司职员。"我能活下去吗？"——尽管外表没有显露，但我每天都会思考好几遍这个问题。当然，我不会为此困扰太久，因为思考再多也无济于事。在 Minosoft 上班也好，在《灭活法》的世界求生也罢，对我来说，哪个世界都大差不差。总有一天，我不得不面对死亡。但重要的是……

"不过，至少此时此刻，我能感觉到自己在尽我所能地活着。"

专属技能"第四面墙"正在发动。

我蓦地回过头，发现李圣国正用敬畏的眼神看着我，说："代表，每次您这样说，我就觉得……"

"给我上！"

李圣国的话还没说完，我们就听见了其他人的喊叫声。大概三百米远的地方，某位王正在挥师北进，他的旗帜颜色和我们的一样，也是褐色的。由于距离太远，我看不清他的脸，但我猜测他应该是个领地不大的王。

与此同时，隐匿在光化门各个角落的军阀们也都现身了，其下属军队都用精良的兵器将自己层层武装。其中最引人注目的是一个穿着华贵龙袍、坐在怪异轿子里的男人。男人的身份不言自明。他就是我们的目标人物，道峰区和城北区的主宰者——"暴政之王"。

既然"首尔七王"中势力最强的人已经行动了，那么第一使徒和后三国的王们也一定会有所行动。

"他们大部分人都是奔着'四寅斩邪剑'去的。"我对同伴们说。

王们的进军方向的确是位于光化门北面且藏有"四寅斩邪剑"的古宫博物馆。至于未出现在我们视野范围内的抄袭作家，应该也已经往那边移动了。有些队伍干脆将得失置之度外，不顾一切地朝着博物馆的方向狂奔。也是，"王之资格"的条件还没有全部公开，他们肯定会认为抢占高级道具对自己有利。事实上，"四寅斩邪剑"这种级别的道具，的确能够一次性弥补旗帜经验值造成的差距。

李圣国忧心忡忡地问:"我们真的不用去吗?'四寅斩邪剑'可是相当不错的道具啊。"

"我们现在去的话,就会直接变成城门失火时被殃及的池鱼。"

我们一行人数不多,更何况,我们的对手中有些背后星是较为知名的伟人级星座。

"我们往西走。"

我带领同伴们开始行进。其他王都在赶往北边的古宫博物馆,因此西边的大路上几乎没几个人影。这里不愧是历史悠久的光化门,我们一路上都能见到各种各样的博物馆,比如报纸博物馆、韩国金融史博物馆、警察博物馆等。

刘尚雅提问道:"就算去那些博物馆,也不会有收获吧?"

"确实不该去近现代藏品比较多的地方。"

遗物自是年代越久远越好。当然了,只是时间长是不够的。铁器时代的农夫使用过的锄头虽然也能成为道具,但只能被评定为 F 级。关键在于,遗物必须与著名的伟人或传说有关,或者至少能和脍炙人口的故事有所关联。

"去那边吧。"

不久后,我们在庆熙宫对面的首尔历史博物馆前停下了脚步。

刘尚雅双眼放光道:"我们要在这里找什么呢?"

"找一个叫'简平仪'的东西,是个形状像圆盘的古朝鲜的遗物,但我不知道它在几楼。"

"好嘞,那我们来找找看吧!"刘尚雅一副斗志满满的样子。

"时间紧迫,大家分头行动吧。吉永和你尚雅姐姐一起,然后李圣国……"

说时迟那时快,身后传来刺耳的破空声,我下意识揽着同伴们低头蹲下。箭矢穿透建筑物的外墙朝我们射来,箭杆上留有一丝魔力的痕迹。一阵寒意袭上我的后脊。

是强魔矢。对方是个学到了弓术精髓的家伙。究竟是谁?难道我们一行的动向被人发现了?

"大家都到里面去!快!"

又有几支箭破空而来——

"信念之刃"已发动！

我挥剑击落飞来的箭矢。还好箭中蕴藏的魔力不强，不难对抗。问题是其数量过多，箭矢从四面八方而来，其中一支划过我的大腿外侧。我迅速后撤，躲到掩体后面。

"哈哈哈！那个乳臭未干的王跑哪儿去了？！"

此人的声音中气十足，有如虎啸。距离我们四五百米远处，一群佩带着弓和剑的人正向这边靠近。我没看到他们的旗帜，这意味着，这是一支小分队。

这些王似乎比我想象的要聪明一些。他们是打算在夺取高级道具的同时抢夺小领地王的旗帜吗？

专属技能"登场人物浏览"已发动！

我对朝我们跑来的那个彪形大汉使用了技能。

+

＜人物信息＞

姓名：秋旺仁

年龄：33 岁

背后星：黄山伐的最后英雄

专属特性：龙套演员（一般）

专属技能：武器锻炼 Lv.4、演技 Lv.1、弱者探索 Lv.1

星痕：百济剑道 Lv.4、决死抵抗 Lv.2、突击队调度 Lv.3

综合能力值：体力 Lv.19、力量 Lv.19、敏捷 Lv.21、魔力 Lv.15

综合评价：身无长物的人类遇到出色的背后星也能有所成长的最佳案例。该人物与背后星的同步率很高，其星痕的威力相当大，需多加注意

+

可恶，说曹操曹操到，之前和闵智媛对话的时候，我真没想到会在这里遇到"黄山伐名将"。特性为演员的人很容易被这类星座附身，更别提光化门这一带经常被用于拍摄古装剧，最不缺的就是演员。

"若有知晓本王之名号者，就给我老实交出旗帜吧！我便会饶你们队伍的人一命。"

他的古装剧腔调不太自然，听到这里，我算是明白他的特性为什么只是"龙套演员了"。身为"黄山伐的最后英雄"，阶伯将军居然选了这么个人作为自己的化身。星座也好，人类也罢，大概都需要一些"同伴运"吧。

话说回来，我现在面临的局势有些棘手。此人掌握阶伯将军的星痕"百济剑道"和"突击队调度"，并且其等级都很高。再考虑到他队伍的人数，我必须提高综合能力值，否则很难击败他们所有人。

持有 Coin：68150。

要不干脆现在就使用 Coin？但如果我现在就花费大量 Coin 提高综合能力值，那么第 4 个任务的最后一个关卡的难度将会急剧上升。那样一来，我的计划就功亏一篑了。该死的，别想那么多了，我就用他个 20000Coin……

"用三国的名义要挟一个小国的王，你难道不感到羞耻吗？"

背后忽然传来说话声，我转头看去，一个熟人正在向我走近。

阶伯的化身秋旺仁露出凶狠的表情，说："这不是该死的新罗女王陛下吗？你怎会出现在此地？"

"你不愧为亡国将领，真是言语粗鄙。"女人傲慢地答道。

来人正是"美戏之王"闵智媛。慢着，这个女人又是从哪儿冒出来的？她该不会是一路跟着我过来的吧？应该不会吧？这怎么可能？

闵智媛的眼神从我身上掠过。

登场人物"闵智媛"对你抱有微弱的好感。

她认真的吗？

"哈哈哈！卑怯的新罗人也开始以三国之王自居了？而且还是一介臭丫头！"

秋旺仁洪亮的声音如炸雷般响起。虽然他只是个龙套演员，没有狮子吼之类的技能，但他的声音也能震得人耳朵嗡嗡作响。话说回来，现在这状况还挺有意思的。历史上的真圣王和阶伯将军出生在不同的时代，但他们成为星座后却能以这种方式相遇。

我问闵智媛："为什么帮我？"

"新罗不会弃弱国于不顾。"

"灭亡伽倻的不也是新罗吗？"

"……你也考了韩国史一级证书吗？"

"读过高中的人都知道这个知识点吧。"

闵智媛的脸色有些忧郁："我高中的时候没怎么去过学校，所以……"

也是。根据原著的设定，闵智媛从十几岁起就开始做演员了。太早开始演员生涯，让她比其他人更早踏入教科书之外的冷酷社会。

"话说回来，你说得没错，的确不能用钱来收买人心。我是来为方才的无礼道歉的。除此之外，我真的没有其他目的，请不要多想。"

我知道闵智媛一直以来都以演员的身份生活，也了解她之前的经历，所以能够感受到她这句话的真挚。虽然如此，我还是很意外，自尊心极强的真圣王化身竟然愿意纡尊降贵。

也许是听见了我们的对话，阶伯的化身放声大笑："身为王还在这儿顾虑私情？就是因为这样，新罗才……"

花郎队长挺身而出："放肆！一介将军怎敢对一国之王如此无礼！"

秋旺仁瞥他一眼，接着便眼放异彩，道："花郎？有点意思，难道还有和那个乳臭未干的星座签约的家伙？"

花郎队长闻言涨红了脸。我这才反应过来，花郎队长的背后星是官昌来着。

"你也想像你的背后星那样被我砍头吗？"

了解历史的人都知道，在黄山伐战役中，官昌被阶伯斩首。

"闭嘴！"

虽然很感谢"美戏之王"他们来帮忙，但他们和对手星座之间的生克关系极为不利。对同步率高的化身来说更是如此。伟人级星座之间的生克关系源自其在世时的历史。正如将领不能违抗本国的王，宿敌之间的生克关系也由历史决定。因此，不论在怎样的情况下，官昌都无法战胜阶伯。闵智媛可能也知道这一点，她的表情瞬间有些难看。

我率先开口道："撤军吧，你赢不了他。"

从数量上来说，也是百济军队人多势众。阶伯说到底是个指挥官，部下越多越能发挥出强大的力量，相较之下，官昌的实力根本无法与其匹敌。就在这时，我听到了刘尚雅的声音。

"独子！我找到了！"刘尚雅拿着一个小圆盘似的东西从我身后跑来。

这么一会儿就找到了？

"简平仪"。

刘尚雅手中形似挂钟圆盘的遗物迸发出光芒。我看了一眼"简平仪"，又看了一眼闵智媛，最后看向吓得半死的官昌化身。一瞬间，我计上心头。哎呀，说不定不用花 Coin 就能赢呢？

"给我上！"

登场人物"秋旺仁"发动星痕"突击队调度Lv.3"！

花郎们在百济军队的攻势下节节败退，毫无还手之力。

闵智媛焦急地转头看向我，我开口道："我们应该能赢。"

"什么？"

"在这里重现黄山伐战役吧。"

同样地，了解历史的人都知道，在黄山伐战役中，新罗才是获胜的一方。

3

听到我的话，闵智媛慌张不已："黄山伐战役？"

"是的，如果按照历史发展来看，新罗本就是黄山伐战役的赢家……"

秋旺仁冲了过来，他的巨剑直接将一个花郎劈成了两半。如果按照历史发展的话，新罗明明是一定会赢的。但那是在完全按照历史发展的情况下……然而，我话还没说完，花郎队长就往前一步，大喊道："临战无退！面对战争，决不退缩！"

与此同时，花郎们纷纷拿出武器附和着他的喊话："决不退缩！"

"事君以忠！鞠躬尽瘁，效忠国君！"

"效忠国君！"

那家伙现在是在干什么？

新罗全体花郎获得"世俗五戒Lv.2"的效果！

"哈哈哈，上赶着送死啊！"秋旺仁兴奋地喊道。

花郎队长挥舞着长枪冲过去。都说化身的性格随背后星，这家伙就是最好的例子。

登场人物"秋旺仁"已发动星痕"百济剑道Lv.4"！

"喀喀！"花郎队长挨下巨剑的一击，身体飞向空中。

我朝闵智媛喊道："快让全军后退！"

"全军后退！快！"

登场人物"闵智媛"已发动"号令大军Lv.2"！

士兵们处于失去理性状态。

技能已取消。

"全军后退啊！"慌张的闵智媛再次大喊，但已经被"世俗五戒"激励的花郎们完全听不进闵智媛的命令。

哐当一声，李吉永打破博物馆二楼的窗户一跃而下，落在我身边："哥哥，要叫翅翅吗？"

李吉永眼里放光，一副准备好随时使用"多元交流"的样子。

"不，现在不用。"

如果李吉永能像上次那样叫来6级虫王种，的确能帮上忙，但召唤虫王种的后遗症让李吉永足足昏睡了两天。而且等级高的怪物难以控制，它们一不小心就会把自己人也掀翻。最重要的原因是，李吉永是我的底牌。在诸王之战之前，我得先把他给藏好了。

"呃啊啊啊！"冲在阵前的四五个花郎接连被砍翻在地。反观另一边，百济军队没有任何人阵亡。

"刘尚雅，把遗物……"我从朝我跑来的刘尚雅手中接过"简平仪"。

虽然大家的注意力都被"四寅斩邪剑"吸引，但"简平仪"才是第4个任务中不可或缺的道具——如果没有这个道具的辅助，"四寅斩邪剑"根本发挥不出多大作用。

喀喀喀！花郎队长再次挨下秋旺仁的一击，他的身体已经是千疮百孔了，没被一击毙命都算是奇迹了。

星座"临战无退的花郎"很焦急。

星座"黄山伐的最后英雄"很享受。

星座"寐锦之尊"很焦躁。

百济军队的气势逐渐高涨,新罗军队的士气却越来越低落。阶伯的冤魂仿佛就在秋旺仁身后若隐若现。

"把该死的新罗种一网打尽!"

一旦身处和自己生前经历相似的情景,星座和化身的同步率就会提高,星痕的威力也会随之提升。再加上有生克关系的星座们已经碰面……系统是时候打造"舞台"了。

滋滋滋滋——

"哇啊啊!那是什么啊?"有人发出惊慌失措的尖叫。

四周忽然火花四溅,周边场景开始发生变化。首尔开阔的光化门广场,正在变成险峻山地中的原野。

"舞台化"。

——如果对战双方的化身与其背后星的同步率较高,且对战方的背后星互有历史关联时,就会发生这种现象。

通过"舞台化",历史上星座们作战的时空将被召唤到任务之中。现实空间实际并未发生改变,"舞台化"只是类似AR投影的效果而已……问题是,对于召唤舞台的双方来说却并非如此。

"哈哈哈哈……真是太怀念了,黄山伐啊!"和星座的同步率上升到相当高水平的秋旺仁高呼道。

现在那小子好像完全相信自己就是阶伯将军本人了,甚至就连阶伯似乎也十分焦急。

要是星座在初期任务中就搞出"舞台化"这种事,那么在遭受盖然性风暴之前,星座就会遭到管理局的制裁。不过阶伯是伟人级星座,位阶较低,受盖然性的影响应该也不大。

"呃,呃啊啊啊!"吓破了胆的花郎们开始一步步后撤。

李圣国也失神地喃喃道:"他又不是王,怎么会拥有这么强大的力量……这合理吗？"

"阶伯是这个'舞台'的主角，所以他的力量会被大幅提升。"

哐哐哐哐！秋旺仁像发疯的怪物一样横冲直撞，活脱脱是个夜叉。毕竟只要发生一次"舞台化"，让化身和背后星的同步率提高，化身的战斗力就能成倍增加。

看着浑身发抖的闵智媛，我开口道："现在有两个取胜之法。一是不管官昌的化身，放任他死去。"

"那是什么意思？"

历史上，黄山伐战役的胜利建立在官昌的牺牲之上。所以只要官昌一死，这场战役就算完成了一半。"一旦'舞台化'开始，这里就变得和历史中的战场一样了。如果官昌的化身死了，愤怒会让新罗军队的士气上涨。这就是历史中原本的记载。"

我没等闵智媛回答，继续说道："第二个办法，就是改写历史。"我低头看向手中的"简平仪"，这是17世纪朝鲜制作的天文观测器。

闵智媛不安地问道："如果没能成功改写历史的话，结果会怎样？"

"新罗灭亡。"

"那当然要用第一个办法！"

真是的，所以人们才会那样评价真圣王啊。看来后世历史学家们对这位女王的描述也挺贴近事实的。

"我不是在让你做选择。我会按第二个办法做。"

"哎你，那你问我干吗？"

"那是在给你机会。现在新罗需要的不是你。"

我开始操控"简平仪"上的两个圆盘。这两个圆盘的名称分别是天盘和地盘，上层为地，下层为天。

《灭活法》原著中有关这个道具的设定十分简单。

"简平仪"是可以找来天上"星座"的道具。

我缓缓转动地盘，天盘上刻着的星座随即燃起明亮的光芒。

"简平仪"的特殊效果"星之回声"已发动！你可以通过"星之回声"请求伟人级星座的帮助。星座可以拒绝你的请求，但当星座答应你的请求时，"简平仪"的剩余使用次数将会减少。

天盘上一共还剩七个星座，意味着"简平仪"的剩余使用次数有七次。要是遗物保存状况好的话，上面剩下的星座会更多。尽管剩余次数不多，也只能先这样用着了。

我身旁的李圣国好像意识到了什么，问道："是不是可以用这个获得星座的帮助？"

"不是所有星座都可以被'简平仪'找到，只有伟人级才行。"

终于意识到"简平仪"真正价值的李圣国立刻感叹道："那也已经很好了！"他激动地说，"召唤吕布或项羽怎么样？如果叫来这种级别的星座，就足以与阶伯一战了。"

"但我们必须知道要召唤的星座称号。"

在《灭活法》的世界中，星座称号等同于时空中的"坐标"。就像坐标系中的 X 轴和 Y 轴，"星流放送"系统中的星座们就存在于星座称号的字与字之间。

"啊，那就没办法了……"

李圣国顿感遗憾，估计是以为我不知道吕布和项羽的星座称号吧。不用说，这显然是他的误判。因为在这个世界上，我所知道的星座称号绝对是最多的。

"召唤星座。"

伟人级星座们在繁星的流动中倾听你的声音。

当然了，我要召唤的星座不是吕布或项羽，因为我不能确保他们会答应我的请求。而且，最重要的是，在这个战场上，有另一位将军是比他们更合适的人选。

遥远天际的繁星高傲地照亮了天空，无数星星聆听着我的声音，我开口道："我想找新罗的国仙，兴武大王。"

繁星开始航行。

瞬间，正在拔剑相向的新罗军队和百济军队同时停下了动作。

"你小子耍了什么诡计？！"秋旺仁发现事出反常，转头朝我跑来。

"代表，我来拦住他。"李圣国拔剑向前。他只是个催眠师，也不知道能在秋旺仁手下撑多久，但多少能帮我争取到一点时间。没过多久，苍穹之上的一个星座发出璀璨的光芒，那位将军终于现身了。

星座"兴武大王"望着你。

"将军。"

星座"兴武大王"聆听着你的话语。

"这里的人们需要您的帮助。您的百姓口中高呼着'新罗'的名号，前仆后继地在战场上赴死。"

星座"兴武大王"对你的话语保持沉默。

兴武大王。他是唯一死后被追封为王的非王族之人。黄山伐是他的战场，所以他应该没法拒绝我的请求。然而，接下来发生的事却出乎我的意料。

星座"兴武大王"不愿意介入今世的历史。

星座"兴武大王"将拒绝你的建议。

怎么会这样？就在星座的光芒即将变得暗淡的瞬间，刘尚雅插话了："将军，您能听到我的话吗？"刘尚雅已经察觉到了兴武大王的身份。

星座"兴武大王"回头看了一眼。

"我对您的故事非常熟悉！比如黄山伐战役、平壤城战役……我从史书上读到过许多您的故事！"短暂地吸了一口气之后，刘尚雅继续说，"您想尊重历史，我非常理解。但是，将军！有一些历史，就算已经载入史册，却仍未结束！"刘尚雅字正腔圆，如同我印象中一般口齿伶俐。说服别人是她最擅长的事，她胸有成竹地继续说道："您没有遗憾吗？让年轻的花郎牺牲、埋葬了无数百姓的那片原野，那是您的战场……您难道已经忘记了吗？"

星座"兴武大王"倾听着化身"刘尚雅"的话语。

"已经结束的历史是无法更改的。原野里士兵们的英魂得不到告慰，年轻的花郎们也不会死而复生。但是将军，此时此刻，我们所经历的历史还在发生。如果您愿意亲临，至少可以改写我们这里的历史。"我都快忘了刘尚雅有多能言善辩。刚进公司的时候，她的外号就是"演讲女王"来着。"虽然您的黄山伐战役已经结束,但我们现在还身处黄山伐战役之中。"

星座"兴武大王"静静地闭上眼睛。

人生中,偶尔会经历这样的时刻——就算没人特意向你说明,你也心知肚明即将发生什么事情的时刻。

星座"兴武大王"答应了你的请求。

"简平仪"上的一个星座消失了。星星的光芒照耀着我。刘尚雅大气都不敢出,只是用紧张的眼神看着我。我微笑着点了点头,对她说:"刘尚雅,你做得很好。"

你暂时得到了星座"兴武大王"的庇护。

就像是被兴武大王降下的庇护吓到了一样,我全身的肌肉不停抽搐着,心跳快得像要爆炸,我脑海中的光和暗不断交会,星座的意识和力量正在侵占我的大脑和全身肌肉。

"老朽难忘昔日事,此乃吾之恨尔。"

耳畔传来星座的真言,其威压之强,仅仅是聆听都会危及我的性命。

"暂借汝口一用。"

我点了点头,同时睁开眼睛。在一片寂寥的黄山原野上,所有人的目光都聚焦于我。

阶伯的化身秋旺仁大吃一惊,道:"你……"

尽管兴武大王没有亲临,只是为我降下庇护,但伟人级星座的气场还是丝毫不减,这就是星座所具有的威势。

"许久未见,阶伯。"我口中传出的声音既陌生又低沉。远处,官昌的化身摇摇晃晃地站起来。"花郎官昌,勿要向吾行礼。"

"将……将军……"

兴武大王正在通过我的双眼看这个世界。他看到了官昌、阶伯,以及破败不堪的首尔。而我同样也在通过兴武大王的意识看这个世界。我看到了这片萧瑟的黄山原野,被落日的余晖所浸染。

"可笑,前尘往事皆已落幕,何以汝等复又聚集此地?"

听到兴武大王的这句话,秋旺仁发狂似的大笑起来。那笑容里,有郁结难舒的愤懑，也蕴含着深切的哀怨。这一瞬，他好像真的变成了阶伯本人。

星座"黄山伐的最后英雄"附身自己的化身！

"汝不知乎？吾为复与汝相见于此原野！"

登场人物"秋旺仁"发动"百济剑道Lv.4"！

秋旺仁向我挥动那把霸气外露的巨剑。如果是原来的我面对他的攻击，是既难接招又难闪避的。但是，此刻的我却轻而易举地扫开了这一击。

"阶伯，汝为何急于入身？盖然性之限，汝忘乎？如此汝便将与化身共死。"

正如此话所言，阶伯太逞能了。就连身为《灭活法》读者的我都为他的莽撞行动感到惊讶。

"金庾信……今世之事，汝无闻焉。"

"汝曰何焉？"

"无甚。既见汝，夙愿已了。吾死而无憾矣。"不知为什么，阶伯的化身说着这句话的同时竟然哭了起来，"吾乃百济夫余承，黄山伐阶伯。吾将于此地解前生之恨。"

兴武大王用悲伤的眼神看着阶伯的化身，通过我的肉身发出声音："吾乃花郎十五代风月主，金庾信。"兴武大王，国仙金庾信，"吾将告慰不幸之星座英灵，匡正今世之史。"

这位带领黄山伐战役走向胜利的名将向我传达了自己的意志。我的右手动了，手中笔直的剑柄被绚烂的蓝光笼罩。

国仙之剑降临战场。

星遗物"青龙剑"的力量将暂时注入"不折的信念"。

青龙剑的剑刃直指云霄，然后直直地插入黄山的原野之中。轰隆隆隆！伴随着宛如整个黄山发出的咆哮之声，巨量的魔力被吸走。以我为中心，地面上出现了巨大的裂隙。

"令全体龙华香徒即刻抵达此地。"

星痕"大花郎集结"已发动！

被人们遗忘的幽灵正在从历史的污泥秽土之中爬出。尽管连名字都没留下，但他们的确曾经生活在这片土地上。那些只为荣誉而战的花郎，正以白骨的形态卷土重来。

　　轰隆隆隆隆隆隆！金庾信麾下最精锐的部队"龙华香徒"，从消失的历史书页之中现出了身形。

Episode 14
王座的主人

1

金庾信能够利用"大花郎集结"召唤已死的花郎精锐部队——"龙华香徒"。

简单来说，这个星痕是"幽灵舰队"的陆军版本。虽然金庾信的星痕威力远不及忠武公，但"大花郎集结"也算是伟人级星座的大军技能中数一数二的了。

"进攻！"

那些已经由白骨化为尘土、消失在历史长河中的龙华香徒，此刻竟然同时对百济军队拔剑而起。有些幽灵花郎没有眼睛，有些甚至缺胳膊少腿。

这其实是一件很残忍的事。因为只要金庾信使用星痕，白骨形态的花郎就会提着剑出现。即便那些战士的灵魂已经磨损、愤怒全都消散，就连心性都已被磨平，也仍旧无法摆脱金庾信星痕的控制。这些曾经为了阻止国家灭亡而战的士兵，死后竟还要为了已经灭亡的国家战斗。

"金庾信，汝卑鄙不改！汝安能推战死士卒于身前？"

"……"

"来也！尔为将军者，与吾一战生死！"

面对阶伯的挑衅，金庾信不动声色。阶伯正在用压倒性的武力优势摧毁龙华香徒的白骨，那把笼罩着魔力的巨剑毫不留情地向前挥砍。

"金庾信！"他的喊声响彻云霄，使人闻而生畏，就连那些没有情感的龙华香徒也停下了脚步。阶伯是百济的最后一位名将。如果单看肉体条件，星座阶伯是完胜金庾信的。实际上，在"黄山伐战役"中，阶伯与金庾信从未进行过一对一的对决。确切来说，是金庾信有意不和阶伯对决。

登场人物"秋旺仁"发动"决死抵抗Lv.2"！

根据史书记载，金庾信的大军人马足足为阶伯突击队的十倍，但阶伯带领士兵们拼死抵抗，打赢了好几次以少胜多的战役。历史中笑到最后的是金庾信，但在黄山伐战役的最终决战之前，阶伯未尝败绩。

战斗狂人阶伯满脑子都是赤诚的爱国之心和为国捐躯之意。虽然现在我正在寻求金庾信的庇护，但只要情况发生改变，我召唤的星座估计就不是金庾信，而是阶伯了。

官昌化身忍无可忍地大喊道："将军！"

"勿要动手！"金庾信借我的嘴说出了这句话。与此同时，看着被摧毁的龙华香徒，我的表情没有任何变化，因为金庾信的心中毫无波澜。

阶伯喊道："虽已升为星座，但尔之卑怯一成不变也！"

是啊，金庾信可能真的是卑怯的。他害怕死亡，也惧怕战败。但也正因如此，他才这般强大——恐惧让他不会轻举妄动，更不会感情用事。既然拥有获胜之法，又何须在意那办法是否卑鄙呢？所以在经历了四次战败之后，金庾信还是能在最后的黄山伐战役中取得胜利。

"呃啊啊啊啊！"阶伯和几百个龙华香徒陷入了混战，他的样子简直惨不忍睹。他浑身是血，大腿、双臂和肋下都受了致命伤，分明已是强弩之末。但他还是提着一口气，挥剑劈砍龙华香徒，一步一步向我走近："金……庾……信！"

星痕"请求援军"已发动！

幽灵士兵如同鬼魅一般出现在金庾信身后，将长枪刺向阶伯。从这些士兵的服饰颜色来看，他们应该不属于新罗军队，很有可能是新罗在曾经的征战中请来的唐朝援军。

真不愧是金庾信。他只看重胜利的结果，就算借助外部势力也无妨。

我听见无数次长枪捅进胸腔的声音。阶伯化身的承受能力已达极限，他只得屈膝跪地。

"……悲哉！于此幻境之中，吾亦不可近汝之身乎？吾愿与汝对剑，一次足矣。"

我心绪难平地看着眼眶泛红的阶伯化身。官昌活了下来，历史已经改写。但不是每个历史人物的命运都发生了改变。

金庾信问："阶伯，何故为之？"

"……"

"若如是死，后暂不可择化身矣。汝为何忽弃任务？"

阶伯的眼中充满杀气，他露出一个含义不明的微笑。本在等待的金庾信拿出剑握在手中。我赶紧夺回自己声音的控制权。

"我不能杀人。"

"为何？"

"有一些限制。"

"不杀之王"不能亲自杀人。但凡杀死一个人类，我的王位就会被剥夺。金庾信点头表示理解。

"如是乎？吾知矣，勿烦忧。吾以星座之名许诺，今斩阶伯之首级者非汝也，乃金庾信也。"

"但是……"

"若汝仍挂心，然。"

金庾信打了个手势，一个从地下爬出的龙华香徒立刻点了点头。我再次把声音借给金庾信使用："阶伯，于星座之脉络再会。"

阶伯的化身沉默地抬头看我。他好像有话要说，却没开口。直到最后一刻，他的脸看上去不像阶伯了，而更像个演完了全部戏份的龙套演员。

龙华香徒手起刀落，秋旺仁人头落地。

"舞台化"已结束。你重新体验"黄山伐战役"。获得体验奖励1000Coin。

我环顾四周，百济军队已经全军覆没。

由于并非亲手实施杀害行为，你将继续享有"不杀之王"的权限。

太好了。只有在我亲自动手杀人的时候，"不杀之王"的权限才会被剥夺。金庾信指挥龙华香徒杀了秋旺仁，所以系统并没有判定成我犯下的杀害行为。

"代表！您没事吧？"李圣国的声音从滚滚尘土中传来。

刘尚雅松了一口气，但李吉永不太高兴，也许是因为我没有给他太多的发挥空间。而闵智媛失魂落魄地说："刚才那到底是什么……"

我耸了耸肩，说："你要是想成为王，还是得先学点历史知识。"

在新罗和百济两个国家间，我其实没有明显的偏向。我召唤金庾信，单纯是因为他适合用来对付阶伯。无论如何，还好事情的结果比我预想中要好。我充分检验了"简平仪"的功能，甚至还能获得百济军队的一部分 Coin 和道具。

获得了 5400Coin。持有 Coin：74950。

看到这个数字后我放下心来。就算直接进入第 4 个主线任务的最后阶段，我也没什么害怕的了。

"没时间了，咱们赶紧往北边去吧。"

庇护的持续时间还有 3 分钟。

金庾信的庇护还没消失。既然已经用了"简平仪"，剩下的几分钟我也必须物尽其用。毕竟这个道具只能使用七次，我总不能亏本吧。

"龙华香徒听令，全体立正！"被摧毁的龙华香徒们再次复原成骨架，站了起来。我剑指北方，道："进军！"

使用龙华香徒所需的魔力太多，我坚持不了多久了。

从大地中苏醒的龙华香徒们横扫而过，击败中小规模的队伍，势不可当地向北进军。照这样下去，我说不定能把那些聚在古宫博物馆附近的王一网打尽。

在路边厮杀的人们被这个场景吓得发出尖叫，道："这些骷髅是什么鬼啊？！呜啊啊！"

有些不自量力的化身试图攻击我，但都被龙华香徒轻松打败。反正不是我亲自动手攻击，就算失手杀人也不会被系统剥夺"不杀之王"的权限。该说不说，有支军队为我卖命的感觉也太爽了。

金庾信的真言从我脑海中传来："汝甚奇。虽闻吾真言，汝之精神不为所动……"

"我的意志力比较强。"这话听起来像是在搪塞他，但我也不清楚其中缘由。不论金庾信是多么低等级的伟人级星座，我都只是个刚进入任务的化身，他的一句真言就能把我吓得屁滚尿流。也正是因为真言的力量如此强大，星座们才会特意使用"间接通知"。但我担心的事情并没有发生……

"切记，汝欠吾巨债也。为助汝脱困，吾承必要以上之盖然性矣。"

他的语气让我有种不祥的预感。我赶紧表示感谢："非常感谢您，您的恩惠我世代难忘。"

"汝甚急躁矣，汝尚无后代……"

"……总有一天会有的嘛。等孩子一出生，我就把今天的事讲给他听。"

"然。汝似无背后星也。"

看来刚才不祥的预感是对的。我就说这老狐狸怎么还在跟我搭话呢。

"汝甚合吾心。愿于此任务中成汝之背后星，与汝一同周游天下，可否？"

话说得漂亮，但讲白了还是要把我当奴隶使唤的意思。

"那有点难办。"

"为何？汝已见吾之威力。但有吾之星痕，汝定将立于此时代之不败之地。"

我承认"大花郎集结"是个不错的星痕，难怪史学家们称金庾信为"老狐狸"呢。

立于这个时代的不败之地？金庾信甚至都不是传说级星座，他区区一个伟人级星座竟敢夸下这种海口！要是被齐天大圣听到，肯定会把这将军的头发全给拔了。

"老人家，现在可不是三国时代了。您年纪也不小了，还是早点回去休息吧。"

星座"紧箍儿的囚徒"对着"兴武大王"咯咯地笑了。得到了300Coin的赞助。

可能是被伤到了自尊，金庾信好一阵子都没说话。他要是能老老实实地离开就好了，但我的脑中突然传来一阵刺痛。

"吾之庇护尚在也，忘乎？"

我和金庾信仍处于用"简平仪"互相连接的状态。猛然间我全身的肌肉都在痉挛，事情的走向越发不对劲。我从没想过一位韩国的伟人居然会这样威胁我……

"吾劝汝三思。"

刘尚雅面露担忧道:"独子?"

"刘尚雅,快远离我!"

我颤抖的右手不受控制地拔出"不折的信念",指向了刘尚雅。金庾信正在强行控制我的身体。

"汝方才曰杀人之限否?其何焉?吾甚好奇。将杀此女以解惑,可否?"

"金庾信,这纯粹是出于你的意志,并不会成为我的业报。"

"哈哈,孰知乎?若吾刺而杀之时使庇护解,将何如?将成汝之杀业也。况汝甚重此女。"

"……别这样。"

"汝与吾期,下回'选择背后星',汝将选吾金庾信。"

他的意图很明显。第4个任务结束之后,我们又会迎来"选择背后星"的环节。金庾信是想趁这次机会得到我的承诺。如果我没有看过《灭活法》,他的确是个不错的选择。金庾信总归是个不弱的星座,单凭"大花郎集结"这个星痕,都能让他的化身顺利度过前中期的任务。不过,我要是想选一个背后星来配合完成任务的话,从一开始就会选择齐天大圣,所以任务都进行到现在了,我为什么要选他金庾信?

"我说了,我拒绝。"

而且我和鼻荆的契约也不允许我选择背后星。

金庾信冷硬地说:"汝虽铮铮,但错也。汝能抵挡几时?"

我握着剑柄的手开始朝刘尚雅的方向移动。

"刘尚雅,快走!"

不知为何,刘尚雅站在原地没动。我看着自己失控的右手,终于下定了决心。该死,我把金庾信当伟人来尊重,但这个老头未免也太得寸进尺……我稳住心神,调整呼吸。这可是我的身体。星座也好,其他什么东西也罢,谁都休想控制我!

专属技能"第四面墙"已发动!

我在脑海中翻动《灭活法》的书页。轰隆隆一声,我的脑中爆发出一阵炫目的光芒，那些发光的句子开始有序地排列——是《灭活法》中的语句。

"嗬！"察觉到不对劲的金庾信吃惊地吸了口气，几乎同时，他的存在感迅速减弱。这老狐狸果然很有眼力见儿。

通过"星之回声"连接的星座庇护已消失。

最后一刻，金庾信透着惊讶的真言在我耳边回荡。

"汝何人也？"

金庾信的气息随即消失，连我都不禁感到诧异。虽然我算到了"第四面墙"应该可以派上用场，但也没想到这个技能可以这么轻易地切断"简平仪"的连接。

我能想到这一招，也是因为之前在隐藏任务"剧场地下城"里经历的事情。当时剧场主人想入侵我的意识，却在遇到"第四面墙"的一瞬间就被消灭干净。我本来还好奇这个技能会不会用同样的方式杀死星座，但警觉的金庾信一下就跑没影儿了，真可惜呀。

星座"兴武大王"对你的存在产生怀疑。星座"兴武大王"今后会密切关注你。

哎，将军大人真记仇啊。

"现在没事了吗？"

"嗯，没事了。但是……"

这又是什么情况？我回过神一看，才发现自己的四肢都被魔力线绳结结实实地捆住，看起来像个蚕蛹……

刘尚雅红着脸支支吾吾道："那个……我不可能扔下你逃跑，但在你身边可能会被攻击，所以就……"

我大概明白是怎么一回事了。她竟然能在那么短的时间内反应过来并且对我使用"线绳捆绑"技能。我还以为她被吓呆了呢，原来她只是在使用技能吗？

"你反应真快。"

"对不起。"

"我是在夸你。要是我以后又突然失控，你也要记得这样做。"

"我马上帮你解开！"

刘尚雅看起来有些不知所措，但我真的没有阴阳怪气。回头一看，"美戏之王"闵智媛正在用微妙的眼神来回扫视我和刘尚雅。

"那我就先走了。我本来是想来帮忙的，结果反倒让你们伸出援手。"

我点点头，说："再见面时，我们就是敌人了。"

"我们现在不是成一伙了吗？一般电视剧里都会通过这种情节化敌为友来着。"

"那是在电视剧里。"

"交友以信！用信任结识伙伴。这是我们花郎所秉持的道义。"

说完这话，闵智媛的背影逐渐远去，我注意到她的嘴角挂着微笑，也不知其中包含几分真心。这一次轮回中的"美戏之王"能够成为一个好的王吗？不得而知。我想，"美戏之王"本人也不清楚。

"我们也该走了。李圣国！别躲了，出来吧。"

听到我的呼唤，拉上李吉永躲在建筑物后面的李圣国缩着脑袋出现了。这小子，不是还放出豪言说要拦住秋旺仁吗，什么时候又躲到那里去了？

我带领同伴们向北行进。这一路都被金庾信的"大花郎集结"扫荡过，目之所及全是废墟。原本在附近混战的小国的王们都被砸碎了后脑勺，尸体像抹布一样倒在大路边。这就是星座的威力——金庾信卑劣怯懦，但他仍然是一个比化身强大许多的星座。

我把掉落在地的旗帜一一捡起，用这些"免费的午餐"一点一滴地提升经验值。

你的"褐色旗帜"已吸收"褐色旗帜"的累积经验值。你的"褐色旗帜"已进化为"紫色旗帜"。已能使用"紫色旗帜"的特典。

不用作战就能升级旗帜果然很爽。环顾四周，颜色等级高的旗帜都被我回收完了。进化为紫色之后，旗帜的等级就很难提升了。这意味着从现在起，那些小王的旗帜对我来说毫无帮助。

我开口道："郑民燮，你在这里吗？"

下一刻，郑民燮出现在原本空无一物的地方。出发前，我把"隐遁者的披风"交给了他，好让他隐匿身形去侦察古宫博物馆。

"现在一共进去了几个王？"

"九个，其中包括'暴政之王'和第一使徒。"

九个……说多不多，说少不少。

"他们的旗帜是什么颜色？"

"七面紫色的，两面褐色的。其中有两面紫色旗帜的颜色特别深。"

"是'暴政之王'和第一使徒吧。"

"是的。"

郑民燮的作用倒是比我想象中大。

我满意地开口道："这次只有我、刘尚雅还有吉永三个人进去。郑民燮和李圣国，你们二位在外面等候，藏在斗篷里也行。"

"真的不需要我们一起去吗？"

"嗯，只去三个人就行。"

"那我们就随时待命，只要您一声令下，我们立刻赶到。"

他们的好意我心领了，但去的人多了反而会帮倒忙。因为如果一切按剧情发展，这座国立古宫博物馆现在应该已经变成了"地下城"。

收到了新的隐藏任务！

+

＜隐藏任务：试炼遗物＞

类别：隐藏

难度：F ~ A+

完成条件：请按人数要求通过相应的"遗物地下城"

规定时间：无

奖励：500 ~ 5000Coin

失败惩罚：死亡

+

进入博物馆后，白色的大理石大厅映入眼帘，一片死寂。

刘尚雅语带紧张地说："我以后恐怕没法去博物馆参观了，这里怎么变成了这样……"

"哥哥，我们来这里，是为了拿到那个传说中的什么剑吗？"

"不，现在不是。"

这个地下城里的确藏着"四寅斩邪剑"。作为放出消息的人，我比谁都清楚剑的位置。然而，用普通的方式无法进入藏有"四寅斩邪剑"的地方。宝剑所在之处是隐藏任务中的遗物地下城，需要收集其他地下城的通关奖励"常平通宝[1]"才能进入。

请选择要进入的地下城的类别。

+

★1人地下城——螺角[2]之场

★3人地下城——针灸铜人[3]之场

★5人地下城——东医宝鉴[4]之场

★7人地下城——龙樽[5]之场

+

"我选3人地下城——针灸铜人之场。"

已进入3人地下城。

李吉永看起来有点失望，他本以为我们要去取宝物，满心的期待都落空了。

"吉永啊，遗物这种东西，不能光看表面。"

"……什么意思？"

"有很多东西虽然外表华丽，但实际上可能华而不实。"

"四寅斩邪剑"也是一件名声虚高的道具。在这个地下城里，反倒是那些只要通关就能获取的奖励才称得上佳品。

通关3人地下城——针灸铜人之场后可获得的技能，就是其中之一。

进入地下城后，刘尚雅惊道："……好像已经有人先进来了。"

---

1 常平通宝：一种古朝鲜钱币。

2 螺角：古代一种军用乐器，用大海螺壳制成。

3 针灸铜人：古代一种医学教学模型。

4 东医宝鉴：古朝鲜药学史上的巨著，作者为许浚。

5 龙樽：刻画着龙的酒容器。

惨叫声从地下城的四面八方传来。

"呜哇啊啊！离我远点！"

所见之处遍布数不清的怪物，呈人形，周身泛着黑色亚光。

7级仿制物种，针灸铜人。

每过一段时间，这些怪物的数量就会加倍，且从目前的情况来看，没有很好的攻略方法。针灸铜人不仅表面坚硬，还没有内脏器官和神经网络，因此感受不到疼痛。

"救命啊！"

几个化身毫无章法地挥剑砍向铜人，但铜人身上只漏出了一点水银，几乎没有受伤。铜人大步走近其中一个男人，扯住他的身体拉拽。那男人的体力、力量、敏捷总和接近50级，但他的身体却像一张纸一样被针灸铜人徒手撕裂了。

"独子，我们该怎么对付这些铜人？普通的攻击好像完全不起作用。"

刘尚雅和李吉永也在努力对针灸铜人使用技能或挥舞钝器，但同样无法阻止铜人向我们靠近。虽然李吉永的钝器攻击偶尔能打出伤害，但他根本不知道原理是什么。

"仔细看铜人的身体。"

"试炼遗物"任务中出现的所有怪物，原型都是国立古官博物馆中的遗物。

比如，1人地下城的"螺角"，顾名思义就是用海螺壳制作的乐器；5人地下城的"东医宝鉴"……这个就没必要进行说明了吧。我们所在的3人地下城中的"针灸铜人"也是一样。

刘尚雅盯着铜人看了好一会儿，开口道："它们身上好像刻着什么东西？"

"没错。"

针灸铜人本是用来标记人体的正面、背面、手臂、腿、头部的361个经穴的遗物，是古朝鲜的针灸学教具。

"*信念之刃*"已发动！

我发动剑刃，刺中了针灸铜人的一个穴位。紧接着，铜人的身体开始痛苦地挣扎起来，没多久就发出"沙沙"的声音，散成粉末了。

好歹是个7级仿制物种，这下场也太虚无了。

已猎杀首个针灸铜人！

"仔细看，每种穴位的颜色都不一样。有的是麻穴，有的是死穴，还有一些是哑穴……这些铜人被制作出来，就是为了展现刺中不同穴位后的效果的。"

"原来如此！"

关键是要找到细小的穴位，阻断经络流动。我又示范了几次，李吉永和刘尚雅很快就掌握了其中要领。李吉永选择的办法是利用"多元交流"，让小虫子钻入穴位进行攻击。刘尚雅则是运用"线绳捆绑"，操控细线像小针头一样插进穴位。看着数不清的铜人一个接一个地全身颤抖然后原地倒下，我发自内心地感叹：这两个人的潜力真是无限大啊。

你的小队是第一个猎杀 100 个针灸铜人的队伍！

已通过 3 人地下城。

已获得基本奖励：4 个常平通宝。

已获得特殊奖励：专属技能"点穴"。

我也得到了目标技能：点穴。这是武林界归来者的固有技能，可以通过按压穴位来压制敌人。对于暂时需要维持"不杀之王"权限的我来说，这个技能可以派上很大用场。

刘尚雅好奇地打量着常平通宝，轻声道："这个可以用来买东西吗？"

"可以兑换 Coin，也可以当地下城的门票来用。"

"那么……"

"我们要把它用作门票。来，你们每人出三个，我出四个，加起来就是十个了。"

"需要十个吗？等等，独子，你不会是想……"

"我们要进入藏有'四寅斩邪剑'的遗物地下城。"

刘尚雅吃惊地问："但是你不是说过，我们的目标并不是那把剑吗？"

"我们的确不是去拿那把剑的。"

而是要去狩猎垂涎宝剑的王。

2

要进入地下城，但不是为了拿到"四寅斩邪剑"——刘尚雅和李吉永都立刻明白了我的意思。

"你是说要去抢旗帜啊。"

"把那些人都杀了就行。"

显然，两人的理解有一些差异。

刘尚雅惊讶地低头看向李吉永，有意思的是李吉永回以失望的眼神。

"哥哥，之后的收尾工作就交给我吧。"

这小子……甚至还察觉到我不能亲手杀人。

专属技能"登场人物浏览"已发动！

该人物并未在"登场人物浏览"中进行登记。

正在收集该人物的相关信息。

我还是看不见李吉永的信息。一转头，我对上了刘尚雅担忧的目光。她的视线在我和李吉永之间逡巡，然后低下了头。

我对李吉永说："吉永啊。"

我知道刘尚雅在担心什么。正常来说，李吉永这个年龄的孩子应该还在上小学。但刘尚雅也隐约意识到，我们所学的那些伦理道德对这个孩子的生存没有任何帮助。

我轻轻地叹了一口气，继续说："这不是游戏，还是要小心一点。"

"嗯，哥哥不用担心。"

听着李吉永自信满满的声音，我把插在背上的旗帜藏进了怀里。这之前，旗帜都是吸引低等级王的诱饵，但从现在起，显露旗帜就等于放出血香味，只会招惹来捕食者。在捕猎王的战场上，被人发现身份是王，只会有百害而无一利。

中级鬼怪的声音从空中传来。

"呵呵，大家都在认真做任务呢。既然这么多人都在做隐藏任务，那隐藏也就没有意义了吧？"

真是厚脸皮。我偶尔会想，能做到像它这样傻里藏奸也挺难的。

"有人已经完成了'第一个资格'欸，这样才有意思嘛。"

看来已经有人获得了"黑色旗帜"，那大概率是"首尔七王"之一。

"等会儿就要公开'第二个资格'了，请大家多多期待哦。"

我回过头，对同伴们说："我们加快速度吧，还来得及，鬼怪口中的'等会儿'没那么快。"

我把收来的常平通宝一个个放进大厅入口闸门的孔洞里。

使用10个常平通宝，即可进入隐藏之场。是否进入隐藏之场"北斗七星之场"？

我的旗帜是紫色的，其他所有"紫色旗帜"的王都已经涌入"北斗七星之场"。也就是说，现在我的猎物们都聚集在了一处。

已进入"北斗七星之场"。

视野一阵扭曲，眼前白色的大厅变成了一个宽敞的等候室，尽头有七扇门。

"嗯……"

刘尚雅发出一声呻吟，向后退了一步。她脚边有一具其他队伍成员的尸体。李吉永则面无表情地静静低头看着。这里就像一个墓场，目之所及遍地横尸，我们甚至无处下脚。看样子这里应该已经刮过一阵腥风血雨了。

我不由得想，假如我没有散布隐藏关卡的情报，这些人可能就不会死。如此说来，是我害死了他们吗？

"那边有人。"

等候室的中央燃烧着以尸体为燃料的篝火。

一旁的幸存者们都在窃窃私语。也不知道这些人是残兵败将，还是暂时处于休战阶段，总之目前是和平状态。

我看着那群人，提醒同伴们："小心。"

那些人偷偷地站起身，朝我们走近，眼中露出毫不掩饰的贪婪。

"哟，新来的啊，你们的王是哪个？"

有人用对话吸引我们的注意，同时有几个家伙正在偷偷绕到我们身后，他们将包围圈逐渐缩小。

"是你吗，还是旁边这个女的？反正不可能是这个小鬼头……"

相当多的星座厌烦了不入流的捣乱。

有些星座希望你展开正式行动。

不用星座们说，我也正有此意。

"喂，怎么不答话……呃啊！"

"不折的信念"发出耀眼的白色光芒，剑刃划过一道流畅的轨迹，将男人的四肢砍断。

他身边的人慌忙大喊道："见鬼！直接动手！"

这群人像是等待已久似的，立即掏出怀中的匕首，但已经太迟了。

"怎……怎么会这么快……"

现在这个时间节点，几乎没有几个人的敏捷达到30级。而且现在还在初期任务阶段，他们步法技能的等级也不高，所以目前除了"首尔七王"，很少有人能跟上我的动作速度。唰咔！"信念之刃"划破空气，剑刃之快，只留下了一道半圆形的残影，我瞬间砍断了五六个试图攻击我破绽的人的胳膊。接着，我砍掉了拿着武器的手，刺穿了挥着暗器的手腕。

"呃啊啊啊！"被砍断的四肢飞向空中，我走到那些连连哀号的家伙身后，默默地开始点穴。

专属技能"点穴Lv.1"已发动！

砍断四肢然后点穴，我的做法还真是惨无人道，但我也别无他法。

男人们的怀里藏着发青的匕首，刀尖涂有从5人地下城——东医宝鉴之场得到的剧毒。如果我的动作再慢那么一点儿，被击倒的就会是我们几个了。几乎是一瞬间，这群人全都被我打倒，我都没开口，李吉永便直接走上前。嘭！嘭！那些人在李吉永的攻击下一个接一个地断了气。就像在捏死微不足道的虫子，李吉永冰冷得像个机器人。我一惊，正准备起身，刘尚雅先我一步行动了。

"住手！吉永，让我来吧！"

"但我可以做到的啊。"

"还是让我来吧。"

刘尚雅的语气很强硬，听起来都不像她了。李吉永不怎么乐意地看了看我的表情。刘尚雅背对着我，握剑向下刺去，剑刃刺穿肉体的声音不时传来。刘尚雅的动作比李吉永高效许多，很快就结束了剩下人的性命。

做完这些后，刘尚雅的指尖开始颤抖，但她很快就平静下来，说："……以后也都要这么做是吧？"

"嗯，是的。"

"吉永要做的事，以后都交给我吧。"

"你能办到吗？"

"没问题。"刘尚雅正努力维持淡定，这份果断完全不像原来的她。

"我能做得更好……"李吉永不满地嘟囔道。

刘尚雅轻轻将手放在孩子头上。之后我们还会遇到很多类似的难关，也许会跌倒，也许会想要放弃，但我们必须一一克服。我们即将见到的"首尔七王"中的大部分人的能力值都比我们高，他们拥有的技能也比我们强。就算他们没有表现出敌意，但我们如果不率先动手，肯定没法赢过他们。

我们默默地拾取这群人的道具。

获得了 2300Coin。

获得了道具"东医宝鉴·杂病篇（上）"。

这群人果然通过了 5 人地下城。在 5 人地下城中，一共藏有八本《东医宝鉴》，每本都有不同的用处。通过 5 人地下城进入此处的家伙一定大有人在，我应该不难找到其他几本。

可惜的是，刚才杀的这伙人中没有"王"。

啪啪啪。就在这时，传来了一阵掌声。一群男人正隔着巨型篝火看着我们这边，他们中的一人笑着走过来。我们刚才在他们眼前杀死了另一群人，但这个人的脸上却丝毫没有惊慌。

我把所有道具都收了起来，若无其事地警告道："有什么事？"

男人赶紧后退一步，举起双手，看来是不想发生冲突。

"哎呀，请冷静点，我不是来打架的。"

我仔细打量一番此人的外貌。这人的背后绑着巨大的长枪，二头肌和胸肌藏在衣服里虽然不是很显眼，但还是看得出来肌肉很结实……脑后还绑着一条长长的马尾辫。

"你的剑法了得啊，不使用战斗技能还能瞬间杀光忠正路的人……在失去王的队伍中，那些家伙还算有两把刷子的。"

失去王？所以那些人才直接跟我们硬刚的啊。

也许是读懂了我的想法，男人耸耸肩，接着说："但你还是来得有点迟了。那些最厉害的'王'已经全部进入了地下城，我估计他们这会儿正在打架呢。唉，虽然获胜者是谁已经显而易见……把这里搞成这样就去了地下城的最后一个王实在是太可怕了。"

"是谁干的？"

"你知道'暴政之王'吗？"男人接着说，"他是目前首尔北部最强大的王。知道这个王的人都说'绝对王座'的主人肯定是'暴政之王'。"

也是，亲眼见过"暴政之王"的都会这样认为。

因为即便在"首尔七王"中，"暴政之王"的战斗力也名列前茅。但是，要说他是"绝对王座"的主人……那就很可笑了。"暴政之王"虽强，却不是七王中最强的。

男人似乎又明白了我在想什么，他继续说："但是啊，我觉得吧，'暴政之王'虽强，但他不可能成为王座的主人。"

"你为什么这样想？"

"因为我亲眼见过他，他自身的战斗力很强，但他不会治人。既然身为王，就必须学会尊重民意啊。"

尊重民意？

"我侍奉的王就可以做到这一点，所以很多化身都选择追随他，我也相信他一定会成为'绝对王座'的主人。"

我顺着男人视线的方向看过去，那边是共有七个入口的"北斗七星之场"。

看来这个男人的王也选择进入了其中的一条通道。

"所以你的重点是什么，让我加入你们吗？"

"哈哈，要是能那样就好咯，但你不可能就这样乖乖加入我们啊。我只是想提个建议，如果可以的话，你要不要和我们联手？"

直到这时，我才明白这个男人一直待在等候室的原因。也就是说，这小子是个拉客的。

"我为什么要跟你们联手？"

"'暴政之王'太强了。虽然我相信我的王，但说实话，我不认为光靠我们队伍就能打赢'暴政之王'。"

忠心之外想法却不盲目，很贴合实际。像这样的人才算真正的忠臣吧。

"请你好好考虑一下。'暴政之王'是个无人能敌的地痞流氓，要是传说中的宝剑落到他手里，情况会变成什么样？再进一步，如果让那家伙坐上能够统治首尔市所有王的'绝对王座'的话，你难道不觉得我们无论如何都应该阻止这种事发生吗？"

我隐约有点印象。虽然不是第3次轮回的事，但《灭活法》中确实出现过几次"反暴政同盟"。因为这次轮回的情况有变，才会提前出现这个同盟吧。

"的确有道理。"

"所以我才这么建议你。我们的队伍很快就要对'暴政之王'动手，而且也已经和其他几个王谈过了。虽然不知道你来自哪个队伍，但说老实话，现在加入，对你来说没有任何坏处啊。毕竟我们已经把一整桌饭都做好了，你放上一个勺子就行。"

确实如他所说，但问题是，放这把勺子的代价可不小啊……

我沉默不语，也不知道男人是如何理解我的意思，他继续说："你要是还不放心的话，可以和我的王见面后再做考虑。他也快回到这里了……哦，正好来了，就在那边。"

说话间，那七扇门中的一扇被推开了，"北斗七星之场"内部的人们开始回到等候室。

"王啊！"

和马尾辫男子一起在门口打转的人们全都扑通一声跪了下去。一个男人正从那群人的中心朝我们这边走来。那人的头发剃得一根不剩，一边的眼睛上还戴着眼罩，再加上他手里拿着的褐色法杖……

等等，那家伙不会是？

向我们走来的是一个身穿法袍的独眼男人。我们见到的第一个"首尔七王"偏偏是这个家伙。刘尚雅通过群聊对我说：

——独子，那个人是不是……

——嗯，好像是他。

刘尚雅悲壮地点了点头。

也是，只要看到那男人的样子，大家都会和我联想到同一个人物。

——但我不明白的是，就算背后星是"那个"伟人，化身又为什么一定要穿成这样？

——估计是和星座的同步率比较高吧。如果同步率提升的话，化身也会大大受到星座生前喜好的影响。

马尾辫男子也朝着那个男人跪下，道："王啊，您回来了。"

"是啊。"

"请问情况怎么样了？"

"还用说吗？看这里。"

独眼眼罩男指了指自己的法杖，那上面嵌着"北斗七星之场"中的蓝色宝石碎片。

"贪狼之星"。

马尾辫男子感叹道："噢噢！"

这么快就拿到了一个"星之宝石"……这人还挺厉害啊！

"星之宝石"是"北斗七星之场"的奖励道具。这个道具能让综合能力值中的一项提高1级，所以单单一个就能产生很不错的效果。但"星之宝石"这种东西，总归是要集齐七个才有意义。因为星之宝石正是用来召唤"四寅斩邪剑"的材料。

独眼眼罩男看向我这边，问："这些人是谁？"

"他们不久前才进入'北斗七星之场'，其中有人剑法出众，我在考虑要不要把他们纳入队伍。"

"是吗？"

独眼眼罩男和我同时朝彼此伸出手。

"车尚景。"

"我是金独子。"

和他握手的同时,我发动了技能。

专属技能"登场人物浏览"已发动!

+

<人物信息>

姓名:车尚景

年龄:26 岁

背后星:独眼弥勒

专属特性:邪教教主(英雄)、弥勒之王(英雄)

专属技能:武器锻炼 Lv.5、精神壁垒 Lv.3、华丽口才 Lv.3、瞒天惑众 Lv.3、虚假祈祷 Lv.1……

星痕:弥勒净土 Lv.2、观心法 Lv.2、魔仇尼[1] 宣言 Lv.3

综合能力值:体力 Lv.28、力量 Lv.26、敏捷 Lv.28、魔力 Lv.25

综合评价:任何人都不能在他洞察一切的"独眼"前随心所欲。千万注意,不要在他面前咳嗽[2]

+

可惜啊,要是郑熙媛在这儿就好了。她看到面前这个活生生的人之后,就不会再乱说我的背后星是弓裔[3] 了。

车尚景说:"朕会看一点面相,能帮你看看吗?"

"请便。"

我还在想他怎么不早用这招呢。

登场人物"车尚景"使用星痕"观心法 Lv.2"!

弓裔的星痕"观心法"是《灭活法》中比较有趣的探查技能。这个技能虽

---

1 魔仇尼:指佛教中的魔军。
2 韩剧《太祖王建》第 80 集中,弓裔下令用铁锤打死发出咳嗽声的大臣。
3 弓裔:后三国时期泰封的王。他自称弥勒佛,愚弄人民,统治暴虐。

然看不到对方的特性视窗，但却可以了解对方的性格和大致危险程度。简单来说，如果对方是个善良的人，那在这家伙的眼里可能就会浮现出"软柿子的魔仇尼"，如果对方是个背叛者，或许就会浮现出"背后捅刀的魔仇尼"的信息。比如这样——

登场人物"车尚景"知道了你是"惹不起的魔仇尼"。

这就是"观心法"的作用机制。

"这……这是？"

"王啊，您这是怎么了？"

登场人物"车尚景"惊慌失措。

面色苍白的车尚景喊道："魔……魔仇尼！"

"什么？不会是……"

听到"魔仇尼"一词，马尾辫和其他"弥勒之王"的手下同时转头盯住我。就在气氛变得剑拔弩张的前一刻，车尚景急忙补充道："没……没事。应该是我看错了。"

"什么？他不是吗？"

"嗯，什么也不是。大家都退下吧。"

果不其然，他不会无视星座的警告，看来他人不傻。另外，对我的评价是"惹不起的魔仇尼"……看来"独眼弥勒"不想和我发生冲突。

"呼呜……真是吓我一跳呢。"

令人惊讶的反倒是那个马尾辫男子的反应。刚才有那么一瞬间，那家伙的脸上掠过了一丝近似"遗憾"的神情。

"一小时后就要按计划行动了，虽然你们来得有点晚，但我很期待你们的表现。"

说完，车尚景就回到了自己的队员那边。我们和弓裔的初次见面就这样草草收场了。

马尾辫男子说："你差点就要出大事了，幸好啊幸好。"

"你还说你的王能尊重民意，真是完全不顾客观事实。"

"哈哈，虽然在历史记载中，弓裔后来成了暴君，但他最开始的时候也是个好人。以后的事谁也说不准，毕竟历史是可以改写的。"

"嗯，也不是没可能。但是，你又是谁？"

"啊呀，这么一看，我还没做自我介绍呢。我是韩秀英。在我们队伍里专门负责辅佐车尚景大人。"

辅佐车尚景的男人……如果他必须跟在弓裔化身身边的话，那很可能是出于这人自己的背后星的原因。

他的背后星是谁？难道是王建[1]？我立刻发动技能。

专属技能"登场人物浏览"已发动！

无法使用"登场人物浏览"对该人物进行阅览。

该人物未在"登场人物浏览"中进行登记。

什么？

"嗯？你怎么了？"

看着还在装蒜的韩秀英，我不禁笑了出来。既然如此……我知道这家伙的身份了。

"没什么。只是……有种被魔仇尼缠上了的感觉。"

"哈哈，魔仇尼吗？"

韩秀英看我的眼神也发生了细微的变化。也许在这一刻，我们两人的想法是一样的。但问题是，谁会先拔剑呢？

吱呀一声，等候室的大门一扇接一扇地打开了。

"恭迎王上！"

"弥勒之王"的队伍那边笼罩着紧张的气氛，而等候室另一边的人们则开始欢呼起来。看着从门内走出来的王们，我问韩秀英：

"他们也是自己人吗？"

"是的，都是说好要跟我们合作的王。从左到右依次是'戒慎之王'尹祈英、'搏斗之王'金博浩，最后出来的那位是'地龙之王'具泰成。"

听到称号之后，我一下就记起来了。"戒慎之王"和"搏斗之王"两个人的

---

[1] 王建：原为弓裔麾下爱将，后取代弓裔，成为高丽国王。

性格正如他们称号描述的一样。他们的能力值和技能都不错，但比起"首尔七王"来还是稍逊一筹。所以在那些人中，我需要留意的只有"地龙之王"具泰成。看到车尚景之后，具泰成咧开嘴笑了。

"哎哟，你已经出来了。真快啊。"

"蚯蚓魔仇尼，你这家伙又开始嘚瑟了。"

"蚯蚓？你是在骂我的背后星吗？"

闻言大吃一惊的刘尚雅在我耳边悄悄说："那个人的背后星好像是甄萱。"

"你怎么知道？"

"我听说过后百济之王甄萱是地龙之子的事。"

"地龙吗？"

"地龙就是蚯蚓的意思。听说其他王为了嘲讽甄萱，都叫他地龙之子。"

刘尚雅说的都是对的，她居然能从只言片语中推断出一个人的背后星。

"地龙之王"具泰成。

在我的印象中，他也是"首尔七王"之一，而且他的背后星的确是后百济的王甄萱。

"好像很多人都选了王作为背后星呢。我们之前见到的真圣王也是……"

我点点头。其实选王做背后星的化身多这件事并非巧合。不仅在首尔穹顶，其他地区的情况也差不太多。比如在现在的日本，织田信长等战国三英杰正打算利用化身一决高下，英国的狮心王理查或亨利八世等也在备战。全世界的伟人级星座都在小心地调节与化身的同步率，争夺王座的战争一触即发。

星座"海上战神"期待新的传说级星座登场。

星座"秃头义兵长"观望着情况，手心出汗。

其他伟人级星座也在津津有味地观战。就像我之前说的，第4个任务是为各国的伟人级星座们准备的特别活动。

"都到齐了吗？"

接着，整顿好队伍的王们来到等候室正中间，开始发表演讲。

"我们的敌人是进入了三号门的'暴政之王'。此人觊觎'星之宝石'，发动突袭，导致两位无辜的王失去性命。而在场的人中，就有人因为'暴政之王'

而失去了自己的王。"

原来这就是等候室里遍地尸体的原因啊。

"暴政之王"在这里杀了两个王,抢走了他们的"星之宝石"。这同时也意味着,只要攻略了三号门,七颗"星之宝石"就全都集齐了……

"我们绝对不能把新的首尔交到那个暴徒手中。如果他获得了'四寅斩邪剑',进而占据'绝对王座'的话,首尔将陷入无尽的痛苦和悲剧!

"所以,各位民众的斗士,挺身而出吧!这里的王都是贤明智慧之主。无论我们之中谁成为最终的王,那都是以后的事了,我们至少要阻止最糟糕的王登上王座。

"我们将为了民生而战。各位,请铭记:你们就是见证这场新革命的伟大斗士!"

这种空洞无物的演讲居然也能引起人群热烈的反应。他们欢呼着表示赞同,甚至有人感动得眼眶都泛红了,就好像自己真的是为了正义揭竿而起的革命家一样。而我只是冷漠地看着面前的一切。

仅仅一个月前,这里的人还在投票选举总统。这些人曾经都同意要履行义务、享受权利,并通过合法的经济活动获得私有财产。但曾经的一切都像一场梦一样化为乌有。不过才一个月,首尔就回到了王国时代。

"进军!"

几百号人进入了三号门。车尚景的队伍跟在末尾,我和同伴们也跟着他们一起进去了。紧接着,眼前的场景开始扭曲,转眼间,我们已经身处一个巨大的秘密洞穴。

跟我走在一起的韩秀英开口道:"好兴奋呀,就像到了武侠小说里一样。"

"武侠小说?"

韩秀英露出意味深长的微笑,点了点头。

"就是啊,武侠小说里不是会出现这样的剧情吗?藏宝图里画着神秘的洞穴,洞穴的石室里有一把沉睡已久的传说中的宝剑,只要得到这把剑,不论武林中的谁都能成为天下第一的高手!"

韩秀英说话时还用手比画起来,他还挺会讲故事的。

"那的确是武侠小说里常见的套路,'藏宝图宝剑'。"

"独子,看来你也看过武侠小说啊?"

那是当然。要是想聊小说,那我可有话说了。

"看过很多。不过,你知道吗,这种设定后面会跟着一种很常见的剧情发展。"

"很常见的剧情发展?"

"比如,到了一看才知道,那藏宝图上画的居然是假的!"韩秀英双眼放光,我继续说,"这张伪造的藏宝图让聚集在洞穴里的高手们落入陷阱,而那个散布假情报的'幕后黑手'则坐收渔翁之利——这也是武侠小说里的常见套路。"

"哇哦……那现在这种情况,是不是也有可能发生你说的那种剧情?"

"是有可能,但如果真的发生了,我应该会很失望。"

"啊,为什么?"

"说老实话,这个套路未免用了太多次,不是吗?"

听到我的话,韩秀英的眼神中第一次出现了动摇。果然戳到他的痛处了。

他的嘴唇张合许久才说出话来:"既然用过很多次,就说明读者是吃这一套的。"

"因为读者吃这一套就直接照搬,那这个作者好像还不太够格吧。嗯……但我们这里又不是小说,应该不会有作者来安排这样的剧情。"

韩秀英的表情微微一僵。胜负之分就看他会不会上钩了。

那之后不知过了多久,这家伙终于开口了:"如果有作者存在,你觉得会怎么样?"

"什么意思?"

"如果你是安排剧情的作者,你会怎么做呢?如果你必须写'藏宝图宝剑'之类的内容呢?"

"不好说。就像我的名字一样,我只是个'读者[1]',我没想那么多。"

"在我看来,你也会做一样的事,写滥俗的套路,给读者带来滥俗的满

---

[1] 韩语中"独子"和"读者"读音相近。

足感。"

我笑着说:"你这是怎么了?你这话说得就好像自己是作者一样。我不是说套路不好,我的意思是,至少别让人说成是抄袭啊。"

"抄……抄袭?"

"嗯,抄袭。"

看着韩秀英涨得通红的脸,我心想,太有意思了。

"不好说吧,毕竟大家都是在同样的故事结构上添加一点不同的细节……这就要算作抄袭吗?要是你当了作者,你也一样会——"

"不,如果是我,我会写不一样的剧情。"

韩秀英挑眉道:"不一样的剧情?你会怎么写?"

"举个例子,就像这样。"我拔出"不折的信念",一剑砍下韩秀英的脖子。他的脑袋落在地上一路滚动,却没有流出一滴血。我继续说:"你个幕后黑手,反正早晚要现形,又何必隐藏身份?"

下一刻,被砍落在地的脑袋张口说话了。

"金独子,你这人真有意思。"

3

我抓起他的脑袋,问:"你这个身体果然也是阿凡达。韩秀英是你的本名吗?"

"没错。"

如我所料,韩秀英就是"第一使徒"。这该死的抄袭作家,我还在想他到底躲去哪里了。

"那……那家伙在干吗?!"

看到我的行动,人们发出惊讶的声音。他们慌张地议论着有人背叛、发生内讧之类的事。我保护着刘尚雅和李吉永,撤到了洞穴的另一边,我的一只手里还抓着韩秀英不断说话的脑袋。

"我猜得果然没错,就是你这家伙散布了《启示录》的内容,对吧?"

"准确来说，我散布的是你的'抄袭之作'的内容。"

"我的《启示录》才不是抄的！"

"还说不是抄的，你不是把原著的设定照搬过去了吗？"

"别拿我的作品和那种垃圾小说比较。"

"既然你能听懂我在说什么，就说明你至少不否认你看过原著。"

韩秀英咬牙切齿地瞪着我，喊道："还不快杀了这家伙！你们愣着干吗？"

"那个脑……脑袋说话了！"

韩秀英气得脸都歪了。看到这边发生的骚乱，其他人只是在原地惊慌失措，没有采取明确的行动。而且用不了多久，他们就会没空管我们了。

我笑着对韩秀英说："你说的套路剧情很快就要上演了。"

与此同时，洞穴内部爆发出刺眼的光芒。一道像光环一样的东西从人们周围闪过，在一些人身上留下了长长的血线。

"什……"

噗咻咻咻！鲜血喷涌，那些人的肉体整个裂开。站在队伍后方的人们被血溅到，发出阵阵尖叫。

"该死的，是那家伙！"

幽深的洞穴内部传来了魔力的波动，某种东西距离我们越来越近，气场强到足以镇住整个洞穴的人。

"起轿。"性别难辨的声音传来，轿子的一角出现在人们视野之中，有一个人影在轿中晃动。

我下意识喊道："刘尚雅，吉永！往后退！"

轿中传来了一个人的声音："前进。"

那轿子仿佛成了一辆战车，撞开了人群。穿过轿帘缝隙飞出的三色光环毫不留情地清扫战场，一下就杀死了十几个人。口中含着血沫的化身眼中写满了难以置信，他们的四肢都消失不见，只余躯干还在扭动，队伍的前排一瞬间就变得空空荡荡。

"呃啊……"血腥屠杀带来的恐惧让队员们又惊又怕地往后撤退，人们神情凝重地紧闭着嘴，四周陷入一片死寂。"暴政之王"掀开轿帘走了出来："老一辈的王，可真没看头啊……"

他手里拿着可以将魔力压缩成环并释放的道具"三轮环"。"三轮环"虽然是隐藏在首尔北部的道具，但在原著中并没有被"暴政之王"得到。看来他身边有"先知者们"的传闻是真的。

专属技能"登场人物浏览"已发动！

+

<人物信息>

姓名：郑龙厚

年龄：33 岁

背后星：宪天弘道经文纬武大王[1]

专属特性：马戏团员（稀有）、"暴政之王"（英雄）

专属技能：杂技锻炼 Lv.5、宪天步 Lv.3、武器锻炼 Lv.5

星痕：轿子战车 Lv.5、处容舞[2] Lv.5、暴政 Lv.4

综合能力值：体力 Lv.30、力量 Lv.28、敏捷 Lv.28、魔力 Lv.34（+2）

综合评价：朝鲜半岛最残忍的暴君遇到了心怀怨念的小市民。平时对社会体制抱有诸多不满的小市民不会错过这个机会

★ 正在使用"新手礼包"

★ 正在使用"成长礼包"

★ 正在使用"新任务纪念礼包"

+

看到他的特性视窗之后我就明白了。使用了三个礼包，这么强也是理所应当。他的背后星是个喜欢铤而走险的星座，招致的盖然性很可能带来危险。

"暴政之王"全身笼罩着一圈光晕，这说明背后星把同步率调到了最大值。鼻荆和几个鬼怪一直在半空中盯着那家伙看，一旦它们觉得"暴政之王"违背了盖然性，就会立即请求进行"盖然性合格判定"。

---

[1] 宪天弘道经文纬武大王：燕山君，古朝鲜第十代君主，知名暴君。
[2] 处容舞：一种宫廷舞蹈，用来驱邪、祈福。

"放肆的后人，你们竟敢不在史书中把我记录为王。"

"暴政之王"的背后星宪天弘道经文纬武大王说话了。

"我来此地的理由很简单。我要对后代的史学家降下惩罚，匡正歪曲的历史！"

他是朝鲜半岛最臭名昭著的暴君，所以历史记载中并没有称他为王。

"我乃燕山君李㦕！"

分不清自身及背后星的"暴政之王"周身爆发出强大的魔力，冲向他的人全都五脏破裂。"三轮环"蕴含足足 30 级的魔力。就算是我被打到也会受重伤。

"不准后撤！"

"全员听令，正面迎敌！"

但反暴政同盟也不是好对付的。先不说其他王怎么样，至少"地龙之王"和"弥勒之王"都跟"暴政之王"一样，属于"首尔七王"。

在多个王的齐心协力之下，原本一边倒的战况也逐渐变得有点看头了。王们都把自己和背后星的同步率调到了临界值。不仅是化身在拼命，伟人级星座们也都拼尽了全力。

我低头看向手中的脑袋，问："你不打算参加战斗？"

听到我的问题后，韩秀英呵呵一笑。

我说："你还笑得出来？看来你还挺从容的。"

"放肆的家伙，你肯定以为一切都按你的计划发展了吧。"

"……"

"燕山君开始和其他王战斗，等他们打累了，你就能得到'四寅斩邪剑'——你是这样计划的，对吧？"他的推理已经很接近我的想法了。韩秀英继续说："但你恐怕得失望了。我承认你散布《启示录》这件事干得漂亮，但我在很久之前就开始为今天做准备了。"

"你在胡说八道些什么？"

"我是说，我的'套路'会笑到最后。"

这时，中级鬼怪的声音从半空中传来。

"呵呵，各位打得挺激烈呀，我们的伟人级星座们还真是拼命呢。嗯，不过也是该这样。化身和星座都要加油才对，大家不都想升级成传说级嘛。"听到鬼怪笑嘻嘻的声音，战场上的嘈杂瞬间归于平静，"所以我带来了一个好消息，从现在开始，'第二个资格'条件解禁了！"

+

＜王之资格＞

1. 王座之主须比诸人皆有勇力

——"绝对王座"拒绝一名软弱的王。若想挑战王座，则至少需要拥有"黑色旗帜"

2. 欲求王座者，须具相应资格

——能挑战"绝对王座"的名额是既定的。为获得挑战权，你必须除掉周围的其他王

+

中级鬼怪露出阴森森的微笑。

"顺带一提，只有5个王能挑战'绝对王座'的最后一项资格。现在剩下的王还有……让我看看。"

目前剩余王的人数：14。

这条通知让人群炸开了锅。

"竟……竟然有14个王吗？"

"难道外面还有王吗？"

作为参考，目前身处遗物地下城内的王共12位。

我也有些吃惊，没想到地下城里竟藏着这么多王。也是，这个秘密洞穴之外也有王。

"是谁？藏起来的王到底是谁?！"

"暴政之王"嘲笑着陷入混乱的人群："哈哈哈！你们互相怀疑的样子真可笑。"

"现在不是起内讧的时候！先集中力量对付'暴政之王'！"

通过王们的协调，骚乱好不容易要平息了，然而就在此刻——

"王在这儿！这家伙是王！"韩秀英的脑袋在我手中放声大叫，"我看到了!

这家伙有'旗帜'！"

"什么？"

这真是……我用最快的速度把韩秀英的头踩爆，所有人的视线都聚焦在我身上。瞬间，我成了众矢之的。

"只要杀了他……"

然而，我还是感觉脊背发凉。如果说这就是抄袭作家的诡计，那未免也太幼稚了。等等，他不会是打算……这计划还挺新颖的。

趁着人们的注意力都集中在我身上，饱受赏识的"忠臣"们正在王们身后隐秘地行动。噗！噗噗！

"喀喀……"

放松警惕的王们被锋利的小刀刺中背部，有的直接被砍断了脖子。

王的数量已减少。目前王的数量：12。

体力下滑的"戒慎之王"和"搏斗之王"已经一命呜呼，"弥勒之王"和"地龙之王"也遭受重创，甚至就连"暴政之王"也被身后扑过来的三个奴隶刺中了肋部和大腿。

"下贱的东西！"

我突然反应过来背刺君王们的忠臣的身份。那些叛乱者的脑袋同时落地，刀口上却不见鲜血，王们掉落的"星之宝石"都被一个眼疾手快的人拿走了。

"宝石！我的宝石！"

"星之宝石"被隐匿在暗处的阿凡达们传递着，没多久就全都落到了一个人手里。

"我不是说了吗，我的'套路'会笑到最后。"

一个美人凌空飞身向上，她站在洞穴的壁龛上，笑嘻嘻地说着。难道她就是抄袭作家的本体？她手中汇集的七颗"星之宝石"放出光芒。

"伪王"韩秀英已获得七颗"星之宝石"！

以七颗"星之宝石"为祭品，召唤新道具。

"伪王"韩秀英已召唤"四寅斩邪剑"！

最后，抄袭作家成了"四寅斩邪剑"的主人。她的称号居然是"伪王"……

这个特性名称也太适合她了。

"独子,现在该怎么办?"

"目前还没什么问题。"

听到我平静的回复,刘尚雅露出惊讶的表情。

"真的没问题吗?你不是说那把剑是特别厉害的道具吗?"

的确如此。那把剑确实是 S+ 级别的道具,所以是挺厉害的。但要是只看道具等级的话,燕山君的"三轮环"也是一件 S 级道具,这两件道具的性能差距并不大。

"哈哈哈!去死吧!给我去死吧!"

"四寅斩邪剑"释放出的耀眼的魔力覆盖了整个战场,但是众人并没有就这样被杀死。韩秀英本以为人们会被剑的魔力原地消灭,但他们虽看似遭受重创,却都抵挡住了魔力的攻击。由于召唤了太多阿凡达,韩秀英已经耗费许多魔力。最重要的是,这里还有另外三个活着的王。韩秀英慌张大喊:"怎……怎么回事?这把剑怎么这么弱啊?"

"杀了她!杀了她,把剑抢走!"

"呃……呃啊啊啊!退后!都给我退后啊!"

事情好像本就该朝着这个方向发展。不知不觉间,被步步紧逼的韩秀英已经退到了我们一行人所在的位置。

我笑道:"你还挺会反套路的嘛,平时怎么不这么写呢?"

"闭嘴!"

"要我帮忙吗?"

"不需要!"

韩秀英傲慢地喊道。她再次挥动那把剑,依然没有改变被人群逼退的处境。我真想对这个固执的傻瓜说:这件道具之所以有名,并不是因为它本身很强,而是因为它原本的主人很强。

"够了,都去死吧!"找回自信的"暴政之王"发动了攻击,其他王之间也展开了混战。不知不觉间,人们已经分不清友方和敌方了。

话说回来,那人也是时候该来了吧……不会是迷路了吧?虽然这里距离北区有点远，但时间也足够那家伙赶回来了。

目前王的数量：11。

紧接着，半空中显示的告示板上的数字发生了变化。

目前王的数量：10。

啊，果不其然。

目前王的数量：9。

他来了。

"怎……怎么回事？！"

"王的数量在变少！"

陷入恐慌的王们环顾四周。王的数量不断减少，但他们甚至不知道谁死了，怎么死的。

目前王的数量：8。

终于，数量变成个位数之后，王们的恐惧达到了顶点。

"有人……有人只杀王！"

相反，还有一个喜出望外的家伙——"暴政之王"。

"哈哈哈！那又如何？！你们也都去死吧！"

就在"暴政之王"的"三轮环"再次冒出火光的瞬间，洞穴的天花板坍塌了，"暴政之王"就这样被埋在了废墟之下。足以将任何生物分解成粒子的魔力风暴席卷而来，"暴政之王"发出痛苦的惨叫，他的身体就这样碎裂了。"呃呃……啊……呃啊啊啊啊！"然后，人们眼前只剩下这个冷酷的数字——

目前王的数量：7。

目睹了近乎超自然的景象，人们颤抖着瘫坐在地。

"什……什么啊……这是什么鬼啊？！"

男人竟然只用攻击就碾碎了"暴政之王"，就像捏死虫子一样简单。烟尘刺鼻，他的身影缓缓从中显现。不论是已经死了的王，还是幸存的王，全都失魂落魄地望着他。

韩秀英吓得双腿发抖，她边退边说："不可能……这不可能！"

我突然想起她的阿凡达说过，"首尔七王"中最强的是"暴政之王"。我当时就想否认了。迄今为止，我见过"首尔七王"中的五个，其中还包括因为"先知者们"从中作梗而没能成为王的韩东勋。他们是：

"隐遁暗影之王"，韩东勋。

"美戏之王"，闵智媛。

"弥勒之王"，车尚景。

"地龙之王"，具泰成。

以及"暴政之王"，郑龙厚。

除去还没露面的"中立之王"，也还差一个人才能凑足"七王"。那么，最后这位王是谁呢？

答案很简单。

其实早在见到其他所有王之前，我就已经遇到了那小子。

他愤怒的声音在整个洞穴中回荡："金独子……"

我微笑着朝他挥了挥手。

那人大步流星地朝我走来，背后的"黑色旗帜"在空中飘扬，嘴上说着："你死定了……"

"首尔七王"中的最强者，当数"霸王"刘众赫。

4

主角不愧是主角。

都被我扔到江北区去了，他竟然还能在这么短的时间内获得"黑色旗帜"。

本身不是站点代表的人，可以通过夺走代表的旗帜来触发隐藏任务"革命之路"。这家伙应该是知道这个情报，所以在来的路上杀了其他站点的代表，从而获得了王位。

话说回来，看到刘众赫气势汹汹的样子，我可以肯定李智慧和郑熙媛都完成了我交代的任务。

我往后退了几步，看着韩秀英说："喂，赶紧把剑给我。"

"我不。"

"你是想一起死在这儿吗?"

韩秀英的眼神动摇了,几乎与此同时,刘众赫的身形离开了原位。

我喊道:"吉永!"

我的呼唤就是行动的信号,等待已久的李吉永的眼睛瞬间翻成了白色。

轰隆隆隆隆隆——

洞穴上方传来撕裂的声音,有什么东西正在哐哐哐地敲击着地下城。没过多久,伴随着一阵爆裂的声响,一只巨大的螳螂镰插穿了洞穴一侧的墙面。

6级虫王种巨翅目已出现!

乱战之中,李吉永发挥出了令人惊叹的力量。巨型虫王种的怪力让整个洞穴都震颤不已。就在刘众赫慌忙回头看的时候,我打了一下韩秀英的后脑勺。

"啊,啊……"

一声痛吟,韩秀英松开了手中的"四寅斩邪剑"。我捡起宝剑,顺手抢走了韩秀英围在脖子上的旗帜。

你获得了"弘大入口队伍"的旗帜。

你的"紫色旗帜"已吸收"黑色旗帜"的累积经验值。

你的"紫色旗帜"已进化为"黑色旗帜"。

已能使用"黑色旗帜"的特典。

恭喜!你已经完成了第一个"王之资格"。

目前王的数量:6。

我径直跑向"暴政之王"的方向。

"暴政之王"被压在石块之间,他露在废墟外的身体部分像面团一样被碾得粉碎,场面实在是惨不忍睹。虽然我从一开始就打算杀了这家伙,但也没想到他会以这种离谱又凄惨的方式死掉。

韩秀英在我身后发出凄厉的喊叫:"你这个小偷!"

我没理会她,而是迅速捡起"暴政之王"落在地上的道具。

已获得道具"三轮环"。

已获得道具"龙樽"。

再生之坛,"龙樽"。这说明"暴政之王"进入洞穴前已经通过了7人地下城。

"金独子！"

刘众赫用可怕的速度追赶着我。就算我的敏捷达到了 30 级，但我和他的距离还是在一瞬间内就缩短了。我扫视一眼四周，没办法，只能躲到离我最近的王身后了。

"什……什么啊?!"

这是后百济的王，具泰成。

"喀啊啊啊！"

刘众赫毫不留情地砍飞了他的脑袋，他的旗帜完好无损地落入刘众赫手中。

星座"汉南郡开国公[1]"瞪着你。

虽然很对不起甄萱，但我别无他法，就下个任务再见吧。就在这时，我停下了逃跑的步伐，开始跟刘众赫装傻。

"众赫，先停一下。我们通过沟通来解决问题吧。"

"那张字条。"

"字条？"

"我妹妹。"

仅仅两个词，但足够让我明白一切。幸好，交给李智慧的事也办妥了，那张字条在恰当的时机被交给了刘众赫。

"你妹妹怎么了？"

"你把我妹妹藏到哪里去了？"

"你在说什么？"

登场人物"刘众赫"发动"测谎 Lv.6"。

登场人物"刘众赫"已确认你说的话为谎言。

他还真是谨慎。

"快点交代，否则我真的会杀了你。"

---

1 汉南郡开国公：甄萱起兵造反后，自称汉南郡开国公。

就算没有"测谎"技能，我也知道刘众赫没跟我开玩笑。刘众赫直到这时才抵达秘密洞穴，完全是因为我的精心设计。

是我引导他去北方救妹妹，导致他在北部地区搜寻，白白浪费了时间。第3次回归的刘众赫的人性尚未泯灭，所以我的计划才有成功的可能。

我承认我挺卑鄙的。现在的刘众赫比原著中第3次回归的时候还要强上不少，如果他直接参与诸王之战，那这个任务肯定很快就结束了，剧情也不会朝着我想要的方向发展。

"好，但你先放下剑我们再聊吧。说句不好听的，万一我真是坏人怎么办？"

"你想拿我的家人当人质吗？"

"你又夸张了啊，我可没说过那种话。"

人质这种事根本就站不住脚，这小子要是发动死亡回归的话，一切就全完了。

"那你为什么要干这种事？"

"你觉得呢？"

察觉到我在拖时间，刘众赫的表情变得冰冷僵硬。

"我那时候就该杀了你……去死吧。"

就在刘众赫举起剑的瞬间，空中突然传来了鬼怪的声音。

"各位各位，冷静点啊。你们怎么能这么快就开打了呢？让我看看……所有条件都满足了呢。"

中级鬼怪未免也来得太晚了。

刘众赫这才看向半空中显示的告示板。

目前王的数量：5。

"最后的王之资格"已开始。

我和刘众赫，还有其他剩下的王的身体，都开始被强制移动到另一个空间。

"金独……"刘众赫出手迟了些，导致他的剑没能碰到我。

终于来到这个任务的最后篇章了。

具备资格的王们将被移动到最后的试炼场所。

周围的景象开始扭曲变形，我的身体像被拉成了一支箭，被吸进某个地方。

忽然，嘭的一声，我的头撞到了什么东西。过了好一会儿，我才猛地清醒过来。

你没有进入"最后的王之资格"的候补名单。

怎么回事？我环顾四周，发现自己正站在光化门广场的中心。我刚才撞到的是一个操场大小的结界。而在结界中央，摆放着这个任务的最终奖励——"绝对王座"。

我为什么没进入结界？

"哈哈哈！真是，你真是的！只顾着完成自己的计划，却忘记了真正重要的东西！"

一阵笑声传来，我抬头望向半空中面带嘲笑的中级鬼怪。我心想，那家伙不会在耍滑头吧？下一秒却收到了几条意料之外的通知。

你尚未占领第4个任务的"目标站点"。

为获得"最后的王之资格"，请先占领"目标站点"。

你的队伍的"目标站点"是"昌信站"。

啊……我脑子里只想着那些王，结果把这件事抛到脑后了。我这才想起自己还没完成这个任务。

"不完成前一阶段的任务，就没法进入最后阶段。你不会以为你能偷摸混进去吧？"

结界里面的人已经开打了，再这样下去，我的一切努力都会付诸东流。现在还不晚，我开始思考要不要赶去昌信站。

但是，等我跑到那儿再跑回来，这个任务应该已经结束了吧？

"独子！"

不远处，刘尚雅背着昏迷的李吉永朝我跑来。但我仔细一看，发现还有其他人一起过来了。

"熙媛？"

郑熙媛正牵着一个陌生女孩跑向这边。

"我哥哥他真的在这里吗？"

"我说了他就在这里，都说了好几遍了。"

"但是我饿了欸。"

郑熙媛不该出现在这里的。这次的任务，我让郑熙媛负责去江北地区救出一个小女孩，然后在昌信站待命。

"熙媛，你怎么来这里了？我明明说过让你在昌信站等着……"

"不是，你这个不懂变通的……你要我等到什么时候啊？而且，这小孩儿从今天早上开始就嚷嚷着饿了饿了。不是说这是你妹妹吗，你怎么都不担心她啊？"

听到郑熙媛的话，女孩指着我说道："那个人不是我哥哥欸。"

"嗯？"

"他比我哥哥丑欸。"

这个可恶的小鬼头。郑熙媛慌张地轮番打量我和那个女孩。

"啊，她不是你妹妹吗？我还以为她是你妹妹，你才让我救她的。"

"不是。"

"那她是谁？"

看来郑熙媛还不清楚自己完成的是什么任务。也是，谁会认为这个可爱的小女孩是那个神经病的妹妹呢？女孩的肚子咕噜噜地叫了。我听着那声音，心中发涩，不禁露出苦笑。

难道我完美的计划就要在这里破灭了？

"独子，你要去哪儿？"

"我要去占领昌信站。"

就算已经迟了，我也只能尝试挑战。要是我有"远距离传送卷轴"就好了，但是中级鬼怪一直盯着我，我根本没法打开"鬼怪包袱"。

然而，原本只是在盯着我看的郑熙媛开口了。

"干吗要去那儿？"

"嗯？"

"小孩儿，把那个拿出来。刚才姐姐不是给了你个东西吗？"

"好嘞！"

刘众赫的妹妹刘美雅把手伸进嘴里。她的嘴巴不断扩大，直到一块巨大的石块显露出来。这是她的专属技能"库存保管"。

我凑近那个石块，问："这是什么？"

"还能是什么？"郑熙嫒道。

我打量着石块光滑的上表面，发现了一个可以用来插东西的小洞。我完全没想到还能这样。这合理吗？纵观《灭活法》全文，从没有人做过这种事。

郑熙嫒理直气壮地说："要想占领车站，不是只需要用到'旗座'就够了吗？"

到底是多么鲁莽的人才能想出这种点子啊？郑熙嫒把昌信站的"旗座"所在的地面整块挖起，带到了我这边。

星座"立鸡蛋的冒险家[1]"因郑熙嫒的点子发出感叹。

我本来想说些什么，但最终还是闭上了嘴。

"怎么，有什么问题吗？"

"没。"

"那你愣着干吗？麻烦您赶紧来插旗，陛下。"郑熙嫒又开始拿我开玩笑。

我点点头，拿出自己的旗帜。

你的队伍已占领"昌信站"。得到了"旗帜争夺战"的奖励2000Coin！

成了。真的成功了。

你的队伍已获取"目标站点"。你的身体将被传送至"最后的王之资格"的战场。

一阵身体被抽走的感觉袭来，我的意识再次变得模糊，同时脑海中浮现出一条通知，"王之资格"的条件增加了。

+

＜王之资格＞

1. 王座之主须比诸人皆有勇力

——"绝对王座"拒绝一名软弱的王。若想挑战王座，则至少需要拥有"黑色旗帜"

2. 欲求王座者，须具相应资格

---

1 立鸡蛋的冒险家：指哥伦布。

——能挑战"绝对王座"的名额是既定的。为获得挑战权，你必须除掉周围的其他王

3.是以孤军独战时亦能屹立不倒者方可得之

——能挑战"绝对王座"的王必须能在孤军作战的情况下证明自己的强大

+

星座"海上战神"冷静地注视着当下的情况。

星座"秃头的义兵长"为伟人级星座们加油。

星座"紧箍儿的囚徒"咯咯地笑着挠了挠耳朵。

星座"深渊的黑焰龙"对着伟人级星座们挖鼻孔。

与以往不同的是，星座们的反应截然相反。

并非所有星座都是同一等级的，传说级和伟人级之间的差距，就像大人和小孩儿之间的差距那般不可逾越。正是因为这样，收看直播的星座们才会有不同的反应。就像大人对孩子们之间的捉迷藏没什么兴趣那样，对传说级以上的星座们来说，这次的任务压根就没什么存在的意义。但对伟人级星座来说，情况却有所不同。在这次任务中获胜的伟人级星座的化身，不但能坐上"绝对王座"，还能积累其背后星新的传说。所以"王之资格"任务开始时，伟人级星座赞助的王们就已经心急如焚了。

再次睁开眼睛时，我终于看到了王之战场。

从现在起，所有王都无法得到背后星的赞助。

从现在起，所有道具的攻击力和防御力都将受到限制。

从现在起，所有技能星痕和道具的特殊效果都将被封印。

从现在起，所有王的综合能力值都将变为10/10/10/10。

"最后的王之资格"将持续到只剩下最后一人为止。

Episode 15
没有王的世界

1

最后的"王之试炼"是一场需要单打独斗的极限考验。我进入结界时，光化门的地面已经变得坑坑洼洼。

"绝对王座"位于结界正中间，王们正在混战。

"美戏之王"闵智媛。

"弥勒之王"车尚景。

"霸王"刘众赫。

还有站在一侧角落里的那个中年人……

那人就是"中立之王"吗？和我对上视线后，"中立之王"举起双手。

"中立之王"全日道已弃权。

人如其名，"中立之王"对王位没有欲求。觊觎王座的是其余三人，刘众赫也是其中之一，所以这场战斗本应该在一分钟内结束，但事情没有那么简单。

"去死吧，魔仇尼！"

车尚景的法杖劈开空气，刘众赫的腿踢在车尚景的腹部。

"喀！"

但车尚景受到的伤害比预想中少。这是因为所有人的能力值都变成了10级，技能也被封印了。王们必须凭借各自肉身的本领来展开较量，即便是刘众赫也没法在短时间内打倒其他王。

在他们身后观察局势的闵智媛发现了我的存在。

我朝她轻轻点头，说："又见面了。"

"是啊，但我其实不想和你打。"

闵智媛能够进入结界，说明她也完成了"王之资格"的所有条件。挺了不起的，说老实话，我压根没想过她能活到最后。

"你不弃权的话，我就要攻击你了。"

"尽管来试试，我可没那么好对付哦。"

没有技能、没有星痕、能力值全部为10级的战斗。对于不久前还在声势浩大地摧毁城市的王们来说，这场战斗未免也太过寒酸。

这时，伴随着一阵血肉飞溅的声音，车尚景发出一声惨叫："嗝呃！怎……怎么会？"

挨下刘众赫的一拳后，车尚景在地上痛苦地打滚。明明刚才还是一场势均力敌的战斗，现在情况却在慢慢发生改变。技能和星痕都被封印，但刘众赫的攻击还是越来越迅速、有力。这不仅仅是因为刘众赫有着非凡的战斗直觉。

闵智媛也面露惊讶："怎么会？"

如果我没记错，刘众赫正是在这次回归时发现了这个任务的漏洞。现在他的脑海中应该正在弹出这样的通知：

使用400Coin投资体力。使用400Coin投资敏捷。使用400Coin投资力量。

可笑的是，这个战斗场景虽然限制了"一切"，却独独落下了一个因素，那就是每个人自带的Coin。

星座"寐锦之尊"质疑任务的公平性。

中级鬼怪笑了。

"哈哈，请问您是在质疑什么呢？使用自带的Coin是正当的权利。再怎么说，Coin也是化身们自己努力赚来的。他们这段时间这么努力地攒钱，总该有使用的机会嘛。"

刘众赫正在用自带的Coin提升能力值。

"啊，当然了，在这里用Coin提升的能力值，等到任务结束后就会初始化的。各位使用的时候一定要注意哦！毕竟就像是在往空中撒钱一样嘛！哈哈哈！"

听到中级鬼怪的话，闵智媛和车尚景的表情愁云密布。他们应该没剩多少Coin了。不过这也不怪他们，因为在这个有来有回的诸王之战中，王们根本没工夫节省Coin。

但是刘众赫不一样。从一开始就突破各种隐藏任务、不断成长的刘众赫，身上总是带着适量的Coin。原著中的第3次回归，在这个时间点的刘众赫大约有30000Coin。但现在的他应该有更多……大概有40000？

嘭的一声，车尚景那具被揍成一片抹布的身躯就这样飞向了空中。

"弥勒之王"车尚景已无法作战。

刘众赫看向离他最近的闵智媛。后者吓得一个激灵，赶忙举起双手往后退。

"我弃权……"

"美戏之王"闵智媛已弃权。

直到这时，刘众赫才终于看向我。他眼中的怒火已经熄灭，情绪归于平静。我知道他在想什么，因为占领"绝对王座"之后就能随心所欲地支配所有的王，他肯定以为到那时，就能让我把妹妹还给他了。但是，事情的发展真的会如他所愿吗？

"刘众赫。"

我们拔剑相向。结界内不能使用任何技能，我只能凭借自己的身体记忆和目前拥有的那点综合能力值与他作战。

咻！

我第一次看清了刘众赫的剑刃，但明显就是假动作，这家伙在试探我的能力值水平，以此估算我还剩多少Coin。这个谨慎的家伙肯定在计划着用最少的Coin打败我。但他忘了，骄兵必败。他不知道的是，我才是首尔地区Coin最多的王。

持有Coin：80850。

不过也是，谁能想到我居然能在任务初期攒到80000Coin呢？

看着朝我冲来的刘众赫，我咧嘴一笑。

"我会下手轻一点的，你可别死。"

哪怕在这里把我珍贵的Coin全部用完，也是一笔稳赚不赔的买卖。我像是在进行报复性消费一样，对"力量"进行了大笔投资。

使用 4000Coin 投资"力量"。力量 Lv.10 → 力量 Lv.20。

使用 5000Coin 投资"力量"。力量 Lv.20 → 力量 Lv.30。

使用 6000Coin 投资"力量"。力量 Lv.30 → 力量 Lv.40。

……

使用 11000Coin 投资"力量"。力量 Lv.80 → 力量 Lv.90。

使用 12000Coin 投资"力量"。力量 Lv.90 → 力量 Lv.100。

总共花费了 72000Coin。

你的"力量"突破了人类的极限。

可怕的成就！你是首个力量等级达到三位数的人。

获得奖励 30000Coin。

我小心地调节拳头中蕴含的力量，不小心把刘众赫打死的话就难办了。力量 100 级的一击非常恐怖，我都能感觉到自己拳头周围的空间发生了细微的扭曲。

根据《灭活法》的原著，综合能力值在突破 100 级的瞬间会带来不同寻常的破坏力。你要问我拥有这般的破坏力是什么感觉？当然是爽疯了，就像手里攥着上亿张支票一样……

刘众赫瞪大了眼睛，慌忙使用 Coin 进行投资。但为时已晚。

仿佛钱包爆炸的声音，同时传来了震耳欲聋的音爆，刘众赫就像一个被球棍正面击中的棒球一样飞得老远。遗憾的是，这个赛场里打不出本垒打，刘众赫撞到结界上，又被弹飞，就这样来回撞了五六次，他才直直地摔向地面。

我该不会把他打死了吧？

我有些心慌地跑向刘众赫。哎呀，我刚才为什么这么用力啊？早知道再收着点。我小心翼翼把扎进地面的刘众赫拔出来，却发现他正死死地瞪着我。

天啊，挨下我 100 级力量的一拳，他居然还是清醒的？

啊，是主角光环。

"刘众赫？"

"……"

"众赫？"

"……"

这家伙的眼珠子还是一动不动，他不会是睁着眼睛晕过去了吧？是我打得太用力了吗？不对啊，我以后哪还有机会这样揍他。

"所以说啊，你平时就该在我面前好好表现嘛。谁让你每次见面第一句话就是要杀我。"

我抽了他几个巴掌，这张脸我早就看不顺眼了。奇怪，我总觉得我每次打他脸的时候他的眼睛都在动……管他呢，反正这家伙还有呼吸。但他全身的骨头都断了，还七窍流血……他不能在结界里使用"起死回生"技能，性命岌岌可危，我必须赶紧把事情办了。

"霸王"刘众赫已无法作战。

祝贺！你通过了"绝对王座"的全部试炼。

空气中的结界正在慢慢消失。

通过 Coin 提升的临时能力值已回收。

王们的全部限制已解除。

星座"紧箍儿的囚徒"因过分痛快的剧情而竖起毛发。

星座"隐秘的谋略家"为你的隐忍鼓掌。

星座"恶魔般的火之审判者"感叹你的耐性。

得到了 4500Coin 的赞助。

接着，伟人级星座的信息通知也来了。

星座"寐锦之尊"悲愤不已。

星座"独眼弥勒"扯下眼罩扔掉。

星座"汉南郡开国公"埋怨你。

果不其然，几个后三国的王都对我有所不满。他们错失了为数不多能够升级为传说级星座的机会，是应该感到遗憾。

"哦，获胜者还挺让人意外的呢。"

中级鬼怪莫名露出一脸看我不顺眼的表情，它也没想到我会赢吧。但我的确打败了刘众赫。

"哼，行吧，毕竟结果已定。好，那我就去通知首尔的所有化身，'绝对王座'的新主人已经诞生……"

中级鬼怪刚想发送系统通知，我就阻止了它。

"先等一下。"

"干吗？"

中级鬼怪挑眉道。

"你也太着急了吧。我还没坐上王座呢，你怎么就要发布通知了？你不应该先问过我的意见吗？"

"反正你马上就要坐上去了，我早点发通知又怎么了？"

我大步走向"绝对王座"。这一刻，所有注视着首尔穹顶的星座都在看着我。就像等了我很久一样，高耸在云霄之巅的"绝对王座"正缓缓降下，散发着金色的光辉。

我问中级鬼怪："这东西能用来做什么？"

"做你想做的一切。"

简短有力的回答。

"'绝对王座'的作用正如它的名称，只要你坐上去，就会成为无所不能的上位者。在你统治的这片土地上，百姓们都必须服从你的意愿，所有人都必须给你磕头！"

听到鬼怪的讲解，好些人对我投以羡慕的眼神。他们坚持到现在，都是因为贪图这个王座带来的绝对权力。

星座"寐锦之尊"垂涎欲滴。

就连星座也在……我心里五味杂陈，星座们明明知道这个王座的真面目，却还在眼红我，真是恶臭至极。

"就没了？"

"什么？"

"在我的领地上享受绝对权力？道具这么好，我难道不用付出代价？"

"你辛辛苦苦得到王座，不是理应享受这样的好处吗？想想你走了几回鬼门关才好不容易……"

"啊哈，你是说，使用这个王座的时候不受盖然性制约？"

"什么？"

"说谎难道是鬼怪的天赋吗？你这样夸夸其谈，管理局也不会说什么吗？"

中级鬼怪一时表情失控，脸色发僵。天空的另一边，鼻荆一脸生无可恋地望着我，它大概觉得我终于疯了吧。

"别磨磨叽叽的，我要赶紧结束这个任务了。好了，你赶紧坐上去吧。你要是再废话一句，我就要直接摧毁'绝对王座'了。"

"啊，你要摧毁王座吗？请便。"

"什么？"

我看了一眼鬼怪，又回头看了看瞠目结舌的人们，然后缓缓开口道：

"我不会坐上这个王座。"

暗潮汹涌的寂静笼罩着光化门一带。

空中传来雷鸣声，紧接着下起雨来。"绝对王座"散发的光芒直冲云霄，厚重的乌云竟以那道光为中心形成了一个旋涡。这是第 5 个任务"异界虫洞"的征兆。

淅淅沥沥的雨幕之中，中级鬼怪又开口了。

"你刚才说什么？"

"我说，我不会坐上王座。"

"真不知道你在耍什么脾气，用你磨蹭的时间多赚点 Coin 不好吗？你刚才应该花费了不少吧？乖乖收下奖励吧，没有'绝对王座'的力量，首尔穹顶会在第 5 个任务中灭亡。"

光化门附近的人都被鬼怪的话吓到了，不断地朝我大喊大叫。

"什么啊？他到底在想什么啊？"

"别废话了，赶紧坐下吧！"

"该死，还不如让给我坐！"

鬼怪以为事情正在按自己的预期发展，于是继续说道："这个王座能够给你超乎想象的一切。只要坐上去，你的传说就会诞生，你的背后星也能升级，看来你好像不明白这意味着什么？"

其实从刚才开始，我的耳边就一直充斥着星座们的呐喊。

星座"立鸡蛋的冒险家"想要成为你的背后星。

星座"西厓一笔[1]"想要成为你的背后星。

……

得到了500Coin的赞助。

中级鬼怪用冰冷的声音继续说："我警告你，我和那些下级鬼怪不一样，别以为你那些蹩脚的伎俩能得逞。"

我望向"绝对王座"。正如鬼怪所说，没有"绝对王座"，首尔穹顶将很难完成第5个任务。但我同时也知道鬼怪隐瞒的信息：只要使用一次"绝对王座"，我就不可能抵达任务的结局。原著中的刘众赫直到第41次回归时才意识到这一点。"绝对王座"的设计初衷就是如此。

"你到底为什么不想当王啊？！"

人群中出现了一个非常激动的家伙，他喘着粗气对我指指点点，就好像遭到侮辱了一样。

我反问道："我还想问呢，你又为什么想让我当王？"

"你说什么？"

"如果我成为王之后下令杀了你，你要怎么办？"

男人僵在原地。我看着周围的其他人，继续说："你们也是一样，这么快就忘了吗？我们本来不是生活在王国时代的。你们怎么这么快就把自己当成王国的百姓了？"

我不想当王的原因很简单——

"我不想成为你们这群虫豸的代表。"我看着天空继续说，"而且我也不想和你们一样，找那些可恶的星座当背后星。"接着，我看向王座，"所以我不会坐上'绝对王座'，并且——"说话间，我拔出剑握在手中，"任何人都别想坐上王座。"

---

[1] 西厓一笔：指柳成龙，古朝鲜著名政治家，号西厓。

有人成为王，就意味着其他人会成为王的奴仆。

中级鬼怪的眼中燃起冰冷的怒火："我劝你适可而止，我可没有多少耐心……"

我直视着中级鬼怪，继续说道："你们到底要被鬼怪的任务牵着鼻子走到什么时候？你们真的不明白坐上'绝对王座'意味着什么吗？"我知道让习惯服从的人摆脱劣根性需要付出多大的代价，"朝鲜半岛的星座们，你们也是一样。我知道星座之间也不平等，你们的等级也一样有高有低。"星座之中也有看不见的阶级之分，正如星座在观看化身的命运，高级星座也在看低级星座的好戏，"但你们不觉得已经受够了吗？这片土地已经被打造成化身们的角斗场，你们到底还想这样到什么时候？"

星座"独眼弥勒"陷入沉思。

"辛辛苦苦积累故事成为伟人级星座，然后继续积累传说成为传说级星座……在你们成为更高天空中更闪耀的星星之后，你们又想要做什么呢？你们到底还要为了一己私欲利用后代到什么时候才会满意？"

星座"寐锦之尊"沉默了。

就在这时，原本一言不发的中级鬼怪开口了："真是看不下去了。"

与此同时，人们收到了一条系统通知。

收到了新的"支线任务"！

+

＜支线任务：夺取王座＞

类别：支线

难度：B

完成条件：打败不愿坐上王座的化身"金独子"，代替他得到王座

规定时间：30分钟

奖励：6000Coin

失败惩罚：无

+

行吧，我早就猜到会这样。

那些听了我的话短暂动摇的人，此刻都在向我逼近，他们的眼中没有理智，只剩贪婪。最后，还是像鬼怪说的那样——那些人也好，我也罢，不论嘴上说得有多好听，也都是为了 Coin 不要良心的虫子。不过，并非所有人都是这样。

"有本事先过我这一关。"一个女人挡在了我的身前，听到她的怒喝，人们都停住了脚步。挺身而出的人是郑熙媛。

"我一直坚信，不论世界变成什么样，依然有一些价值是我们不该忘记的。"不知何时，刘尚雅站在了我的身边。

握着锤子的李吉永护住我的背后。一旁等候的郑民燮和李圣国也赶来保护我。

"有的时候，您比刘众赫更像主角。"

"哪怕是刘众赫也做不出这么疯狂的事……"

但是，光凭他们是阻挡不了那么多敌人的。这时，几个我意料之外的人站了出来。

"就帮你这一次。"

"依朕的观心法，你的话很有说服力。"

也不知道闵智媛和车尚景是被我说的哪句话打动了，但很明显某些东西发生了变化，即便那只是这个世界里少得可怜的一丁点希望。

"虫子们还挺会自我感动啊……你们在干什么呢？赶紧把他拉下来！"

人们冲向王座，郑熙媛一边阻挡他们，一边问我："独子，你都计划好了吧？"

"嗯。"

"需要我们做什么？"

"拖延时间，等我摧毁王座。"

通往新任务的道路就藏在王座之中。我从怀中掏出另一把剑握在手里。

有人喊道："那是'四寅斩邪剑'！"

"四寅斩邪剑"是伟人级星座们注入灵魂，用心锻造而成的。因此，尽管它本是 S+ 级道具，但在特定条件下也能转变成星遗物。

"简平仪"的特殊效果"星之回声"已发动！你可以通过"星之回声"请求

伟人级星座的帮助。

"召唤星座。"

伟人级星座们从繁星的流动中听到了你的声音。

像是在背诵咒语一样,我念出星座们的称号。

"北斗七星的第一位星君,请回应我的祈求。"

贪狼星君。

"北斗七星的第二位星君,请回应我的祈求。"

巨文星君。

"北斗七星的第三位星君,请回应我的祈求。"

禄存星君。

"北斗七星的第四位星君,请回应我的祈求。"

文曲星君。

"北斗七星的第五位星君,请回应我的祈求。"

廉贞星君。

"北斗七星的第六位星君,请回应我的祈求。"

武曲星君。

繁星开始航行了。六个星座望着你。

"简平仪"天盘上的星座一齐消失不见,突如其来的眩晕让我一个趔趄,耳鼻同时出血。连接上六个星座后,我的大脑像满员的地铁一样拥挤不堪,在这种超负荷运转之下,我甚至很难维持自己的意识。北斗星君们在我的脑海中发话了:

——汝何意乎?

——唤吾等众人。

——汝之神志将崩溃也。

——唤吾等何事?

——为何不择捷径而行之……

——自苦奚为?

重重困难并没有让我就此停手。要想使用"四寅斩邪剑",还需要再召唤一个星座，但天盘上已经没有星座了。

"简平仪"的使用次数已经全部耗尽。

我拿出从"暴政之王"那里捡来的坛子——7人地下城的奖励，"龙樽"。

紧接着，我往坛子里放了两个道具。

"以S级道具'三轮环'为祭品，重新生成S级道具'简平仪'的使用次数。"

"龙樽"已发挥神奇的再生之力。

用作祭品的S级道具"三轮环"已消失。

已重新生成S级道具"简平仪"的使用次数。

我再次使用"简平仪"，召唤最后一个星座。

"北斗七星的第七位星君，请回应我的祈求。"

破军星君。

七颗星星在天空中闪耀，我终于找来了组成北斗七星的七个星座。

他们同时对我说：

——汝欲何为？

——北斗星君，我愿斩断"星座之缘"，请诸位将剑借我一用。

——汝可知此乃何意？

——我知道。

我太清楚这意味着什么，所以才冒险一试。

"绝对王座"是第4个任务的最终奖励。

使用王座，就可以借助一个周游暗黑次元的"异界神格"的力量。所以得到王座后的短时间内能享受很多好处——既可以限制刘众赫的行动，还能让那些有威胁的内部敌人全部消失。但那样的话，首尔，乃至这个世界，一定会灭亡。那将是一场不存在任何回旋余地的毁灭——这就是任意借助绝对力量的代价。

要想抵达我期望中的结局，这片土地上的任何人都不能坐上王座。

星座尚忌惮此王座之主。

——汝一介人类，胆敢与之一战乎？

——只要各位愿意帮忙，我就一定能做到。而且，我没打算和王座的主人宣战，我不过是想切断他和王座之间的"星座之缘"而已。

——此盖然性，汝恐难持之。

——汝死也。

——那也是我自己的选择，请诸位开始吧。

七个星座全都陷入沉默。那之后不知过了多久，天空中的北斗七星终于放出耀眼的光芒，"四寅斩邪剑"上刻着的星座也发出炽热的白光。

——尊汝之志。

——纵汝死于此地。

——吾等将铭心也。

白色的剑身上燃起明亮的火焰，光辉夺目。

S+级道具"四寅斩邪剑"已进化为星遗物"四寅斩邪剑"。

星遗物"四寅斩邪剑"本是祭祀时的仪式用剑，可斩断邪恶之气、抵挡灾祸，是为数不多能够斩断"星座之缘"的道具之一。我握剑劈向"绝对王座"，只听铛的一声，火星四溅。唰喀喀，断裂之声从看不见的虚空中传来，"绝对王座"上散发出不祥的黑色光晕，也许是被它的主人察觉到了。我接连劈下几剑后，剑刃的边缘开始脱落。后面的事，就只能看北斗星君们的了。

刘尚雅喊道："独子！快！"

剑刃已经损坏，但我仍在走火入魔般疯狂劈砍王座。火花迸溅，剑刃断裂，终于——

星遗物"绝对王座"连接的庇护已消失。"未知的神格"察觉到这个世界的变故。

"绝对王座"变成了一把普通的座椅，失去了光芒。

慌张的中级鬼怪咬牙切齿道："你这只不知天高地厚的虫子，竟敢……"

支线任务强制结束。

人们停下了动作。任务已经结束，他们也没有必要继续争夺王座。

这时，北斗星君们对我说：

——化身，盖然性之泛滥将至，直面之。

星座们的声音一经传来，我的五脏六腑就开始翻江倒海，口中也吐出鲜血。有一股不可抗拒的力量想要将我撕碎，而我毫无还手之力，只能任其宰割。

惊雷作响。为了抓住流失的意识,我在心里不断重复:会没事的,"符合盖然性"说到底就是"看似合理的故事",我一直以来都在努力让这一切看起来合理,所以我一定能撑过去的。

就在这时,遥远夜空中的一颗星星静静地放出光芒。

星座"海上战神"望着你。

那道视线沉静而孤寂,却十分温和。

星座"秃头义兵长"望着你。

然后是第二道。

星座"黄山伐的最后英雄"望着你。

第三道。

星座"寐锦之尊"望着你。

……

听到这一连串的消息通知,中级鬼怪崩溃大喊:"到底是为什么?!"

注视我的星座每增加一颗,我的痛苦就减少一分。我这才意识到,星座们在分担本该由我一人承受的盖然性。这个"看似不太合理的故事",正在许多星座的同意之下变成"看似合理的故事"。无数道星光将我笼罩,其中还包括刚才助我一臂之力的北斗星君们。

——此乃汝欲示吾等之故事乎?

我很想回答,但使不上力气。

——无王世界之王,吾等将注视汝也。

在破败不堪的首尔市中心,我迎面望向夜空中给予我光芒的星座。

星座"兴武大王"望着你。

星座"独眼弥勒"望着你。

……

首尔市所有的伟人级星座都在朝我发出光芒,但就算是这么多的星座也无法照亮黑暗的夜空。

我静静地仰视着和乌云一同卷起旋涡的"异界虫洞"。

第 4 个任务强制结束。由于发生预定程序之外的故事分支,需要一定时间进行任务结算。

我刚擦掉鼻血，中级鬼怪就飞到我的面前："你做了最糟糕的选择。赌上我的名誉，我一定会让你为今天的事后悔一辈子。"

我的视线已经模糊不清，但还是忍不住露出笑容——鬼怪的警告足以证明是我赢了。

你完成了不存在的成就。

你的新传说已生成。

传说"无王世界之王"已诞生。

已获得星痕的可能性。

对我而言，不存在下一次"回归"。

我将在这个世界中，走到故事的终幕。

2

我得到了第一个传说，这样一来，我在第 4 个任务中的主要目标也达成了。

"你到底想干什么？"

"你为什么要毁了王座！"

有些人还没搞清状况，有些人害怕愤怒的鬼怪施加惩罚——在他们眼里，我是故意提高第 5 个任务难度的罪人。还有人甚至直接对鬼怪嚷嚷道：

"再弄一个'绝对王座'吧！我要重新参加任务！"

"这次获胜的才是真正的王座主人！"

"任谁都改变不了已经结束的任务，从现在起，发生在你们身上的所有事都是那个人造成的。"中级鬼怪的手指着我，做出冷酷无情的回复。寒冷的风雨之中，人们湿透的肩膀颤抖着。"没有王的世界？好啊，那就自己试着活下去吧。在没有核心领导的情况下，你们究竟要如何生存呢？我拭目以待。"

中级鬼怪打了个响指，光化门广场上的人开始像烟雾一样接连消失。剩下的人尖叫着四处逃窜。

"什么啊？！这是怎么了？！"

这倒是我没料到的。

"独子！"

同伴们都在叫我的名字，我急忙回过头。下一秒，刘尚雅消失了，然后是李吉永、郑熙媛、郑民燮和李圣国。距离中级鬼怪打响指还不到一分钟，广阔的光化门广场上只剩我一人。

鬼怪露出让人毛骨悚然的微笑，对我说："你给我记住，要是世界毁灭，你就是唯一的罪人。"

我正欲开口，却听见啪的一声响。

四周的空间开始扭曲，伴随着严重的呕吐感和头痛，我的身体被传送至别处。我已经在任务中耗费了很多心力，此刻再也坚持不住，失去了意识。

由于第4个任务的奖励结算，获得了10000Coin。

※※※

和星座长时间接触而导致的疲惫席卷而来，我睡了很久，甚至还梦到世界灭亡之前的事。

"喂，金独子。你干吗呢？"

听到这个声音的瞬间，我就意识到自己梦到的是高中时期。我那时过得很凄惨，成天被不良少年们欺负，那些幼稚的手段常常让我分外恼火。

"哟呵，你什么眼神啊？想杀人是吧？"

这家伙锁住我的脖子，弄得我喘不上气。破裂嘴唇上的鲜血和被揍得刺痛的脸颊都让我感到羞耻，胳膊、腿、肩膀，我身体的每一处都在叫嚣着疼痛。这梦境比现实还要痛苦，说不定是因为梦里没有"第四面墙"。

"怎么，生气了？不爽就捅我一刀呗，跟你妈一样登上新闻头条。"

我握紧的拳头止不住地颤抖，最终还是没能出手揍他一拳。当时我心里在想什么来着？

——如果我是刘众赫……

是啊，当时沉迷《灭活法》的我心里只有这种可悲的幻想。

我看见这家伙校服上的名牌——宋民宇。

他现在在做什么呢？我听说这家伙进了好大学，还找到了好工作——那是我第一次感到这个世界不公平。也不知道他现在是死是活。

专属技能"第四面墙"已发动！

梦境坍塌，我被留在一片黑暗之中。

专属技能"全知读者视角"第三阶段已发动！

紧接着，几道声音同时传来。

——喂，能听到我说话吗？你没事吧？

——代表？

——独子，你在哪儿？

通过"全知读者视角"第三阶段的"第三人称观察者视角"，我听到了同伴们的声音。

——独子？能听到我说话吗？

郑熙媛正在摆满各类红酒的酒吧里锁眉叹气。

——为什么把我扔学校来了？烦死了。

李智慧摸着脑袋上不知被谁打的鼓包。

——怎么会……为什么是这里……

李贤诚被关进了附近的部队里。

看到其他人的处境，我心中大概有数了——光化门附近的人都被传送到了和自己有渊源的地方。所以本是学生的李智慧被强制传送到学校，李贤诚也到了附近的部队。

这都是中级鬼怪搞的鬼。我猜那家伙是想把化身们分散到各处，逐个击破。不过，让我有些惊讶的是，就算几乎影响不到主线任务，但它今后免不了要被问责。

看着陷入混乱的同伴们，我喃喃道："我没事，你们自己保重，我马上就去找你们。"

他们听不见我说话，但我还是希望我的意思能传达到他们那里。

专属技能"全知读者视角"第三阶段已解除。

意识回归肉体，我慢慢睁开眼睛。首尔上空，那团像黑洞一样的乌云仍在不停旋转。我站起身观察周围的情况。

一幢幢拥挤的高层建筑、形状各异的摩天大楼共同描绘出一望无际的首尔全景。

和其他人一样，我应该也被传送到了和自己有渊源的地方。

根据我看到的景象，这里应该是首尔某一栋高楼的天台……

"这里是……"

该死的，我的确考虑过这种可能，但没想过真的会被传送到这里。

少数星座期待你的自言自语。

"…Minosoft."

这里是我原先就职的公司 Minosoft 的天台。

少数星座感到失望。

一位喜欢悠闲剧情的星座感到满足。

一连串的间接通知响起。摧毁王座之后，注视着我的星座一下子变多了。

星座"紧箍儿的囚徒"威吓新来的星座。

星座"隐秘的谋略家"干咳一声，表示自己才是元老人物。

我怎么偏偏被传送到这里来了……

首尔的街道上空无一车，办公室的灯也都已熄灭，许多高楼都被毁得只剩一半，废墟一般的景象让我不由得鼻子发酸。

时隔一个月，我再次来到了公司。每当组长们开始唠叨的时候，我就会和尹代理一起到天台上发呆走神。一切都像昨天一样，我那时明明还在公司里测试新游戏，此刻回过神来却已经习惯了挥剑砍人，真是百感交集……尹代理还活着吗？我转过头，看到半空中的提示信息。

距离第 5 个任务开始，还有 10 天。

任务的走向正在按照我的预期发展。摧毁"绝对王座"，首尔穹顶能得到 10 天的喘息时间。而我必须在有限的时间内找出不依靠王座也能完成第 5 个任务的办法。

为填补空余时间，"支线任务"进行中。

+

<支线任务：生存活动>

分类：支线

难度：C+

完成条件：请在已成为废墟的城市中生存10天。每天必须进食三餐，并保证6小时以上的充足睡眠。也请不要忘记每晚睡觉前缴纳500Coin的生存费。若违背三项规定中的任何一项，你将遭到被清除的惩罚

持续时间：10天

奖励：无

失败惩罚：死亡

★该任务中已加入"Coin活动"

★杀死任务中的怪兽，有机会获得Coin

+

我明白这是怎么一回事了。原本的任务进行不下去，鬼怪们匆忙增添了一个支线任务，甚至还加入了一个支付Coin的规定……

我本以为过段时间才进行这种任务，没想到来得这么快。任务要求每人每天上缴500Coin生存费，这在没有Coin活动的情况下是绝对无法完成的。我也该开始行动了，可不能错过这个补充钱袋的绝佳机会。

"拉过去！快点！"

就在这时，有人的声音从天台下方传来。我低头往下一看，发现一些佩带武器的人正在把几个被捆住的人拖进楼里。

Minosoft位于瑞草区附近，我印象中这一带并没有王的势力。

那些家伙是什么人？

仔细观察之后，我才明白过来，他们应该是"流浪者"。不论灭亡前后，这个世界上的人都在用不同的方式谋求生存。如果说灭亡后有人成为王，有人成为百姓，那么，还有一些人则成了没有归属的流浪者。瑞草区一带正是流浪者们的地盘。

我按下手机的锁屏键，想查找附近区域的信息，但手机没电了。我得找到

能充电的地方，或者找一个移动电源……

我打开天台门，来到楼里的办公区。走过总经理室、企划部和财务部，来到自己之前工作的质量保证部，我放缓了脚步。

这个地方也算是给我留下了一些不值一提的回忆。走进办公室，我逐一打开抽屉进行确认，想看看这里有没有留下移动电源。

突然有手电筒的光照向我。我下意识地准备拔剑，对方却率先认出了我。

"哦？"

"？"

"独子？你是金独子吧！"

这时，我才看清男人的脸："尹代理？"

"你还活着啊！原来你还活着！"

站在那里的人是质量保证部的尹代理。

***

"真是太吓人了。"

尹代理和我讲了我下班离开后，公司里发生的事情。

"当时所有在加班的人都收到了第1个任务。"尹代理捏着自己的鼻子说。

已经无人上班的公司走廊里到处都堆积着腐烂的尸体和蛆。尸体中有些熟面孔，但尹代理的眼神里没有流露出丝毫哀伤。

"你知道吗，我就是用这只手杀死了金组长，就是那个成天折磨我们的家伙……我用圆珠笔捅进他的脖子，然后就像游戏里的画面一样，喷出来好多血……"

"……尹代理。"

"抱……抱歉，这种事听起来不太舒服吧？哈哈。"

虽说猜到了尹代理会改变，但见到他本人之后，我的内心还是一阵苦涩。说不定这才是他的真面目。

"你一个人留在这里吗？"

"嗯？啊，我不是一个人，有人和我一起。不过你之前都待在哪儿啊？"

"啊我……"

"好像没在公司里见过你，你是加入了哪个队伍吗？是不是在完成主线任务的途中过来的？"

"嗯，差不多吧。我本来在光化门那边，然后突然发生了一些事……"

我话还没说完，尹代理就频频点头道："啊哈，原来是这样。独子，你真是运气不好。"

"嗯？"

"我说那些个任务啊，其实不用自己去做的，你该不会不知道吧？你只用躲起来稍微耍点手段，那些任务就都会被别人完成的。我的意思是，你没必要拼命去干啊，过点舒服日子就行，反正世界都变成这样了。"

他说得没错。对没有归属的流浪者来说，除了完成一些必要的任务，其他时间都可以躺平等待别人去完成主线任务。首尔穹顶里，不乏这样一类人。但是，躲起来苟活的流浪者们没有稳定的组织，一旦被其他队伍发现就是死路一条。

"没什么好担心的，放轻松。流浪者也是有正经势力的，又不是只有王才能雄霸一方。"

来到公司外面，我发现周边聚集了很多人，看来这附近一带都是流浪者的领地。我还看见了刚才那些负责押送的人。

这时，一个装备了武器的男人对尹代理说："尹丞皓，你旁边这人是谁？"

"啊，这是我公司的同事。偶然碰到的。"

"嗯……他也是流浪者吗？你应该清楚我们不接纳其他队伍的成员吧？"

尹代理轻轻点头，对方便离开了。

我转头看着男人的背影，问："刚才那个人是干什么的？"

"他是 Coin 农场的管理人。"

"Coin 农场？"

"啊……你还不太了解这些啊。"

尹代理的眼中闪过一丝阴险。

Coin 农场——听到这个名称后，我倒是想起了一些原著中的情节，但是这么快就有人开始做这种事了吗?

"你看那边。"

顺着尹代理的手指,我看到了从动物园或警察局里撬来的铁笼。笼里关着两个人,围在附近的流浪者们正发出兴奋的喊叫。

"喂喂!你们在闹着玩儿吗?打得激烈点啊!磨磨蹭蹭的,谁会给你们Coin?"

铁笼里的人扭打在一起,鲜血四溅,身体残破,口中发出野兽一般的哀号。

一位喜欢竞技角斗的星座非常享受。

我仔细一看,发现这里有好几个铁笼。每个笼子都有固定的主题,不是所有笼子里的人都在打架。耳边环绕着痛苦的呻吟声和哭喊,在我看不到的笼子里,肯定发生着更为残忍的事情。毕竟,人性之恶,不可估量。

一位喜欢猎奇景象的星座非常激动。

极少数星座赞助了200Coin!

但该死的是,有一些星座会为那些丑恶的东西买单。

尹代理笑着说:"总觉得在哪里见过这种场景,对吧?"

"……"

"游戏行业里消费者为王,Minosoft公司里总经理为王。那么在这个新世界里,谁为王呢?"

"你们是在借此获取星座的赞助吗?"

"是啊,有一些精神不正常的星座就喜欢看这些。画面越刺激,他们给的Coin越多。拿到Coin之后,我们就会扔一点吃的到笼子里。"

什么东西折断的声音传来,铁笼内殊死搏斗的两人之一倒地不起。像是一直在等待这个结果一样,尹代理立刻往那个"牢房"里扔了一个巧克力棒。活下来的那个人爬过来抓起食物,哭着撕开包装纸。他的眼中已经没有任何光彩了。

Coin农场,是最先看透这个世界资本结构的人研发出来的、独一无二的剥削系统。

相当多的星座认为铁笼里的景象十分无聊。

但现在还在任务的初期阶段，所以他们收到的 Coin 不多。这很正常，毕竟星座们能够看到整个宇宙发生的好戏，不可能为了这点刺激就陷入狂热。

尹代理故弄玄虚道："独子，你来得正是时候，马上就能看到有意思的东西了。"

说话间，有几个人被拖进了中央的大铁笼。

"好了好了！快进去吧！"

看到被推进铁笼里的人，我愣了好一会儿才开口问："那不是我们公司的人吗？"

"曾经是。"尹代理点烟的同时回答了我的问题。

被关进铁笼的六个人都曾是 Minosoft 的员工。

"救命啊！请救救我！"

"把笼子打开！赶紧给我打开！"

铁笼里的人放声哭叫，其中还有人曾担任过部长以上的职位。此情此景让我再次意识到：我先前工作的 Minosoft 公司已经不复存在了。

"我记得你跟我说过，最近出的游戏都没有紧迫感了，玩家不会给毫无特色的剧情付费。"

回想起来，我的确对尹代理说过这样的话。

"我觉得你说得挺对的。"尹代理说。

直到看到铁笼里发生的事情，我才明白他为什么突然跟我讲这些。

"喂，拿着。"

一个流浪者将一把最低级的廉价短剑扔进铁笼里，被一个规矩客气的新员工捡了起来。

几个星座很好奇这是什么情况。

"新来的，你还不明白这是什么情况吗？"听到尹代理的问题，新员工只是呆呆地张着嘴。尹代理抬起下巴冲着铁笼里的其他人，继续问道："你认识面前这几个人吧？"

"啊，认识的。"

"他们是谁？"

"李部长，姜次长，申常务，还有……"新员工用颤抖的嗓音小声回答。

尹代理嘲笑道："你还没清醒过来呢。"

极少数星座宣布"竞技角斗"开始了。

"你觉得你被关进了什么地方？"

周边的景象像波浪一样扭曲一番后，铁笼里人们的衣着都改变了。不知何时，新员工穿上了中世纪剑斗士的衣服，就在他眨巴着眼睛不知所措的时候，他的面前出现了一条通知。

请为自己复仇。

复仇——看到这个词，新员工又眨了眨眼睛，低头看向自己颤抖的手中紧握的短剑。

尹代理在一旁煽风点火："你还在犹豫什么？你忘了李部长以前对你做过什么了吗？"

铁笼里的李部长这时才认出尹代理，他急忙喊道："尹……尹代理！你在说什么！"

尹代理一股脑说出了那些不为人知的事，新员工听着听着瞪大了双眼。

把新员工的演示报告据为己有的部长，将自己的失误嫁祸给下属的次长，以及每次搬家都会把员工们当作私人秘书使唤的常务。这些事也许并不罕见，把它们当作职场必经之路、社会生存法则，其实也能得过且过。但是，旧世界已经灭亡，滥用权力不再理所应当。

几个星座对新员工的感情产生共鸣！

"好了，现在你知道自己该做什么了吧？"

新员工听着尹代理的话抬起了头。

一位喜欢复仇剧的星座渴望看到新员工的复仇！

看到新鲜的剧情，几位星座眼睛放光！

星座们的热情也被调动了。

极少数星座准备为复仇剧提供"Coin 赞助"。

惊慌失措的职场上司们大喊道："喂，喂！等一下，现在——"

我不动声色地想着，《灭活法》描述的任何一个 Coin 农场中，都没有人试过以尹代理的方式引导故事的走向。

少数星座希望看到报仇行动！

喜欢竞技角斗的星座们准备提供赞助！

极少数星座承诺给在这场对决中获胜的化身提供赞助……

新员工握着短剑的手止不住地颤抖，对面的职场上司们慌乱不已。终于，新员工通红的眼中流露出杀意。气氛瞬间被点燃，流浪者们发出呐喊，而我在心中默数流浪者的人数。铁笼旁边有十个，准备其他舞台的有十四个。

"喂！来新货了！收监！押到下一个铁笼里！"

那些流浪者对复仇的戏码毫不关心，只把这个廉价的舞台当作从星座们那里赚取 Coin 的工具。

"关到那边去！"他们推着的移动铁笼里关了几个陷入昏迷的人，其中有一人的外貌格外亮眼，流浪者们嬉笑道，"这妞漂亮！用她再弄个舞台吧！"

身材娇小，黑发及肩，肤白如雪，眼尾微挑——我揉揉眼睛再次确认，的确是她没错。

那人正是第一使徒，抄袭作家韩秀英。

韩秀英无力地瘫倒在铁笼里。看来在秘密洞穴里被我抢走旗帜之后，她就因魔力耗尽而昏倒了。根据中级鬼怪的传送规则，再考虑到她的职业，很有可能她原来的经纪公司或出版社在这附近。

"小脸还挺标致，你们不会已经动过她了吧？"

"当然没动，我知道星座们全都盯着这边呢。"

"好戏就要上演咯。"

少数星座的眼中闪着好奇的光芒。

那边已经有人开始猜拳了，不用问也知道他们想准备怎样的舞台。我无言地注视着铁笼里的韩秀英，她的牛仔裤和衬衫在经历了之前的战斗后变得破破烂烂，而且她丝毫没有苏醒的迹象。我若放任不管，她必死无疑。

她是这世界上除我之外最了解《灭活法》的人，救下她，我就多了一个绊脚石。不过，现在的剧情发展和原著中的偏差很大，她的情报已经基本没用了，但即便如此……想到这儿，我不禁打了个寒战，我什么时候变得这么自私自利了？我为什么会考虑这些？难道有威胁的人就该杀掉，能利用的人就要救下来？我又不是刘众赫。

"哦哟，来了件不错的货呢。"尹代理错会了我的眼神，他笑道，"答应我一件事，我就把那件货送给你，怎么样？"

"……我不明白你在说什么。"

"你已经有所属的队伍了，对吧？介绍给我呗，我们也该逐步扩大势力了。而且你的道具看起来也挺不错的……"

我盯着尹代理看了一会儿，才说："我可以帮你介绍，但我希望你不要再做这些事了。"

"嗯？哈哈，独子，你什么意思啊？"

我指着铁笼里的人说："请把那些人放了。"

"什么？"

我没有重复第二遍。意识到我没在说笑，尹代理微微皱眉。

"独子，咱俩都这么熟了，你这是干吗？我还以为你的想法跟我一样呢，你可不是这种人啊。"尹代理的嘴角挂着嘲笑，"独子，我的独子啊——你经常一个人看网络小说吧？你每天都穿同一套衣服来上班，在公司里你只和我，还有跟你一起入职的几个同事说话。虽然其中也包括刘尚雅那种做作的人。"

"……那跟现在有什么关系？"

"你内心也很享受现在的状况，不是吗？"这句话就像一把匕首，从意想不到的角度扎进了我的心里。尹代理轻轻按着我的肩膀，接着说："我也跟你一样。我们不都是质量保证部的吗，你还记得其他部门是怎么看待我们的吗？他们把我们当成履历不行，所以只能去测试游戏的廉价劳动力。"

"……"

"独子，你真的不记得那些关在铁笼里的人了吗？你好好看看，他们就是以前看扁我们的那些家伙啊。"

铁笼里的 Minosoft 的员工都在看我们这边。我压根不认识那些人，他们同样也不认识我，或者说，不需要认识我。

"那些事都已经过去了，管他们是财务部还是企划部的，现在的世界对我们质量保证部的员工最有利。哈哈，做了这么久的漏洞测试，你应该很清楚吧？这个世界就是个漏洞百出的游戏！只要我们下定决心，就能任意利用这些漏洞。"

无数条星座的通知重重叠叠地显现在尹代理脸上，他们想看更刺激、更淫乱、更残忍的故事。

有时，自卑会让人变成怪物。

"你知道我们这儿每天能赚多少 Coin 吗？足足 5000！ 5000 啊……你敢想象吗？就算我们不完成任何任务，也能净赚 5000。这里就像是企划部设计的氪金道具一样，你不知道这意味着什么吗？"

我缓缓闭眼，再次睁开。看在他曾是和我一同在天台透气的同事的分儿上，我才出于礼貌听他说了这么多。但就在我准备开口的时候，有人抢先一步说话了。

"我……我做不到。"铁笼里的新员工说，"我做不到。我……我……我做不到！"

我看向瘫坐在地上颤抖不止的新员工，他绝望的声音就像一盆凉水，浇灭了周围的狂热气氛。并非所有人都会选择复仇。

部分星座对急转直下的状况非常失望！

星座们感到扫兴的消息通知传来，尹代理喷了一声，往前迈步。而就在这个瞬间，铁笼里观察形势的李部长突然抓起地上的短剑。

"呃，呃啊啊啊啊！"

一位观看着人类丑恶欲望的星座嘻嘻地笑着。

一位喜欢悲剧的星座准备支付 Coin。

尹代理津津有味地看着事态的发展。新员工没能复仇，却也给星座们提供了乐子。李部长用尽全力将短剑刺向新员工的脑袋——要不是被我拦下，新员工就会当场丧命。伴随着不易察觉的破空声，一把飞入笼中的剑阻止了李部长的动作。

"什……什么——"

"你……你到底在搞什么？！"

我的突发行动让流浪者们脸色大变，他们同时抽出武器握在手中。吓破了胆的新员工抬头看向我，惊慌的李部长一屁股摔在地上，止不住地发抖。回头一看，尹代理面露扫兴。

我朝他微微一笑，说："这么简单的故事也太没意思了。尹代理，你可真让我失望。"

"……什么？"

"想赚 Coin，其实有更好的办法。"

惊讶的尹代理表情微变，道："什么办法？还有更吸引人的办法吗？"

我点点头。

"利用好星座追求刺激的特性就行了。"

"噢哟，还有比这更刺激的吗？不愧是你啊。"

我迎着他充满期待的眼神点头道："我来教你吧。其实这也是我们队伍经常用的办法。"

"求之不得。"

"星座们真正喜欢的剧情是这样的。"

"信念之刃"已发动！

我轻而易举地砍断铁栅栏，又毫不留情地挥剑砍断大喊着冲过来的流浪者的腿和跟腱。流浪者们纷纷直挺挺地扑倒在地。

"啊啊啊啊啊！这畜生是什么鬼啊?！"

"我的脚！我的脚！"

鲜血喷向空中，我的剑劈向韩秀英所在的铁笼。

"这样的。"

我砍下一只看管铁笼的流浪者的手，又砍断一双试图靠近韩秀英的流浪者的脚踝。

"还有这样的。"

我沉默地擦干溅到脸上的鲜血，继续提剑砍断流浪者的四肢。铁笼里的新员工和上司们尖叫着逃了出去，我耳边传来尹代理的声音。

"你……你搞什么啊?！你到底在搞什么啊！"

"我这是在感谢你——感谢你帮我铺垫出星座们真正喜欢的剧情。"

星座"恶魔般的火之审判者"因你的判断而高兴。

星座"紧箍儿的囚徒"因毫不留情的惩罚而喷出鼻息。

看不惯某些野蛮星座的相当多的星座因你的判断而感到满意。

得到了 8000Coin 的赞助。

看到尹代理脸色苍白地瘫坐在地,我笑了。

"何必费力弄什么农场?明明这么轻松就能挣到 Coin。"

"……给……给我把这家伙打死!"

二十几个配备武器的流浪者瞬间集结,不断缩小包围圈。

我很难在不杀人的前提下打败这么多人。不过也没什么好担心的,打不过就跑嘛。我往后退一小步,抱起被救出的韩秀英。这时,她突然睁开眼睛,对我说:"……谁让你多管闲事了?"

"你一直醒着吗?"

韩秀英皱起眉,艰难地说道:"我本来打算装晕然后把他们一次性都杀了……"

"是吗?那我就不妨碍你了。"

听我这么说,韩秀英急得紧紧抓住我的衣领。

"……你救我的话,你频道里的星座都会离开吧?星座们最讨厌这种让人下头的剧情了,你不知道吗?"

"也有喜欢这种剧情的家伙。别转移话题,你到底要不要我救你?"

一位一直在期待后宫剧情的星座小心翼翼地双手合十。

一位主张"敌人的敌人就是朋友"的星座感到高兴。

韩秀英皱眉道:"这个剧情就是套路啊,你懂我意思吧?主角拯救陷入危机的美少女什么的。你不是说最讨厌套路的吗?你这人怎么表里不一啊?"

"你的话里有两个问题。"

我轻松挥剑砍断了扑上来的流浪者的腿,继续说:"第一,我不是主角。第二……"

你挽救了同族的生命。业力点数上升 1 点。目前业力点数:14/100。

当系统判定我"救下"了人类时，业力点数就会上升。这也从侧面说明，如果我真的不管韩秀英，她大概率会死在这儿。

"你不是美少女。"

"……放我下去！"

我毫不犹豫地把她往地上一扔。

韩秀英咆哮道："你也不能真把我扔地上啊！"

"一起作战吧，你不是喜欢套路剧情吗？舞台都为你准备好了。"

"就算我喜欢套路，但和曾经的敌人并肩作战这种剧情也太老套了吧。"

虽然嘴上互不相让，但我们配合得还挺默契的。我砍断流浪者们的腿，紧随我后的韩秀英就会出手终结他们的生命，我们就这样按部就班地了结了一个又一个敌人。不知不觉间，流浪者们已经所剩无几了。一些流浪者失魂落魄地抛下 Coin 农场，溜之大吉。

看到杀死流浪者后得到的 Coin 数额，韩秀英面露喜色，根本不在意发软的双腿。

共得到了 18400Coin。

这是我面前的通知，韩秀英应该也得到了不少 Coin。这钱分她真是可惜了，但若没有她的帮助，我也得不到赞助，就权当是给她的辛苦费吧。

我看向前方瘫坐在地的尹代理。

"哈哈……你个神经病，我早就知道你是这种人。听到那个传闻的时候，我就该打听一下的……"

"这智障在念叨什么呢？区区一个龙套还这么多话。"

飞身向前的韩秀英直直刺中尹代理的脖子，鲜血涌出，他的眼睛很快就没了神采。又一个还记得现实中的金独子的人死了。

韩秀英看了看我，吐槽道："你什么表情啊？你难不成在为这个人渣的死感到惋惜吗？"

"没有。"

"那你干吗露出受伤的表情？"韩秀英的话让我有些吃惊，她接着说，"他刚才那堆鬼扯你也听得下去？你听那些干吗？星座们可不喜欢下头的剧情。"

我呆呆地听着她的话，忽然扑哧一声笑出来，原来她是这个意思吗？

"你才不懂吧，适当地听一听胡话再杀人，这样拿到的Coin更多。下头的剧情更能衬托后面的爽剧，懂不懂？"

"才不是好吧？读者们……不是，星座们明明更喜欢看我们上来就杀人。你懂什么？你又不是作者，还敢在这儿跟我大声嚷嚷！"

"我是读者，我比你更懂。"

我没再理会大吼大叫的韩秀英，转而开始翻找掉落的道具。其中大部分都是垃圾，不过也有一件还能穿的西装。

"老绅士的成套西装"。

这是一件B级道具，防御力的提升微乎其微，但穿上总比不穿好，我也不能一直披着"四溟大师的长袍"……这样看来，也是时候找些新道具了。

流浪者们已经跑远，逃跑的方向应该就是他们的老巢。反正早晚都要和流浪者们发生冲突，现在就碰面也好。

如果我记得没错，瑞草区藏有能在第5个任务中使用的陨石。既然我已经被传送到了这个区，不如顺道去找找陨石吧。

首先，我需要一个移动电源……

你挽救了同族的生命。业力点数上升11点。目前业力点数：25/100。

刚刚被解救出来的人们在一旁观察了好一会儿，这时候才笑呵呵地向我靠近。在他们和我搭话之前，我抢先挥手道："现在起，我也帮不了各位了，请靠自己的努力活下去吧。"

他们的眼中掠过一丝绝望，但我实在没法出手相助。有些人会认为我太冷血，但在这个世界上，只有自己才能救自己。

"道具我没都拿，你们自己挑一些吧。然后，也可以考虑去忠武路看看，那边说不定有人能帮你们。"

我话音未落，人们就开始争抢掉落的道具，"活下去"的念头让他们眼中再次燃起了希望。看着一拥而上的人群，我瞬间明白了鬼怪把我传送到这里的原因。

"那是我的！你放下！"

"但……但是我先拿到的！"

不久前，这些人还同为受害者，此刻却不假思索地站在了彼此的对立面，拔刀相向。这就是没有王的世界，不存在能够统领幸存者的核心人物。鬼怪想展示给人们的正是这样的画面——无王世界，野蛮至极，法律、伦理和相互信任通通不堪一击。

这时，一个出乎我意料的人出声制止道：

"你们全都不想活了吗？"

3

人们吓得一个激灵，一齐转头看向韩秀英。

韩秀英蹲在地上，朝他们吐了一口唾沫。

"你们是傻瓜吗？清醒一点吧，想活下去就给我动动脑子。之后说不定又会遇到那些畜生，你们现在就要开始自相残杀吗？"

"那……那个……"

"在这个世界上，弱者只能和弱者聊公平，你们还不赶紧结盟吗？居然还要为了几个垃圾一样的道具打架！"

人们恍然大悟，脸涨得通红。

中级鬼怪不知道的是，被它传送到各地的人之中，有一个写过很多类似剧情的作者。

"必要的兵器和生活用品不都拿好了吗？你们没看过生存类的小说和电影吗？不知道这种时候自私的人死得最快吗？说句难听的，你们觉得多捡几件垃圾就能变得比这家伙更强吗？"顺着韩秀英的手指，活下来的人们都看向了我，表情立即变得暗淡，好些人眼里的杀意都逐渐熄灭了，"既然没有强到独孤求败的地步，就应该先找到值得信任的同伴——这不是常识吗？"

这家伙的嘴里竟然能吐出这么高深的句子。

人们面面相觑，如果现在有人打破沉默，他们应该能重新团结起来。韩秀英只用寥寥几句话就大大提升了他们的存活率。

我一时间被镇住了，反应过来后才开口道："但是，你刚刚说的那些话……"

"听懂了吧？都给我努力活下去啊！"

话音刚落，韩秀英转头就跑。但她本就不剩多少体力，一下就被我追上了。

"嗨，嗨！你干吗追我？！"

"你怎么连平时说话都要抄袭啊？"

"既然没有强到独孤求败的地步，就应该先找到值得信任的同伴。"

这是《灭活法》中，刘众赫对寻求建议的幸存者们说的话。

韩秀英大叫道："才不是抄袭好吧。这是我自己小说里的句子！"

"那你跑什么？"

"你管我呢！那你又干吗追我？"

到这种地步都不肯承认自己抄袭。我抓住她的后颈。

"我救了你，你应该给我报酬才对吧。"

"那……那你要什么报酬？"

看着紧张兮兮的韩秀英，我笑了出来。

"我要移动电源，你身上应该带了很多吧？"

韩秀英的脸皱成一团。

***

最开始，我没想着带上韩秀英一起行动。说老实话，从这家伙之前犯下的那些事来看，她不是什么好东西。但她的"阿凡达"技能非常好用，而我又有一些事情必须马上查清楚，最重要的是，我还能跟她合作完成支线任务……

"我没有移动电源，都在光化门弄丢了。"

"那就把你的小说交出来。"

"我拒绝，你想看就自己花钱去买吧。"

"网文平台都没了，你让我怎么买？"

我轻而易举地抢走她的手机然后举高,韩秀英慌张地扒在我的肩上伸直胳膊。

"你干吗?!还给我!"

她的手机桌面上就有小说文档,真是太马虎了。

SSSSS级无限回归者.txt

让我来看看吧……点击屏幕的那一刻,我有些紧张,万一她的文档也只有她自己能看见——

是我想太多了。滚动条停在书页的中间位置,韩秀英先前应该正好看到了这里。

刘准贤[1]默默打开自己的状态视窗,想确认一下刚才得到的"贤人之眼"。

+

＜人物信息＞

姓名:刘准贤

年龄:27岁

契约星:???

专属特性:回归者＜第3次＞(神话)、电竞选手(稀有)

专属技能:贤人之眼Lv.1、白刃战Lv.1、武器锻炼Lv.1、精神壁垒Lv.1、测谎Lv.4……

星痕:死亡回归Lv.3

综合能力值:体力Lv.24、力量Lv.24、敏捷Lv.25、魔力Lv.23

+

确认完后,刘众贤微微一笑。

"呵呵,终于得到了'贤人之眼',这次回归从一开始就很幸运。"

读到这里,我难以置信地看向韩秀英。

---

[1] 刘准贤:韩语中,"刘众赫"和"刘准贤"的读音相近。

"你真是没良心啊。"

"……怎么？"

"你这人物信息不就是直接从《灭活法》里复制过来的吗？身为作者，你好歹也要改变一下结构吧？"

短暂地沉默之后，韩秀英小声嘟囔道："《灭活法》里是'背后星'，我写的是'契约星'啊！完全不一样！"

"……行吧，就当是那样吧，但你这个主角名字是不是有点过分了？怎么还中间打错字，写成'众贤'了？不会是复制粘贴的吧？《灭活法》的作者看到之后肯定会哭出来。"

韩秀英面红耳赤地喊道："不是，你想怎样啊？你到底想知道什么？"

"你原著看到第几话了？"

"99……喂！还不快还给我！"

她果然就是看到第 99 话的那家伙吗？要是《灭活法》的作者知道看自己小说第二多的人是个抄袭作者，他又会说些什么呢？

《灭活法》的作者甚至会因为伴随抄袭争议而来的点击量感到高兴，说不定知道这件事之后，他还能对韩秀英说"真心感谢你读到第 99 话，你是我真正的读者"吧。

我叹气道："既然你看到了第 99 话，那你应该知道第 5 个任务里出现的陨石在哪里吧？你的小说里不会也写了这个吧？"

"我的小说里可没有陨石之类的东西！"

真是意外，我还以为她肯定抄了这个设定。

"但我写了封印石！"

嗯，还是抄了。

"那我们现在就要去找封印石了，你准备准备。"

"你是指陨石吗？"

"统一一下用词吧。你之前也找过的，应该知道那是什么吧？"

"我虽然找过……"

火龙的陨石正是韩秀英找到的，还害死了我一条命。不过说到这里，我当时把火龙的尸体挂在了交易所，不知道现在有没有卖出去。

我暂时放过了一脸严肃的韩秀英，转而召唤鼻荆。

——鼻荆。

没有回复，估计首尔穹顶的鬼怪们正在开会解决主线任务的问题吧。以我对鬼怪的了解，虽说是开会，它们聚在一起也只会说"反正这个任务已经黄了，还是多卖点 Coin 商品吧"……

但就在下一刻，交易所窗口和"鬼怪包袱"窗口同时打开。鼻荆这小子，就算没时间回消息，也还记得自己的职责呢。

相当多的星座对突如其来的广告表示不满。

它甚至还没忘了要播广告。我打开交易所，确认明细。

道具"火龙的鳞片"以 8000Coin 卖出。

道具"火龙的骨头"以 5000Coin 卖出。

这些昂贵的道具居然都售出了，甚至就连我为了保存而放在交易所的火龙的骨头都陆续被买光了。

道具"火龙的骨头"以 22222Coin 卖出。

看来有人非常想要"火龙的骨头"。

早知道会这样，我就把价格都改成 99999Coin 了。现在这个时间点，拥有如此财力的化身只有得到星云赞助的安娜卡芙特、印度的兰比尔·汗和中国的飞虎……虽然不知道买家是他们中的谁，总之谢谢啦。

我打开"鬼怪包袱"，买了几件需要的道具，韩秀英正好和我搭话了。

"但你为什么要带我一起去？你自己去也行啊。"

"不是你白天亲口说的吗？生存类作品里，最重要的就是找到值得信任的同伴。"

韩秀英一脸困惑地看着我。

我从怀里掏出刚刚买来的道具，说："喏，在这儿签字吧。"

已使用道具"临时协议书"。

+

<临时协议书>

1. 金独子（以下简称甲方）与韩秀英（以下简称乙方）签订此协议，协议将在现在进行的支线任务结束时失效。

2. 在现在进行的支线任务结束之前，甲方和乙方不能伤害彼此。

3. 协议生效期间，为应对"就寝惩罚"，甲方和乙方轮流睡觉。

……

6. 协议生效期间，甲方为二人行动的主导者。

7. 协议生效期间，乙方将全力协助甲方完成任务，在不危及性命的范围内服从甲方的命令。

8. 协议生效期间，甲方将保障乙方的生命权。

9. 支线任务结束时，此协议将立刻失效。若有违背协议者，其肉体将消亡。

+

"临时协议书"虽然没有"背后契约书"那么强的约束力，但也是签订短期契约时最好的道具了。

韩秀英似乎觉得很荒谬："你觉得我像是会签的样子吗？"

"不签就算了。"

"而且为什么我是乙方？我这辈子从没当过乙方。"

"那正好，总要体验一次。"

韩秀英气得咬牙切齿。虽然她嘴上逞强，但她魔力枯竭、疲惫不堪，只能配合我签约。以她目前的状态，独自在流浪者的地盘里晃悠无异于自杀，这家伙需要一个能在短期内保护她安全的人。

"……好吧，我签。但我有个条件。"

"什么条件？"

"共享情报，怎么样？我有很多问题想要问你，我劝你实话实说，我可是有'测谎'技能的。"

我都还没有"测谎"技能，难道她现在就已经得到了？

人物"韩秀英"发动"测谎Lv.1"！

竟然是真的。

韩秀英开门见山道："你的特性到底是什么？"

"我也不知道。"

人物"韩秀英"已确认你说的是事实。

惊呆了的韩秀英揉了揉自己的太阳穴："这东西出故障了吗？"

"没出故障。你赶紧继续问，我只回答三个问题。提醒一下，你已经用完一次机会了。"

"还有人不知道自己的特性？这合理吗？"

"我真的不知道。好了，下一个问题。"

韩秀英只好眯起眼睛继续提问："你为什么放弃王座？"

我就知道她会问这个问题。

韩秀英补充道："你把我的计划全毁了……你知道我为了阻止灭亡，带着那群智障一样的使徒努力做了多少准备？如果我坐上王座，现在应该已经准备好下一个任务……"

"如果你坐上王座，首尔就会灭亡。"

人物"韩秀英"已确认你说的是事实。

韩秀英皱眉道："这东西怎么一直出毛病？"

"我都说了你的技能没有任何问题。而且，不论是谁坐上王座，首尔都会完蛋。"

人物"韩秀英"已确认你说的是事实。

韩秀英瞪圆了眼睛。

"你怎么知道？你是第几个下车者？你怎么会知道连我都不知道的情报？"

"我不是下车者。"

人物"韩秀英"已确认你说的是事实。

韩秀英目瞪口呆地吞吐许久，终于挤出了下一个问题。

"你……你看到《灭活法》的哪一话了？"

"三个问题都问完了。"

"这才是最重要的问题！回答我！"

韩秀英的下巴抖动着。

"难道你……不是吧？你……不可能有那种疯子……对，不可能有……"

就在这时，远方传来马蹄踏地的声音。

韩秀英还在用方言嘀嘀咕咕，我赶紧带着她闪身躲到附近的建筑物后面。

有什么东西靠近了。从外形上来看，他们的确有些像人类……我尝试对那群把周遭弄得尘土飞扬的家伙使用"登场人物浏览"。

无法使用"登场人物浏览"对该人物进行阅览。该人物未在"登场人物浏览"中进行登记。

不是登场人物？

我定睛一看，才发现那些奔来的家伙身上都像野兽一样长满毛。那是一群人面兽身、直立行走的狼，体形有人类的两倍大。

领头的怪物揪住一个男人的衣领，说："呼噜噜！那些家伙在哪儿？"

"就……就在这附近！那些家伙把整个 Coin 农场……"

我认出那人是从 Minosoft 逃走的流浪者。嘭的一声，男人的脑袋飞了出去，身体瘫软，怪物们一拥而上，啃咬他的尸体。

我好像知道那些怪物是什么了。

韩秀英也喃喃道："人外物种？"

流浪者们的生存方式也各有不同，既有选择打造 Coin 农场的家伙，也有为了生存而放弃做人，选择成为其他物种的家伙。

"呃啊啊啊啊——"

人外物种的能力是有上限的，但在前中期的任务中，他们的成长速度远超人类。第 1 个任务结束后，鬼怪耍花招制造出的"魔人"也属于人外物种。此刻我们眼前的那些家伙应该属于人外物种中的狼人……

"他们已经获得了陨石的力量。"

第 5 个任务即将开始，在这个时间点，人类成为狼人的唯一途径就是借用陨石的力量。这也说明流浪者们已经找到了一块掉落在瑞草区的陨石。

韩秀英轻声感叹："我知道那家伙，他是下车者。"

"你怎么知道？"

"这是我身为最后一个下车者的特权。"

"特权？"

"我能看到其他下车者的位置和特性。"

她的语气有点不可一世,但我的确听郑民燮提起过,任务开始没多久第一使徒就找上门了。既然韩秀英有能够查找下车者的技能,事情就说得通了,她只需派出自己的阿凡达去找人就行。

韩秀英接着说:"所以我之前才怀疑你的身份。从你的言行来看,你百分百是个下车者,但我的技能对你没用……"

韩秀英瞥了我一眼,又把视线移向那些人外物种。

"当时拒绝和我结盟的下车者基本都死了,没想到那家伙竟然变得这么强……"

"那家伙是什么人?"

"他叫宋民宇。"

宋民宇?

这显然不是登场人物的名字。

不过,我好像在哪儿听过……

6级人外物种"狼人宋民宇"探查周围环境。

我从远处看见了那家伙四处张望的面孔。

啊……他该不会是?

我的脑海中浮现出几个小时前做的梦,那是我高中时被不良少年们欺负的记忆。虽然是很久之前的事了,但看到他的脸,我基本可以确定了。

宋民宇……绝对是那家伙,但他也是下车者吗?他那种不良少年怎么可能去看小说啊?

"那家伙是第几个下车者?"

"那家伙有点奇怪……他和其他下车者不太一样。"

"哪里不一样?"

韩秀英思考了一会儿才开口道:"我看到的那家伙是……'只看过第173话的下车者'。"

就在这一瞬,宋民宇鼻孔翕张,脑袋也转向我们这边。

他黄澄澄的眼睛就像在说:"找到了。"

那家伙用四脚踩地的姿势冲过来，等我回神一看，他已经来到我们面前。速度快得惊人，敏捷等级至少40级。

"是你们干的？"

他的声音里还带着呼噜噜的低吼，看来已经完全完成了人外物种的变异。

6级人外物种"狼人宋民宇"发动"猎食威胁Lv.5"！

人物"韩秀英"发动"精神壁垒Lv.3"！

人物"韩秀英"已减少部分"猎食威胁"的效果。

那家伙瞬间逼近，爪子紧紧揪住韩秀英的衣领。

"嗬呃……"

即便韩秀英现在状态不好，也很少有人能在一瞬间制服她。

以目前的情况来看，这个6级人外物种是我遇到的最难对付的敌人。这和我猎杀5级火龙时的情况不同，当时我的属性能够克制火龙，而且巨型怪兽的行动相对迟缓。

但现在……

"是你们毁了我的Coin农场吗？"

虽然用的是问句，但他的语气几乎已经笃定。他金黄的瞳子如同猛兽，口中露出洁白的犬牙。

韩秀英大喊道："愣着干吗？！你清醒一点！"

我发动"信念之刃"，韩秀英使用"阿凡达"。几乎同时，宋民宇甩出几记强有力的踢腿。嘭嘭嘭！刚生成的阿凡达脑袋被踢爆，我也被踹飞。

6级人外物种"狼人宋民宇"正在发动"加速Lv.5"。

宋民宇用快到看不清的攻击速度对我的头部、肩部、腹部一通暴击，我猛地咳出一口气。

"金独子！"韩秀英的声音模模糊糊地在我脑子里回响。

就算他是人外物种，也不应该强到这种地步吧？我来不及躲避，只好赶紧用Coin提升综合能力值，同时蜷起身子。

使用16000Coin投资体力。

体力Lv.24→体力Lv.50。

你的全身都如同巨人族一般强健坚实。

痛感迅速降低到可承受的范围内，但我还是毫无还手之力。

"金独子？我好像在哪里听过这个名字……"宋民宇嘀咕道。

防御的间隙，我看到了那家伙的脸。就在这一刻，我隐约知道了症结所在——不是因为这家伙太强，而是我自身出了问题。

由于"猎食威胁"的效果，你的战斗意志减弱了。

由于"猎食威胁"的效果，你的行动变慢了。

不可思议，我连5级火龙的威胁都不怕，却会轻易被这家伙影响？我可是有"第四面墙"啊……

专属技能"第四面墙"正在动摇。

之前也出现过这样的情况，分别是在剧场地下城和刘众赫战斗的时候、以第一人称视角附身刘众赫的时候……但现在刘众赫根本不在这里，这墙怎么又动摇了？

宋民宇扯起我的领子，低吼着竖起爪子："你看起来很眼熟，我们认识，对吧？"

——喂，金独子。你干吗呢？

狼人的声音与记忆中相同的那道熟悉的嗓音重合。

专属技能"第四面墙"正在动摇。

我紧紧抓住他的手腕，答道："不认识。"

"是吗？但我好像想起来了。"

——别看小说了，去给我买点面包回来，听到没？

6级人外物种"狼人宋民宇"发动"记忆力强化Lv.3"。

"我认识你。"

专属技能"第四面墙"正在动摇。

该死的，原来如此——我终于知道"第四面墙"是什么样的技能了。

宋民宇露出一个微笑。

"真不敢相信，你这种胆小鬼也能活到现在。你以前不是只知道看小说吗？"

"……"

"你就是那个在电脑课上偷看小说，被我打得半死的臭小子吧？不记得我了？"

迟来一步的愤怒席卷了我的脑海。

"我是宋民宇啊，你怎么不记得高中同学的长相了？我正好在找你。"

17岁的我曾这样想过——如果可以，我一定要把面前这家伙撕碎。

宋民宇笑嘻嘻地说："你当时看的那本小说，现在要在哪里才能看到？"

听到他的话，我瞬间回忆起当时的场景——我在被这家伙的小弟们殴打，而他坐在我的座位上，拉下了小说的滚动条。

不会吧？

——小宅男，你就喜欢看这种小说啊？这种类型的好看吗？

太讽刺了，那家伙当时看到的小说偏偏是……

他一拳打在我的腹部，我整个人都飞了出去，后背嵌进建筑物外墙。同一时间，韩秀英的阿凡达对宋民宇发动了突袭。

哐！建筑物的外墙轰然倒塌，压在我身上。

专属技能"第四面墙"正在动摇。

"第四面墙"是我从进入任务伊始就掌握的专属技能，我至今都不知晓这个技能的全部功能。但现在我至少能确定一件事——这个技能会让我把这个世界看作小说。

我之前也总觉得奇怪，为什么进入任务之后，我就拥有了现实中从未展现过的判断力和执行力，我冷静得像在从外部观察这个世界一样。其实那都是拜"第四面墙"所赐。

"你到底在干什么?!"

一道愤怒的声音传来。扫开石堆，我看见怒火中烧的韩秀英挡在我的身前。她召唤出了十几个阿凡达堵住建筑物的走廊，以应对宋民宇那群狼人。奋力作战的韩秀英鼻血流个不停，脸上也暴出青筋。

韩秀英魔力本就已经见底，但她所剩无几的魔力竟还能爆发出如此强大的力量，的确了不起。

"你刚刚不还说能信赖你吗，结果这就开始躺平了？！"

我缓缓撑起身子，提升能力值之前就遭到重创的关节疼得厉害，很久都没体会过如此切实的痛苦。我这才想起，"第四面墙"一直在帮我缓解疼痛。

相当多的星座因意外的剧情发展而慌张。

我忍痛拍拍身上的灰尘，站了起来。

"我正在经历自我觉醒。"

"啊？"

"每次都能轻易取胜就没意思了，偶尔也要来点小挫折嘛。"

"啊哈，这就是你被打得半死、倒地不起的原因？"

"我刚才是在思考。"

相当多的星座感到安心。

狼人宋民宇发出咆哮。

"第四面墙"这一技能能让我把现实看作小说。现在技能动摇，原因也很明显——我把宋民宇认定为"现实"，把他当成了曾经霸凌我、把我的高中生活搅成一出悲剧的那个不良少年。

"你跟那家伙认识吗？"韩秀英好歹是个作者，还是挺擅长观察细节的。她顿了顿，赶紧继续说："对不起，我没想偷听的，但碰巧听见了……"

我没必要对一个有"测谎"技能的人撒谎，干脆坦诚道："嗯，认识。"

"我大概猜到了……"

"我跟他小时候就认识，总结来说，就是那种很俗套的心理创伤。"

"世界上哪里存在俗套的心理创伤？心理问题都是很严重的好吗！"韩秀英擦拭着流个不停的鼻血，吐了口唾沫，"呸！具体是什么问题？姐姐我会帮你觉醒，你尽管说吧！《灭活法》里写的情节不都是光凭几句话就能让人变强吗？"

"你当我是李贤诚吗？"

要是"第四面墙"总是会被刺激我心理创伤的人动摇，我将来必定吃尽苦头。归根结底，这个问题还得由我自己解决。最重要的是，我已经28岁了。我不再是那个会被不良少年吓得瑟瑟发抖的17岁高中生了。

一位喜欢复仇剧的星座亮出了自己的星座称号。

星座"迟来的试炼克服者"为你加油鼓劲。

几个星座表示赞同。

收到了悬赏任务。

+

＜悬赏任务：克服心理创伤＞

分类：支线

难度：C

完成条件："迟来的试炼克服者"等几位星座向你委托悬赏任务。请在规定时间内克服心理创伤，摆脱过去的阴影

规定时间：1小时

奖励：？？？

失败惩罚："迟来的试炼克服者"的轻蔑

+

我在《灭活法》中也看到过"迟来的试炼克服者"这个星座。据我所知，这家伙是另一个行星系的星座……也是，考虑到第 5 个任务中即将登场的那些家伙，我们频道中来自其他行星系的星座也该慢慢变多了。

但总体来看，我也是因祸得福了。

我把四溟大师的长袍扔给韩秀英。

"擦擦鼻血，退后吧。"

"什么？"

"你做得够多了。"

我从十几个阿凡达中冲出，跑进狼人群中。

使用 6000Coin 投资敏捷。敏捷 Lv.30 → 敏捷 Lv.40。你的全身充满了风一般的机敏。

使用 15500Coin 投资力量。力量 Lv.25 → 力量 Lv.50。你的肌肉如同怪物一般蠕动。

不久前经历的盖然性风暴，让我一直畏首畏尾的。我早就该投资提升能力值了。

128

"不折的信念"的特殊效果已发动！以太属性转换为"神圣"。

伴随着嗡鸣声，我的剑刃发生了变化。这是一场我胜券在握的战斗，先前只是因为"第四面墙"的动摇导致我的判断力下降。仔细想想，我有好几种打败宋民宇的方法。

唰喀唰喀！剑刃砍下，狼人们毫无抵抗之力地倒下。黑暗属性的狼人在神圣属性的武器面前不堪一击。而且在处理这些家伙时，我压根不用担心受到"不杀"的惩罚。我之前说过，人外物种并不是人类。这些家伙，并非我的同族。

狼人群中的宋民宇看见我重回战场，眼睛缓缓瞪大。韩秀英喘着粗气的声音从我身后传来。

"喂！你能行吗？"

仍处于劣势的我没有回答。

专属技能"第四面墙"正在动摇。

显而易见的是，现在的我已经不一样了。

"我可以。我已经完成了自我觉醒。"

我径直冲向宋民宇。狼人发出戒备的低吼声。我的大脑迅速转动。如果使用"简平仪"召唤"六芒星猎人"之类的星座，我就能轻松获胜。但用那种方式取胜的话，我的心理创伤无法痊愈。至少这次，我只能凭借自己的力量进行战斗。

发动了"加速"技能的宋民宇快如闪电。他的敏捷等级约为40级，但在"加速"技能的效果加持下，他的速度又迈上了一个台阶。没有步法技能的我只能考虑其他办法。

使用7000Coin投资敏捷。敏捷Lv.40→敏捷Lv.50。你的身体如疾风般迅速。

条条大路通罗马，我选择用能力值来弥补差距。我轻松躲过他扇来的利爪，挥剑上砍。

"呃啊啊啊！"被我砍断的狼人宋民宇的胳膊飞向空中，我旋即砍下了那家伙的另一条胳膊。惊慌失措的宋民宇失去了平衡，我瞅准机会，砍断他的腿。一瞬间就没了四肢的宋民宇发出阵阵哀号，与此同时，被切断的位置又长出了新的胳膊和腿。这是狼人的特典"肉体再生"。这家伙的再生速度太快了，应该是受到了某人的庇护……但这反倒是件好事。

星座"迟来的试炼克服者"密切关注你的行动。

悬赏任务的完成条件不是杀死宋民宇，而是让我克服心理创伤。我要是轻而易举地杀了他，星座们不会满意。我解除"信念之刃"，转而抡起拳头。

使用 8000Coin 投资力量。力量 Lv.50 → 力量 Lv.60。你的力量开始引发巨人族的兴趣。你的综合能力值已接近目前任务的限制标准。

宋民宇的四肢再生完毕后，我掐住他的脖子。

专属技能"第四面墙"正在动摇。

一看到他的脸，藏在我身体里的"17 岁金独子"就好像要探头了。那段记忆已十分久远，但我做不到笑着翻篇。

我苦笑道："民宇，我刚才没好好跟你打招呼吧？"

"什么？"

"很高兴见到你。"

我一拳砸向他的腹部。

"喀嚄呃……"

"不过啊，你要是有良心的话，就不该先跟我讲什么同学情谊，而是应该向我道歉吧？"

我一手按住他，另一只拳头不断打向他的胸部、腹部和面部。

"你个只知道看奇幻小说的蠢货——"

"看奇幻小说的蠢货已经长大成人了。"

"你个小王八蛋……"

"但你好像还和以前一样毫无长进。"

在我毫不手软的攻击下，这家伙四肢骨折、牙齿碎裂，连腹肌都被打烂了。看到一边倒的局势，其他狼人只敢咆哮，始终不敢靠近——即便不使用"猎食威胁"之类的技能，我也能够震慑敌人。

不可逾越的力量鸿沟能够催生发自内心的恐惧。大约过了十分钟，宋民宇用被打烂的嘴连连哀求："喀，喀喀！停……停下！"

"凭什么？"

"对……对不起，我给你道歉！是……是我那时候不懂事……"

听到宋民宇的话，我停下了动作。"不懂事"——我也很清楚是因为这个，毕竟以我现在的年纪，能够理解小孩子纯粹的恶意，但是——

"你好像误会了，我打你不是为了让你跟我道歉。"

但有些事情，就算能够理解，也绝对无法原谅。

"从一开始，你该道歉的对象就不是我。"

"你到底在说什么……"

很反常地，看着宋民宇被揍得血肉模糊的脸，我想起了十几岁的自己。曾经软弱无力、懦弱胆小、只知道看小说的金独子——记忆已经模糊，但我的身体里肯定还有"17岁金独子"的影子，我颤抖的拳头就是证据。韩秀英说得没错，世界上根本不存在俗套的心理创伤。

今天的复仇不会让我的创伤愈合，我以后也会噩梦缠身，而17岁的金独子也将永远活在悲剧之中。任何东西都不会发生改变。

"喀！喀喀喀！住……住手……"

所以我本该鼓足勇气重新出发，并且停止手上的暴行。

"喀喀喀！"

但这是怎么回事？

"求你了，住手……"

为什么我的拳头停不下来呢？

呻吟不断的宋民宇濒临死亡，可我的拳头还在不受控制地落下，这让我也开始慌了。为了稳住心态，我开始回忆《灭活法》中的内容。遇到这种情况，刘众赫都是怎么处理的来着？我想起第4次回归时的刘众赫。

"你这家伙背叛了我，去死吧。"

然后又想起第12次回归时的刘众赫。

"你这家伙上次轮回时背叛了我，去死吧。"

接着，我想起第 27 次回归时的刘众赫。

"统统去死吧。"

刘众赫在《灭活法》里横冲直撞的剧情让我不禁露出笑容。是啊，刘众赫的性格非黑即白，而我正是读着他的故事长大的。

宋民宇已经被我揍成一块破布，完全失去了意识，我这才堪堪停下攻击。盯着只剩微弱呼吸的宋民宇看了好一会儿，我突然开口道："我好像也还没长大成人。"

地面上狼人的血反着光，模模糊糊地映出我的脸。

28 岁的金独子的面孔之下，到底还藏着多少 17 岁的金独子的影子呢？不得而知。我能确定的只有一件事——

"我啊，到现在都在看那本小说。"

——我活下来了。

专属技能"第四面墙"的动摇已减弱。

已满足悬赏任务的完成条件。

Episode 16
第 5 个任务

1

　　滴答，滴答，宋民宇的血打湿地面，我满是鲜血的拳头已经麻木。宋民宇闭着眼睛，说不出话，只是偶尔吐出一口血沫，他的肉体似乎已经放弃了再生。

　　韩秀英低声道："你个恐怖的家伙……竟然徒手打死狼人？"

　　附近的狼人要么已经逃跑，要么被韩秀英砍下了脑袋。

　　我俯视着宋民宇说："还没死。"

　　就算看着他的脸，"第四面墙"也不再动摇。我的心理创伤应该还没痊愈，但至少对回忆有了抵抗力。

　　星座"迟来的试炼克服者"鼓励你。

　　星座"迟来的试炼克服者"想要赐予你星痕。

　　给我星痕？真的吗？

　　这个悬赏任务不是单一星座的委托，我完全没想过会有星座愿意奖励星痕。既然他要给，那我自然是欣然收下的。

　　已习得星痕"自我合理化"。

　　星座"迟来的试炼克服者"对继承星痕的你露出欣慰的笑容。

　　你将具备不被任何心理创伤打败的防御机制。

　　我愣了好一会儿。

　　星座"紧箍儿的囚徒"哈哈大笑。

"自我合理化"？这算什么啊？是在耍我吗？

韩秀英问："喂，你不杀了他吗？"

"嗯？"

"就那家伙。"

我看向倒地不起的宋民宇。要杀了他吗？反正他是人外物种，我不会受到"不杀"的约束。

"狼人宋民宇"的赞助者瞪着你。

要是杀了他，鼻荆频道里的星座们也会很开心吧。

相当多的星座希望你报仇。

但我最终还是转过身去。

"算了，走吧。"

"什么？认真的吗？"

"嗯。"

部分星座因你的伪善而感到失望。

相当多的星座对你的判断表示怀疑。

星座"隐秘的谋略家"密切关注你的判断。

"你真的不杀他吗？那家伙应该有不少 Coin 吧？"

"嗯。"

"那我去杀咯？"

"随你，但你应该会后悔的。"

"后悔？"

我耸了耸肩，沿着狼人们最初跑来的方向走去。这条路的尽头应该是他们的大本营。而且如果我猜得没错，那里会有提供狼人之力的陨石。为了应对不久后的灾殃，我必须尽快收集陨石。

身后不远处的韩秀英鬼鬼祟祟地瞥我一眼，紧接着，传来了另一道跑向宋民宇的脚步声。是阿凡达……我就知道韩秀英会这样做。看在她没点明我的伪善的分儿上，我也没有制止她的贪婪行为。但很快——

"呃！这什么啊？！"韩秀英抽搐着发出一声惨叫，我猜她脑子里应该出现了以下通知：

由于6级人外物种"狼人宋民宇"被杀害，魔王"纷争制造者"察觉到击杀者的存在。

魔王"纷争制造者"将记住最终击杀了他的眷属的化身。

魔王"纷争制造者"将通缉最终击杀了他的眷属的化身。

最终击杀者：韩秀英。

韩秀英失魂落魄地望着我，而我咧嘴一笑。

"我不是说过你会后悔的嘛。"

宋民宇是"七十二魔王"之一的"纷争制造者"安德拉斯的眷属。

***

"星流放送"里的强者并不只有星座。有一些强者拒绝成为天空中的订阅者，选择保留肉身在任务之间游荡，"魔王"就属这类。

"你真是个浑蛋。"韩秀英骂道。

就像星座们会打造自己的化身那样，魔王们也会寻找自己的眷属，那些堕落成人外物种或恶魔物种的化身就是魔王的目标。

纷争制造者安德拉斯是"七十二魔王"种姓制度中下位阶级的魔王。他的象征之一就是"狼"。

正是因为安德拉斯的庇护，宋民宇那家伙才具备如此出色的身体再生能力。

韩秀英气到颤抖地说："你……你怎么能这样对我……"

"别担心，我还认识另一个被魔王诅咒的家伙，他也没有马上死掉。"

"你觉得这能安慰到我吗？"

韩明伍也曾受到魔王"盛怒与欲望的魔神"的诅咒……不知道他现在怎么样了，还活着吗？

"想开点，纷争制造者也不是很高阶的魔王。而且成为魔王的敌人，就能得到绝对善派系的好感，他们的赞助也会变多的，这一点还是很赚的。"

"我对那些大天使不感兴趣！而且我要选择的背后星和天使们关系不好。"

怎么？你难不成要选魔王？我本来想随口一问，但总觉得哪里不对，于是闭上了嘴。

这家伙刚才说了什么？

"你'要选择'的背后星和天使们关系不好？"

注意到我的审视，韩秀英赶紧捂住嘴。

我问她："你不会还没有背后星吧？"

也不是没可能，因为我也没有。实际上，大部分在第1个任务中碌碌无为的人都没有背后星，因为他们不会收到任何星座抛出的橄榄枝。但韩秀英这样的强者没有背后星就很令人意外了。

"不是没的选，只是我不选而已。一开始就做选择的话不是很儿戏吗？毕竟只能选一次。"

"嗯，那倒也是。"

"选择背后星"的环节最好是能拖则拖。好的星座数不胜数，根据化身在任务中的表现，随时可能吸引更好的星座来关注。"选择背后星"环节在第1个任务结束后举行过一次，并且之后每次"灾殃任务"发生之前都会定期举行。第5个任务正是"灾殃任务"，韩秀英可以参加近在眼前的第二次"选择背后星"。

我装傻道："你想选谁？有看好的星座吗？"

韩秀英得意地回答："知道是谁之后你肯定会吓一跳的哦。他已经对我产生兴趣了。"

"是谁啊？"

难道是"齐天大圣"吗？

"你听说过'深渊的黑焰龙'吗？"

星座"深渊的黑焰龙"观察着你的反应。

犹豫片刻，我答道："啊——这样啊。你的决定很正确，这是个很好的背后星。"

在《灭活法》原著中，"妄想恶鬼"金南云的背后星就是"深渊的黑焰龙"。金南云和李贤诚都是书中的最强配角，所以这的确是个不错的选择。

星座"深渊的黑焰龙"用伤心的眼神望着你。

他不是转移目标了吗？怎么还伤心地望着我？我毫不走心的语气让韩秀英挑起眉毛。

"你这语气挺不对劲啊。你的背后星是谁？有资本这么狂吗？"

"没没没，我是羡慕嫉妒恨。"

"真的吗？"

"真的。"

人物"韩秀英"发动"测谎Lv.1"。

登场人物"韩秀英"已确认上述发言为谎言。

"你找死吗？"

居然要选"深渊的黑焰龙"……他俩估计会很合拍，真心希望她成功选到心仪的星座。

一位喜欢后宫剧情的星座支持你和"韩秀英"的化学反应。得到了500Coin的赞助。

听到相同通知的韩秀英皱眉道："这又是什么……"

很可惜，韩秀英只会和我同行十天，那个喜欢后宫剧情的星座的愿望要落空了。短暂的合作改变不了她是一个强敌的事实。

"好像已经到了。"

没过多久，我们抵达了方背站附近一个看起来像狼人大本营的地方。鲜血的味道从拥挤的楼栋之间飘来，远处狼人的号叫和人类的惨叫依稀可闻，有可能正在发生战斗。

韩秀英说："好像来迟了呢？有人先到一步了吧。"

目之所及没有一头狼人，就连岗哨都看不到。再往里走一些，我们眼前出现了一个比尹代理的规模更大的农场。Coin农场是灭亡世界的独有"风景"，但不同农场里的构造大同小异，我都快看腻了。铁笼里没有幸存者，Coin的收割也许已经结束了。

走在我前面的韩秀英突然捏住鼻子："哕，那又是什么啊？"

穿过铁笼区，走向狼人们的居住区，前方等待我们的是更加令人毛骨悚然的景象：橡皮筋上挂着人类的断肢，就像肉铺一样。不问也知道这些东西的用途。

专属技能"第四面墙"抵消了你的精神冲击。

我只通过小说文字读到过这种场景，现实中还是第一次见。普通人类进化为人外物种的办法只有一个——食人，也就是猎杀自己的同族。

韩秀英骂道："禽兽不如的浑蛋……"

大部分人外物种都是偶然进化而成的。通常来说，没完成"获取食物"支线任务的人都会走上这条不归路，毕竟自身物种改变后，他们就不会再因为杀人而感到愧疚了。

"原来你看到这种场景也会生气啊。"

"当然会了，对这种画面无动于衷的还能算人类吗？"

"我听其他'先知者们'说，你想利用已知的情报统治世界。"

"谁说的？"韩秀英嗤之以鼻，她补充道，"就跟你说我抄袭一样离谱。"

"……"

"统治世界？是挺不错。但当务之急还是阻止世界灭亡吧，你以为我是脑子一热就把使徒们召集到一起的吗？"

"但那些使徒都是些人渣。"

"他们本来就是人渣！那也要怪我吗？"

嘭！嘭！嘭！嘭！我们下意识地屏住呼吸。前方传来巨响，那是肉体像果肉一样炸开的声音——有人在开枪。奇怪，军队明明都被消灭了啊？我们绕过建筑群，跑向声音的源头。就算还有军队存在，用枪来对付狼人也太不切实际了吧？但接下来的画面立刻解决了我的疑惑。

眼前是堆积如山的狼人尸体，并且中枪的尸体全都变得焦黑，我和韩秀英几乎同时开口：

"……属性弹。"

"在枪弹上附加神圣力？"

远处有人用枪口瞄准了我们。那些人都配备了手枪，而且很奇特的是，全都身着囚服。

韩秀英紧张地揪住我的衣角:"喂,你记不记得我说过,西大门刑务所那边还有一个像你这样的家伙。"

"嗯。"

"那就是那家伙的队伍。"

韩秀英手指的地方站着一个戴了面具的女人。那人的长发沿面具边缘垂落,她天蓝色的囚服之外披着一件风衣。

"那个人是队长。从她的成长速度来看应该是下车者,但我看不到任何她的信息。"

这样吗?那些人就是韩秀英说过的"西大门刑务所"的……王座争夺战的时候怎么不见如此强大的势力?

韩秀英看着狼人的尸山开口道:"那些人是我目前已知最强的流浪者势力。"

对面一个举枪的女人径直走向我们,她并不是韩秀英所说的"队长"。我拔出"不折的信念"握在手中,韩秀英也准备好召唤"阿凡达"。就在这时,那女人的枪口一抬。我们赶紧弯腰,她的枪口便对准了狼人的尸山。突突突突突!子弹扫射后,尸山倒塌,原本藏在尸体下面的东西也显露出来。

"那是?"

那是一块直径约两米的发光的石头。正是我们为阻止灾殃而寻找的陨石之一,"黄色陨石"。这应该就是狼人之力的源泉。

女人的视线从陨石上移开,悠悠转身道:"你是金独子吗?"

她认识我?怎么会?我定睛一看,这个女人比我年长不少。从她脸上的少许细纹来看,将近四十岁的年龄了。

我轻吐一口气,故意用犀利的眼神瞪着她。

"你好像搞错了吧?我叫刘众赫,金独子是我最讨厌的家伙。"

"刘众赫?"

"没错,你去告诉你们那边的下车者,别太放肆。不明白我的意思也无妨,你只管带个话。"

我往身边瞥了一眼,看到韩秀英一脸无语的表情。我使了个眼色,她这么机灵，肯定知道接下来该怎么做。下一刻，对面的女人开口了。

"我知道你是金独子，没必要说谎。"

登场人物"韩秀英"已确认上述发言为事实。

韩秀英朝我点头，看来女人的确清楚我的身份。

"我的王有吩咐，让我把这个陨石交给你们。"

没想到的是，她不仅认识我，还要把这块陨石拱手让给我们……

"你们是谁？"

"我们是侍奉'流浪者之王'的人。"

"那边戴面具的人就是你们的王吗？"

女人点头。我望向远处的王，仔细打量，总觉得有些眼熟。但有一个问题。

"王是吧……但你们好像没有旗帜。"

"我的王不贪恋那种无关紧要的东西。"

无关紧要的东西？

女人接着说："王让我转告你：北方的灾殃由我们处理，但其他四个就都交给你了。"

话音刚落，女人掉头就走，我甚至没来得及开口。

韩秀英大喊道："喂！你说了一堆什么东西啊？不应该解释清楚再走吗？"

女人仿佛没听见一样继续走自己的路。

韩秀英转头问我："到底是什么情况啊？你跟这女的也认识？"

"你觉得可能吗？"

我立即发动了"登场人物浏览"。

该人物未在"登场人物浏览"中进行登记。更新"登场人物浏览"即可确认该人物的信息。是否进行更新？

好像又到了该更新的时候，我点头选择更新。

更新已完成。部分人物已被添加至浏览词典。

视窗弹出。

+

<人物信息>

姓名：赵英兰

年龄：37岁

背后星：古朝鲜第一术士

专属特性：逃狱的模范囚犯（一般）、正义执行官（稀有）

专属技能：逃狱Lv.3、耐性Lv.6、执行时刻Lv.3、射击Lv.4……

星痕：奇门遁甲Lv.2

综合能力值：体力Lv.30、力量Lv.34、敏捷Lv.36、魔力Lv.28

综合评价：正在进行综合评价

＊正在使用"新手礼包"

＊正在使用"成长礼包"

+

她的背后星是"古朝鲜第一术士"？

星座"古朝鲜第一术士"警惕地望着你。

真没想到，"田禹治[1]"的化身这么快就现身了。而且赵英兰还有一个"执行官"派系的特性，虽然比不上"审判者"，但也已经相当好了。部下都这么强，那个王又该有多么过人的实力呢？我再次发动技能。

无法使用"登场人物浏览"对该人物进行阅览。该人物未在"登场人物浏览"中进行登记。

就在我和戴着面具的王眼神相接的那个瞬间，脑中传来一阵刺痛，心脏狂跳，我下意识移开视线。哪怕"第四面墙"没有动摇，我也凭本能意识到：如果我继续盯着那个女人看，墙的动摇程度会比见到宋民宇时剧烈得多。虽然得到了"自我合理化"，但我还不清楚这个星痕的效果，不愿轻易冒险。

韩秀英担心地问："喂，你怎么了？"

"……没事。"

能让我出现这种反应，就说明那个人对现实中的我产生过重要影响。我肯定认识她。

---

1 田禹治：古朝鲜各种文字记录中出现的奇人，擅长术法。

在这个世界上，给我留下的心理创伤比宋民宇更甚的人只有一个。原来如此……她果然活下来了。但我没想到她会在首尔。能够组织如此强大的势力，且部下全都身穿囚服——若是"那个人"的话，一切就都说得通了。

没多久，流浪者们列好队伍，原路返回，行军的动作有条不紊。从她们隐隐透露出的分寸感中，我感受到了不曾在其他队伍中看到的忠诚。她们的领袖在队伍前列进行统率。那个王既不像"暴政之王"那样戴着王冠，也不像"美戏之王"那样穿着龙袍。

我的视线扫过这片废墟——Coin 农场已被捣毁，被那些人救下的幸存者正在朝远处行注目礼，毛毯和生活必需品就摆在他们身边。

是我忘了。想成为王，旗帜或王座并非必要条件。在没有王的世界里，也依然有"王"存在。

2

我开始研究那些人留下的黄色陨石。这块被称为"月长石"的陨石，其实是一颗来自另一次元的卫星。和书中描述的一样，每当我的手触碰到它，我就能感受到酥麻的魔力。不透明的陨石表面布满凸出的白色纹路，内部发出微弱的光，其中蕴含着能够对抗灾殃的力量。不知过了多久，我听到一条系统通知。

"月长石"想为你提供更高级的进化能力。

我拒绝了建议，陨石立刻收束了力量。

通过食人肉变为人外物种的他们可以吸收月长石中蕴藏的"黑夜之力"，从而进化成更加高级的人外物种——狼人。

"月长石"从你身上感受到了难以形容的亲切。

但这块陨石的真正用处并不是将人进化为人外物种，毕竟几百个狼人也无法阻止即将来临的灾殃。要是有几千个的话，倒是能帮上忙……但如果那样，过多的人外物种和魔王眷属又会招致另一种灾殃。

"好久没做志愿者了……金独子，你看出点什么了吗？"

我观察陨石的时候，韩秀英正忙着照顾附近的幸存者。我本来还在想她什么时候变得这么善良了……但这果然是她骗取 Coin 的花招。

部分绝对善派系的星座被"韩秀英"的善行感动。

她已经和魔王结仇，绝对善派系的星座发放的赞助肯定比平时多了不少。

人类的两面性真是难以捉摸。

随着"选择背后星"的临近，韩秀英也开始进行试探，毕竟绝对善派系的星座中可能也有和"深渊的黑焰龙"一样强的。

我一边环顾四周一边说："阿凡达的确挺有用的。"

几十个阿凡达正在迅速地整顿周围环境，人外物种的尸体正在熊熊燃烧，可怕的铁笼和人肉店也被拆除了。韩秀英就算鼻血流个不停也在努力赚 Coin……

擦干鼻血，韩秀英问我："所以呢，你打算什么时候跟我说？"

"说什么？"

"刚才的事。"

我这才明白她的问题并非有关陨石。

"你还在想刚才的事？"

"怎么可能不想？"

目前已经出现了两个摸不清底细的下车者，而且这两个下车者之间似乎存在着某种关联——这让有着"最后的下车者"称号的韩秀英十分在意。

"她应该是我认识的人。"

"你刚才不是说不认识吗？"

"我不是指那个跟我们说话的人，我说我认识那个队长。"

"流浪者之王？"

我点点头，说："那个人不是下车者，而且应该从没看过原著。"

"什么？那她是怎么知道原著内容的？"

"是我亲口告诉她的。"

韩秀英目瞪口呆。

"你为什么要把那么无聊的故事讲给别人听？"

"见那个人的时候，我需要聊天话题。"我顿了一会儿，才继续往下说，"除了那本小说，我什么也不懂。"

稍显沉重的气氛让韩秀英停止追问，她应该有很多疑问吧，比如："流浪者之王"是谁？跟我又是什么关系？沉默了一阵子，韩秀英若无其事地开口道："虽然不知道你们是什么关系，但你真的不打算做点什么吗？知晓未来的人变多的话……"

我知道她在担心什么，不过应该不会有事。"流浪者之王"是个有原则的人，她至少不会利用书中的情报在这个世界横行霸道。

我轻拍月长石，说："现在更重要的是这东西，我准备唤醒它。"

"啥？唤醒陨石？"

韩秀英的眼神好像在说"你是不是脑子出问题了"。

"你是打算唤醒灾殃吗？"

"何必这么惊讶？你不也干过这种事吗？"

韩秀英曾在"'先知者们'之夜"中煽动"先知者们"唤醒火龙"幼龙伊格尼尔"。

"喂！那只是个'小灾殃'，但这……"

"这不是灾殃。"

"那它是什么？"

"你连抄袭都能偷懒啊！不记得了？你真的不知道任务开始之后这里面会出现什么吗？"

韩秀英瞪了我一会儿，然后打开手机查看自己的小说文档。

"这个难道是……"

"找到了？你抄得挺全啊。"

"闭嘴！但现在主线任务还没开始，你这样做真的不会有问题吗？又遭到盖然性轰炸怎么办？"

"这点程度是不会的。"

"你可是中级鬼怪的眼中钉……"

"所以我才要在它不在的时候行动。"

现在那家伙正因为管理局的问责而焦头烂额呢。

"现在起，我们要往这里注入魔力。我算了一下，它只用10小时就能孵化。我4个小时，你6个小时。"

"为什么我6个小时啊？"

"你的魔力等级不是比我高吗？"

下一刻，周围阿凡达的数量迅速减少。

动作挺快啊。

"老实交代，你的魔力是几级？"

"一定要说吗？"

"为了完成任务，我必须知道这个。"

"临时协议书"条款生效。

韩秀英一下就把脸皱成一团，不情不愿地说："……55级。"

实话实说，我真的被吓了一跳。她能操控几十个分身，所以我大概能猜到她的魔力超过40级，但没想到竟然高达55级……这都快接近任务的限制标准了。不过她的体力和力量相对较弱，应该是把所有的Coin都用来投资魔力了。

"计划有变，我2个小时，你8个小时。"

"喂！这不公平！我现在也没剩多少魔力了！"

让鼻荆打开"鬼怪包袱"后，我购入了几瓶"中级魔力恢复药水"。

"那就边喝这个边注入魔力吧。"

"这是什么？"

"Coin道具。"

"看来你的背后星很大方啊。这都可以随便送我吗？"

"是我大方。"我纠正她的话。

韩秀英斜睨我一眼，说："你不会加了什么奇怪的东西进去吧？"

"我先开始。"我把手放在月长石上，随即开始注入魔力，脑海中想着陨石里那个将在10小时后醒来的家伙。

***

我睡得正香，忽然被人叫醒。

"喂，快醒醒！这家伙开始动了！"

韩秀英的手放在陨石上，惴惴不安地喊我。伴随着咔咔咔的声音，陨石上开始出现裂痕。和火龙的红色陨石裂开时的样子差不多，不过这次不会出现火龙那种带有攻击性的物种……尽管如此，我们待会儿也得小心措辞，不然很可能双双丧命于此。

轰隆隆隆隆隆！月长石释放出的光芒照亮黑夜，存在本身就给人带来无限压迫感的东西正从沉睡中醒来。银色的鬃毛从裂痕中飘出，月长石的碎片像剥开的壳一样掉落在地。假如孵化出来的是头幼兽，我就能利用印随行为[1]进行操控，但很遗憾，眼前并非一个纯真无知的生命体。

成为任务中首个与异界的生命体相遇的人。与异界人的亲和力上升。获得奖励2000Coin。

为能和异界人顺利进行沟通，你获得了额外奖励。已获得"异界语口译Lv.1"。

和异界人相遇是第5个任务的序幕，站在我身边的韩秀英紧张得咕咚一声咽下唾沫。第5个任务的危险程度远超之前的任务，一旦我们出现一丁点失误，就会导致整个首尔的灭亡。

已使用专属技能"异界语口译Lv.1"。

由于道具"伊缪塔尔族的护符"的效果，对特定语言的理解度已提升。

猎杀火龙后得到的护符也帮上了忙。

开始进行自动口译。

光芒笼罩的月长石中传来了说话声："#%#$……该死的，这么快？"蜷缩在月长石之内的巨大生物喃喃自语地站了起来。他全身长满银色的鬃毛，外形似狼，

---

[1] 印随行为：一些刚孵化出来不久的幼鸟和刚生下来的哺乳动物，学着认识世界并跟随它们所见到的第一个物体移动。

但他和狼人天差地别。

到了深夜，异世界"克罗诺斯"的统治种族就会沐浴在月长石的气息下进行变身。他们的个头足有三米高，是同时具备怪物般体力和巨人般力量的风之斗士。

他属于克罗诺斯的五个统治种族之一。
"我是伟大的原初之狼。"

在克罗诺斯，最初的狼被称为"伊缪塔尔"。

"伊缪塔尔族，莱卡翁。"
黑夜中传来低沉的猛兽呼吸声，周围的动静一齐降低了存在感。他的气场如此强大，光是对上视线，就让韩秀英躲到了我的身后。但我并没有畏缩。

专属技能"登场人物浏览"已发动！
+
＜人物信息＞
姓名：莱卡翁·伊斯帕朗
年龄：371 岁
背后星：灭亡世界的阴影
专属特性：高贵的伊缪塔尔（英雄）、屈辱的幸存者（稀有）
专属技能：风之径 Lv.9、高级武器锻炼 Lv.9、战争咆哮 Lv.8、贤者洞察 Lv.4、钢铁肌肉 Lv.8、演技 Lv.4……
星痕：灭亡引渡 Lv.1
综合能力值：体力 Lv.75、力量 Lv.75、敏捷 Lv.75、魔力 Lv.75
综合评价：灭亡的克罗诺斯的五个统治种族之一。失去自己的世界后，他加入"星流放送"，成为任务的向导。他的特点是常用充满悔恨的目光看待世界
+

不愧是异世界的英雄，技能和能力值都强到让人惊叹。他综合能力值的平均等级竟然达到了75级！这已经远超当前任务的限制标准，这意味着他甚至能一拳带走一个队伍代表。

莱卡翁的蓝眼睛饶有兴趣地俯视着我。

"是你们唤醒我的？"

我点了点头。

"原来如此……那就说明终于到时候了吧。各位异界的战士，恭喜你们完成教程任务。"

教程任务？为了看起来像个向导，他正在对鬼怪进行拙劣的模仿。真是可笑，这个世界上压根没有教程。每个任务都是实战，死去的人再也不会回来，哪来的教程一说？

"遭受灭亡的人们啊——首先，我对于灾殃降临你们世界一事深表遗憾。"莱卡翁望着天空说。

"异界虫洞"几乎占领了整个首尔的天空，并且那个让人联想到黑洞的巨大旋涡还在缓缓增加体积。故乡灭亡的那天，莱卡翁也看到过这样的"异界虫洞"。

所有在任务中登场的异界人都曾在任务中失去了家园。

"但我来了，你们大可放下心来。我是为阻止这个世界灭亡而来的向导，我会训练你们以应对灾殃，并且教给你们一些必要的行动指南，并且……"

赶鸭子上架的人，台词倒是背得很顺溜，鬼怪应该给他们派发过指导手册。自说自话了好半天，莱卡翁突然止住话头。

"但是，唤醒我的人只有你们两个吗？"

"是的。"

"奇怪，你们没完成第4个任务吗？正常来说，我们五个向导应该在同一个地方孵化吧……"

他说得没错。按照原本的剧情，莱卡翁等五名向导应该在"绝对王座"的主人诞生的地方同时出现。

我对莱卡翁说："我们没有王。"

"没有王？'绝对王座'的主人死了吗？不可能吧，这个时间段应该没人能杀死王座的主人吧？"莱卡翁发出低吼，颇具威胁性地表示不相信我的话。

"从始至终就没有王座的主人。"

"那是什么意思？"

"我们在没人得到'绝对王座'的情况下，直接完成了第4个任务。"

莱卡翁的眼中燃起了怒火。

"你说谎！那不可能！除非有人登上王位，不然第4个任务是不会结束的。"

"但也可以摧毁王座。"

莱卡翁脸色一僵，他沉默地揣测着我话中的含意，然后睁大了眼睛："难道说……"

不可一世的异界英雄陷入慌张的样子还真是难得一见。

打量完我，莱卡翁的银色鬃毛微微颤动，他说："这么多星座的连接点……难道就是你亲手把王座……"

"正是。"

"你怎么敢做出这种人神共愤的事？！"

莱卡翁之后的话我就听不清了，也许是在骂我吧。

韩秀英看着愤怒不已的莱卡翁，低声道："喂，这事有这么严重吗？你刚才不是跟我说……"

看来韩秀英也在"异界语口译"的帮助下听懂了我们的对话，我还没来得及回答，莱卡翁就嚷嚷起来。

"你怎么敢犯下这种事？！既然如此，这个世界上不就没人得到'伟大的神格'的庇护了？"

"没人得到。"

"啊啊啊！'星流放送'系统的星座们根本不照顾克罗诺斯啊！这个世界已经完蛋了！这群智力还不如地精的生命酿成大错了啊！"

看着陷入崩溃的莱卡翁，我越来越不耐烦。是啊，这就是异界人的本质。表面上看，他们好像是被派来帮助我们的，但其实这些家伙都另有目的。这次轮回我绝对不会放任他们不管。

"伊缪塔尔族的王子，莱卡翁·伊斯帕朗。现在气馁，还为时过早。"

发现我的态度突然变得强硬，自尊心极强的莱卡翁当即发出了响彻天空的咆哮。

"放肆的人类！在伟大的种族面前，你给我放尊重些！看来你还不知道自己犯下的错有多严重！"

"故乡灭亡之后，你就目空一切了？伊缪塔尔是克罗诺斯的统治种族，并不是地球的。"莱卡翁被我镇僵住了，我趁机继续说下去，"灭亡你世界的，是五个灾殃吧。"

"什么……"

"你曾经生活的克罗诺斯南大陆被其中的龙毁灭了，是吧？"

莱卡翁的眼中充满怀疑。

"你是怎么知道的？"

"火龙伊格尼尔，炼狱之灾，毁灭了你的世界。"

被我击杀的"小灾殃""幼龙伊格尼尔"的原版"火龙伊格尼尔"本是"大灾殃"级别的怪兽，它喷出的一道火焰就能让一座城市变成火海，扇动一次翅膀就能让低级怪兽原地分解。克罗诺斯的南大陆正是被这头从陨石中醒来的未知火龙物种毁灭了。

莱卡翁咬牙切齿地说："别说得这么轻巧，你会后悔的。要不了多久，你的世界也会在炙热的炼狱之火中苦苦挣扎。"

"那就不劳你操心了，伊格尼尔不会来到这个世界。"

"为什么？"

"那家伙已经被我杀了，所以炼狱之灾也不会降临。"

对莱卡翁来说，这句话的惊人程度堪比"克罗诺斯重生"，他神色呆滞，然后突然勾起嘴角："这是这个世界的玩笑方式吗？一个即将灭亡的世界能开这种玩笑，真有意思。"

也是……我早就猜到他不会相信。我从怀里掏出一块青色的牌子，像是被施了魔法一般，莱卡翁的笑声渐渐消失。是伊缪塔尔族的护符。莱卡翁缓缓用颤抖不止的手伸向我手中的护符，但又在半空中垂了下去。

"怎……怎么会……你这家伙怎么可能有这个?!"

伊缪塔尔族的护符是猎杀灾殃之龙的证明。

"伊缪塔尔族的莱卡翁,护符在此,表示敬意吧。"

莱卡翁高傲的身躯缓缓低伏,他首先是膝盖跪地,紧接着头颅也低了下去,他的眼中写满了难以置信。"动作到位。"终于,这家伙的头也碰到了地面。他的身高足有三米,俯跪在我面前时视线才低于我。我静静地低头看着莱卡翁,没想到猎杀火龙的经历会在这种时候派上用场。

韩秀英的眼神在我和莱卡翁之间逡巡,一看就是还没弄清状况。韩秀英的陷阱差点害我死于火龙之口,但也多亏了她,现在的事情才能顺利解决。

莱卡翁用颤抖的声线问道:"伟大的猎龙人啊……请原谅我的无礼,现在才询问您的尊姓大名。"

"我叫金独子。"

我一直都觉得自己的名字不拉风,要是我能回答"我叫刘众赫"的话,那一定会是一个帅气的场面。尴尬的气氛还在蔓延,我赶紧对他说:"莱卡翁,你要帮我办一件事。"闻言,莱卡翁小心翼翼地抬起头,"教我你们种族的秘技——'风之径'。"

莱卡翁的眼睛缓缓瞪大。这就是我孵化莱卡翁的目的。南方的灾殃火龙早已被我解决,所以第5个任务中最先降临的一定是东方的灾殃,"提问之灾"。

为了成功阻止东方的灾殃,我必须学会伊缪塔尔族的秘技——"风之径"。

因为这就是"提问之灾"的唯一解。

***

一小时后,我正在向韩秀英解释之前的对话。

"也就是说,你杀火龙得到了一个叫'护符'的东西,然后这东西对他们一族来说很重要,是这个意思吧?"

"是的。"

"我还是没太明白……你当时杀的那头火龙也算灾殃吗？'小灾殃'也算？"

"没错。"

"所以第5个任务里的灾殃就从五个变成四个了？"

"还说没明白，你这不是挺清楚的吗？"

听到我这么说，韩秀英皱起眉头。

"我不能接受这个逻辑。你当时杀的是幼龙对吧？那明明不是真的火龙，而是削弱版的啊，凭什么能算一个灾殃？《灭活法》的设定这么会偷懒的吗？"

"只要是从'灾殃陨石'里孵化出来的，都算灾殃。那只幼龙代替伊格尼尔出场了，所以这个任务里不会再出现火龙。而且原著中也没有伊格尼尔吧？只有它的幼崽。我们现在才做到第5个任务，要是这么快就让我们去打那种怪兽，怎么可能打赢？"

"你可真会说，你是《灭活法》的发言人吗？你其实就是作者吧？"

虽然任务看似不可完成，但其实已经被系统调节到"只要拼命就能完成"的难度了。不过，调节后也还是地狱级别的难度。仅仅是一只幼龙就杀光了"先知者们"这些顶级的战斗力——何止是这样。就连我也被它杀了一次。在没有"不杀之王"特典的情况下，我是不可能打赢那只龙的。试想一下，如果那只幼龙在首尔市继续升级，那我们的家园也会和莱卡翁的故乡一样变成火海。

韩秀英根本不懂，光顾着夸夸其谈："反正灾殃什么的好像也没什么大不了的吧。《灭活法》里写得那么吓人，搞得我怕得不行，但既然你都能杀掉一个，那其他灾殃也……"

"火龙那次是我运气好，这次要降临的灾殃和原著中描述的一样可怕。"

看到韩秀英呆滞的表情，我心中暗爽。

"什么啊，那该怎么办？"

"能怎么办？当然要利用那家伙了。"我望向远处正准备修炼的莱卡翁。

韩秀英问："他看起来挺厉害的，能让他替我们去打灾殃吗？"

"他是个胆小鬼。而且原则上向导不能亲自对抗其他世界的灾殃。我们的事应该自己解决。"

这时正巧传来了莱卡翁呼唤我的声音："护主[1]，准备好了。"

"护主"的意思是"护符的主人"，这个词听起来怪怪的，所以我一直让莱卡翁叫我名字就行，但拗不过他的坚持。

"现在起，我将向您传授我族的秘技——'风之径'。"

"风之径"——把这个隐藏技能练到极致，就能随意支配附近的空气，而且只有拥有伊缪塔尔族护符的人才有资格学习。原著中成为护主的人是刘众赫，但现在是我得到了学习"风之径"的机会。再说了，那家伙都那么强了，我何必把这么好的技能拱手相让。

"那就开始了。"莱卡翁说。

之后的三小时里，我学得汗流浃背。要是能让系统直接弹出"是否要习得该技能？"之类的通知就好了。但这次可没那么走运，想要学会异界人的技能，只能通过不断训练以熟练掌握。但我可不是白看了那么多年小说的，好像渐渐也能跟上莱卡翁的动作了。

大概又过了一个小时，一直犹豫着要不要开口的莱卡翁终于忍不住了。

"护主，在下着实惶恐，但我还是想说……"

我喘着粗气问："想说什么？传授完了？"

"不是，不是那个……"

"那是我做错什么动作了？"

"准确来说……"

"别浪费时间，快说。"

"您的动作全都错了。"

他真挚的神情就像猝不及防的一拳攻击，我一屁股瘫坐在地。忽地，天空中的虫洞看起来无比巨大，就像在嘲笑我的愚笨一样。

莱卡翁看着我，补上了最后一刀："护主……您完全没有学习'风之径'的资质。不，说实话，您似乎不具备学习任何技能的潜质。"

弄不好，这个世界可能就要因为我而灭亡了。

---

[1] 韩语中，"护主"和"冤大头"读音相近。

***

几个小时过去了、一天过去了——距离第 5 个任务开始，还有八天。我仍然没有放弃学习"风之径"，也仍然没有一丁点起色。

"呼噜噜，护主，您还是就此放弃比较……"

"我为什么学不会啊？"

在一旁看戏的韩秀英笑嘻嘻地开口道："还能是为什么？当然是因为你没有那个本事，所以才学不会啊。"

"不可能。"

"怎么不可能？你又不是主角。你不会是因为最近过得很顺，就把自己当成刘众赫了吧？"

一语中的，我皱眉道："但我的大脑都理解了。"

"啊，正常正常，毕竟谁都能在脑子里幻想考上首尔大学嘛。"

"我认真的。"

我说的是真的。我本就记得大部分和"风之径"相关的领悟，而且因为一直学不会，我还在一小时前找幸存者借了移动电源，重新看了一遍手机里的文档。

"左手疾风，右手暴风，直线与曲线碰撞之处，将开启'风之径'。"

"呃，您怎么会……您是真的都理解了啊！"一旁听着的莱卡翁感叹道。

其实我刚才说的话是《灭活法》中刘众赫的一句领悟。在《灭活法》中，刘众赫这些中二病[1]一样的领悟甚至还被大写、加粗、加双引号。那家伙只用五分钟就学会了"风之径"，但对他来说那么简单的事，我花了足足两天还没做到。

"这个动作到底要怎么做？"

"嗯？您刚才说得很对啊……那是最准确的表达方式了。"

"那不是个比喻吗？"

"不是比喻，只要照您刚才说的去做就行了。"

---

[1] 中二病：网络流行词。指那些价值观已初步成形却还未脱离幼稚想法的人。

我真是快气到吐血了。这次《灭活法》原著也帮不上忙，因为书里的相关描述全都是些不知所云的句子。"第四面墙"也没用，因为"第四面墙"虽然能培养我的判断力和稳定心态，却不能给予那些我原本没有的天赋。

我有点破罐破摔地对莱卡翁说："那你来做一次这个——'风与风相遇成太极，又一风与风相遇成阴阳'。"

尽管"太极""阴阳"这些概念一听就是地球人发明的，但莱卡翁却听懂了。

"您到底是如何悟出如此深奥的道理的？"

"别废话，你来试试看。"

"像这样。"莱卡翁的爪子一动，四面八方吹来的风就开始形成"势"，两股风相遇形成旋涡，然后再加一股，就形成了滚烫与寒冷交织的气流。

看到这些，我只觉得荒谬。他听了一句话就能施展出技能，那我为什么做不到啊？我的胜负欲被激发了。

"那这个你也能做到吗？'四风相遇成方位，其上又四风相遇成八卦之妙，风无处不在，亦无影无踪'。"这句话是刘众赫在第9次回归时领悟到的，但这次就连莱卡翁也露出了慌张的表情。

我得意扬扬地说："做不到吧？我的心情就跟你现在一模一样。"

"冤……不是，护主，真的非常感谢您。"

5级人外物种"伊缪塔尔的王子莱卡翁"大彻大悟。

莱卡翁突然盘腿坐下，开始修炼。

你对"伊缪塔尔的王子"的进化产生了巨大的影响。

"伊缪塔尔的王子莱卡翁"对你十分感激。

几位来自灭亡世界"克罗诺斯"的星座向你表示感谢。

得到了2000Coin的赞助。

我这才明白发生了什么事，我竟然莫名其妙帮别人做了嫁衣。韩秀英笑得停不下来，捂着腹部前仰后合。这时候，一阵迟来的挫败感涌上我的心头——我很了解《灭活法》，却一点也不了解自己。

星座"紧箍儿的囚徒"因你的不争气而叹气。

星座"隐秘的谋略家"因你的不谨慎而失望。

看着这些通知，我甚至在想要不趁现在还不晚，干脆签一个好背后星得了。也只是想想而已，因为我已经和鼻荆签了契约。

——就是说啊，谁让你把王座砸了？搬起石头砸自己的脚。

我一惊，抬头就看见空中鼻荆半透明的身形。

我用"鬼怪通信"说：

——你现在能说话？那个中级鬼怪呢？

——那家伙被惩戒了，第5个主线任务开始之前都来不了了。啊还有，我的频道又升级了。顺利的话，下个月我可能会升到中级，这都是多亏了你呀。

——挺好的。

——什么啊，你看起来不怎么高兴啊。你这家伙，我都出人头地了，自然也少不了你的份啊。

——升到中级的话，你不就会变得特别忙吗？

鼻荆扑哧一声笑了出来。

——臭小子，别担心。别的化身就不说了，难道我还会不关照你吗？不过也是，最近管理局经常折磨中级鬼怪……有个人类扭曲了很多盖然性，搞得局里成天鸡犬不宁。

不用问我也知道它在说谁。

——啊，我不是说你。

肯定是刘众赫吧。其实从盖然性的判定标准来看，刘众赫的成长速度是不切实际的，一看就是在作弊。

——管理局也动不了那个成长速度不合理的家伙，估计他的后台很硬吧……

而且刘众赫今后也不会被盖然性困扰，因为他的背后星强大到足以承担一切风险。

——不说那个了，你要不要买成长礼包？现在买的话我给你便宜点。你不就是因为学不会技能才这么辛苦吗？买了这个礼包的话……

——我不买，成长礼包不是只适用于已经学会的技能吗？你这么久不出现，一出现就想骗钱啊！

而且任意使用成长礼包会遭到惩罚，所以就连天不怕地不怕的刘众赫都不用。

——喊，原来你知道啊……

鼻荆咂咂嘴，似乎是觉得没骗到我有点可惜。

——但也是时候买点东西了。

持有 Coin：62372。

尽管我之前在综合能力值上投资了那么多的 Coin，但卖火龙尸体的钱也给我回了不少血。要是再多 40000Coin，我甚至能买下"天龙步"那样强大的技能，但现在还不够。

鼻荆一脸和善地飞过来。

——噢，是吗？你有什么想买的吗？

——你们不久后就会上新 Coin 道具吧？

——你是怎么知道的？你安插了间谍吗？

——马上就要开始新任务了，你肯定会卖东西啊。上新了跟我说，我会买的。

——哟呵，突然要花钱……

我直接挂断"鬼怪通信"，鼻荆这小子就会阴阳怪气地怼我。

我回头一看，发现莱卡翁还在领悟的过程中。韩秀英走近了，她撑着下巴对我说："你现在打算怎么办？"

"我也不知道，还在想。"

"干脆让我学吧。"

"什么？"

"或者让其他幸存者去学。"

听到她的话，我看向已经被安顿好的人们。现在是 Coin 农场被捣毁后的第二天，幸存者们正在合力照顾其他伤者，互帮互助的氛围和尹代理农场里那些人截然不同。说不定是韩秀英的伪善行为影响了他们。那么，伪善也是善吗？

韩秀英再次开口道："不是只要学会风什么径的技能就行了吗？不论谁学都无所谓吧？"

"没错，不论是谁，只要学会'风之径'就行。"

"那你为什么坚持自己学？你想让星座们只关注你一个吗？"

她说的的确在我考虑之中，但也不完全正确。

"有护符的人才能学。"

"那就把护符给我呗。"

"这个不能转让。"

人物"韩秀英"已确认上述发言为事实。

我喷了一声。

"你是我见过的第一个比刘众赫还要多疑的家伙。"

"哎，正好提到他了，原著里应该是刘众赫学了这个技能吧？"

"没错。"

"那你为什么自讨苦吃？直接让刘众赫来不就行了。现在还不迟，你还是去找刘众赫吧。好好培养他，你跟着享福不就行了嘛。那家伙就算没护符也会想尽办法学会的。"

"刘众赫从来不听别人的建议。"

"我试试诱惑他。"

我沉默地盯着韩秀英的脸，然后移开视线。

"你做不到。"

"……你是在小瞧我吗？"

"而且，找到刘众赫之后也有别的问题。"

刘众赫也不能在没有护符的情况下学会"风之径"，所以他会从我这儿抢走护符，但护符是一种归属性道具，转移的唯一方法就是原主死亡。刘众赫一定会为此毫不犹豫地杀了我。

而且，就算不是为了护符……

"你也知道，我和他分开之前发生了一些不愉快。再见面的话，他肯定要杀了我。"

光化门的对战中，刘众赫被我 100 级力量的一记重拳打得血肉模糊，我到现在都还记得身受重伤的他怒目圆睁的样子。

"也是，那王八蛋砍我脖子的时候也毫不手软。"想起忠武路站的事情，韩秀英不由得摸了摸自己的脖子。

"而且就算想找，也不知道他在——"

远处的喊声打断了我的话。

"这里有人受伤了，请来帮帮忙！他伤得很重！"

有人在附近发现了一个伤员。

星座"恶魔般的火之审判者"期待你的袍泽之情。

几位星座期待你能救治伤员。

久违地出现了乌列尔他们的通知。

这是怎么了？我和韩秀英一起前往声音传来的方向。确认完伤员的身份之后，我狠狠盯住半空中的鼻荆。鼻荆咯咯笑着装傻。

——别看我，我可不知情啊。

被好心人发现的伤员正是遍体鳞伤的刘众赫。

3

悄悄后退几步，我质问鼻荆：

——是你干的吧？

即便刘众赫真的在附近，也不可能在这个时间点恰好出现。显然是鼻荆这家伙给附近的某个人下发了支线任务，让人把刘众赫带到我们这边。

——你怎么动不动就怀疑我？你有证据吗？

的确没有物证，但我有心证。

星座"恶魔般的火之审判者"因你的判断而心脏揪紧。得到了500Coin的赞助。

这就是心证。

韩秀英吃惊地低头看着刘众赫，小声对我说："还真找到他了，现在怎么办？"

"能怎么办。"

"还是得救他吧？这家伙毕竟是主角啊。"

救肯定是要救的。但如果现在救他，我必死无疑。看韩秀英的表情，她也在害怕刘众赫立刻苏醒。

"没有什么东西能制服他吗？"

"基本没有。"

"那就把他关起来……"

"那样的话，那家伙会自杀的。"

"也是，反正他只要回归就能重新开始……但这家伙回归的话，我们会怎么样？"

韩秀英似乎是到现在才考虑这个问题——如果刘众赫回归，这个世界会变成什么样？这其实是我最大的困扰。

"谁也不知道会发生什么，还是先尽量阻止他回归吧。"

面对未知事物时，正确的办法是做好最坏的打算。要是一不小心让这个世界重启的话，我很可能会魂飞魄散。

但这家伙是被谁揍成这样的？我仔细查看了他的状态。以腹部为中心扩散的伤口，内脏破裂、肋骨全断，据此推断，应该是遭到了某人强有力的一击……下一秒，我愣愣地低头看向自己的拳头。

"你什么表情？突然感到悲伤了？"

"……没事。"

一下就都说得通了。也是，挨下我 100 级力量的一击，那肯定……这就说明他已经维持这副半死不活的样子两天了。我的心中涌上了一丝迟来的愧疚。不好好处理这事，就没法挽救我在他心中的形象了。视线从他腹部移到脸上的那一刻，我全身汗毛立起，急忙后退十几步。刘众赫恨我恨得目眦尽裂，眼中流出血泪。他的嘴唇不断张合，肯定又在说"金独子，我要杀了你"之类的话。身边的韩秀英不见踪影，我眼睛一扫才发现她早就跑得老远了。

我隔着远远的距离朝刘众赫喊道："喂，你差不多得了吧。"

"……"

"那明明是一场堂堂正正的对决，你未免也太小心眼了吧。你当时不是也想杀了我吗?!"

刘众赫依旧死死地盯着我。该死的……但我其实没有选择的余地,不论刘众赫是不是想杀我,我现在都只能老老实实地救下他。如果没有他的帮助,我自己顶多只能阻止"提问之灾",世界照样会被其他灾殃毁灭。

《灭活法》的主角为什么偏偏是这种性格啊?主角要是李贤诚的话,再不济,就算是郑熙媛……我在引导故事走向的时候也会好办得多。现在不是抱怨的时候,我决定先发动技能探探情况。虽然那家伙的想法显而易见,但还是小心驶得万年船。

专属技能"全知读者视角"第二阶段已发动!

而就在下一瞬间,惊人的事情发生了。

——金独子。

我睁大了眼睛。他刚才是在叫我的名字吗?

——回想你之前干的那些事,你这家伙其实听得到我的想法吧?

什么?

——快说你能听见。如果你现在不有所行动,这个世界就要……

我略微慌张地看着刘众赫。

——是我的错觉吗?该死的。

刘众赫的眼皮缓缓合上。短暂的犹豫之后,我走回他的身边。从他现在的状态来看,是完全没力气和我打架的,而且我也没感知到敌意。

"刘众赫,听得到我说话吗?"

刘众赫艰难地抬起眼皮,很快就再次闭上了。奇怪,受到如此重伤,他的"起死回生"应该早就自动触发了,为什么他现在还是一副奄奄一息的样子?

专属技能"登场人物浏览"已发动!该人物的相关信息过多,"登场人物浏览"将转换为"摘要浏览"。

+

<登场人物摘要浏览>

姓名:刘众赫

专属特性:回归者<第3次>(神话)、电竞选手(稀有)、霸王(英雄)

专属技能：贤者之眼 Lv.8、白刃战 Lv.9、高级武器锻炼 Lv.9、精神壁垒 Lv.8、百步神拳 Lv.6、朱雀神步 Lv.6、破天罡气 Lv.5……

星痕：回归 Lv.3、传承 Lv.3

综合能力值：体力 Lv.60、力量 Lv.60、敏捷 Lv.60、魔力 Lv.60

★目前该人物陷入了异常状态

★目前该人物中了"千灵毒"

+

刘众赫的能力值没有任何问题，他依旧是首尔最强的化身，甚至技能等级也比上次见面时更高。问题是他的状态异常。

现在这个时间点，就算是刘众赫也没有"千毒不侵"或"万毒不侵"之类的技能。所以他现在为数不多的弱点之一就是毒。原来他是因为中了毒才会变成这样啊。他全身的青色血管都凸起了，现在距离毒性发作应该没过多久。还好，还能救回来。但同时我也产生了一个疑问：现在这个时间点能给刘众赫下千灵毒的人应该只有一个吧……

隔着一段距离，刚才把刘众赫带到这里的女人担忧地问我："那个……你就是金独子吗？"

我下意识地点点头。

"来这儿的路上，这个人一直在说让我带他去金独子那里……"

刘众赫说过这种话？我低头一看，发现他的脸色比刚才更绿了，我一瞬间产生了许多想法。

韩秀英悄悄回到我身边，说："喂，到底怎么回事啊？"

她戳了戳我的肩膀，催我回答，但我没说话。我思考了一会儿，选择呼叫鼻荆。

——鼻荆，开一下"鬼怪包袱"。

——你现在相信了吧？都说了不是我干的。

——打开包袱。

确认完剩余的 Coin 数额，我开始逐一搜索能治疗刘众赫的道具。单凭"艾拉森林的灵气"是解不了千灵毒的，我迅速确认了需要的材料，在"鬼怪包袱"

里购买了一大堆道具。

已购买道具"白日幽会"1件。

已购买道具"老芭芭拉的茄子"1件。

已购买道具"清香的道尔顿之角"2件。

已购买道具"解毒土豆"1件。

已购买道具"埃茵妲神殿的净化水"2瓶。

已购买道具"艾拉森林的灵气"1件。

共花费了7370Coin。

真是意想不到的大出血。我拜托幸存者们找来一个小铁锅，把材料都倒进去，然后给魔力火炉点上火。

韩秀英问："你要做什么东西？"

"解毒剂。"

"果然还是要救他吗？"

我边点头边回答："这家伙是专门来找我的。"

"专门来找你？为什么？"

"我哪知道。"

"他是不是来找你帮忙的？他都身受重伤了，总不可能专门来杀你吧。那不是送人头吗？"

"他不会找人帮忙的。"

"你怎么知道？"

"我太了解他了。"

我蹲下来调节魔力火炉的火力。青蓝色的火焰跳动着，铁锅里的材料咕嘟咕嘟地煮沸了。这锅东西看起来很适合被命名为"失败的哥布林内脏汤"。不过虽然看起来吓人，但其实是上好的解毒剂。

韩秀英用手撑着膝盖，看着这锅"黑暗料理"说："但是啊，《灭活法》里的刘众赫真的有那么坏吗？"

"……什么？"

"仔细回顾一下你就会发现刘众赫其实救了很多人，而且还做了很多好事，不是吗？当然了，我不否认他也干了很多丧心病狂的事，但说到底，他还是一个追求大义、拯救世界的家伙嘛。虽然很不想承认，但他当时杀我也是因为我是个坏蛋。"

这样一想，韩秀英说的并没有错。

我扑哧一声笑了，说："你刚才比我躲得还远，现在却来给刘众赫辩护，真是太有说服力了。"

"怕他是一回事，这是另一回事嘛。我想表达的是，不能太快给一个人定性。"

听到这番意想不到的言论，我抬头看向韩秀英。她露出一个"不要迷恋姐"的微笑，继续说："就像你一直说我的作品是抄袭的，但其实我的作品根本没受《灭活法》影响。"

"真可惜，要是不加这句话，我都快被你说服了。"

话虽如此，但这个突如其来的话题却让我的脑子有点乱。刘众赫是个什么样的人？我真的能说自己非常了解刘众赫吗？直到不久前，我还能自信满满地回答这些问题，因为我是唯一一个读完《灭活法》的人。但在这锅解毒剂熬煮的过程中，我却莫名感到自己曾经的笃定被深深动摇了。我所了解的刘众赫，真的是全部的刘众赫吗？

没过多久，汤烧开了。

星座"恶魔般的火之审判者"因你的善行而感动。

支持你善行的绝对善派系的星座们点头称是。

得到了3000Coin的赞助。

收了赞助但还是亏本。唉！

我端着汤走向昏迷的刘众赫，用韩秀英从附近店里要来的勺子舀了汤，喂进刘众赫嘴里。

看到我呼呼吹汤的样子，韩秀英乐得不行："糟糠之妻出现了。"

"换你来？"

"不要。"

其实就算她想，我也不会让她来喂。因为每喂刘众赫一勺，我就会听到一条这样的系统通知——

星座"恶魔般的火之审判者"因你的善行而感动。得到了500Coin的赞助。

每一勺汤都能换来Coin，我都快赚疯了。

星座"恶魔般的火之审判者"因你的善行而感动。得到了300Coin的赞助。

本来以为这次我血亏，现在才知道竟然能赚这么多，人果然应该要善良地活着。就这样喂了十几勺之后，我越来越觉得不对劲。

星座"恶魔般的火之审判者"因你的善行而感动。得到了400Coin的赞助。

这家伙真的是因为被善行感动才给我Coin的吗？

喂完了一碗药之后不知等了多久，刘众赫终于呻吟着睁开了眼睛。虽然他的身体还是一团糟，但体内的毒已经被缓解了。我瞅准机会拿出一件道具。

已使用道具"白日幽会"。正在征求使用对象的同意。

"白日幽会"可以让我和选定的对象在规定时间内进行私聊。其实"传音"技能更加好用，但以我现在的财力，只能退而求其次。

使用对象已同意与你通话。"白日幽会"已开始。

我在心里想着刘众赫，并且发出消息，接下来就出现了一个小小的聊天窗口。

——喂，能听到吗？

连上了。我买这个道具的原因有三。一是刘众赫中了千灵毒，舌头麻痹说不了话。二是避免韩秀英听到重要情报。三是最重要的一点——我不想让刘众赫继续怀疑我能读到他的想法。下一刻，眼前出现了刘众赫发来的消息。

——现在立刻去东边。

Episode 17
SSS 级天赋

1

听到刘众赫的话，我皱起眉头。他让我立刻去东边？我可是他的救命恩人，他怎么反倒开始给我下指令了。我用沉默表示不满，刘众赫接着说：

——"提问之灾"正在苏醒。

他说什么？

刘众赫不耐烦地锁眉道：

——有人在唤醒灾殃。

***

我和韩秀英扔下还在通过修炼得到领悟的莱卡翁，朝江东区的方向进发。情况紧急，我们步履匆匆，脚下生风。

"真的不用管那只狼吗？"

"伊缪塔尔族人能感知到护符主人的存在，等他醒过来，就会来找我的，不过话说回来……"我斜了一眼狂奔中的韩秀英，继而说，"你就不能召唤一个阿凡达来背着他吗？"

"不要。"韩秀英一脸嫌弃地拉开和我之间的距离。

"你刚才不是还说，刘众赫说不定不是个坏人吗？"

"这是两码事。换作是你的话，你会去背砍了你脑袋的人吗？"

仔细想想，这话不无道理，我没法反驳。

刘众赫通过"白日幽会"跟我说：

——不用管我，你们直接走，我不需要帮助。

——没必要为了自尊心硬撑，小心我真的扔下你。

刘众赫趴在我背上，我看不到他的表情。

——你什么时候能恢复？

——两天之内。

——然后你就会杀了我吧？

我话中带有玩笑的意味，但这王八蛋竟然保持沉默，弄得我心里七上八下的。我故意放慢了脚步。

——这可不行，我凭什么帮一个想杀我的人？这样吧，你立一个"存在誓约"，发誓这次轮回结束之前都不会杀我，我就帮你。

——不可能。

无耻的家伙。

——那你至少要发誓，第 5 个任务结束之前不会杀我，不然就恕我无能为力了。

刘众赫犹豫了一会儿后答道：

——好，我发誓。

真没想到他会乖乖同意。

"存在誓约"是一种对自身施加的制约。

刘众赫的身上冒出冰冷的火焰，钻进了他的胸口。他若违背誓约，这一簇青蓝色的火焰就会烧毁他的心脏。我这才稍稍安心，不料他又接着说：

——我不会杀你，但是……

——但是？

——挨过的揍，我会还给你。

——啊？

我愣了一会儿，都要联手拯救世界了，他还想着揍我呢？

——是因为两天前的事吗？

刘众赫又不说话了。

该死的，我就说啊，刘众赫最记仇了。

——就一拳，但你要轻点打，知道了吗？

如果挨一拳就能修复我和刘众赫的关系，那也不算坏事。以我现在的实力，至少不会直接被打死。

我们很快就从清潭大桥上跑过，进入广津区。这附近的生态环境正在逐渐发生变化，街道上长出了我这辈子从没见过的草类植物，尸体腐烂的味道已不复存在，取而代之的是怪兽们大小便的臊臭。从地面上长出的参天巨型植物的茎叶缠绕着高楼大厦。

7级植物种"阿纳斯雷塔特"对你们保持警惕。

韩秀英已经拿出了武器，我对她说："你不攻击它们就不会有事。"

"这种东西不都会先行用触手发起进攻吗？"

"漫画里才会出现那种剧情，它们很温顺的。小心点，别踩到植物的根部。"

大楼顶部形似向日葵的巨型植物正用它们的眼珠子紧紧盯着我们，外形虽可怕，但它们其实很善良。不过，这并不意味着我们能对目前的状况保持乐观。这些植物原本会在"异界虫洞"完全打开后才会进入地球。

"看来克罗诺斯的行星环境改造[1]已经开始了。"

第5个任务是世界之间的较量，人类将和异世界展开正面交锋。首尔会遭到克罗诺斯的入侵，中国和日本则分别要面对"第三武林界"和"百妖界"。

用"阿凡达"侦察完周围的情况后，韩秀英说："这一块已经变成怪物栖息地了！"

"灾殃苏醒的过程中，行星环境改造的速度也会加快。"

"到底是谁在唤醒灾殃啊？"

"估计是像你这样的家伙吧。你不也唤醒过火龙吗？"

韩秀英噘着嘴说："火龙那种程度的话，不是能处理吗？"

---

[1] 行星环境改造：改变天体表面环境，使其气候、温度、生态类似另一行星环境的行星工程。

"那是因为中级鬼怪给火龙施加了限制,而且没你说的那么轻松,龙不是你杀的,你别乱发表意见。"

"这次应该也有惩罚吧?削弱版的灾殃不就更好处理了?"

"惩罚对'提问之灾'毫无意义,而且鬼怪也不一定会施加惩罚。"

我们绕开怪兽群落,迅速开始行动。街上到处都是正在啃食尸体的低级怪兽。从街道的损毁痕迹来看,这应该是刘众赫逃跑时杀出来的一条路。以他之前那种身体状况,竟还奔走了这么远,真是了不起。

我对刘众赫说:

——我有一件好奇的事。

刘众赫未语。

——你为什么来找我?你都那副德行了,我以为你会马上自杀。

——自杀?真可笑。

如果这家伙看到自己在第8次轮回时的样子,估计就说不出这样的话了。但他接下来的话却令我有些错愕。

——要是那么轻易就放弃的话,我根本不会开始这段旅程。

时隔许久,我居然又有了刚开始看《灭活法》时的感受。也许韩秀英说得没错,我坚信自己十分了解的刘众赫,其实是后来那个轻易放弃、杀人如麻,致使无数悲剧重演,最终被磨灭了心智的人。但是,第3次轮回中的刘众赫还没有变成那样。也许我并不了解这次轮回中的他。

你对登场人物"刘众赫"的理解度有所提升。

过了一会儿,刘众赫说:

——我当时能想到的人只有你。既然你能摧毁"绝对王座",那说不定能帮上一点忙。

——你不怪我摧毁了王座吗?

——事情已经发生,没必要揪着不放,而且我本来就觉得那东西有些危险。你摧毁王座,是为了铲除"异界的神格"吧。

——你早就知道?

我从没和刘众赫这样开诚布公地聊过。说实话,我非常惊讶。先不说他这么痛快地不计较王座的事，最让我没想到的是，他的脑子居然这么好使。

刘众赫接着说：

——老实说，你的方法挺好，但问题是之后的事。你摧毁王座，导致向导分散，后续收集陨石的过程也出了岔子。流浪者们正在使用陨石的力量，因此广津区和江东区的行星环境改造进度也加快了。

——如果只是单纯使用陨石，并不会加快行星环境改造的速度。

——十恶之一拿到了一个"灾殃陨石"。

十恶——听到他的话，我的心里咯噔一下。我的确考虑过这种可能性，但亲耳听他说出口又是种不一样的感受。

——你说的不会是毒姬李雪花吧？

——原来你知道她。

——只有那个女人会用千灵毒。

但还是有说不通的地方。

——那你是怎么中毒的？既然知道对手是毒姬，你肯定不会跟她正面对决吧？

——我想试着说服她。

——说服？

直到这一刻，我才回忆起一些画面。刘众赫说：

——我以为能让她成为我的同伴。

同伴……原来如此。

我这才想起来，第2次回归时，毒姬李雪花是刘众赫的同伴。

十恶不是注定成为坏人的。就像武装城主孔弼斗在这次回归中发生了改变那样，李雪花只在第1次回归和其他少数几次回归中成了十恶。其他时候，毒姬李雪花都是刘众赫为数不多能够依靠的同伴之一。

——这事不像你能做出来的。

——我知道，我太天真了。

我没有接话。

——我早该知道她已经不是我记忆中的那个李雪花了。但哪怕只是一瞬间，我还是想要相信，我记忆中的那个她还活着。

刘众赫下意识流露出的孤独感让我不禁无言以对。在第2次回归的那一生中，李雪花曾短暂做过刘众赫的恋人。

——我能理解。

刘众赫沉默了好一会儿。

——说得好像你也回归过一样。

——就算不经历我也能理解。

其实我知道，"理解"这种词不能随便乱用，但我还是这样对他说了。这家伙从没被人理解过，今后也不可能被人理解，所以我这样说应该是没关系的。

登场人物"刘众赫"深深动摇了。

登场人物"刘众赫"得到了隐约的安慰。

——真奇怪，你明明不是回归者……这也是先知的能力吗？

我没回答，刘众赫继续说：

——不过，别妄想这会让我对你改观，你依旧是个绑架我妹妹的无耻之徒。

——我才没绑架她好吧。我只是在保护她而已。你明明已经用"测谎"确认过了，干吗总是……

"金独子。"韩秀英紧张地唤我的名字，我们停下了脚步。眼前所见是从千户大桥通往江东的路口，天空中的"异界虫洞"发出明亮的光芒，有什么东西正在缓缓穿过虫洞进入江东区。该死的，这就开始了。

走进江东区，覆盖地面的陌生草类也变得繁茂了起来。楼栋之间生长着密密麻麻的树木，树上还有跳动的小型怪兽。江东区已经变成了半异界。

韩秀英咬着嘴唇问："是不是太迟了？如果灾殃已经醒了的话怎么办？"

"现在还没有，不然任务会开始的。"

我们又往前走了一段路，看见了地上的几个标志。看起来像是涂鸦，其实是一种领域标记，警告其他人不要再靠近的意思。从这里开始就是毒姬的领地了。和其他流浪者一样，她在江东区站稳脚跟后就开始扩张势力范围。事情的发展比我预想中要快。

韩秀英说："防范做得这么好的队伍，应该很难攻略吧……你想好了要怎突破吗？"

没有，我本来就没打算正面作战。

"偷走陨石就行。我来拖时间，偷东西的任务就交给你了。"

但事情不会像我说的这么容易。要是有"流浪者之王"那样的帮手，倒是会顺利很多。

刘众赫插话了。

——不用这么急。就算"提问之灾"已经开始苏醒，也能在降临初期控制住。

在初期控制住……这果然是刘众赫独有的傲慢。

——控制？谁来控制？半死不活的你吗？

——当然是你了，你不就是这么计划的吗？

——我为什么能控制住灾殃？

——因为你已经唤醒了向导，学会了"风之径"。

他愠怒道，可能是在气我抢走了本该由他来学习的"风之径"。我笑着说：

——没学会。

——为什么？时间不够？

还不如是因为时间不够呢。

——不是，因为我没天赋。

刘众赫的沉默中透露出深深的蔑视。

——要是这样的话，你这家伙一开始就应该……

"有人。"韩秀英开口的同时，我拔出"不折的信念"握在手中。能够在十恶的领地中出现的，只会是十恶的手下。我把背上的刘众赫交给了韩秀英的阿凡达。

"我只帮你背一会儿，等下就还给你，知道了吗？"

人群的喧闹声越来越近，但我总感觉不对劲。一般来说，队伍移动时不会发出这么吵闹的声音。紧接着，一道清脆的女声在前方响起："大家都往千户大桥的方向跑！"

那些人不是毒姬的手下，而是有人正带着从毒姬手下幸存的人们在逃跑。

没有配备武器的幸存者们气喘吁吁地跑过来，看见了我们几人。

"快，快让开！快！"话音刚落，一支箭就飞了过来，刚刚还在说话的男人立刻倒地不起。黑色很快就在他的背上蔓延开，箭里有毒。

"抓住那群家伙！"毒姬的手下追了过来，几十个男男女女一齐朝空中射箭。

就在我们准备躲到建筑物后的那一刻，状如蛛网的数十个细线网在半空中展开，将箭矢缠在一起。韩秀英看呆了："那到底是什么技能？"

同一时刻，部分线网飞向追兵。细线坚硬如钢丝，割断毒姬手下的腿。"啊啊啊啊！"

细线的源头是一个女人，她穿着黑色紧身战斗服，在空中轻盈地踏步，她指尖射出的两把匕首正在细线的操纵下绚丽地飞舞。那人自如地操纵着细线的长度，一瞬间便扫清了追兵。她没有丝毫犹豫，动作利落，堪称艺术。展现出的综合能力值和技能，都说明她的背后是不容小觑。

无法使用"登场人物浏览"对该人物进行阅览。该人物未在"登场人物浏览"中进行登记。

我甚至不能对她使用"登场人物浏览"。

韩秀英喃喃道："喂，那个女人……"

不用她说我也知道，我认识那个女人："刘尚雅。"

时隔两天再次见到刘尚雅，她已经和我印象中不一样了。

2

唰咔咔咔咔！刘尚雅的匕首每动一次，都会有一个敌人的身体被活活切开。太强了，这真的是我认识的那个刘尚雅吗？能够在一对多的战斗中展现出这种如同大军压境般威力的技能并不多。在这个时间点，应该只有武装城主孔弼斗的"武装地带"和韩秀英的"阿凡达"能做到。但刘尚雅就算没有这些技能，也能做到以一敌多。她怎么一下就变得这么强了？这难道就是人们口中的"天赋"吗？

刘众赫就像是读懂了我内心的想法。

——你不在她身边，所以她成长得更快了，李贤诚也是一样。你好像没有培养同伴的天赋。

——你这家伙，明明就是因为我最开始教得好，她才能成长到今天这样的。

我其实没帮上太多忙，但我偏要嘴硬。喊，为什么偏偏是我不在的时候变强了？就是因为这样才显得我没用啊。

"喂。"听到韩秀英的声音后，我点点头。敌人不可能一直被刘尚雅压着打，无论如何，他们人多势众，而刘尚雅孤身一人。

"刘尚雅，快过来！"听到我的声音后，刘尚雅的动作停顿了一下。她应该没想到会在这里遇到我。

"韩秀英，拜托你了。"韩秀英旋即发动"阿凡达"。一拥而上的阿凡达们搅乱了毒姬手下们的视野，我顺利地和刘尚雅接上了头。

"独子？你怎么会到这里……"

"先离开这儿再说吧。"

远处，毒姬的增援部队已经追过来了，幸好幸存者们已经通过千户大桥顺利离开了江东区。问题是我们几人还留在原地。

——去后面的高楼上，高处能够保证视野。

这种时候果然还是要听刘众赫的判断。就算我读完了《灭活法》，也没法像他这样冷静果决。但刘众赫接下来的话却意味深长。

——还有，那个女人，你小心为妙。

小心为妙？小心谁？那之后刘众赫就没再说话了。

我们很快就躲进了附近的一幢高层建筑中。刚才的动静惊动了怪兽群，导致毒姬的手下们跟丢了。在周边搜查的人没多久就选择放弃，回到了江东区内部。

我这才回头看向刘尚雅。

"刘尚雅，你还好吧？"

"嗯，挺好的。你呢？"

"我也挺好。"

不过才分开几天，我们的对话中就带上了几分莫名的尴尬，就像是高中毕业十年后遇到的同学……

我看着她的新型战斗服和染血的匕首，张了张嘴："那个……"

就在我不知道从何问起的时候，刘尚雅看了一眼韩秀英，又看了一眼被阿凡达背在身上的刘众赫，然后对我露出了一个捉摸不透的微笑："看来你也经历了很多事。"

首先要进行一场简短的近况交流会。

***

"绝对王座"被摧毁后，刘尚雅被传送到了江东区。幸运的是，有一个人和她掉落在了同一个地方。

"你是说你当时和孔弼斗在一块儿？"

"是的，大叔帮了我很多。"

连"大叔"都叫上了，看来他们这段时间亲近了不少。

"孔弼斗去哪儿了？"

"两天前和江东区的队伍战斗的时候，我们分开了。他本想救我来着，却……"今天还真是"惊喜"连连，十恶孔弼斗竟然会为了救人而陷入危险。刘尚雅低下头，艰难地继续说道，"大叔最后把他们引去了汉江那边……"

刘尚雅紧紧咬住嘴唇，她脸上一瞬间流露出了狠毒之色。忽然间，我好像明白刘尚雅刚才毫不手软地处置毒姬手下的原因了。

我安慰道："孔弼斗应该没事的，别担心。"

我和"防御大师"签了契约，其中有保障孔弼斗性命的相关条款，他出事了我也会受到惩罚，既然我这边没动静，那就说明孔弼斗肯定还活着。孔弼斗和毒姬一样，都是十恶之一。没有哪个大人物会那样轻易地死掉。

"你这衣服和匕首是从哪里弄来的？"

"啊，这个的话……"

和孔弼斗分开之后，刘尚雅就在附近的区域徘徊，偶然发现了"绿色陨石"，从中获得了稀有道具。我确认了她的道具信息。印象中千户洞附近的确有蕴含这些道具的陨石。

"古代刺客匕首"。

"富裕小猫皮质套装"。

这两件都是很优秀的S级道具。"古代刺客匕首"附带一个"击中的敌人越远则造成越高伤害"的效果，而"富裕小猫皮质套装"的附加效果则是"滞空时间越长则动作越敏捷"。

"都是些很好的道具啊。"

"是的，有了这些道具，我才能以一敌多。"

刘尚雅微微一笑，一直没说话的韩秀英突然开始找碴。

"哼哼，这真的就是全部了吗？"

"什么？"

"偶然得到这些道具就算了。但光凭这东西，怎么可能发挥出这种程度的战斗力？你的背后星是谁？怎么能这么迅速地提高'身手灵动'和'短刃术强化'的技能等级？成长礼包也不可能让你成长得这么快。"

"……请问你是？"

"我？我是第一使徒。"

刘尚雅默默地拔出匕首握在手中。

"等等，刘尚雅。她不是敌人。"

刘尚雅看向我的眼神中充满怀疑。

"你和她已经变这么亲近了？"

"不是变亲近了……"

"她杀了忠武路的成员，你不会忘记了吧？"

我不在忠武路的时候，刘尚雅担任副代表一职，她对忠武路成员的感情比我深厚得多。

"忠武路？啊，原来如此。你就是当时那个女的啊！"

韩秀英不三不四的语气让刘尚雅眯起眼睛。

"喂，金独子，我是个坏女人没错，但你好好想想吧，我看这女的也心里有鬼。"

"你……"

"正好说到忠武路了，我当时看到的她可没这么厉害。你也觉得有古怪吧？传说级的背后星都不可能帮她在这么短的时间内达到爆发性的成长，要是有SSS级的加速技能倒是说不准……但是在韩国，又有几个星座能做到这一点。"

情感上我是想否认的，但我的理智却在认同韩秀英的话。刘众赫刚才说的话也让我很在意，而且刘尚雅一直不愿意告诉我她的背后星是谁。我对上刘尚雅慌张的眼神。我原以为刘尚雅的背后星是"被抛弃的迷宫恋人"，因为只有一个星座能用"魔力线绳"来"寻路"——在代达罗斯[1]的迷宫中把线团交给忒修斯的人物，希腊神话中的"阿里阿德涅[2]"。

但正如韩秀英所言，光凭"阿里阿德涅"的知名度，不可能把刘尚雅培养成这样。我又想起刚才战斗时刘尚雅在空中跳跃的动作——如果不是武林界的"虚空踏步"技能，就应该是"赫尔墨斯的散步法"，阿里阿德涅的化身怎么可能使用赫尔墨斯的星痕？就在我准备张口的瞬间，一道出乎意料的声音传来。

"各位！这段时间都过得怎么样啊？"

这时机真是绝了。我立刻看向窗外。鬼怪的身体飘浮在昏暗的天空中。

"参加这次任务的化身性子真急啊，明明还有一周才开始主线任务，但已经有人在唤醒灾殃了呢。看来你们非常好奇下一个任务是什么了。"

说话的鬼怪不是鼻荆，不过鼻荆也在一旁。估计是因为没有负责人，所以让下级鬼怪来顶个班。

"暂时没有负责的鬼怪，所以这段时间本来想给你们放点水……哈哈，不过你们现在都挺识相的，应该清楚这个任务不可能混过去吧？"

不妙。说真的，这个剧情走势非常不妙。

"既然大家都这么想做任务，那我再不顺了大家的意，不就是个不称职的鬼

---

[1] 代达罗斯：希腊神话中，为克里特国王建造了一个迷宫的建筑师。

[2] 阿里阿德涅是克里特国王的女儿，她同母异父的弟弟是个被关在迷宫中的半人半牛的怪物。雅典王子忒修斯想来为民除害，来到克里特之后与阿里阿德涅相爱。在恋人的帮助下，忒修斯杀死怪物，并且用线球走出了迷宫。

怪了吗？"

鬼怪在这种情况下发放任务，只有一种可能——灾殃的孵化已经近在眼前了。

收到了新的支线任务：阻止灾殃。

+

＜支线任务：阻止灾殃＞

分类：支线

难度：S-

完成条件：一股驻扎在江东区的未知势力正试图孵化"灾殃"之一。请消灭他们，并阻止即将到来的"灾殃"

规定时间：2小时

奖励：22000Coin

失败惩罚："提问之灾"提前出现

+

既然我们收到了"阻止灾殃"的任务，相应地，毒姬的队伍肯定也收到了"守护灾殃"的任务。这些该死的鬼怪，居然想把突发状况也纳入任务之中。我立刻回头看着同伴们说："现在不该起内讧，先处理任务吧。"第一次达成共识的韩秀英和刘尚雅同时点头。

※※※

毒姬队伍驻扎在江东区的千户洞，是教会和教堂林立之处。如果他们的目的是提前孵化灾殃，那么选择宗教聚集地作为大本营无疑是非常聪明的。失去家园的人们的祈祷，能制造出适合孵化"灾殃陨石"的环境。

韩秀英侦察完周边，先开口道："在据点的东北偏东方向，也就是天中路十六街那边，行星环境改造程度最低。从这个路口进去就能在最短时间内抵达营地中心，但他们的防守也不是那么好突破的。"

我点了点头。我们没时间了，必须走最近的路。

"没事，从建筑内部穿过去就行。正面战场就交给你们两个了，别吵架。"

"……知道了。"刘尚雅道。

我决定把帮不上忙的刘众赫留在高楼的天台上，同时还留了一个阿凡达搭把手。我让他在楼顶观察战况，他倒没表现出不满，只是给我提了一个建议。

——尽可能在孵化之前把毒姬的队伍除掉。没有"风之径"，你几乎不可能在降临初期控制"提问之灾"。

有可能的话，我也想除掉他们。

"出发吧。"

发出信号的同时，我们从天台上跳了下去，打头的是使用了"阿凡达"技能的韩秀英。阿凡达的数量瞬间增加到几十个，他们在街道各处狂奔，吸引了毒姬队伍的注意。"这什么啊?！杀了他们！"就在惊慌失措的人们准备追赶阿凡达的瞬间，透明的细线从空中飞了出去。"呃啊啊啊！"男人们被钢丝一般坚硬的细线割断了腿。但这还没完，另一条细线飞向了男人们摔倒的地方。噗喀！敌人们瞬间身首异处。真是个让人胆寒的双重陷阱，甚至还考虑到了摔倒的角度。

韩秀英咂舌道："哎呀，你可真残忍。"

"这话不该由你来说吧。"

虽然两人的对话剑拔弩张，但她们的作战却默契十足。多亏了她们，我非常轻松地躲过了毒姬队伍的监视网络，潜入了营地的中心位置。其实不难找到陨石，因为这块陨石巨大，足足有八米高，通体散发出不祥的气息，好像在说"我就是灾殃"。我能清晰地感觉到里面有一个和火龙不同量级的家伙。

——我们一旦失败，首尔就会毁灭。

陨石旁边站着一个女人。她发白如雪，嘴唇像雪山上盛开的红花一样醒目。我不由得想，原来刘众赫喜欢这种类型的。她的眼神透着寒意，周身释放出令人生畏的气场。光是她的霸气就让我的皮肤发麻，带来的压迫感远超孔弼斗。原来如此，是因为获得了"灾殃陨石"的力量才这么强的吗？

"……你是谁？"

她就是十恶之一，毒姬李雪花。

3

唤醒"灾殃陨石"的方法共有三种。一是放任陨石随着任务进程自己孵化，二是提前抽取并使用"灾殃陨石"的力量。而第三种方法是最快的，那就是人为地给"灾殃陨石"输送魔力。

李雪花周围有十几个正在祈祷的队伍成员，他们身上输出的丝丝魔力全都连向"灾殃陨石"。他们选择了第三种方法。陨石已开始躁动，照这种态势，半小时之后，灾殃就会孵化。

我盯着李雪花说："停手吧，如果你不想同归于尽的话。"

"……"

"你到底在想什么？"

事情很不对劲。在原著的第3次回归中，李雪花虽然也借助过"灾殃陨石"的力量，但也不是个提前唤醒灾殃的蠢货。而刘众赫正是在知道这一点的情况下才选择提前来找她。

我握住剑柄，说："请立即停止孵化灾殃。"

李雪花的眼神沉静如水："如果我说不呢？"

"那你就会死在这里。"

毒姬李雪花露出嘲讽的微笑，她的手一摆，原本在祈祷的人一齐转身面朝我。

8级人外物种"虫人南旻赫"对你表现出敌意。

8级人外物种"虫人郑闵智"对你表现出敌意。

8级人外物种"虫人金贲日"对你表现出敌意。

虫人们的头顶长出触角，手也变成耙子的形状。和宋民宇那边的情况不同，这边的流浪者们变成了另一种人外物种——虫人。

但令我感到奇怪的是："灾殃陨石"应该不能让人变成人外物种吧？

"杀了他！"

虫人们展开翅膀和腿，跃向空中朝我扑来。而我站在原地朝他们拔出了剑。

"信念之刃"已发动！

"不折的信念"的特殊功能已发动！

以太属性转换为"火焰"。

包裹着白色火焰的光芒旋即划破天空，萦绕在"不折的信念"之上的以太火焰覆上了虫人的皮肤，并逐个蔓延。具有虫属性的人外物种都怕火。

"吱吱——"一瞬间蔓延开的火焰灼烧着虫人们的皮肤，我砍下他们正被烤熟的腿和翅膀。"吱咿咿咿！"我毫不吝啬地释放出魔力，顷刻间火焰遍布所有虫人的身体。和狼人一样，他们也走上了人外的道路，我不会受到"不杀"的惩罚。紧接着，我穿过火海冲向李雪花。

锵！我的第一击就被挡住了，李雪花的指甲和胳膊都变得乌黑。"灾殃陨石"的力量能够促使原有星痕升级，她获得了能够挡下"信念之刃"的"猛毒爪"。但这并不意味着没有给她造成伤害。"喀嘞呃！"火花四溅，李雪花往后退了五六步。刘众赫之外，现在我的综合能力值是所有化身中最高的。我没有天赋，但也绝对不弱。

"放弃吧，灾殃孵化对你也没有好处。而且这次支线任务连失败惩罚都没有，不是吗？"

李雪花的眼神浑浊不清，她一直焦急地留意着"灾殃陨石"的情况。她似乎不是想通过"灾殃陨石"获取力量，而是把灾殃本身当作了目标。这很奇怪，但凡是个有常识的人都能猜到孵化灾殃会毁灭首尔。那她为什么要唤醒灾殃呢？

专属技能"登场人物浏览"已发动！

+

＜人物信息＞

姓名：李雪花

年龄：26岁

背后星：龟岩神医

专属特性：医术高明的大夫（稀有）、用毒高手（稀有）

专属技能：武器锻炼 Lv.7、毒箭 Lv.4、剧毒投放 Lv.5、奇毒调制 Lv.4、解毒 Lv.5……

星痕：猛毒爪 Lv.4、千灵毒 Lv.4、生死关头 Lv.3

综合能力值：体力 Lv.44（+10）、力量 Lv.42（+10）、敏捷 Lv.44（+10）、魔力 Lv.35（+10）

综合评价：正在进行综合评价

★ 目前该人物已被"帕洛赛特[1]"感染

★ "帕洛赛特"正在支配该人物的肉身

★ "帕洛赛特安缇努斯"的部分能力值已转移给该人物

+

她的人物信息验证了我的猜测。

因专属特性的效果，对部分场景的记忆力增强！

脑海中的书页翻过，《灭活法》中的句子显现在我眼前。

异世界的克罗诺斯有五个统治种族：东方的帕洛赛特、西方的贝尔奇亚、南方的伊缪塔尔、北方的米斯提伦，以及中央的因博戈。

我轻松避开挥来的猛毒爪，伸腿踢向失去平衡的李雪花的背部。她发出一声呻吟，滚落在地。我看着她，开口道："第5个任务是以'克罗诺斯的灾殃'为原型生成的。"

闻言，李雪花的眼神剧烈动摇。

"克罗诺斯灭亡的那天，五个统治种族各选出了一名英雄，他们的使命是背负着灭亡的耻辱活下去，让克罗诺斯的血脉得以延续。"

"……"

"由于和鬼怪签订了契约，他们被送到其他世界，和另一个种族相遇，阻止将在那里发生的灾殃，以此为代价换取自己生存的机会。"

"吱咿咿咿。"李雪花嘴里发出并非人类的叫声。

"他们被地球人称为'向导'。"

---

[1] 帕洛赛特：parasite，寄生虫。

"吱，人类，你怎么会知道这些事？"

那当然是因为我在小说里看过几百遍了。

"你不是'李雪花'。"

没有人会想让灾殃提前降临。

"帕洛赛特的女王，安缇努斯，为什么不老老实实做你的向导，而要提前唤醒灾殃？"

只有"堕落的向导"才会抱有这种丧心病狂的想法。

5级虫王种"帕洛赛特安缇努斯"对你怒目而视。

帕洛赛特是把其他种族当成媒介来维持生存的寄生物种，现在的李雪花就是被向导之一的帕洛赛特女王操控了。

我看向虫人们的尸体。让他们走上人外物种之路的不是"灾殃陨石"的力量，而是克罗诺斯的向导之力。就像莱卡翁弄出的那群狼人一样。

"这里的人都是被你感染的吧？你为什么要这样做？"

"吱咿咿！"

"提前唤醒灾殃，你又能得到什么好处？向导不是应该和地球人一起阻止灾殃，和谐共建新世界吗？你为什么要破坏这个好不容易才进行了行星环境改造的世界？"

"吱吱，吱吱吱！"

"这种行为与你的任务相悖。现在还不晚，赶紧从那具身体里离开吧。做一个向导该做的事，安缇努斯！"

可以的话，我并不想杀了李雪花。刘众赫应该也想留她一命。原著中的毒姬也是在感染帕洛赛特之后才成为十恶的。摆脱感染状态，她就有可能摆脱成为十恶的命运。

所以刘众赫那家伙才试图和她协商。明明他一点都不擅长和人交流，他只是想从帕洛赛特女王的手上守护自己曾经的恋人。

"白日幽会"的消息通知在半空中闪烁着。

——杀了她。

是刘众赫的消息。

——世界的存亡比她的性命重要。金独子，做正确的事。

距离太远，我看不见刘众赫现在的表情。相比于曾经真心相待的恋人，他更担心这个世界的安危，也许这就是所谓的"英雄天赋"吧。

——你没关系吗？

——无所谓。

刘众赫平静的语气中透露出坚决。但我知道，如果李雪花死在这里，刘众赫总有一天会崩溃。认识的人一个接一个地死去这件事将渐渐蚕食刘众赫的记忆，最终让他心力交瘁。

"吱！区区一个人类！"

虫之女王通过李雪花之口说道。她的声音中尽是对人类的憎恶，我其实知道其中缘由，但以我目前的处境，实在无暇顾及她的伤痛。

"吱，去死吧！"

李雪花的身上流出黑色的液体，她这才真正开始使用自己的主要技能"千灵毒"，用"猛毒爪"朝我喷出黑黢黢的毒液。噗嗞嗞嗞。我赶紧后退几步，刚才站着的地面瞬间被千灵毒熔化。一般的化身可没有刘众赫的主角光环，若是接触到千灵毒便会像那块地面一样变成一摊稀泥。刘众赫问：

——你有办法对付千灵毒吗？

——有。

向空中喷出的毒液，仿佛有自我意识的生物一般，在空中自由穿梭，成功找出我的弱点。

几滴毒液溅到了我的大腿和手臂上，还有一些擦过无关紧要的部位，我外套上接触到"千灵毒"的部分也开始熔化，李雪花露出得意的微笑。

现在就得意未免也太早了。我不顾毒液，直冲上前，一记重拳捣向她的腹部。"吱咿咿咿咿！"伴随一阵让人汗毛竖起的虫鸣声，李雪花的身体飞向空中。我的皮肤在千灵毒的影响下变了色，但很快就恢复原状。李雪花见状瞪大了眼睛。

"……吱，千毒不侵？"她的语气透着惊恐。

千毒不侵之身会诱发所有用毒之人的恐惧，但我并没有"千毒不侵"或"万毒不侵"的技能。

"安缇努斯，你知道你寄生的化身的背后星是谁吗？"说话间，我把手伸进口袋，"你当然不知道了。而且正因为不知道，你才会寄生在她身上，对吧？"

我拿出一本书。

一位担心韩医学质量下降的星座亮出了自己的星座称号。

星座"龟岩神医"被吓了一跳，望向了你。

"吱咿咿……"

《东医宝鉴》——未完本。

这是古朝鲜药学史上的巨著，藏于"王之资格"的5人地下城——东医宝鉴之场。

"为了收集这个，我还吃了点苦头呢。"

"王之资格"任务进行得如火如荼的时候，其他的王为了拿到"四寅斩邪剑"杀红了眼。而在他们争夺"四寅斩邪剑"时，我却专注于获取其他道具——那都是他们不知道价值便随意丢弃的。其中，我尤为关注的就是这部《东医宝鉴》。

《内景篇》四卷。

《外形篇》四卷。

《杂病篇》十一卷。

《汤液篇》三卷。

《针灸篇》一卷。

《目次篇》二卷。

这件星遗物要集齐二十五卷才算完整。可惜的是我在5人地下城里只收集到其中八卷，但光凭这些也足以对付千灵毒了，因为八卷《东医宝鉴》已经能达到一般的S级避毒珠的效果。

道具"《东医宝鉴》——未完本"的效果正在发动。

你的身体已暂时解锁排毒能力。

李雪花惊慌失措地喊道："不可能的，千灵毒……"

"我知道避毒珠解不了千灵毒，但用《东医宝鉴》却可以，你知道为什么吗？"

星座"龟岩神医"露出失落的笑容。

仿佛在回应我的话，一颗星星发出微弱的光。

"因为制出千灵毒的星座，就是《东医宝鉴》的作者。"

最伟大的善人随时都可能变为最狠毒的屠杀者。

这是《灭活法》中描述"龟岩神医"许浚的句子。

原著中，晚年的许浚醉心于毒术，而非医术。就像很多后来成为星座的伟人那样，当时许浚的境界已远超历史的记载。

"若能制杀万人之毒，亦可制救万人之丹。"

宣祖去世后，许浚被流放。在那之后到他辞世的光海七年，他一直沉醉于钻研一个问题：为什么有些毒对人来说是药，有些却还是毒？而就在晚年的某一天，他终于悟出了一个非常玄妙的答案。

"毒之作用，取决于灵，而非身。"

此刻从李雪花身上流出的千灵毒，正是分解一千个灵魂才制成的。《东医宝鉴》记载的是许浚在制作千灵毒的过程中所历经的失败（准确来说，这只是《灭活法》里的设定）。

李雪花还在释放千灵毒，而我毫不留情地对她施以一记重击。嘭！李雪花飞了出去。

只要我自身能排毒，毒姬李雪花就没那么难对付了。让她十恶的名声得以传开的，最重要的还是她的千灵毒。如果我没有得到《东医宝鉴》，我也会成为帮她积累名气的牺牲品……但这次，她实在是倒霉。

星座"龟岩神医"抱歉地观察着你的脸色。

星座"龟岩神医"期待你能从轻处置。

得到了 300Coin 的赞助。

李雪花被帕洛赛特感染的事应该不是"龟岩神医"故意为之。也就是说，李雪花对我的攻击并非出于她本人的意愿。先不说这个，才给我 300Coin 就期待从轻处置了……

星座"西厓一笔"期待你能从轻处置。

星座"秃头义兵长"期待你能从轻处置。

得到了 300Coin 的赞助。

我没理会星座们的反应，朝李雪花走去。她吓得半死，在地上爬行。我能感受到远处的刘众赫投来的视线，如果李雪花死在这里，他心里一定会受伤。

我看着李雪花道："你——"

准确来说，我是在对寄生在她体内的安缇努斯说话。

"趁我好声好气的时候，赶紧出来。"

"吱？"

"现在还不晚，你还是做好向导的本职工作吧。教我们技能，跟我们和谐相处。"

"……"

"继续努力的话，说不定你哪天也能成为星座，不是吗？"

虽然被我轻松击败，但帕洛赛特的女王其实是非常强大的英雄，只是因为受到盖然性的制约才无法发挥出全部力量。要是她继续当向导，积攒自己的历史，很可能在日后成为星座。

"我恨……你们……"

但问题是，她敌视人类，甚至把人类当作不共戴天的仇敌。我瞥了一眼不断震动的"灾殃陨石"。

"我很同情你的经历，但你没必要让这个世界给克罗诺斯陪葬吧？你想让同样的悲剧在地球重演吗？"

"……你们，全都，死定了。"

看着发出"吱吱"笑声的安缇努斯，我叹了口气。既然她不愿意自己出来，那我就只能强行把她逼出来了。其实我不想用这个办法。因为不仅李雪花会非常痛苦，我等会儿还得独自与安缇努斯作战。我抬头看了一眼天空。我欠朝鲜半岛的星座们一个人情，所以现在该轮到我做出让步了。

"《东医宝鉴》——未完本"特殊效果已发动！

"《东医宝鉴》——针灸篇"已向你传授玄妙的韩医学精髓。

我手里的《东医宝鉴》是未完本，不能制出剧毒或让人起死回生，但我可以进行一些简单的治疗。比如，逼出人体内的寄生虫。

为了顺利治疗，我不得不把李雪花的胳膊弯折起来，从背后压制住她以固定她的身体。要是别人看到了，估计会觉得这像个拥抱恋人的姿势，但我可以摸着良心说：我对她没有任何非分之想。没有哪个正常人会觊觎刘众赫的前女友。

专属技能"点穴 Lv.2"已发动！

使用技能按压后，受到刺激的穴位处的皮肤很快就变红了，我将一根根用魔力凝聚而成的针扎进去。

"吱咿咿！好疼！好疼啊啊啊啊啊！"李雪花发出撕心裂肺的惨叫。

我继续点着她的穴位。

"吱咿咿！吱咿！啊啊啊啊……"李雪花的惨叫声渐渐发生变化，由虫鸣变回了人类的声音。不过是扎了几根针，就能把她体内的寄生虫逼出来，古代医学真是太神奇了。

已发挥玄妙的韩医学之精髓的效果！星座"龟岩神医"欣慰地看着你。

李雪花精疲力竭地喘着粗气，我放下她，站了起来。黑色毒液不再分泌，她的身体正一点点地流出黄色黏液，这种黏液正是虫王种"帕洛赛特"的本体。

"喀……喀呃……"

做到这种程度，星座们也该满意了吧。

星座"龟岩神医"感谢你的善举。得到了 500Coin 的赞助。

李雪花缓缓睁开眼睛，她的双眼恢复了神采，但依然没有焦点。被帕洛赛特感染的影响没那么容易消除，现在的她五感不全，估计都看不清我的脸。

"你……是谁？"

我很清楚回答这个问题之后会发生什么。在刘众赫顺利把李雪花收入麾下的几次轮回中，都发生过类似的事。现在重要的并不是我的身份。

"是刘众赫派我来的。"

——金独子，别没事找事。

刘众赫愤怒的声音在我耳边响起。

李雪花的表情变了。

"……刘众赫？他是谁？"

"你很快就会认识他了。"

毒姬李雪花必须成为刘众赫的同伴。

"先知者们"已经出现，"绝对王座"也被摧毁，这个世界的走向正在逐渐偏离我已知的轨迹。我虽不愿看到原著中的错误继续发生，但也不愿意料之外的未来持续上演。所以每当重要事件的节点来临，我必须亲自做出调整使之达到平衡。

有些事就随它按照原著发展，但我同时也要改变另一些事。

尽管过程曲折，但刘众赫的这次回归还是越来越接近我心目中的理想剧情，而毒姬……不，医仙李雪花也将成为我理想剧情中十分关键的一环。

"金独子，这边结束了！"

我回头一看，浑身是血的韩秀英和刘尚雅正朝我走来。

我心中一惊，仅凭两人就能打败那么多敌人？就算毒姬不在正面战场，但她们居然把毒姬队伍的主力全部歼灭了……这让我的作战计划看起来是多此一举。这种程度的配合，说不定能跟李智慧的"幽灵舰队"加上孔弼斗的"武装地带"的组合技相媲美。

"等等，先别靠近。"

我制止了她们的行动。她们对感染没有免疫力，现在靠近只会增加负担。因为战斗尚未结束。

"吱咻咻……人类！"

李雪花身上流出的黏液正飞向半空。

安缇努斯的寄生状态固然可怕，但她本体的样貌更让人胆寒。那些液滴像小虫一样汇聚在一起，逐渐形成了一具躯体。那是一具由漫长岁月中吸取的营养成分所构筑而成的身体。优美的曲线、结实的腿部肌肉，背后长有蜻蜓翅膀和蝎尾。除了面部以外，她的全身都被昆虫的甲壳所覆盖。但如果从形态上看，与其说她像昆虫，不如说更接近于双腿直立行走的生物。

真正的战斗现在才开始。

"离远点！别被感染了！"

锋利的蝎尾刺向我的腹部。

道具"《东医宝鉴》——未完本"的效果正在发动。你的身体已免疫寄生虫的感染。

她的攻速实在是太快了，就连敏捷等级超过 50 级的我都躲不开。我有惊无险地抓住了她尾巴的尖端，避免了腹部被刺穿的下场。

"吱。"她趁被我抓住尾巴，顺势将我向地上甩去。我的身体被甩向空中，又被拍向地面，疼痛难忍。

安缇努斯很强大，脱离寄生形态之后反而变得更强，她本体的力量可以和 5 级虫王种相媲美。

若她全力一搏，足以爆发出与削弱版火龙相当的战斗力。虽然她的世界已经灭亡，但她好歹也曾是那个世界的英雄，是不逊于莱卡翁的超级强者。

但我也不是毫无胜算。一个向导居然在第 5 个任务结束之前闹出这种事，这显然违反了任务规则。而且她捅出的娄子并不只是杀了几个人，她甚至试图提前孵化灾殃，她此举已经放弃了自己的"盖然性"。

滋滋滋滋——盖然性风暴的征兆已降临至安缇努斯身上。再过一会儿，就算我不进行攻击，她的肉体也会加速崩溃。所以只要拖延时间，我一定能赢下这场战斗。问题是这期间我会承受怎样的痛苦……

就在这时，我怀中的"伊缪塔尔族的护符"微微颤抖起来。嗡嗡嗡嗡。啊，对了，我还有护符。咔咔，我活动了一下刺痛的关节，对她说："不好意思，你的对手不是我。"

轰轰轰轰轰轰！我话音刚落，一道银光将天空一分为二，震耳欲聋的破空之声响起，油亮的鬃毛在空中飞扬，巨大的身躯轰隆一声降落在我面前。

来者的身高超过三米。伊缪塔尔的王子莱卡翁霸气登场，他站起身来。

"护主，我因您的召唤而来。"

伊缪塔尔族的王子莱卡翁向我鞠躬示意，然后转身看向安缇努斯。这个帮手还真让人安心。

"安缇努斯。"

"莱卡翁？"

"你到底在干什么？"

帕洛赛特的女王笑了。

"你忘了我们的任务吗？你为什么要和这个世界的人类战斗？"

"咯咯，任务？我们有那种东西吗？"

听到她戏谑的语气，莱卡翁神情凝重道："灾殃即将来临，我们向导应该给这里的居民指明正确的道路。"

"你被鬼怪们给忽悠进去了？莱卡翁，清醒一点。"

"你才该清醒点，安缇努斯。"莱卡翁的声音里逐渐带上情绪。

"你忘记克罗诺斯战士们的牺牲了吗？忘记五个统治种族遭到灭亡的时刻了吗？我们必须和这里的生物合作阻止灾殃，守护完成行星环境改造的地球，在这里重建克罗诺斯的文明！这是我们神圣的使命！"

重建克罗诺斯文明——安缇努斯收起嬉笑，正色道："我们做不到的，这颗行星注定灭亡，这就是'任务'的命运。"

"不，这次不一样。"莱卡翁瞥了我一眼，说，"我的护主在这个任务开始之前就击杀了'小灾殃'，有我们种族的护符为证。说不定我们这次真的能阻止灾殃。"

"区区'小灾殃'，都被限制得那么弱了，换我们也能轻松阻止。"

"地球现在才进行到第5个任务！没有任何其他行星在第5个任务之前消灭'小灾殃'。安缇努斯，你好好想想，这颗行星还有希望！"

安缇努斯缓缓眨眼，发出咳痰一样的虫鸣声，怒道："别在这儿装好人了，你说你是为了阻止灾殃才来到这儿的？如果你真的想帮他们，那你在最开始，在地球被选为任务地点的时候怎么不反对？"

"那个……"

偷听对话的韩秀英悄悄地靠近我："那些家伙在说什么呢？"韩秀英好像也不清楚这个任务的前情设定，也是，在原著的第3、4次轮回中，向导们没有进行过如此深度的对话，不过我现在也不好向她说明。

安缇努斯接着说："莱卡翁，你和我一样，都是为了报仇才来到这颗行星的！为了把我们遭受的灾难，如数奉还给向我们施加灾殃的家伙！"

"'星流放送'系统的盖然性不会原谅向导的擅自行动，你会死的。"

"你认识的那个安缇努斯，已经和帕洛赛特们一起死在了故乡。"

"……跟你真是说不通。"莱卡翁露出犬牙，杀气毕露，"直接动手吧。"

"咯咯咯！莱卡翁！来自伊缪塔尔的可怜狼儿！你忘记克罗诺斯的历史了吗？狼从未战胜过虫！"

狼王子和寄生虫女王的战斗打响了。莱卡翁发出一声咆哮，空气的流向立刻发生了改变。有些风流动得快，有些风流动得慢，还有一股风强劲而有力。

"我已经不是你记忆中的那个伊缪塔尔了！"

周围乱作一团的风开始压制安缇努斯的气场，莱卡翁终于要展现进化后的"风之径"了。

"吱咿……有意思！让我来看看你的'风之径'成长了多少吧！"

安缇努斯先手发起攻击。

哗哗哗哗！"风之径"打造的空气壁垒和安缇努斯的尾巴相撞，火花四溅的同时传来皮革撕裂一般的声音，我和韩秀英一同失神地抬头望着天空。这就是5级人外物种的战斗，一场不存在物理优劣和生克关系的异界人之间的对决。

安缇努斯瞬间突破了壁垒的缝隙，来到莱卡翁面前。唰！安缇努斯的尾巴变形成巨大的蝎尾，势不可当地刺向莱卡翁。在这个战场上，稍有不慎就会败下阵来。但就在这一刻，安缇努斯的动作却突然变慢了，就像出现了一种斥力将她的尾巴推开了一样。"吱咿？"

与之相反，莱卡翁的动作却稍稍加快。瞬息之间的速度变化使得安缇努斯的攻击失效，她的尾巴只是徒劳地划破了空气。

5级虫王种"帕洛赛特安缇努斯"已发动"急速振翅Lv.8"。

安缇努斯猛地展开翅膀，身体随着翅膀不断振动，忽然间消失不见。"急速振翅"是 S 级移动技能，安缇努斯在一秒内挥动成百上千次翅膀，幻化出自己的虚影将莱卡翁层层包围，变成镰刀状的两只胳膊以迅雷不及掩耳之势直直刺向莱卡翁的后背！

5 级虫王种"帕洛赛特安缇努斯"已发动"螳螂破辙 Lv.8"。

经过加速的镰刀砍在空气壁垒上，发出令人毛骨悚然的爆裂声。她的攻击太快了，看似避无可避，但莱卡翁还是躲开了。决定性的时刻，安缇努斯的进攻再次变慢，莱卡翁的动作反而加快。刹那间的速度差异让安缇努斯的攻击再次扑空，她瞪大了双眼。

刘尚雅吃惊地问："那到底是什么技能？'瞬间加速'吗？"

"不，那是'风之径'。"

那是伊缪塔尔种族的秘技——"风之径"。乍一看，似乎是两人的相对速度发生了变化，但其实那是由莱卡翁的能力造成的，因为周围的空气全都依照他的意志而动。

"吱，该死的风！"

安缇努斯似乎也有所察觉。她的每条动作路径上都有风在流动。

安缇努斯被风阻挠，而莱卡翁则在利用风，他正是用这个技能躲开了安缇努斯的"螳螂破辙"，控制了她"急速振翅"的移动。在不同情况下，风创造的路径可以成为步法技能，也能成为轻功技能，甚至还能成为闪避或攻击技能。

学会"风之径"相当于一次性拥有许多其他技能，所以我才需要这个技能。

莱卡翁咆哮道："虫之女王！在风面前臣服吧！"

风之狼乘风而动，尖利的爪子撕裂了对手的翅膀，有如疾风一般的踢腿砸向了对方的腹部。他的连击在风的加速下威力提升，安缇努斯结实的甲壳都快被打碎了。"啊啊啊啊啊啊！"一只翅膀没了一半的安缇努斯开始坠落。如果不是因为我的点拨而得到领悟，莱卡翁很有可能打不过安缇努斯。本以为是替他人做嫁衣，没想到最终还是帮到了自己。

滋滋滋滋——安缇努斯身上的盖然性风暴征兆进一步增强。

"吱咿咿！别以为这就结束了。"安缇努斯展开半边翅膀试图降落。

——金独子！杀了她！快！

　　听到刘众赫的声音之前，我已经跑向安缇努斯。

　　"信念之刃"已发动！

　　一个不小心我就会被卷入盖然性风暴，但现在这都不重要了。

　　"我的世界，我的种族，我的孩子们……"她正精准地向"灾殃陨石"降落，"你们毁灭了我的世界，我一定要让你们付出代价！"她把所有魔力都注入了"灾殃陨石"。

　　莱卡翁见状大惊失色，赶忙冲过去，想要阻止魔力传输。而我挥动火焰属性的"信念之刃"，砍断了安缇努斯的脖子。

　　她那昆虫的吻部还挂着嘲笑。

　　我们成功了吗？我转过头的时候，莱卡翁正面色苍白地看着我："呼噜噜……护主，抱歉……"接着，他的声音消失了。

　　"灾殃陨石"迸发出耀眼的光芒，发生剧烈爆炸。陨石爆开的一块碎片砸到了我的脑袋，我眼前的世界不断晃动着，像是得了脑震荡。

　　莱卡翁被炸向空中。正如向导们不能改写失败的历史，他们同样也无法承受原始的灾殃之力。

　　你的任务已失败。"提问之灾"已降临至你的世界。

　　这个世界的平衡正在崩溃。我的视野瞬间变黑，爆炸声中，坍塌的建筑物把我埋在废墟之下。等我好不容易清醒过来的时候，耳边只能听到刘众赫大吼大叫的声音。

　　——金独子！清醒一点！醒醒！

　　——我很清醒。

　　——赶紧行动！现在还有机会阻止灾殃！

　　说实话，我认为这几乎是不可能的。在没人学会"风之径"的情况下，"提问之灾"降临了。阻止灾殃约等于送死，倒不如直接选择其他路线。

　　刘众赫似乎读懂了我的想法。

　　——你就这么脆弱吗？

　　——什么？

——你之前跟我说的那些话难道都是骗我的吗？

我下意识直起身子，这小子现在是在……

——你一个指责我、让我不要放弃这个世界的家伙，居然在这点程度的灾殃面前屈服了？

我发出一声苦笑。我竟然被刘众赫说教了，这真是我这辈子最大的耻辱。

——我当然没有屈服，我只是在想怎么办。

刘众赫说得没错。作为一个读完原著的人，我现在就断言"不可能"的确为时过早。我推开身上的碎石，向外跑去。

轰轰轰轰轰。高八米的"灾殃陨石"已经裂成了两半。明明有东西从中孵化了，我迅速环顾周围，却没看到灾殃的影子。

"喂，这到底是……"附近的韩秀英惴惴不安地向我走来，我没看到刘尚雅。接着，我听见有人在小声说话。

"这里……"

离我们十几步远的地方站着一个看起来像高中生的少年，身上一丝不挂，他喃喃道："这里……不会吧？"

不断向四周张望的少年露出难以置信的表情。

听着他的嘀咕，我想：必须现在立刻杀了他。但我的身体却没有行动。

早于预期的孵化，导致"提问之灾"的力量被削弱。作为提前孵化的惩罚，3分钟内不能攻击"提问之灾"。

天杀的……惩罚我们而不是那家伙？这些鬼怪到底是怎么办事的？

少年大步走向附近一个倒在地上的女人，那人曾是毒姬队伍里的成员。少年用开朗的声音对狼狈不堪的女人喊道："原来这里有人啊！你好，你没事吧？"

"呃，呃呃……你是……"

"那个，我可以问你一个问题吗？"

不行！不能回答他的问题！

虽然我想大喊，却没能发出任何声音。

"这里是哪里？还有，现在是公元多少年？"

"为……什么突然问这个……"

"别反问我，你先回答我的问题吧。现在是公元多少年？"

像是被少年身上奇异的力量催眠了一样，女人开始回答："这……这里是首尔……今年是……"

女人回答问题的瞬间，传来了系统通知。

第一个提问已解决。归来者"明镒相"的第一个封印已解除。

"哈哈，哈哈……哈哈哈！"

"你这是在做什么……"女人慌张道。

少年的笑容中透着疯癫，他说："你知道我受了多少苦吗？不知道吧？"

"什……什么？"

"你没试过活到一百岁吧？那种地方，只有我一个人类……你知道除了地球，还有别的次元存在吗？"

"别的……次元吗？"

"那里全是恶心的虫子、狼人、鸟人……我提一个问题，你来猜猜答案吧。"

女人惊慌地张开嘴。

少年问道："虫子、狼、鸟，这三个种族哪个最强？"

"呃……什么最强？"

女人刚一反问，少年就开心坏了，露出让人毛骨悚然的笑容。

"那么，这三个种族里哪个最好吃？"

听着"提问之灾"滔滔不绝的提问，我想道：或许安缇努斯想要毁灭地球也是情有可原的。毕竟正是这个来自地球的人毁灭了他们的世界。

女人没能回答少年的问题，只是哀求道："求……求你，饶我一命……"

啪的一声，女人的脑袋飞了出去。

少年笑得停不下来，他环顾四周道："好啦，现在当然是要走那种剧情了吧。就是那啥，S级化身该来了吧。我要去把那些王八蛋暴揍一顿，把横行霸道的联盟暴捶一通。不对，等一下，在那之前……"

提前孵化的惩罚已结束。控制你行动的力量已消失。

该死的，已经迟了。就在我准备大喊的瞬间，少年的身影嗖的一声消失，移动到了远处的位置，正在那里的人即将成为下一个牺牲者。

"哈哈！姐姐好漂亮啊！嗯？"

我心里甚至骂出了脏话，赶忙用道具私聊她。

——刘尚雅，快躲开！

刘尚雅掏出匕首，警惕地问："……你是谁？"

刘尚雅的问题令少年咧嘴一笑。

"想知道吗？"少年轻轻伸出手，用闪电般的速度掐住刘尚雅的下巴，"想要我告诉你吗？"

毁灭克罗诺斯的五个灾殃之一——"提问之灾"。他是被传送到异世界后，再次回到家乡地球的"归来者"。

4

《灭活法》中提到归来者时的第一句话是这样的：

有些人回溯时光，有些人前往其他次元，有些人选择重生——适应灭亡的方法因人而异。

"在灭亡世界中存活的三种方法"中的第二种：为了生存毁灭其他世界之后，再次回到故乡。

"回答我啊，你想知道我的身份吗？"

归来者明镒相是来自地球的归来者之一，被召唤到异界"克罗诺斯"的勇士少年。

"嗯……一般人遇到这种情况，不都会红着脸垂下眼睛吗？姐姐你的态度还挺对得起你这张脸呢。"

"提问之灾"果然是个人渣。刘尚雅开口了。

"什么……"

——刘尚雅，不能回答他的问题！

听到我的话，刘尚雅转头看向我，但被少年掐着下巴强行转了回去。

"你看哪儿呢？要看着我才对呀，那是你男朋友吗？"

"手拿开。"

刘尚雅拍开明镒相的手，挥动匕首以示威胁。明镒相还是笑嘻嘻的。

第二个提问已解决。归来者"明镒相"的第二个封印已解除。

"看来那确实是你男朋友欤。有些人在别的次元吃苦了一百年——"

少年冰冷的目光转向我。没必要发动"全知读者视角"，他眼神中的意味太过明显。

"有些人却在和平世界卿卿我我，是这个意思吗？"

他用右臂瞄准我，紫色的粒子在他指尖凝聚，几乎同时，我抱头卧倒。

登场人物"明镒相"已发动"小赤炎炮"！

赤炎炮，正是这死亡之火毁灭了克罗诺斯的东部大陆，烧死了森林中的无数虫王种。空气都在燃烧，热浪朝我扑来，被火焰包裹的我死死屏住呼吸。皮肤好似被烤熟了一般灼痛，我心里不断骂着脏话。好痛，真的好痛，不过，虽然很痛……但也不是不能忍？不久后火焰熄灭，我的皮肤被烧成了焦黑色，残留了一些痛感，但还能承受。这就是让虫王种们惧怕不已的"赤炎炮"吗？

我抬起头，看见刘尚雅正挥舞着匕首和少年交战。她比我预想中善战。在她娴熟的攻击下，"提问之灾"看起来很慌张。

"什么呀，你怎么这么强？难道姐姐你也是归来者吗？不对啊，是我变弱了吗？"

我也觉得奇怪，解除了两个封印的"提问之灾"本该比现在强得多才是。

专属技能"登场人物浏览"已发动！

+

<人物信息>

姓名：明镒相

年龄：17岁（127岁）

背后星：量产品制作者

专属特性：SSS级勇士（英雄）、提问之灾（传说）

专属技能：SSS级成长加速 Lv.10（现 Lv.1）、SSS级剑术 Lv.10（现 Lv.1）、

赤炎炮 Lv.9（现 Lv.1）、SSS 级步法 Lv.10（目前 Lv.1）……

星痕：答案已定附和就行 Lv.7（目前 Lv.2）

综合能力值：体力 Lv.99（目前 Lv.55）、力量 Lv.99（目前 Lv.55）、敏捷 Lv.99（目前 Lv.60）、魔力 Lv.99（目前 Lv.55）

综合评价：他是毁灭了克罗诺斯的"提问之灾"。由于受到目前任务的惩罚，他的所有能力值都被封印。每解开一个封印，他的能力值就会上升一部分。一旦所有封印都解开，灾殃的真正力量就会苏醒。不想死就请别回答他的问题，但其实不回答也一样会死

+

有那么一瞬间，我被满屏的"SSS"镇住了，但仔细一看，我就明白他为什么这么弱了。鬼怪是公平的。现在的这家伙比原著中的灾殃更弱。也不知道是不是鼻荆帮了点忙，总之现在是有机会打败他的。

"韩秀英！刘尚雅！全力攻击！必须现在就杀了他！"

如果这就是那家伙现在的全部战斗力，那我们或许能在没有"风之径"的情况下战胜他。我立刻开始使用大量 Coin 投资能力值。

体力 Lv.50 → 体力 Lv.60。

敏捷 Lv.50 → 敏捷 Lv.60。

魔力 Lv.25 → 魔力 Lv.60。

共花费 39500Coin。

所有能力值都已达到任务的限制标准。

我一边跑一边激活"不折的信念"。

"一定不要回答他的问题！"

看到我的"信念之刃"，明镒相兴致勃勃地说："什么啊！那不是剑罡吗？"

这家伙偏偏敏捷等级最高，所以我的攻击以毫厘之差落空了。

"大叔你是武林人吗？怎么这么早就能用剑罡了？耍我吗？"

我没理会他的话，自顾自发动星痕。

星痕"刀之歌 Lv.1"发动了！

忠武公留下的句子将融入你的刀剑之中。

忠武公留下的句子随即生成，从我眼前滑过，紧接着，我听到了通知。

二十八日。晴。出东轩公事。[1]

什么事也没有发生。该死的，偏偏这时候忠武公不帮忙。这本书叫《乱中日记》，但里面不全是战斗的内容，其实大部分写的都是：

天气晴朗。

忠武公办公。

如果给我的灭亡世界之旅也写个《灭亡日记》，大概全都是这种句子：

天气阴沉。

金独子挨打。

嘭！明镒相一脚把我踹倒在地，凝重的神色渐渐变得放松。这家伙仔细看了看我的"信念之刃"，然后松了一口气。

"呼，这就对了，不可能是真的剑罡嘛。大叔，你干吗呀？搞得我都害怕了呀！"

"这家伙嘴真碎。"一道阴森的女声传来。在我拖延时间的时候，韩秀英的几十个阿凡达一齐冲向了明镒相："去死吧！"被韩秀英控制住以后，明镒相的全身遭到连续击打。但韩秀英的力量等级并不高，所以并没有给明镒相的身体造成太多伤害。反倒是她召唤的阿凡达数量过多，导致刘尚雅没法挤进去打出伤害。

被韩秀英的小手暴揍的明镒相笑了出来："你也挺漂亮的啊！几岁了？是初中生吗？"

"闭嘴，去死吧！"

接连受挫的明镒相的表情变得古怪起来。

---

[1] 出自李舜臣的《乱中日记》。

200

"……你们为什么都这样啊？是我做错什么了吗？像我这么帅的归来者出现，你们不该鼓掌欢迎吗？我会帮你们干掉之后的所有怪物啊！"

"你个疯子说什么胡话！"

"呃……这话就有点过分了吧。等等，这个剧情发展……"明镒相的表情突变，"你们是'猎人协会'的人！对吧？毕竟归来者一出现，那些家伙就会来找碴。"

"说什么呢，你个中二病……这里才没有那种东西好吧！"

第三个问题已解决。

第四个问题已解决。

第五个问题已解决。

归来者"明镒相"的第五个封印已解除。

明镒相笑着点了点头。

"既然回答了我的问题，那你们的确是猎人协会的呢。"

我要疯了。明镒相释放出的强烈气场瞬间将周围的阿凡达全部摧毁，他发出一阵爆笑："好啦，接下来就轮到顶级强者发挥了！"

韩秀英嗖地退后，慌张地问我："那家伙是什么鬼啊？"

我喘着粗气，不耐烦地答道："你没听见我刚才说不要回答他吗？别给他喂东西吃。"

"我没回答啊！我那只是在骂人啊！"

"那就直接闭嘴吧，那家伙会把你骂人的话当成回答。"

对于"提问之灾"来说，提问并不是为了得到答案。不论什么样的回答，都只是用来强化他自身能力的途径罢了。

明镒相笑嘻嘻道："那么，从谁杀起呢……"但他没有继续说下去，浑身杀气的刘尚雅出现在他的背后。

"赫尔墨斯的散步法"。

"忒修斯的决心"。

"阿剌克涅的蛛丝"。

就算没有系统通知，我也知道她使用了哪些技能。《灭活法》中写到后续的

"巨灵之战[1]"任务时，非常准确地描述了这些技能。而那些技能，都是奥林匹斯星座的星痕。

明镒相吃了一惊，"小赤炎炮"对刘尚雅接连开火，但后者承受住所有炮火，仍旧直直地冲向明镒相。

"这是什么……"

这不可能。如果没有经历过特殊的任务事件，一个化身不可能同时得到几个星座的星痕。

就连我也只得到了两个星痕。

但刘尚雅又不是《灭活法》的读者，她到底是怎么得到那么多星痕的？

"轻点啊！很疼的！"明镒相喊道。

刘尚雅的额头上满是汗珠，她的魔力线绳不断地伸长、缩短，脚步自由自在地在空中来回游走，她的匕首在找到破绽的瞬间就会毫不犹豫地刺过去——她的全身上下都燃烧着生命力。才过了两天而已，她身上发生的变化也太令人难以置信了……

我恍然大悟。一个化身拥有多个星座的星痕——《灭活法》中不是没出现过这种情况，因为美国的先知安娜卡芙特也是这样。但是，如果和那个人的情况一样，那刘尚雅……

"独子！就是现在！"

听到刘尚雅发出的信号，我立即发动"信念之刃"，在她爆发性的攻击上再加一道伤害，韩秀英也加入了我们。与我们的配合越来越默契相反的是，明镒相逐渐开始应付不过来。少年被我们逼退，动作在某个瞬间变得迟缓，我瞄准这个空隙，用"信念之刃"砍向他的肩膀和腹部。

"该死的！"鲜血喷涌，明镒相一个抽身退出，向后逃开。接着，他嘴里念念有词。

登场人物"明镒相"已使用"闪现 Lv.1"。

---

[1] 巨灵之战：奥林匹斯神族与巨人族癸干忒斯之间的战役。最终在凡人英雄赫拉克勒斯的帮助下，奥林匹斯神族打败了癸干忒斯。

明镒相的身形变得模糊。可不能就这样让他跑了，我赶紧把剑刃一转，向下砍向他的腰部。但就在剑刃触碰到他皮肤的那一瞬间，他的身体凭空消失了。原地只余他身上溅出的鲜血。

星座"隐秘的谋略家"惋惜地叹了一口气。

星座"紧箍儿的囚徒"因意料之外的糟心剧情而暴起。

星座"深渊的黑焰龙"指着你，让你好好干。

部分星座的激动程度达到了危险的水平。

韩秀英喊道："该死，让他跑了！"

"没事，他受伤了，我们很快就能抓到他。"

部分星座冷静下来。

"还有，刘尚雅，你真的干得很漂亮……刘尚雅？"

刘尚雅没有回话。我心道奇怪，走近才发现她站在原地昏了过去。

韩秀英问："她又是怎么回事？"

我这才反应过来。"忒修斯的决心"是通过压榨化身的全部力量，使其发挥出高于平时水平战斗力的星痕。正因为使用了这个星痕，刘尚雅才能在短时间内和那样的怪物相抗衡。我盯着她看了一会儿，然后把她托付给韩秀英。

"又交给我？我这里是什么托儿所吗？"

"没时间了，我们必须尽快找到灾殃，你之前有放出其他阿凡达吗？"

"我大概知道他逃去哪儿了。"

"带路。"

只差一点就能杀死明镒相，我可不能半途而废。

韩秀英边跑边说："我记不太清书里写的了……每当有人回答提问的时候，那家伙就会变得更强，对吧？"

"没错，那家伙最开始很弱，但每次听到回答就会变强。归来者们实力太强，所以入侵这个世界的时候都会被施加限制，你刚才看到了他是怎么解除封印的吧？"

"看是看到了，但他身上到底有多少个封印啊？"

"几十个吧。如果全都解开，那就真的没办法了。"

到目前为止，他已经解除了五个封印。不幸中的万幸是，鬼怪还没有发布附加任务。

如果鬼怪发出附加任务让所有人都去抓那家伙，那么无数个回答他提问的傻子就会瞬间帮忙解除几十个封印。

我不由得松了口气，但怕什么就来什么。

"哼哼，各位，你们好厉害呀！就算有限制，但那也是个灾殃。光凭你们三个人就能把他逼成那样……"

我和韩秀英同时抬头看向空中。

"但是呀，你们是不是太自私了？有句老话说得好，要有福同享嘛。"

"该死的。"

就在韩秀英骂人的时候，系统通知也传来了。

收到了新的支线任务。

"支线任务：SSS级狩猎"已开始。

Episode 18
读者的战斗

1

　　鬼怪的声音响彻整个首尔穹顶。下级鬼怪们隔岸观火般地从空中俯视，鼻荆也在那里，和我对上视线后，它立刻吹着口哨装傻。

　　位于中心的鬼怪缓缓开口道："首尔市的化身们！我要向你们传达一个不幸的消息：很遗憾，由于刚才某些人没事找事，导致一个灾殃在江东区苏醒了。"

　　那个鬼怪含笑的眼睛和我对上，它这是在？

　　"唉，我好像都听到你们的叹气声了，我还看到有人想从江东区逃走。但是啊各位，要听我说完嘛。要是现在逃跑的话，你们以后肯定会后悔的，因为这个灾殃其实是各位的机会。"鬼怪继续流畅地说着，"你们不是一直以来都在努力攒 Coin 吗？我知道你们的辛苦。突然间，你们生活的基础全都崩塌了，一群奇怪的家伙跑出来找你们收 Coin，而且前一天还是朋友的人突然就要刀刃相见。你们至少心里还庆幸以后不用再上班了，结果没想到，天上的星星会对你们说'喂，晃晃屁股，我给你 100Coin'。"

　　少数星座咯咯地笑着。

　　但鬼怪却没有笑。

　　"大家正在经历的糟心事，我都理解。你们本来想着'不管了，反正世界已经灭亡，我要随心所欲地过'，鼓起勇气后却突然意识到这个世界上的人类已经走上了两条路，一条路是康庄大道，而另一条路上全是不成器的人。于是你们心生绝望，努力晃动着屁股，但好不容易找来的背后星，却比不上那些从一开始就厉害的人的星座，所以你们陷入挫败感。而你们对这个不公平的世界产生的所有愤怒，我全都能理解。"

几位星座反驳鬼怪的演讲。

从这些言论来看，这鬼怪一定不是个省油的灯。毕竟胆小的下级鬼怪干不出这种事，星座们的一点反对都能让它们的频道完蛋。但拥有大型频道的鬼怪们胆识过人，它们知道讲故事的法则。巴结订阅的星座、只关心少数星座的喜好是不能打造一个宏大故事的。真正会讲故事的鬼怪应该把精力集中在"人物"，而不是"观众"身上。

"我为你们准备了些东西。因为没运气、不顺心、不努力，所以现在还是'不成器的家伙'的各位，你们现在有机会展翅高飞了！"

我仔细地观察着发表演讲的那个鬼怪。它的头顶长着尖尖的独角，雪白的斗篷下是和独角首尾呼应的独腿。等等，那家伙难道……是"独脚"吗？

空中出现一面巨型屏幕，显示的画面是一个流着血狂奔的少年。

"喏，现在各位看到的这个少年就是一个行走的SSS级道具！他的名字是'明镒相'，他从头到脚的所有部位都是有用的。这个幸运儿被'星流放送'系统选中，去了一趟异界。各位都有过这种幻想吧——突然被召唤到另一个次元，获得强大的力量，和可爱的精灵女友度过火热的夜晚，拯救世界之后被追捧为勇士！这个让人嫉妒的家伙，就是今天各位要猎杀的灾殃。"

难怪我觉得不对劲。下级鬼怪帮中级鬼怪控场本就已经让人惊讶，谁能想到就连这种大型频道的鬼怪都到场了啊。

"我已经听到各位的抱怨了呢。怎样才能杀死一个从头到脚都是SSS级的家伙呢？哈哈哈，请大家不要担心，现在那家伙身上被施加了惩罚限制，他的力量被封印了。他的确很强，但是大家合力击败他，就相当于打开了一个藏宝库啊。"

"……那家伙真让人毛骨悚然。"韩秀英咂舌道。身为作者，她已经明白了鬼怪的用意。没有人会愿意自杀式地攻击一个灾殃，但如果这灾殃只是个虚有其表的藏宝库呢？

206

"各位的人生还没有结束,甚至可以说是运气相当好了。我现在要提供给各位的这个'支线任务',会成为各位逆袭的踏板。好了,机会只在今天!现在赶紧行动吧!只有快人一步,才能成为'SSS级道具'的主人!"

首尔各处的化身即将蜂拥而至。

支线任务已经更新。

+

＜支线任务:SSS级狩猎＞

分类:支线

难度:B～???

完成条件:请除掉SSS级勇士"明镒相"

规定时间:无

奖励:50000Coin、SSS级道具(随机)

失败惩罚:首尔穹顶毁灭

+

最坏的情况还是发生了。那句发着红光的"失败惩罚",让至今为止最丰厚的任务奖励都略显寒酸。

"必须赶紧找到他,不然他会杀光所有人。"

"那鬼怪搞出这种事,难道不会有盖然性的问题吗?"

"如果同一瞬间的多数星座都认为有趣,就能抵消一部分的盖然性。"

这就是鬼怪们喜欢刺激任务的原因。既然许多星座想看这样的故事,那就让星座们自己去分摊盖然性。不过,要是没能成功引起多数星座的兴趣,盖然性风暴仍然会全部降临在鬼怪身上,但现在明显不是这样。

相当多的星座眼里放光。

如果一切如独脚所愿,首尔就会在第5个任务开始之前毁灭。韩秀英立刻调动所有魔力以召唤阿凡达,探寻明镒相的踪迹。那之后,大概过了五分钟。

"找到了,就在西北方向两公里!"

我和韩秀英的本体同时开始狂奔,跑着跑着就听见了人们议论的声音。

"在那儿!那家伙在那儿!"

"从异界回来的家伙!"

已经有很多人来到了这里,被拥来的人群包围的明镒相脸上写满了开心。

"嗯,没错,是我。"

"你个倒胃口的家伙!那边应该很好玩吧?"

"好玩的东西是挺多的。"

"喂!咱们一起杀了他!"

真是没想到,自卑善妒的人类之多,总能让我感到惊讶。

躲开劈来的刀,明镒相问:"这么羡慕的话,要不把你们也送过去吧?"

"什么啊,我们也能去?"

"是呀,当然可以去啦,但你们确定自己是真心想去吗?"

"那是肯定!那边绝对比这个糟心的世界……"

明镒相点了点头,朝那些人伸出右臂。

归来者"明镒相"的第八个封印已解除。

归来者"明镒相"的第九个封印已解除。

……

"那就祝你们一路顺风吧,虽然不知道那边是不是真的比这里好。"

"什么?"

归来者"明镒相"的第十二个封印已解除。

归来者"明镒相"的第十三个封印已解除。

归来者"明镒相"的第十四个封印已解除。

……

看着接连弹出的通知,一阵绝望袭上我的心头。

已经迟了。

"因为那个世界已经被我毁灭了。"

归来者"明镒相"已发动"中赤炎炮 Lv.3"!

我急忙抓住韩秀英,朝建筑物后方飞身躲避。耀眼夺目的紫光于林立的高楼之间迸发,眨眼间,爆炸波冲垮了五六栋高楼,浓烟滚尘之中,只余满街的废墟,那些不自量力的化身早已尸骨无存。

单一个体就能制造出灾难降临的景象。这就是"归来者"的真正力量。

身旁的韩秀英无力地瘫坐在地，不是因为技能的影响，她在本能的恐惧下颤抖不止："疯了……怎么可能打得过他啊？"

我用语言反抗道："能赢的。"

"别说蠢话了，我们回去吧，绝对杀不了他的。"

"不，我说了能赢。现在杀了他的话，奖励还会更好。"

人物"韩秀英"已发动"测谎 Lv.2"。

韩秀英确认你的话为事实。

韩秀英瞪圆了眼睛。

"真的假的？你之前不是说没办法了吗？"

"人要善于随机应变嘛。"

我的话真假参半。实际上，我原本的计划是打败变强的"提问之灾"，积累自己的第二个传说。但前提是，我得学会"风之径"。

"还有谁想去异界吗？举手啊！我送你们去！"

幸存者们尖叫着逃开，明镒相离我们越来越近了。这时，一个半透明的视窗出现在我眼前，刘众赫的声音传来。

——正面交手没有胜算。

——我知道，但还要试试看。

——你为什么把事情弄到了这个地步？

——什么？

——你之前有过好几次机会。如果你杀了李雪花，或者和莱卡翁合力杀掉安缇努斯，就可以阻止灾殃。

我完全可以反驳他——不杀李雪花是因为你，不和莱卡翁合力是因为我没找到插手的机会。

——我和你不一样，我不是回归者。对我来说，失败就意味着一切结束，所以我只能谨慎行事，若是稍有差池……

——谨慎？别自以为是了，你难不成以为自己是星座吗？知道一点未来不代表你能掌控所有事。

就像是被人猛捶了一记心口。因为很可笑的是，我也认同他的部分说法。

专属技能"第四面墙"正在启动。

知晓原著的我居然变得如此傲慢——就算剧情出了差错，我也自认总能想出法子。也许正是我的这种想法导致情况变得这么糟糕。

——你这么行，怎么不自己上？干脆别交给我去办。

——或许"风之径"不是获胜的必要条件。

——你说什么呢？没有那个技能要怎么赢？

刘众赫沉默了，就像在表达对我的失望一般，而就在我准备据理力争的时候，他接着说：

——我的特性是"电竞选手"，你的是什么？

——什么？

——我问你擅长什么？

我擅长什么？在我的脑海深处，一方未被重视的角落，忽然传来了一阵骚动。我好像错过了什么重要的东西，但我压根没时间细想。

"找到还没走的人啦！"

明镒相的脸从拐角后出现，简直像是恐怖电影一样。韩秀英发出一声呻吟，我则后退一步。

"……嗯？你们是刚刚猎人协会那些人？"明镒相笑着走过来，"太好了，我正好想见你们来着，你们知道自己把我帅气的出道计划全毁了吗？"

"……"

"我是想善良地活着啊。我本来打算帮你们杀一些横行霸道的 S 级化身、击败坏蛋的队伍，把我的爱献给漂亮的姐姐们……但现在这算什么啊，我成了彻头彻尾的坏人啊，怎么办啊？"

我没有回答，而是握住了剑。

星痕"刀之歌 Lv.1"已发动！忠武公留下的句子将融入你的刀剑之中。

今日固决死，愿天必殄此贼。

这是《白沙集》中记载的与忠武公有关的句子。幸运的是，这一次，忠武公站在了我这边。

星痕"刀之歌"发挥了效果！临死的决心已提升你的战斗力。

我把自己的所有魔力一次性释放出来。

"信念之刃"已发动！

"信念之刃"不断伸长，膨大到像是要爆炸。我朝那家伙跑去。

铛！明镒相用手轻轻扫向"信念之刃"，我的虎口却被震到像是快折断了。才过了一招我就非常清楚：明镒相的综合能力值远超任务限制标准。

"什么啊，想跟我打？真的假的？你没看到刚才那些人的下场吗？"

看着他令人作呕的笑容，我咬牙回忆《灭活法》中的内容。我擅长的事，就是"阅读"。

专属技能"全知读者视角"第一阶段已发动！

接着，我听见了那家伙的出招方向。

——右边肩膀。

噗咻咻！

——左边大腿。

但就算我能读到，也无法及时挡下或者闪身躲避。他的攻击席卷而来，笼罩着紫色光辉的拳头不断砸向我。

——腹部，腹部，腹部，腹部，腹部。

口中吐出一大口鲜血，我的视线旋即晃动不止。但我没有放弃，还在不停思考。

登场人物"明镒相"因你的韧性而感叹。

你对登场人物"明镒相"的理解度有所提升。

仅凭《灭活法》中的信息，是无法战胜这家伙的。这和我对战"黑暗守护者"时的情况不一样，我没法计算好一切之后再来和他打。

——强弱中强弱强弱中强弱。

雨点一般的攻击向我袭来，耳边同时涌来明镒相的出招信息，我的眩晕感渐渐加重。就算借用星痕之力，也还是这么难对付……再这样下去，我很快就要输了。

我擦掉嘴上的血，后退一步。得用"简平仪"了吗？

最后的办法，只有借助星座的力量，这让我心里十分苦涩。接受强大的伟人级星座或北斗星君的庇护，我也许有机会打赢他。但是上次的事已经让我承受了非常多的盖然性，而且最重要的是，我不想再欠星座们的债。

该死的，如果我也有天赋，那该多好啊。我甚至在想，要是能偷来其他人的技能就好了。

嗯？等等，偷？我豁然开朗。至今为止，我的主要武器都是"信息"。但当信息过多时，我却一时间忘记了真正重要的东西。真是聪明反被聪明误，我居然忘了那个技能。

专属技能"书签"已发动！"人物书签"已激活。

可使用的书签槽：4个。调出可启用的书签目录。

+

<已添加至书签的人物目录>

1. "妄想恶鬼"金南云（理解度35）

2. "钢铁剑帝"李贤诚（理解度75）

3. "煽动家"千仁浩（理解度20）

4. 空槽位

+

除增加了一个槽位，好像没有其他变化。我选择了那个空槽位。

+

<目前可登记至书签上的人物目录>

1. "毒姬"李雪花（理解度10）

2. "美戏之王"闵智媛（理解度25）

3. "暴政之王"郑龙厚（理解度10）

4. "隐遁型废人"韩东勋（理解度30）

5. "先知"安娜卡芙特（理解度1）

6. "武装城主"孔弼斗（理解度30）

……

+

目录里没有刘众赫的名字，和我预想中一样。那家伙是主角，估计只会在特殊条件下开放权限。除刘众赫之外，韩秀英、刘尚雅和李吉永这些不是"登场人物"的人，也没出现在目录里。不过也没关系，我现在需要的不是他们。拖着滚动条看了好一会儿，我终于找到目标人物，我怎么现在才想起这家伙也是"登场人物"呢？我毫不犹豫地把那个人物放进了4号书签。

根据书签技能的等级，确定使用时间。

持续时间：30分钟。

对登场人物的理解度非常高，可选择该人物的一部分技能使用。

选好技能的下一刻，我的体内就涌起了银色的风暴，全身充盈着雄厚的狼之勇猛。我真蠢！为什么之前只想着要学会这个技能呢？我不是回归者，也不是归来者。

登场人物"伊缪塔尔的王子莱卡翁"已登记至4号书签。

4号书签已激活。

我是读者。

"风之径 Lv.8"已激活。

以及，这就是我的战斗方式。

2

咻呜——

我感受到周身环绕着清凉的风，脑海中不断回忆着《灭活法》中出现的句子。原本在一旁召唤阿凡达的韩秀英也意识到我准备使用什么技能。

"什么啊，你不是说学不会吗？"

"你退后。"

"风之径"。

左手疾风，右手暴风，直线与曲线碰撞之处，将开启"风之径"。

在我脚尖感受到风的缠绕的那一瞬间，那些让我一头雾水的句子全都化为了现实。

明镒相的拳头一瞬间就来到我的鼻尖。我本应躲不开这一击，但拳头最终还是落空了。伊缪塔尔的秘技能够弥补巨大的能力值差距。

明镒相的眼里放出异彩。

"嗯？变快了呢。"

我没有回答，而是集中精神进行领悟。从现在起，就是在和时间赛跑了。书签的剩余时间是30分钟。

"啊哈，我知道了，这是那个狼崽子的技能吧？"

明镒相面带嘲笑地看着我。

"不过是个不入流的技能，你怎么搞得好像大彻大悟了一样？"

"……"

"你知道吗，我啊，就是用这只手杀了那些家伙的王。"

他的确这样做了。我想起了在地球上失去生命的克罗诺斯生物。伊缪塔尔的王子莱卡翁、帕洛赛特女王安缇努斯……故乡已经灭亡，他们仍在挣扎着活下去，成为其他行星的任务中的一枚棋子。如果地球也走向灭亡，那我们的命运也将变成那样。

明镒相右手上的中赤炎炮开炮了。

风与风相遇成太极，又一风与风相遇成阴阳。

我发挥毕生的想象力在脑海中描绘这句话的画面，眼前滚烫和冰冷的气流汇聚成了旋涡，然后开始转换风向。

啪滋滋滋滋！赤炎炮的方向稍微偏转了，以太粒子撞在一起，气流向四方扩散开来——以太攻击都是通过媒介传播的，一旦媒介被搅乱，攻击就将无效。

明镒相稍有些吃惊："还挺像模像样呢，看来这种程度的把戏你还是能耍一耍的哦。"

明镒相咬紧嘴唇，故技重施。

登场人物"明镒相"已使用"闪现Lv.4"！

又是闪现吗？但我现在已经不难追上他了。因为只要我闭上双眼，集中精神感受风，就能读取周围所有的动静。我以不亚于刘众赫"朱雀神步"的速度奔跑着，顺利找出了明镒相。这个只顾着提问的家伙被我一脚踹飞。嘭！明镒相的身体砸穿建筑物的钢筋骨架，飞向远处。换个人骨头都该粉碎了，但明镒相安然无恙地站了起来。

归来者"明镒相"的第二十四个封印已解除。

就在刚刚那一瞬间，他的下一个封印解开了。

"有点痒痒呢？"

他的态度就好像这是个游戏，并且他坚信自己会赢。毕竟他的伤口会随着封印解开而慢慢愈合，而时间越往后，我的魔力消耗也会越多。

"哈哈哈，再吃我一招！"

实际上，只把"风之径"当增益技能来用是绝对杀不死这家伙的，不然克罗诺斯也不会灭亡。果然还是要用那个法子。问题是……需要有人帮我拖延时间。就在这时，一道黑色身影如雄鹰一般划破长空，直直砸向明镒相。哐！伴随着一阵震耳欲聋的爆炸声，地面塌陷，明镒相也被砸进坑里，而他的上方，站着一个熟悉的男人。

我看着那道身影，目瞪口呆："刘众赫？"

这家伙之前不是说需要两天时间才能恢复吗？看着大步走来的刘众赫，我下意识往后退了两步，他不会在这种情况下还要揍我吧？然而，刘众赫停在距离我两三步的位置，转身背对我。

"开始吧。"刘众赫挡在我身前，似乎已经知道我打算做什么，"我来拦住他。"

倒在附近的韩秀英说出了我内心的声音："哈，该死的主角光环……"

刘众赫虽来势汹汹，但他看起来已是强弩之末了。他全身皮开肉绽，伤口狰狞，血管发黑突出。

不知何时，明镒相已经从坑里出来，他笑嘻嘻地吐了一口血水："啊，有点烦啊……就是因为你们这样，我才觉得自己真成了个坏蛋啊。"

挨下刘众赫强势的一击后，明镒相看起来还是没怎么受伤。这让我很难相信他居然只是"归来者"中较弱的一个。明镒相和刘众赫同时冲向对方。接着，我发动了"风之径"。

四风相遇成方位，其上又四风相遇成八卦之妙，风无处不在，亦无影无踪。

现在轮到我来使用这个让莱卡翁有所领悟的句子了。

神奇的空气壁垒沿着八卦图的形状在我周身旋起旋涡，形成了一个不大的圆顶空间，将我们三人围住。这个空间没有一丝缝隙，密闭感让我渐渐呼吸急促。

接下来就要争分夺秒了。刘众赫遭到明镒相的一击，向后一跳退远了些。明镒相的表情一僵，他终于明白这不是游戏。

"你们在打什么算盘！"

下一刻，我开始排出圆顶空间里的剩余空气。一瞬间，我双耳发涨，周遭的声音也消失了。狂风席卷在空气壁垒之外，圆顶内部却像风暴眼[1]一样宁静。明镒相张开嘴。

"！"

"？"

他的嘴张合了几次，却没有传出声音。也是，在没有媒介的地方，声音是无法传播的。

现在的我们处在完全真空的环境中。噗咻咻咻——在气压差的作用下，肺部空气被瞬间抽出，我赶紧把那些空气吸回来。

圆顶外的韩秀英正在喊些什么。

专属技能"全知读者视角"第二阶段已发动！

---

[1] 风暴眼：风暴中心处。虽然暴风的风速很高，但风暴眼里却比较平静。

——这是什么？

我听见明镒相的内心想法。

——我为什么发不出声音？这是魔法吗？

惊慌失措的明镒相在心里发出大叫。所有的归来者都有惩罚机制，越是在特定的条件下能够迅速找回原本力量的归来者就越是如此，明镒相的恐慌不无道理。

"提问之灾"的惩罚已发动！

归来者"明镒相"的力量已削弱。

归来者"明镒相"的第二十四个封印已再生。

——啊啊啊啊，不行！

正如他们容易变强一样，他们身上同时也存在一些"瞬间变弱"的机制。

归来者"明镒相"的第二十三个封印已再生。

为什么"提问之灾"要一直"提问"？很简单，如果他长时间不对别人"提问"，他的能力值就会减少。

——该死的！快解开！还不赶紧解开吗？

他朝空气壁垒砸了几拳，无果。在没有媒介的空间中，就连赤炎炮的火焰都无法燃烧了。

归来者"明镒相"的第二十二个封印已再生。

利用"风之径"打造"真空监狱"——这就是我所知道的，"提问之灾"的最佳攻略方法。

——呃啊啊啊啊啊！

明镒相扑向我，因为我死了"真空监狱"就会自动解除。但事情不会如他所愿，毕竟这个监狱是我打造的。我用"风之径"避开了这家伙的攻击，同时迅速缩小了监狱的体积。

轰轰轰轰！在空气壁垒向内收缩的瞬间，我打造了一条狭窄的通道，带着刘众赫逃到圆顶之外。现在真空空间里只剩明镒相一人了。

——你们这帮狗东西！

但明镒相不愧是归来者。在他的全力攻击下，空气壁垒逐渐出现了裂痕。

我抬起手，风立刻交错着补上了薄弱之处。紧接着，空间开始迅速变小。

精神力高度集中导致我流出鼻血。我的最终目标是把"真空监狱"贴合在那家伙的身体上，但是实际操作起来并不容易。该死的，明明刘众赫能轻易做到的事，为什么对我来说就这么难？

"不要刻意控制，要引导风。"

刘众赫的声音传来，让我醍醐灌顶——"必须创造一个壁垒"是我的误判，重要的其实是除去那家伙身体附近的媒介。

——呃，呃，呃啊啊啊！没法呼吸了！

明镒相用力地抓挠着自己的脖子，流着血泪不断挣扎。

"挺像样的，你也不是完全没有天赋。"刘众赫又说。

明镒相开始垂死挣扎。

登场人物"明镒相"已使用"大赤炎炮Lv.3"！

那家伙的右臂上环绕着漆黑的火焰。哐哐哐——大赤炎炮燃烧着他的肉体，打破风之圆顶，蹿了出来。我拽着刘众赫趴倒在地，强大的冲击感擦过头顶。明镒相还在继续使用大赤炎炮，估计是打算把剩余的魔力全部用光。

但风自有其妙处。大赤炎炮射出后，壁垒的空隙就会瞬间补上，让那家伙的挣扎成为徒劳。但问题是，从圆顶里射出的赤炎攻击正在杀死无关人员。

看到我的表情，刘众赫说："金独子，不要想些有的没的。那些家伙死了也无所谓。"

"有些人的命的确不如不救。"

但并非所有人都该死。我从地上站起身，竭尽全力对抗大赤炎炮。圆顶周围的风将射向空中的赤炎火焰分散、扭转。那些没法完全阻断的赤炎火焰都向我袭来，带来难以忍受的疼痛。赤炎燃烧着我的皮肉，我的骨头都快被熔化了。我不断告诉自己：我可以做到，现在那家伙的实力没那么强了。而在这一瞬间，我超越了自己的极限，已然抵达新的境界。感官变得模糊，身体就像变成了风一样。

一位喜欢努力的星座因你的痛苦而颇感享受。

沉睡在你灵魂中的一丝天赋觉醒了。

我用左手操控"真空监狱"，同时用右手控制风的动向，吹散了大赤炎炮的气流。我领略着"风之径"的新境界，沉浸在完全的无我之境中，指尖操纵着风，描绘出我之前无法理解的景象。

专属技能"第四面墙"的厚度暂时变薄。

原来就是这种心情啊——原来这就是"登场人物"眼中的世界啊。不论我多么努力地阅读、研究原著，都无法理解这种感觉。那些曾经只能通过指尖的书页感受却绝对无法触碰的描述，我已经能完全理解了。阅读和理解是不同的。也许，我对这个世界的理解程度，到现在都没有达到百分之一。

没多久，我发现明镒相的大赤炎炮变弱了。

——狗崽子！都去死！去死吧！

赤炎炮的威力急剧减弱，还好我的魔力依旧充沛。但有点奇怪，就算我的技能上了一个台阶，也不可能突然拥有这么多魔力吧？

刘众赫在我背后咬牙切齿道："总有一天，我会杀了你这家伙。"

怪不得感觉背心温热，原来是刘众赫在给我输送魔力啊。过了一会儿，明镒相停止了攻击。

归来者"明镒相"的所有封印都已再生。

刘众赫和我转头看向彼此。

专属技能"风之径Lv.8"已解除。

深陷恐惧的明镒相捂着脖子看向我们。"喀……喀喀，喀喀喀！"他慌张地大口喘气，再次准备逃跑，我立刻向他掷出"不折的信念"。"喀唏呃！"剑刃插进背部，他直接倒在了地上，现在他不能用闪现逃跑了。

我跑过去，揪住他的领子，说："哈，不能说话的感觉还真是憋屈，不过你现在应该没什么好奇的了吧？"

"喀呃呃……"

"从现在起，你再敢提问，我就杀了你。"

归来者是《灭活法》世界中最傲慢，也最残忍的存在。如果说归来者的性格已经足够糟糕，那么明镒相就属于其中最为恶劣的那种。

"呃啊啊啊啊啊！"明镒相似是觉得委屈，他抬头看我的眼神里充满恐惧。疲惫不堪的明镒相好不容易动了动舌头，说："不，不可能，这样的……"

看着艰难地眨着眼睛的明镒相，我想起他从前的经历。

——你……你说我是勇士？我真的变成勇士了？真的吗？

那是 17 岁的明镒相，当时还只是个高中生。曾经天真无邪的少年被选为拯救世界的勇士，去往克罗诺斯。也许后来的一切都脱离了他的掌控——也许他也不想灭亡异世界大陆上的生物，也许他不想成为一个惨无人道的杀手。但他终究变成了这副模样。

"是你自己选择成为灾殃的。"

时至今日，已无回头路可走。

对登场人物"明镒相"的理解度有所提升。

明镒相的表情扭曲了。

"我……明明……是……这个……世界的……主……角……"

很可惜，他的主角宣言并没能倾吐完毕。真正的主角早已向他靠近，然后将剑插进他的心脏。明镒相就这样被刘众赫一剑带走。我看着他那双眼睛想：作为毁灭了一个世界的灾殃，他的下场也太空虚了。

首次在任务中与"归来者"对抗并取得胜利！

主要贡献者：金独子、刘众赫。

获得 40000Coin 的成就奖励。

已获得新传说。

传说"异迹对抗者"已添加。

已获得新星痕的可能性。

3

在这个世界上的死亡，只能换来寥寥几条消息通知。

星座"紧箍儿的囚徒"觉得差强人意。

星座"隐秘的谋略家"点点头，有些不满意。

星座"恶魔般的火之审判者"因你的故事而感到非常开心。

有人在"星流放送"里推荐了你的任务故事。

得到了 25000Coin 的赞助。

我从地上站起来,整个江东区已经变成一片废墟。灾殃短暂地经过,就能使地面毁坏、高楼倒塌。有人紧按伤口号啕大哭,有人在擦眼泪,也有人对我低头致意,但大部分人都成了冰冷的尸体,瘫在地上一动不动。我本以为自己读完了全部的《灭活法》,理解了书中的每一条设定、咀嚼了每一句描述的含义,并且最终发掘出作者的意图。但我读过的那本书里,没有任何一句话描写过这些人的死亡。

回头一看,刘众赫也注视着这一景象,他可能已经独自一人看过很多类似的场景了。

"刘众赫。"

刘众赫转头看我。我想说什么,却没说。

"……没什么。"

任务还会继续,未来我也会经历许多类似的瞬间,亲眼看到书中没有描述过的景象。

眼前出现半透明的视窗,一条意外的通知传来。

鬼怪"独脚"邀请你去它的频道。

谁邀请谁去它的频道?我心道不妙,假装没看到。谁知通知却再次弹出。

鬼怪"独脚"邀请你去它的频道。

一抬头就看到那群俯视着人类的鬼怪。其中那只单腿鬼怪露出一个倒胃口的笑,在它身后,畏畏缩缩的鼻荆正在用被抛弃似的眼神睃巡。鬼怪之间也存在霸凌。我大概清楚是怎么一回事了。

我提了一口气,故意用若无其事的语气问:"干什么呢?不发奖励吗?"

听到我的话,独脚抬了抬它稀疏的眉毛:"啊,当然要发了。抱歉,我竟然会犯这种低级错误。"

独脚是非常可怕的鬼怪。它和粗线条的鼻荆、全身上下只剩自尊心的中级鬼怪不同,从根本来说,它们的品性不一样。也就是说,不是谁都有能力成为大型频道的主播。

支线任务："SSS 级狩猎"已结束。开始进行奖励结算。得到了 50000Coin 的奖励。

天降一笔巨款，我的心情也随之变好。就这一个支线任务，竟然能给 50000Coin 的奖励……支线任务都是主管鬼怪自行发布的，所以这些 Coin 大部分都出自独脚的口袋。一下子发了这么多钱，独脚还是笑眯眯的。

"看到有趣的故事，就是身为鬼怪的莫大幸福了，我又怎么会不开心呢？"

它这段看似自言自语的话仿佛看透了我的内心想法一般。也是，对于一个拥有东京穹顶等超大型频道的家伙来说，这点钱也就是小意思啦。

现在这个时间点，东京那边有哪些厉害角色来着？既然还在伟人级星座活跃的时期，那大概率是"织田信长"或者"宫本武藏"吧。行吧……看来是那些星座的化身帮它赚得盆满钵满了。

"那你倒是给点额外奖励呗，这不会就是全部了吧？"

"啊，那是当然，肯定要给额外奖励了，毕竟你是让这个任务变得有意思的关键人物呢。"

它阴阳怪气的语气听着让人莫名地有些来气。要不是它，"提问之灾"的任务本来能轻松很多。在后面偷偷看脸色的鼻荆向我发起了"鬼怪通信"。

——喂……

但通信还没接通，独脚就打断了鼻荆的话。

"鼻荆，准备发放奖励。"

鼻荆吓了一跳。

"什么？"

"准备发放奖励，要说两遍才能听懂吗？"

哎哟喂，瞧瞧那家伙作威作福的样子。

鼻荆犹豫不决地开口了："但现在您才是支线任务的负责人……"

"鼻荆。"

就像故意做给谁看一样，独脚旋即开始用气势向鼻荆施压。鬼怪的力量强弱取决于自身频道的大小。

"听说你的频道最近变大了些，看来传言不假。"

伴随着独脚低沉的声音，小鼻荆的身体越来越瘪了。

"不……不是的。您误会了！"

"第6个任务是韩国和日本一起进行的，你该不会忘了吧？"

"对不起，我马上去准备！"

"直接发奖励吧。"

"明白！"

我对鼻荆真是又爱又恨。再怎么说也是管理我所在频道的鬼怪，看到它低声下气的样子，我的心情也好不到哪里去。一定要打比方的话，对现在的鼻荆来说，独脚就和高中时霸凌我的宋民宇差不多。

已开始额外奖励的结算。获得了基础奖励"帕洛赛特族的护符"。

还有其他额外奖励的选项。

你是本次任务的最大贡献者。你拥有额外奖励的优先选择权。

眼前弹出了一个半透明的道具目录。既然我们猎杀了灾殃，鬼怪们总归要拿出些有用的东西。

"无限次元亚空间大衣"：SSS级。

"黑焰半指手套"：SSS级。

"西尔芙的飞跃之靴"：SSS级。

都是SSS级的奖励道具。我大致看了一遍选项。

"无限次元亚空间大衣"的内兜有"亚空间"这一特殊功能，能够放入许多物品。

"黑焰半指手套"能大大提高黑暗和火焰属性技能的性能。

"西尔芙的飞跃之靴"一天可以使用三次"飞跃"的特殊功能。

尽管不是星遗物级别，但这些奖品在第10个任务之后都还能派上用场。不了解内情的人听了这话可能会问："再怎么说都是SSS级的道具，怎么可能只能在前十个任务中有用啊？"但《灭活法》世界的设定就是这样，我能有什么办法。

"星流放送"中的道具等级通胀相当大，这意味着即便是同一等级的道具，在初期获得和在中后期获得的性能差距非常大。当然了，现在得到的SSS级道具也不是过段时间就只能扔掉,其实可以用特殊的材料对其进行升级。

这也是星遗物比较好的原因。和其他用字母等级进行评级的道具不同,星遗物不需要升级。随着任务的进行,星遗物会逐渐摆脱盖然性的制约,自然而然地恢复原本的力量。

"请选择奖励。"

鼻荆闷闷不乐地对我说。这家伙,被欺负了一下就有气无力了。忽然间,我收到了它发来的"鬼怪通信"。

——我个人推荐"无限次元亚空间大衣"。那道具还有一个隐藏功能,而且以后也容易升级。

它还在尽职尽责地当我的"经纪人"。

我们的通信被独脚察觉,它瞪着鼻荆说:"鼻荆?"

"……在!"

"你忘了还要给星座大人们说明道具吗?"

"啊,我立刻去办!"

鼻荆开始向首尔穹顶频道的星座们进行说明。

趁着这个空当,我转头和刘众赫搭话:"刘众赫,你想要什么?"

虽然我有优先选择权,但这次我决定让刘众赫先选,毕竟他帮了我。我绝对不是在期待以此换取刘众赫的手下留情。

"刘众赫?"

他没有回答,只是瞪着我。

"又站着昏迷了?"

我在这家伙面前挥了好几次手,但他的眼珠一动不动。

登场人物"刘众赫"正在使用"回复休眠Lv.3"。

也是,以那种身体状态上蹿下跳才反常呢。既然都到了使用"回复休眠"的地步,那他的确是强弩之末了。我用"白日幽会"给他留下简短的消息。

在旁边看着我动作的韩秀英突然开口了:"要不我来帮他选?"

"你要是想以后被他揍的话,那就请便。"

韩秀英瞬间消停了。

我对鼻荆开口道:"我选'无限次元亚空间大衣'。"

然而,回复我的却不是鼻荆。独脚点点头,然后打了个响指,道具目录立刻消失。

"你选了个挺好的道具呢,那我们就赶紧移动到交付地点吧。"

交付地点?

"出于程序上的原因,不能在这里交付额外奖励。"

听听它的胡扯吧。

"那要去哪里?"

"请移步我的'鬼怪纱帽'吧。"

鬼怪纱帽——纱帽是一种古代的帽子,但这里纱帽的含义却不同,这是所有鬼怪都拥有的"房间",其中藏着它们的本体。

"那就不太方便了,你还是直接在这里给我吧。"

纱帽是鬼怪的专属空间,去了那里之后,也不知道会遇到什么事。而且据我所知,在发放额外奖励的时候,不存在去往鬼怪纱帽这一道程序。

一旁的鼻荆不安地看着我。

独脚对我眯起了眼睛。

"哼哼……你再这样磨蹭下去,我可能会取消道具发放哦。"

"随你的便。"

在"星流放送"中,发放任务奖励是原则性问题,就算"支线任务"在很大程度上是根据鬼怪的想法进行,但它也不能在任务结束时把奖励道具收回去。

独脚的笑意逐渐加深:"挺有意思啊。"

——你要这样和我对着干可不好吧?

它正在向我发送"鬼怪通信"。独脚缓缓张嘴,两道声音重叠着传入我的耳中,一道是说给在场人听的,另一道则暴露了它的真实目的。

"金独子,我常常听闻你的故事。你太出名了,就连半岛对面的星座都知道你。"

——我就直说了吧,请到我的频道来。

"听说你在鬼怪面前也完全不带怕的,今天一看,果真如此。"

——我想把频道的范围拓宽到朝鲜半岛,和我签约吧,不论你开什么条件我都答应。

没想到独脚会以这种方式来挖墙脚。类比足球界,独脚的提议相当于劝人从一个亚洲中上游联赛球队转会到西班牙足球甲级联赛的上游球队。这样一想,的确是非常诱人的邀请。

但转会之后呢?我太了解这个叫"独脚"的家伙了。

"你看错人了,我其实很胆小,现在还吓得发抖呢。所以你还是赶紧发完道具就滚比较好。"

听到我的话,信心十足的独脚第一次表情僵硬了。

"太有意思了,你甚至还很谦逊。"

——没见过你这么傲慢的人类,但总有一天,你会懂得还是谦逊点为好。

"……什么意思?"

——鼻荆的频道很快就要消失了。

独脚的嘴角勾起一个微妙的弧度。

"你要这样不配合的话,那我就没办法了,我本来打算在发放'奖励'之后再公布这件事来着……"

公布?公布什么?独脚的视线从我身上移开,望向天空。漫天星座散发光芒,独脚缓缓开口。它声如洪钟,响彻整个首尔穹顶。

"各位津津有味地收看直播的星座大人,现在我要向你们传达一个有些遗憾的消息。"

其他下级鬼怪正迅速从鼻荆身边退开,鼻荆还是一脸云里雾里的表情留在原地。当鬼怪们站成这种阵形的时候,必将发生糟糕的事情。

"很不幸,我们在首尔穹顶的频道中,发现了一个违规造假的频道。"

相当多的星座关注着"独脚"的发言。

"那就是鬼怪鼻荆的 #BI-7623 频道。经过调查,现得出如下结论:由于该频道的任务过度造假,导致首尔穹顶的下级鬼怪们的盖然性受到了侵害。"

慢着,它在说什么?

"因此,我谨代表首尔穹顶的下级鬼怪们,正式请求管理局对该频道进行

'盖然性合格判定'。"

4

韩秀英无语地问:"什么啊?它到底什么意思?好端端的干吗要跟盖然性过不去?"

"还能是怎么回事,平白无故地找碴呗。"我回答她。

"找碴?为什么?"

当然是因为我拒绝了转会提议,它就给我点颜色看看吧。

飘在空中的独脚正在给管理局那边递交报告。没想到它竟会这样利用"盖然性合格判定"……我猜到其他大型频道的鬼怪会开始找我的碴儿,但没想到会以这种方式。

心里有鬼的鼻荆被戳到痛处,从刚刚起就面色发青,哭丧着脸轮番看向我和独脚,就好像但凡再受一点刺激就会立刻哭出来似的。

——怎……怎么办?怎么办才好?

——你跟我说实话,你和我签约的事被发现了吗?

鼻荆摇摇头。

——那你提前给我打开"鬼怪包袱"的事被发现了吗?

——也……也没有。

——你确定?

——大……大概吧……

——那就没什么好怕的了。而且就算这些事都被发现,也不足以发动"盖然性合格判定"。毕竟这些本来就不违反规定,不是吗?

我说的是事实。鬼怪直接和化身签订"星流放送合同"、鬼怪给化身开启"鬼怪包袱",这些都只是没有先例的事情而已,实际上不违反"星流放送"系统的规定。

鼻荆像是终于安心了一样点点头。

——呃,嗯,知道了。

看着像个孩子一样不知所措的鼻荆，我都开始怀疑我俩到底谁是鬼怪了。我再次将视线移向独脚和下级鬼怪们。

已提交 #BI-7623 频道的任务造假报告。目前管理局正在对该案件进行讨论。

在我看来，那份合格性判定绝对查不出什么东西来。但万一那家伙手上有涉及盖然性问题的证据资料，事情就要另说了……敌在暗，我在明。既然这样，只有一个办法了。

"喂，别拖时间了，还是赶紧发放奖励吧。你看不到星座们都觉得无聊吗？"

"那有点困难，毕竟这个案件比支付奖励更重要。"

——改变想法了？你同意我刚才的提议，这些事都可以当作没发生过。

我静静地抬头看着独脚。行啊，要正面决胜的意思是吧？

"什么案件啊？说来听听呗。到底我所在频道的哪些部分是非法造假的啊？你有证据吗？"

问这个问题是为了刺探这家伙手里到底有哪些底牌，如果它在虚张声势，答不出个所以然，这个小插曲就掀不起什么波澜了。然而，就像等了这个问题很久一样，独脚露出微笑。

"你真的想听吗？你会后悔的。"

"说说看。"

"这个案件也和你金独子有关。"

"……和我有关？"

一瞬间，我想到了很多可能。是因为我掌握文档、利用未来的情报吗？但系统有消音功能，星座和鬼怪应该都听不到那些情报吧？而且要是因为这个找我的麻烦，那我很早之前就该遭受盖然性风暴了吧……

"能看到画面吗？"

我看向空中出现的巨大屏幕，放映的画面是我不久前的战斗场景。最先出现在屏幕上的，是我和毒姬李雪花的决战时刻。

"这就是证据。"

"这算哪门子证据？"

所呈现的画面不过是我没有杀死李雪花而已。

独脚切换画面。

"还有,这也是证据。"

第二个画面中,我静静旁观莱卡翁和安缇努斯的激战。

它到底在干什么……

"接下来,第三个证据是这个。"

第三个画面中,我正和同伴们一起攻击"提问之灾"明镒相,后者的封印正在不断解除。我越来越不解。

"还没看出这些画面的共同点吗?"

这一瞬间,我忽然明白过来,那家伙现在不是在跟我说话。

"各位星座大人都明白了吗?"

一片死寂,落针可闻。

"和毒姬的战斗、和安缇努斯的战斗,以及和'提问之灾'的战斗,这三场战斗有一个共同点。"

接着,那些画面开始轮流播放。

"他其实能杀了毒姬,阻止灾殃。"那家伙的手指着画面中的毒姬,"也能杀死安缇努斯,阻止灾殃。"又指向安缇努斯,"也能在'提问之灾'解除封印之前,阻止灾殃。"再指着明镒相,最后,它指向了我,"但是,他故意没有那样做。"

"等一下!你现在……"

直到这时,我才明白独脚到底想干什么,不禁感到毛骨悚然。我这才体会到鬼怪的厉害。

"各位星座大人,化身金独子和频道主播鼻荆互相勾结。他故意隐藏自己的力量,操控任务走向,诱导观众对后续剧情发展心急如焚,将整个任务玩弄于股掌之间。"

接着,最后一个画面出现了,屏幕上的我正在使用"风之径"杀死明镒相。

"不过是为了增加故事中的悲剧成分，达成最后一幕中的感情净化[1]。"

这家伙的目的，从一开始就不是请求进行"盖然性合格判定"。它真正的目的，其实是——

"他只是为了骗取各位的 Coin。"

——终结鼻荆的频道。

几位星座发出沉吟。

实际上，独脚拿出的证据并不违反"盖然性合格判定"的任何条款。毕竟鬼怪为了打造吸睛的任务故事而操纵化身是常有的事。问题是，有些星座讨厌这种事。在认定我对任务没有投入真心的瞬间，星座们就会失去兴趣。这就相当于舞台剧中的间离效果[2]。当观众和登场人物之间的"第四面墙"倒塌的瞬间，观众们会立刻失了兴致。

独脚想要的正是这种效果。

星座"秃头义兵长"呆呆地张着嘴。

星座"紧箍儿的囚徒"嘻嘻地笑了。

星座"隐秘的谋略家"无所谓地耸了耸肩。

有些星座感到惊讶，有些星座则没什么想法，也有些星座压根就不在乎。但问题是那些抱有其他想法的星座。

一些失了兴致的星座已退出频道。

怀疑频道公平性的星座们已退出频道。

部分星座已向频道申请 Coin 退款。

鼻荆频道中的星座数量开始减少。

频道规模已缩小。

间接通知源源不断地出现，鼻荆的身体变得惨白，身形萎缩，头上的角也在变小。

我叹气道："频道完蛋了。"

---

1 净化：指悲剧的卡塔西斯作用，认为悲剧的特定效果是借引起怜悯和恐惧来使这种情感得到净化。
2 间离效果：一种舞台艺术表现方式，指让观众看戏，但让他们不融入剧情。

现在只剩一个办法了。看着一直在减少的星座数量，我对独脚说："我已经完全理解你的意思了，既然聊完了，那就给我发奖励吧，我接受你的提议。"

独脚的嘴角微微上扬。

——你还算识时务。

鼻荆难以置信地瞪大了眼睛。

"你，你……"

"别那样看着我，我这不是没办法吗？"我耸了耸肩，用恶劣的语气对它说。

背叛感让鼻荆的小角都在颤抖，这家伙真是胆小如鼠。

——鼻荆，你信我吗？

——什么……

——就信我这一次吧，反正照这样下去咱们都得完蛋，不是吗？

我说完便结束了通信，对独脚说："行了，动身吧。"

"很好，那就来迎接美滋滋的奖励时间吧。"

独脚打了个响指，周围的景象全部消失，我已经身处一个近似高级酒店套房的地方。但我其实不知道高级酒店的套房长什么样。

这就是独脚那家伙的纱帽吗？我有些紧张地打量着这里的环境。豪华的地毯上，放置着专门设计给鬼怪使用的桌椅。嵌入式酒柜中摆放着各种各样的酒，我这才想起书中鬼怪们爱喝酒的设定。我缓缓走向窗边，看到了超乎我认知范围的美丽景象。

浩瀚宇宙的底色是无边无际的黑暗，宝石一般的星点在其中缓缓流淌，无数有序旋转的星座组成流光璀璨的银河，好一幅恢宏壮观的图景。

可笑的是，在这个瞬间，我被眼前的景象深深触动。原来那就是"星流放送"啊——磅礴伟大的星流掌管着所有任务，一切故事都从此处开始。

"非常壮丽的景象吧。"

回过头，我看见独脚站在那里。

"我有时候也会盯着那边的景色出神，总是看不够啊。"

"你现在是……"

"啊，你吓着了？这才是我真正的声音。"

我还是第一次听到鬼怪通过自己身体发出的声音，毕竟平时都是通过直播听到的。这也意味着，现在出现在我眼前的是独脚的"本体"。独脚的眼中放出幽深的光。

"你不会还抱有不切实际的想法吧？"

"什么想法？啊，你是怕我杀了你吗？"

独脚哈哈大笑。

"原来你也知道那是不可能的。"

"我也没疯狂到去挑战鬼怪。"

"甚合我意，那就开始签约吧。"

独脚又打了个响指，下一刻，契约合同和另一个鬼怪出现在眼前。鼻荆的全身都被有如代码的系统文字束缚，嘴也被堵上了，埋怨地瞪着我。

"我把鼻荆带来做公证人了，反正你也要先废除和它的契约才能和我签约，毁约的代价让它承担就好。"

我有点吃惊。这家伙果然知道我和鼻荆之间的契约。但这也意味着，独脚打从一开始就知道我是吸引"寻找化身"群体的不二之选，它是带着目的接近我的。

我假装从容道："你安排就行，我无所谓。"

"很好，我们真是一拍即合。你要先确认一下合同吗？我也是第一次亲自来签这种东西。"

我看了看这份合同，不出意外，全都是不利于我的条款。赞助的分成是五比五，还有几条用来限制我自由的条款。我甚至不再是甲方，而是乙方。

独脚笑着问："怎么样？这差不多就是业界的平均水平了吧？不过如果你想，我也可以微调一下。"

还好意思说什么"业界的平均水平"，鼻荆都没跟我提过这么过分的条件。

我点点头说："嗯，不算差。但在签约之前，我有个提议。"

"提议？什么提议？"

"就我一个人换频道的话，你不觉得差点意思吗？你不会只要我一个人去就满足了吧？鼻荆这家伙的频道里有几个挺强的星座来着。"

"哦？有谁？"

"'紧箍儿的囚徒''深渊的黑焰龙'，还有'恶魔般的火之审判者'，以及……"

我口中说出的每一个星座称号，都让独脚眼里的惊喜加深一分。

"'紧箍儿的囚徒'？没想到还有这种星座呢……鼻荆还挺能干啊。"

被堵住嘴的鼻荆发出呜呜的声音。

我继续说最重要的部分："老实说，把这些星座留在这个频道就走，未免太可惜。所以啊，为了让这些星座和我一起换频道，你就帮忙搭个桥吧。"

星座"恶魔般的火之审判者"揣测你的言语之中包含多少真心。

星座"隐秘的谋略家"莫名觉得麻烦。

星座"紧箍儿的囚徒"表示这非常麻烦。

星座"紧箍儿的囚徒"询问你是否真的要换频道。

独脚露出一个微笑，似乎是觉得我的提议很有意思。

"搭桥？"

"把我和你的频道连接起来。"

"那不就重复连接了？"

"没事，那样的话，星座们不用费什么劲就能直接换频道了，不是吗？"

"嗯，确实是这样，这还挺有趣的。"

"再加上我其实也有点好奇。"

"好奇什么？"

"我想提前看看我要签约的频道里有哪些星座。一直待在这种偏僻的小频道里，我很好奇大型频道是什么样的，我想提前看看行吗？"

我故意朝鼻荆那边投去轻蔑的视线，后者脸上也立马浮现出受伤的表情。独脚的脸上却露出一个满意的微笑。

"鼻荆，你真是签到了一个很好的化身呢。虽然从现在起，他就不是你的了。"

独脚的手比画两下，开始操作系统。

"好，那就请来感受一下大型频道的气息吧。"

下一刻，我的身体上仿佛被写入了新的代码，明显感觉整个人连接上了新的地方。我缓缓地眨了眨眼，感受到无数道注视着我的目光。一、二、三……我浑身汗毛耸立。这和在鼻荆频道时明显不同，光是从这些视线就能感受到非常多星座的存在。这就是负责东京穹顶的鬼怪的频道吗？果然厉害。

"你感觉这个全新赛场怎么样？"

而且好像不只有地球上其他国家的星座。这家伙的频道里居然还有来自异界或其他大陆的固定订阅星座？在这种频道里活动的话，一次能收获多少 Coin 呢？说实话，我根本无法想象。

"厉害啊，规模太大了。"

"那现在重新签约……"

"在那之前，我想先打个招呼，可以吧？"

"……请便。"

独脚的表情不太乐意，但还是同意了。

我闭上眼睛说："各位东京穹顶的星座，能听到我说话吗？"

几位东京穹顶的星座望着你。

"该有几位听说过我的故事了吧。我是摧毁了'绝对王座'，成为'无王世界之王'的金独子。顺带一提，我没有背后星……嗯，好。就这样，以后请多关照。"

东京穹顶的星座们正在倾听你的话。

不过是做了个简单的自我介绍，已经有几位星座开始给我发间接通知了。很好，不错的开始。

"不过，我想举办一个小型活动纪念这次的频道连接。非要说的话，各位可以当成是韩日合办的活动……感兴趣的星座现在就可以立即连接到 #BI-7623 咯，我会抽取几位来得早的星座送出 Coin，所以请一定——"

嘟的一声，连接断开。我一睁眼就看到怒目圆瞪的独脚。

"你现在到底在干什么？！"

"还能干什么，我在办活动啊。"

"你到底在想什么……你想死吗？你以为我频道里的星座会被这种低级手段

要吗？"

他们一定会欣然赴会的。因为你在他们最好奇的时候把连接切断了。接着，独脚的表情慢慢发生变化。

"等一等，星座大人们，各位现在是要去哪儿啊？"

局势逐渐逆转，鼻荆频道里的星座数量在增加。

相当多的星座进入了 #BI-7623 频道。频道的等级提升了。

我笑着说："来了很多星座呢，感谢大家，各位都是来参加活动的吧？"

星座"紧箍儿的囚徒"因杂七杂八的星座登场而感到烦躁。

星座"海上战神"警惕敌对星座的登场。

"等等，别吵架啊，我不是叫各位来吵架的。"

一位爱用村正[1]的星座要求赶紧进行 Coin 抽奖。

几位星座询问何时举行 Coin 活动。

"请先别急，等会儿会举行活动的。但是请各位想想，那点 Coin 真有那么重要吗？各位没有化身，本来就没有花费 Coin 的地方，不是吗？一步一步来嘛，一步一步来。"

几位星座用不满的眼神望着你。

"考虑到可能会有刚才没听到的星座，所以我再说一遍：我叫金独子，是个没有背后星的化身，我在诸王之战中胜出，还在灾殃开始之前阻止了其中两个，各位翻遍全世界都找不出几个比我更强的化身。而在没有背后星的化身里，我绝对是最强的。但是……我也慢慢觉得有些力不从心了。"

察觉到我的意图的独脚面色发白。

"慢着！你……"

我朝独脚咧嘴一笑。这家伙不是说我设计任务剧情吗？行啊，那就让你看看什么叫作真正的表演。

"首尔穹顶即将开始第5个任务，各位聪明的星座应该都清楚这意味着什么。是的，没错，马上就要举行各位喜欢的那个活动了。"

---

1 村正：可视为一类日本刀的名字。

距离任务开始，只剩不到一周的时间了。在所有的"灾殃任务"开始前，都会举行特别活动。那是"星流放送"中所有星座的宴会。很快，第二次"选择背后星"就要开始了。

"所以，作为纪念，我想举办一场惊喜活动。如果这个频道的订阅数在'选择背后星'当天超过 10000 个的话……"

星座"紧箍儿的囚徒"咕咚一声咽下口水。

"我就在这个频道的星座中选一个，来当我的合作伙伴。"

星座"隐秘的谋略家"饶有兴趣地望着你。

"性别、种族、来自哪个世界、强或弱、著名与否——这些我全都不在乎，我关注的只有热情，能和我一起走到这个该死的世界的结局的热情。"

星座"秃头义兵长"擦着自己的脑袋。

"不论是谁都行——我会在这里等着各位。条件是 10000 个订阅观众，请各位一定要把消息转达给其他星座哦。"

"等……等一下！等一下！慢着！"

独脚这才结结巴巴地大喊大叫，但事情已经脱离了它的掌控。源源不断的频道通知传来，星座们的通知也从四面八方涌来，让我有些头晕。不知过了多久，状况外的独脚忽然露出了愤怒的表情。像是下定了决心似的，这家伙朝我抬手道："化身金独子，你今天死定了。"

我早猜到它会来这出。我努力伪装沉着，露出笑容："现在有很多星座在看，你不担心被反噬吗？"

"不要小看东京穹顶的主人。"怒火中烧的独脚完全失去了耐心，"你觉得我像是承受不了捏死虫子的盖然性吗？"

独脚打了个响指，若无其事的手势就像真的在捏死一只虫子。啪滋滋滋滋！

下一刻，我周身迸溅出剧烈的火花。这是独脚的特殊技能"气球爆裂"，这些电流会让我的内脏甚至整个身体像气球一样膨胀至爆炸。我的内脏将会不断膨胀至破碎、飞散，我的身体碎片都将变成灰尘散落开来，最终散落成为宇宙中的尘埃。

但事情并没有如它所愿。

"……这是怎么回事？"独脚又打了两个响指，我的身体依旧没出现任何变化。没多久，就连空气中的火花也消失不见了。"这到底……"独脚惊慌失措地看向自己的手指。

这家伙不知道的是，问题并不在它的手指。伴随着令人毛骨悚然的压迫感，一个巨大的影子从后方袭来，将周遭染成暗色。

"喂。"一道声音传入耳中。本能告诉我，这道声音的主人正在保护我。不过这也正常，能阻止鬼怪使用系统的，只有同样能操作系统的存在。"喜欢看有意思的是吗？"我还是第一次听到鼻荆原本的声音。

独脚都被吓得结巴了："你……你是怎么把'拘禁代码'……"

"啊，那个？我稍微用力，那东西就断开了欸。"

独脚的脸都要气歪了。

"区区一个下级鬼怪……鼻荆！你竟敢这样无礼？"

"下级？你不过是订阅星座数量多而已，但你也是下级啊。"

"我只是故意没有晋升！你敢顶撞大型穹顶的主人？"

"哦，是吗？听说你那边有很多好星座啊。"鼻荆从我身后大步走到独脚面前，"不过现在都在我的频道里了。"

鼻荆的长相明明和从前一样，身形却变得比独脚大了好几倍，影子就如同巨人一般庞大。

我之前说过，鬼怪的订阅数量越多，权能越强。

独脚踉跄着退后："怎……怎么会……"

"你刚才还挺能扯的呢。说我违规造假任务？"鼻荆的影子里猛地伸出一条黑色的手臂，揪住独脚的领子，把那家伙提到半空中，"你个王八蛋，居然当面抢别人化身……你的商业道德是跟瘤子老头[1]学的吗？"

"呃，呃呃，搞出这种事，你也不可能全身而退！"

"管他的呢！"

影子的右臂膨胀到不寻常的大小。哐当！挨下那道影子的拳头后，独脚的

---

1 瘤子老头：来自韩国传统故事。比喻因为贪心，偷鸡不成蚀把米的人。

身体穿破了天花板的保护屏障，飞向遥远的宇宙彼端。

那家伙毕竟是个鬼怪，不会就这样死掉，但估计也伤得不轻。鼻荆呼哧呼哧地擦了擦汗，似乎是消了点气。

"是我太激动了，不过那家伙应该飞到'仙女座任务'去了吧。"

"还有那种任务吗？"

"有的，那边的任务是寻找遗失的概念。话说回来，你……"

鼻荆轻叹一口气，转头看向我。只是经历了频道升级，鼻荆的样子竟完全变得陌生了。比之前强了好几倍的鼻荆身上散发出了瘆人的威压，我不禁咽了口唾沫。刚才的事我都没提前和鼻荆商量，这家伙可能还在怪我自作主张……

"你知道我现在看到了什么吗？"

鼻荆的表情悲喜交加，在与它四目相对的瞬间，我似乎明白了它情绪的含义。

"不知道，但大概能猜到。"我回答它。

估计鬼怪在真心感到高兴的时候就会露出这种表情吧。

我抬头望着空中，说："应该和我看到的没多大区别吧。"

频道的等级提升了。

频道的等级提升了。

频道的等级提升了。

……

一位喜欢 K-POP[1] 的星座想要成为你的背后星。

一位擅长用日本刀的星座想要成为你的背后星。

一位喜欢改变性别的星座想知道你的真实意图。

一位喜欢亚文化的星座对你感兴趣。

源源不断的消息通知塞满了我和鼻荆的耳朵。从现在起，舞台将扩大到全世界。

---

1 K-POP：韩国流行音乐。

Episode 19
奇异点

1

第一次进入鬼怪纱帽，我好奇地四处打量。趁着鼻荆忙着管理频道中的星座，我翻了翻桌上散落的几份材料。

奇异点动向报告书

奇异点？我心生好奇，正准备翻开文件一探究竟，但我刚一动，好端端的纸张忽然像粉末一样消散了。这应该不是真正的纸质材料，而是由系统构建的数据库。

鼻荆转头看向这边，问："你干吗呢？"

"没干吗。"

看到桌上四散的粉尘，鼻荆充满怀疑地看了我一眼，然后边叹气边开口道："喂，我们不会有事吧？"

"怎么？你现在后悔了？"

意识到盯着我们的眼睛太多，鼻荆滴溜溜地转了转眼珠，叹了口气，通过"鬼怪通信"对我说：

——那个……就是说，以这种方式进频道的星座很快就会离开啊。

这些星座离开鼻荆的频道之后就会回到东京穹顶。到那时，独脚会展开报复，但那都是之后的事了。

——而且你刚才还说谎了，你到底是怎么打算的？如果订阅数量真的超过

10000，你要怎么办？现在已经超过 5000 了哦。

我耸了耸肩，鼻荆还在质问。

——你和我签约的时候，明明同意了"不选背后星"的条款不是吗？就算你是在随机应变，但你以后要怎么为你说的那些话负责啊？

——车到山前必有路，要是出了事，你直接把契约废除不就行了吗？

——那不行。

——你这家伙……我都为你做到这个地步了，你还是只想着自己吗？

鼻荆面色灰暗。

——但是……

也是，我真是傻了才会对它抱有期待。

——我都计划好了，别担心。

——真的吗？

——真的，所以赶紧发道具吧。独脚不在，发放奖励的权限就转移给你了，不是吗？

——啊，对哦。

鼻荆这才开始操作系统。没过多久，一件白色的大衣从空中飘下，设计利落简约，适合作战的同时也不失帅气。拿到大衣后，我先确认了一下内兜。

"无限次元亚空间大衣"的特殊效果"亚空间"已激活。

这件大衣的优点是能在不用技能的情况下收纳各种道具。"简平仪""龙樽""东医宝鉴"和"魔力火炉"都不便携，这件大衣能派上很大用场。

"但怎么是白色的？和目录里写的不一样啊？"

"其他颜色都售罄了。"

售罄……这道具到底有几件？

"你不知道吗？这是量产的啊。"

我突然想起了什么，随即打开道具信息进行确认。

+

<道具信息>

名称：无限次元亚空间大衣 ver.1.1（made by "量产品制作者"）

等级：SSS

说明：这是为归来者量身定制的大衣。尽管是量产品，但也得到了"SSS级"这一高得难以置信的评级。为了照顾某些无法激活特性视窗的归来者，大衣的内兜里附带了"亚空间"，但空间大小有限，使用时需多加注意。

+

再看一遍还是很震撼，"亚空间"虽好，但也不至于被评为 SSS 级吧？就连古代龙伊格纳修斯的心脏也只是 SS 等级……

"老实说，评级这么高也是因为制作者施压了，那是个很有实力的星座。"

这就说得通了。也是，"量产品制作者"这个星座在归来者之中名气很大……虽然评级有水分，但这种程度也绝对称得上任务初期就能获得的最好道具。无论如何，我想要的都已经拿到手了。

"行了，回去吧。"

鼻荆打了个响指，周围的景象立刻发生变化。眨眼间，我已经离开独脚的纱帽，回到了地球。看到我突然出现，韩秀英吓得连忙后退。

"喂！你到底去哪儿了？"

"去办了点事。"

"虽然不知道是什么事，但从你的新衣服来看，应该顺利解决了吧。"

韩秀英羡慕地打量着我的新大衣，又转头看向还在站着昏迷的刘众赫，眼神在他的黑色大衣和我的白色大衣之间逡巡，然后开口道：

"什么啊，情侣装？"

"巧合而已，这不是很常见的设计吗？"

星座"恶魔般的火之审判者"因未知的理由而感到高兴。

一位喜欢变换性别的星座眼中放光。

我这才意识到刚刚来了挺多独特的星座。话说回来，喜欢变换性别的星座又是谁？《灭活法》中还出现过这种家伙吗？

星座"恶魔般的火之审判者"对喜欢变换性别的星座施压。

既然都说到这儿了，我也去检查了刘众赫的伤势。还好这家伙恢复得很顺利，他的呼吸已经趋于平稳，伤口也在愈合。

"趁这家伙还没醒,我们快溜吧。"

刘众赫即使在昏迷状态也紧握着双拳,我不难猜到这家伙醒来后想做什么。

***

我和韩秀英一起离开了江东区。原本托付给阿凡达照顾的刘尚雅,现在已经换我来背了。体力耗尽的刘尚雅仍在昏迷。

我们回到和安缇努斯战斗的地方再次搜寻,还是没有找到莱卡翁。不过既然没有尸体,就说明莱卡翁还活着,但我不知道他为什么不立刻来找我。当时他被灾殃爆炸的碎片击中,一定受了很重的伤……

韩秀英一步三回头地问:"真的不用带他走吗?"

"真的。"

"你确定我们可以信任毒姬?"

我们把昏迷不醒的刘众赫托付给了毒姬李雪花。

"毒姬本来就不是坏人,她之前是被帕洛赛特感染了。"

原著里,没有被感染的几次轮回中,李雪花的称号并非"毒姬",而是"医仙"。我相信这次轮回的她也将走上行医之路。

——请你带刘众赫去开峰洞,那边有一个5603部队,部队里有一位军人正在可怜地苦苦等待你们。

我把李贤诚的位置告诉李雪花,也是因为听取了刘众赫的忠告。想凭我一个人的力量培养所有同伴——我也太自负了。不论我是否读完了原著,我的时间和情报都是有限的。所以,李贤诚的"教练"也许不应该是我,而是刘众赫。

"我饿了,吃点那个吧。"我指着正缠绕在高楼上不断生长的一株植物说。

7级植物种"阿纳斯雷塔特"注视着你。

那株巨型向日葵的眼珠转向我们,韩秀英立刻惊恐地说:"你要吃那东西?"

"总要补充能量吧。《灭活法》里描述过,那东西还挺好吃的。而且这一株还没长成,很容易猎杀。"

"呃……"

韩秀英虽然一脸嫌弃,但还是开始召唤阿凡达。我们利落地切断植物的茎,把试图攻击的触手都砍了下来。没多久,被从根部砍断的阿纳斯雷塔特就闭上了眼睛。我察觉到自己变强了很多。就算这是一株幼体,7级植物种原本也没这么好对付。

"你也吃吧?"

"……看情况。"

"那我就开始料理了。"

我开始根据自己在《灭活法》里看到的描述料理阿纳斯雷塔特。先剥下结实的茎部表皮,再撒了点从周边的食品店里找来的香草盐。表皮内部的肉是淡粉色的,不禁让人联想到当季的螃蟹。

韩秀英双眼放光道:"这是什么啊?确定是植物吗?"

"是植物。"

"能当沙拉生吃吗?"

"当然不行,得烤着吃。"

我折了几根树枝,像准备烧烤串一样,把树枝插进阿纳斯雷塔特的茎里,再将其放到魔力火炉上,调节到中火后,开始漫长的等待。肉烤得差不多的时候,我给它翻了几次面,又撒上了一些香草盐。又过了一段时间,烤肉的香味开始刺激味蕾。

"这香味也太绝了吧?"

"等一下,不能直接吃。"

我阻止了韩秀英伸向火炉的手,把一旁温热的茶杯递给她。

"喝了这个再吃。"

"这是什么?"

"煮好的茎部汁液,吃之前必须喝这个。"

韩秀英略带怀疑地接过茶杯,一口喝完。尝了一口新鲜烤好的肉,她立刻就换上了一副感动的表情,开始不顾形象地撕咬食物。

"慢点吃。"

"真不是开玩笑啊，你都能去当厨师了。"

"在灭亡世界里倒是可以。"

韩秀英的嘴里塞满了肉，双颊高高鼓起，疯狂咀嚼的样子简直像个5岁小孩。我不禁露出苦涩的笑容。

几位喜欢下厨的星座好奇你的料理味道。

几位喜欢快节奏剧情和暴力情节的星座发出抱怨。

星座"紧箍儿的囚徒"盛气凌人地说让那些家伙老老实实观看。

距离第5个任务开始，还有一周的时间。我已经处理了"炼狱之灾"火龙和"提问之灾"明镒相，进展非常顺利。即将醒来的刘众赫会带着李贤诚去攻略西边的灾殃，而北边的灾殃则会由"流浪者之王"来处理。现在，需要留意的只有"中央的灾殃"了。

我拿起一串"阿纳斯雷塔特"肉，望向了昏迷的刘尚雅。

"刘尚雅。"刘尚雅的嘴角抽动了一下，"我知道你已经醒了，过来一起吃吧。"刘尚雅没有起身，同时不知从哪里传来了咕噜咕噜的声音。

"看来还是没醒呢，那我们就全部吃完咯。哇，这个部位就像板腱肉一样………"

"等……等一下！"刘尚雅从地上起身，小心又有点害羞地道。

刘尚雅不可能在闻到食物香味后还继续躺着的。白天消耗了那么多体力，她现在肯定已经很饿了。韩秀英还在鼓着脸大口吃肉，我瞥她一眼。

"喂，吃了那么多，你可以让个位置了吧。"

"为什么？"

"你是明知故问吗？"

韩秀英应该也发现刘尚雅早就醒了。

"喊，真是麻烦。"

而且她也知道刘尚雅装睡的原因就是她自己，这丫头真是太坏了。

"我出去转一圈，再给我留几串，知道了吗？"

嘟嘟囔囔的韩秀英咬着满嘴的烤串消失在黑暗中。直到她的身影完全消失，刘尚雅才慢慢走过来。踏嗒，踏嗒。火炉上的烤串发出诱人的滋滋声，我递了一串给刘尚雅。她犹豫地接过烤肉，慢慢咬了一口，再咬了一口，就这样慢慢吃完了一整串，她才开口道："很好吃。"

看着此刻的她，谁又会联想到白天那个挥舞着匕首的女人呢？

"慢慢吃。"

但刘尚雅腰间插着的两把匕首足以证明白天的事并非梦境。世界已经灭亡一个月了。

我再次意识到，这期间发生了很多事。

刘尚雅沉默地吃完烤串，我时而看她，时而转头吃着自己手中的烤肉。这味道真是超乎想象，好吃得像是另一个世界的美食。

刘尚雅看着魔力火炉的火焰喃喃道："已经……没有回头路了吧？"

她没加主语，但我心下了然，点头道："是的。"

刘尚雅微微颤抖的手让人心疼——为了让自己活下去，这双手剥夺了他人的性命。刘尚雅用这双杀过人的手捂住眼睛，她的肩膀不时抽动着，但没有发出啜泣的声音，这也许就是她最后的自尊。

"刘尚雅，这不是你的错。"

我不知道这句话是否起到了安慰的作用，毕竟我读不到她的内心。刘尚雅哭出了声，眼泪滴落到地上，没吃完的烤串也掉落在地。不知过了多久，哭声渐渐平息。

如果不喝茎部汁液就直接吃 7 级植物种"阿纳斯雷塔特"的肉，就会诱发强烈的催眠效果。我望着陷入沉睡后呼吸绵长的刘尚雅，自言自语般开口道："刘尚雅，这真的不是你的错。"虽然我是在对着刘尚雅说话，但谈话的对象并不是她，"所以……还是尽快表明身份吧。"

沦为废墟的都市里仍旧寂静一片，耳边只有偶尔传来的几声怪兽号叫。我看着刘尚雅继续说："还要装蒜？"

"……"

"我不知道你为什么会关注我，但你观察了这么久，应该已经很了解我的行事风格了吧？"黑暗中，"不折的信念"的剑刃发出白光，"我这个人吧，为达目的不择手段。"剑刃轻轻碰上刘尚雅白皙的脖子，"要是不想看到你们珍贵的化身死在这儿,就赶紧老实交代。"

从现在起,先感到害怕的人就会输。我等了一会儿无果,手上逐渐用力,剑刃划破了一点皮肉,刘尚雅的脖子随即流出鲜血。就在这时,她突然睁开双眼。

专属技能"第四面墙"已抵消你受到的精神冲击。

一阵狂风扫过,将我从刘尚雅身边弹开。强大的存在感让我的心脏开始抽痛,刘尚雅周身涌出耀眼的光芒,她看向我的瞳孔已经褪了颜色,只映出遥远星云的倒影。紧接着,一道如天雷般的嗓音在我脑海中炸响。

——低贱的人类。

我咧嘴一笑,擦掉嘴边的血。

终于现身了——这帮该死的奥林匹斯星座。

2

在《灭活法》的世界中,星座大致可以分为两类:没有归属的自由星座,以及属于特定星云的星座。

"区区人类,胆敢蔑视伟大的星座?"

在地球上有神话流传的星云之中,有几个非常出名的。例如北欧神话中的"阿斯加德",《启示录》中的"伊甸园",还有眼前这家伙所属的"奥林匹斯",其著名程度丝毫不亚于前两个星云。

"别装模作样,你又不是真正的神。"

闻言,"刘尚雅"的表情变了。我刚才还因为星座突然亲临稍稍吃惊,但结果不出所料。

"任务初期的盖然性是绝不允许奥林匹斯众神降临的,不是吗?"

"你怎么知道?!"

现阶段没人能平衡这般巨大的盖然性,所以要是奥林匹斯十二主神级别的星座降临,首尔早就毁灭了,同时还会引发可怖的盖然性风暴。虽然大部分奥林匹斯众神都是用下半身思考的,但也不全是一群呆瓜。

我看着她周身飘动的魔力细线说："看来以目前的盖然性，最多只能让你降临——'被抛弃的迷宫恋人'。"

正如韩国有伟人级星座，奥林匹斯也有，而且其实奥林匹斯的大多数星座都是伟人级。

"被抛弃的迷宫恋人"是忒修斯的恋人阿里阿德涅的星座称号。

"派盖然性消耗最少的你来当代表，奥林匹斯还真是寒酸。"

"闭嘴！你胆敢……"

魔力细线砸向地面，发出爆裂声。这家伙光是放出气场就能达到这种效果。果然不能小看阿里阿德涅。

背靠传说之力的星座再怎么弱，也肯定比不是星座的存在强。但我很清楚，她绝对不能攻击我。啪滋滋滋滋！空中火花四溅，这是盖然性枷锁生效的表现。从这个状态来看，她应该只是有限降临，夺走了化身的意志而已，但就算是这样，也消耗了她非常多的盖然性。再加上阿里阿德涅背靠巨型星云，她的行动必将被其他强大的存在注意到。

轰隆隆隆隆隆——首尔穹顶的天空中，"异界虫洞"发出轰然巨响。前所未有的恐惧袭来，让人不由得双耳嗡鸣，全身发冷。附身刘尚雅的阿里阿德涅此刻已经面色苍白。

"好像没剩多少时间了，还是直接进入正题吧。"

这就是星座们面临的现实。尽管他们称得上是"星流放送"中最为强大的存在，但也无法挣脱"盖然性"这个沉重的枷锁。

"异界的神格们已经注意到你了。"

"一介人类怎么会知道这么多？"

"现在这个并不重要，不是吗？你来这儿也不是为了和我辩论吧。而且，帮你分担盖然性的星座们应该也不想看到这个，对吧？"

"异界虫洞"周围雷声滚滚。不出所料，在这个时间点，伟人级星座的直接降临还是太早了。

我抓紧时间说："我会问你三个问题，作为交换，我也会解答你的疑问。"

"你想进行'交换三问答'？"

"没错。"

"交换三问答"是星座们为使消耗的盖然性最小化而采取的交易方式。

阿里阿德涅嫌恶地瞪我一眼。

"人类怎么会知道星座的交易方式……"

"你到底答不答应?"

"……等着。"

她闭上眼睛,用通信网络和奥林匹斯的其他星座商量。

一位讨厌扫兴的星座对你的提议很感兴趣。

来自奥林匹斯星云的看客们出现了。

交流完毕的阿里阿德涅终于睁开双眼:"允许进行问答。"

接着,通知传来。

神圣的"三问答"已开始。

——双方可以交换三个问题并进行回答。

——必须如实回答所有问题。

——双方各有一次拒绝回答的机会。

——所有问题和回答交换完成之时,"三问答"才会结束。

"我先来吧。"

"行。"

——使用第一个提问权。

"一、你们为什么会附在刘尚雅身上?"

"……"

"你们的据点应该在大陆的另一边,光是顾着那边的任务都已经很忙了吧。为什么还要来这里……"

"为了监视这次世界的'奇异点'。"

——已得到第一个回答。

"奇异点？"

"这是第二个问题吗？"

该死的，她还挺聪明。哪怕接受回答时的态度稍有模糊，"提问权"都会被浪费。

"不是，现在换你提问。"

——星座"被抛弃的迷宫恋人"使用第一个提问权。

"你的身份到底是什么？"

"我？我是你们监视的奇异点之一。"

——星座"被抛弃的迷宫恋人"已得到第一个回答。

阿里阿德涅慌张道："你怎么会知道这件事？"

"看来我的确是奇异点。"

我不过是在试探，没想到还真猜对了。

阿里阿德涅眯起眼睛。

"你……"

"别生气啊，你们不也经常这么干吗？"

一位讨厌扫兴的星座因你的机智而感到愉悦。

阿里阿德涅忽然释放出杀气。但"交换三问答"原本就该以这种方式进行，老实回答只会害了自己。灵活运用自己的提问权，同时浪费对方的问题——这种激烈的心理战才是"交换三问答"的本质。我继续提问。

——使用第二个提问权。

249

"那么,第二个问题是:奇异点到底是什么?"

"就是像你这样的存在。"

哎哟,她还动了脑筋呢,但这个答案没能说服我。

"好好回答,你不会是想蒙混过关吧?"

"从原则上来说,奇异点是在'神谕'中出现的存在。"

"我完全没听懂,再说详细点。"

苦恼片刻后,阿里阿德涅接着说:"我们本来没想监视你,只是偶然发现了你。"

偶然?

"我们监视的原本是其他存在。背负着庞大的命运,会破坏盖然性的存在——这就是所谓的'奇异点'。"

我立马明白了奇异点的含义。

——已得到第二个回答。

看来奥林匹斯那帮家伙在这次轮回中就已经察觉到了刘众赫的存在。像他们这种级别的星云,的确可以反向追踪被屏蔽的内容。而且最重要的是,他们之中有一个出色的情报追踪者——赫尔墨斯。

十二主神级别的存在应该能够发现世界线因为刘众赫而产生了分支……但有一点很奇怪,回归者的秘密本不是伟人级星座阿里阿德涅有资格知晓的情报。

"既然回答完了,那就该轮到我提问了。"

——星座"被抛弃的迷宫恋人"使用第二个提问权。

"下次'选择背后星'的时候,你会选谁?"

这倒是个意料之外的问题。

一位讨厌扫兴的星座倾听你的话。

几位喜欢朝鲜半岛的星座感到紧张。

星座"紧箍儿的囚徒"连声呼喊自己的称号。

犀利的问题，我只好使用拒绝权。

"我拒绝回答。现在就说的话，不就没意思了吗？"

——已使用"拒绝权"。

——从现在起，你无法再使用拒绝权。

阿里阿德涅似乎早有预料，她立刻继续提问。

——星座"被抛弃的迷宫恋人"使用第三个提问权。

"既然你拒绝回答，那我再问最后一个问题。你是怎么发现我们在监视你的？"

该死的，她从一开始就想问这个吧。这应该是阿里阿德涅绞尽脑汁想出来的问题。如果只问"真实身份"，我又可以钻空子，所以她想提一个尽可能具体的问题。

稍作考虑后，我开口道："我认真看了书。"

"你说什么？"

"因为我认真看了书，所以才发现你们在监视我。"

没出现"已得到回答"的提示，说明我的话无法说服对方。但我不可能在这里说出《灭活法》原著的事，而且就算说了也会被消音，对方就不可能接受我的回答。不过，我也不愿解释。

"韩国人本来就很了解你们的神话。"

"那是什么意思？"

"你们应该不知道奥林匹斯在韩国很出名吧，甚至因为太受大众喜爱，被画成了漫画。所以随便换个人来也能认出你们的身份。"

阿里阿德涅动摇的眼神中透着慌张："这不可能，区区一个东方小国……"

"克里特岛的迷宫。"

"！"

"半人半兽的怪物。"

她眼睛逐渐瞪大。

"遗忘了你的恋人，纳克索斯岛的幽闭，你和酒神的情事[1]……还要我继续说吗？"

"住……住口！别说了，你给我住口！"

——星座"被抛弃的迷宫恋人"已得到第三个回答。

阿里阿德涅一脸受伤，嘴唇一张一合道："区区小国的人类怎么会知道我的传说……"

我在心里长舒一口气。无论如何，我还是蒙混过关了。

阿里阿德涅的盖然性消耗低并不是没有原因的。我甚至想感谢奥林匹斯派来的代表是这个糊里糊涂的星座了。

"异界虫洞"的活动越来越不稳定，我急忙开口道："那么，最后一个问题。这次你们收到的'神谕'内容是什么？"

阿里阿德涅陷入纠结，眯着眼睛掂量了好一会儿才回答我："那个……我不能说。"

——星座"被抛弃的迷宫恋人"已使用拒绝权。

——所有问题和回答都已交换完成。

——神圣的"三问答"已结束。

---

[1] 忒修斯走出迷宫后，带着阿里阿德涅逃亡。逃亡途中，他们经过了纳克索斯岛，命运女神在梦中告诉忒修斯，说两人的爱情不被祝福。阿里阿德涅一觉醒来，发现自己被抛弃在了纳克索斯岛。这时，酒神狄俄尼索斯出现，阿里阿德涅便与酒神陷入爱河。

虽然我已经料到她会拒绝回答，但心中还是不免感到遗憾。

其实我的最后一个问题才是最重要的。

一位讨厌扫兴的星座因遗憾而咂嘴。

看着从天而降的落雷，阿里阿德涅皱起眉头。"我丈夫好奇你的故事，我才会陪你玩这一出，但玩笑也该到此为止了。"阿里阿德涅意识到真的没时间了，语速开始加快，"我降临此地是为了代表奥林匹斯对你进行严重警告，不要妨碍我们在做的事。我们正在阻止世界灭亡，而我附身的这个女人将成长为优秀的灭亡防波堤。"

"为什么是刘尚雅？"

"寻找理由没有意义，就连纺织命运之线的三姐妹也无法得知其中缘由。"该死的，奥林匹斯的家伙们动不动就拿命运当借口，看来原著里说的半点都没错，"被束缚在任务之中的化身啊，命运正在走向扭曲，所有星星的流动都汇聚于一处，决定星座们命运的故事就要开始了。"

"什么意思？你是在说'巨灵之战'吗？"

"没想到你竟然还知道这种情报。但我劝你最好不要因为知晓情报就自负地认为已经知晓一切。"

她周身迸出的火花越发剧烈，那是盖然性风暴即将降临的征兆。

"你一个朝生暮死的木偶是绝对无法理解的。但你要记住，当终幕来临时，如果你没有选对边站——"

就在这时，一道天雷精准劈下，阿里阿德涅身上燃起白色的火焰，她的力量开始抽离。

啊啊啊啊啊……伴随着时空被彻底撕裂的声音，刘尚雅像断线的布偶一样无力地倒下。我慌忙跑过去抱住她。这一瞬间，我感受到一道来自天空的视线。

现在绝对不能抬头。虽然没人警告我，但我的潜意识察觉到了这一点。一旦我往上看……

专属技能"第四面墙"已抵消你受到的精神冲击。

然而，我却像是被催眠了一样，不由自主地抬起头。遥远天边的"异界虫洞"

里有一个看不真切的巨影正在摇晃，像是舌头，又似触手——正是那家伙消灭了阿里阿德涅。但说到底，什么也不像。用语言无法描述其恐怖的存在正凝视着我。

异界的神格。

时间的流逝仿佛变慢了，我的额头和后背汗如雨下，感受到令人窒息的痛苦，似要将我的存在从这个世界抹除。不知过了多久，我终于能够大口喘息、眨动眼睛，而"异界虫洞"已经变回了平时的样子。我咬紧牙关，全身颤抖不止。

那就是我今后要对战的家伙。

韩秀英从远处跑过来。漆黑的月夜中，高亢的怪兽咆哮声此起彼伏，偶尔夹杂着人类被落雷劈中而发出的惨叫。

终幕任务有许多名称："巨灵之战""诸神黄昏[1]""哈米吉多顿[2]"……虽然不知道阿里阿德涅口中的终幕具体指什么，但我可以肯定的是，奥林匹斯打算推进一些原著中没有的剧情。那正是我想看到的。如果故事的发展和原著一模一样，绝不可能出现我想要的结局。

我一边想着，一边小心翼翼地扶昏迷的刘尚雅躺下。她的身体看起来一碰就碎，像是不想输给自己的背后星一样，她紧握拳头，手指泛白。人类是弱小的。但那些只对巨大盖然性感到恐惧的星座也忽略了一点——地球上的所有神话，都源自他们瞧不起的懦弱人类。我握起拳头，和刘尚雅握拳的手轻轻碰了碰。

位于你灵魂深处的"传说"之力蠢蠢欲动。你的第一个"星痕"准备萌芽。

我将一步步铸就一个不会因任何神话而崩塌的"故事"。

＊＊＊

与此同时，一只银色的狼在黑暗中奔跑。

---

1 诸神黄昏：北欧神话中的末日。
2 哈米吉多顿：《圣经》中末日发生的地点。

"吱咿……这只该死的狼。"

帕洛赛特的女王安缇努斯看着自己的宿主皱起眉头，这具好不容易得到的新身体偏偏属于那只伊缪塔尔的狼。能活下来已是天大的幸运。盖然性几乎撕毁了肉身的那个瞬间，要不是附近有一个失去意识的莱卡翁，安缇努斯必死无疑。一丝生存的本能救下了她，也得亏她属于寄生物种才能绝处逢生。

滴答，滴答。被爆炸碎片击中的莱卡翁浑身是血，伤口没有任何愈合的迹象。向导的身体无法与灾殃抗衡，留给安缇努斯的时间所剩无几。

"必须赶紧找到新宿主。"想到杀死"提问之灾"的那些人类，安缇努斯不由得颤抖起来。那些人类杀死灾殃的震撼场景让她感到绝望，却也重新下了决心——一定要报仇，一定要让毁灭了克罗诺斯的地球人灭种……而就在这时，她的触角有了反应。

"这气息是？"某处传来熟悉的气息，近似克罗诺斯的大虫王种身上散发出的力量。安缇努斯加快了脚步，她想，要是能寄生这个潜力股，她的复仇将绝非空谈。

当她抵达那气息的源头时，却遇到了一个意外的存在。难以置信——怎么会，地球上怎么会有这种存在？

"吱，吱咿咿——"就在她下意识地发出虫鸣的瞬间，一双在月光下闪闪发光的少年的眼里放出了令她毛骨悚然的异彩。

"我还从没见过这种虫子呢。"李吉永开心地笑了。

3

再睁眼时已是清晨。

看见我突然惊醒，负责最后一班值夜的韩秀英撇嘴道："你该不会是做噩梦了吧？"

"是有点。"

木头烧了一整晚，火星逐渐熄灭，散成白色的烟气。我抚着刺痛的额头拨弄了会儿将灭未灭的柴火。我想起在无意识状态下通过"全知读者视角"看到的景象……

也不知道吉永那小子怎么样了。

"刘尚雅呢？"

"去侦察了。"

韩秀英一边滑动手机屏幕，一边不耐烦地回答。

"你在看什么？"

"小说。"

"你写的？"

"不然呢？"

也是，在这种情况下她也不可能看其他小说。

"作者都会觉得自己写的东西有意思吗？"

"我觉得挺有意思。"

"就算已经知道后面的所有剧情？"

其实我只是随口一说，但揉着太阳穴的韩秀英却给出了意想不到的回答。

"就算是同样的内容，在不同的时候看也会有不同的感受。"

"什么意思？"

"作者不能完全掌控自己的小说，有时候突然往回一翻，就会发现到处都是漏洞。说到底，阅读就是为了把文中杂乱无章的漏洞梳理通顺。"

"不懂你在说什么。"

"……就是说，只要隔一段时间看自己笔下的小说，就会像在看别人写的东西一样。也就是说，每个人本质上都是自我的'他者'。"

这些意料之外的句子让我稍感惊叹，韩秀英口中居然能说出这么高深的话语？

"也是，对你来说更是那样，你写的倒真和其他人的小说一样。"

韩秀英怒吼一声，我赶紧捂住耳朵。她按灭手机屏幕，瞪着我问："不说这个了，你之后是怎么打算的？"

"打算什么？还不就是等任务开始。"

"我才不想听这种回答，你不应该制订好了计划吗？"

韩秀英看起来有话要说，我故意等她继续说下去。

"西边的灾殃交给了刘众赫，北边的交给那个'流浪者之王'还是什么的女人，那中央的你打算怎么办？"

"大家一起阻止。"

"应该有更快的办法吧？你该不会忘了吧？"

我登时一愣，盯着韩秀英说："你连那个情节也抄了？"

"……才没有好吧，我只是看着自己的小说突然想起来了而已。"韩秀英闪烁其词，撇了撇嘴道，"不管怎样，能用简单的方法阻止'中央的灾殃'，我说得没错吧？"

完全正确。要是用那个方法，我们就能轻松完成第5个任务，阻止所有灾殃。

韩秀英的眼神好似在催我作答："你会选择轻松的办法吧？"

"那个……再看吧。"

正好这时，去附近侦察的刘尚雅回来了，她挥着手朝我们走来。

韩秀英嘟囔道："为什么那个女的来了之后你的心情就变好了？"

"因为那是值得我信任的人。"

"喊，不值得信任的人可太伤心咯。"

我们不紧不慢地做好了出发的准备。现在距离任务开始，还有五天的时间。我们沿着汉江缓缓向西进发。总的来说，有两个目标。一是寻找失踪的孔弼斗，二是猎杀周围的怪兽以收集Coin。毕竟系统正在进行"Coin活动"，是个回本的好时候。

"刘尚雅，你去左边！韩秀英，你负责后方！"

行进的途中，我们把见到的7级怪兽杀了个干净。刘尚雅加入我们的狩猎队伍之后，别说是7级怪兽了，我们甚至能捕杀普通的6级怪兽。我看着刘尚雅想：奥林匹斯的那帮家伙不会知道，我逼他们降临，其实很大程度上是有意为之。大量的盖然性消耗导致奥林匹斯短期内不能再随意操控刘尚雅。

战斗结束后，我对刘尚雅说："刘尚雅，尽可能一次只用一个星痕吧。"

"啊……抱歉，我上次是不是给你添太多麻烦了？"

"没有，不是因为这个。"

得到星云赞助的存在是特别的。当然，得到星云的赞助并不意味着得到星云中所有星座的赞助，系统的基本规则还是一个化身只能有一个背后星。违背规则的代价，最终会原封不动地返还给星座们和化身。星座们倒是有其规避方法，化身们可没那么好运。

"总是使用多个星痕的话，会给你的身体造成负担。"

天杀的奥林匹斯应该没跟刘尚雅说过，单一存在所能承受的故事是有上限的。星痕中包含着星座的历史，在短时间内肆意混用传说，会让人灵肉俱伤。要是刘尚雅以后还总是借用多个星痕，她的寿命将会急剧缩短，往长了说也只能活……

刘尚雅浅笑道："谢谢你担心我。"

一瞬间，我突然明白过来："你明明知道后果，却还在这样做？"

刘尚雅静静地垂下眼睛，隔着一段距离对我说："独子，在你眼里，我还是从前那个优秀的刘尚雅吗？"她继续说，"我和你不一样。在改变后的世界中，我什么也做不了，毕竟托福、资格证、志愿活动的分数全都没用了。"

"你觉得变强就能解决一切吗？"

"至少能解决一点点吧。"

她说得没错，强大只能解决这个世界上很少一部分问题。

"我要积累在这个世界上行得通的履历，仅此而已。"

刘尚雅没再说话。她的手上满是伤痕，在我看来就像巨大的漏洞。

韩秀英说过，"阅读就是为了把文中杂乱无章的漏洞梳理通顺"。如果这就是读者该做的事，那我现在可能还差得远。怀里忽然传来一阵振动。我拿出手机，看见一条黄色的通知消息[1]。

——哥哥，你还好吧？

是"隐遁暗影之王"韩东勋发来的消息。我蒙了一阵才继续往下看。

——最近网络不稳定，所以我现在才联系你，就算使用我的能力也很

---

1 黄色的通知消息：韩国人普遍在用的聊天软件 KaKaoTalk 的图标是黄色，聊天气泡则是黄色和白色的。

困难……

他从很久之前就开始给我发消息，未读消息堆积如山。估计是网络信号直到现在才变得稳定，那些信息才一次性发到了我的手机里。

为了缓和气氛，我把那些消息给刘尚雅看了。看着她脸上缓缓绽开的笑容，我想：我好像也不是一个完全没用的读者。

***

虽然只能通过聊天软件联系到韩东勋一人，但我也从他那里得知了其他人的近况。

——我和吉永在龙山区这边。

——吉永也在？

——是的。

我通过"全知读者视角"确认过李贤诚和郑熙媛的情况，现在已经大概掌握所有同伴的位置，剩下的就是召集他们回到我身边了。虽然有点好奇郑民燮和李圣国那俩家伙怎么样了，但我现在也顾不上他们。不过，他们知道一些原著的情报，总有办法自救。李智慧的话……嗯，刘众赫会看着办的。

——我很快就会去龙山，你们先别离开，尽可能联系其他人吧。

没有收到回信，可能是网络又断开了。

我转头对刘尚雅和韩秀英说："我们得过江了。"

目前我们正在汉江以南的区域，而龙山区位于汉江以北。

"你是说要过那条江吗？"韩秀英无语地看着我。

她的反应也情有可原，我和她一起望向汉江。

吼呜呜呜呜呜——水流中的影子若隐若现，曾经在东湖大桥附近徘徊的鱼龙们，再次掌控了水位上涨的汉江。虽然我们一路沿着汉江前进，却从没想过要过江，原因就在于那些怪兽。

"你不是看到千户大桥的下场了吗？完全断了啊。"

鱼龙是7级怪兽，单只倒还有可能猎杀，但问题是其数量众多，花上几天几夜也没法把鱼龙们都打败。在这种情况下过江？门都没有。

"先沿着江行动吧，说不定还有完好的桥。"

几小时后，我们来到汉江下游，但很可惜，一路上都没有完好的桥。但我们发现了一群流浪者。就在韩秀英皱着脸准备拿出武器的那一刻，刘尚雅先行动了。她从背包里拿出肉，韩秀英立刻变得不耐烦了。

"你在干吗？"

"这些人应该都饿坏了。"

"所以呢？你要把这些肉分给他们？你没疯吧？你不知道末日里最危险的就是人类吗？"

"我有能力把他们全部杀死。"

刘尚雅的脸上瞬间充满杀意，韩秀英只好闭嘴。

"相反，我也能救下他们所有人。"

刘尚雅默默将怪物的肉分给众人，有几个人感激地低下头。

"喂，那个……"

"反正都是剩下的，分给他们也行。"

我没理会正欲发作的韩秀英，转而把包里的"阿纳斯雷塔特"的茎拿了出来。世界变成这样，也不代表所有人都能学会狩猎。不过话说回来，现在全世界应该都在如火如荼地开展对怪兽的研究。

从我手中接过茎部的男人连连鞠躬道："啊！真是太感谢了……"

"没事，情况越是困难，就越是应该互帮互助嘛。"

不过，我和刘尚雅本质上是不同的，毕竟我的善举都是有计划的经济活动。

少数人对你抱有很大的好感。

你对登场人物"申佑仁"的理解度有所提升。

你对登场人物"马强哲"的理解度有所提升。

新的人物已加入书签。

韩秀英嘲讽道："你真虚伪。"

"……我还是偶尔会做善事的。"

星座"恶魔般的火之审判者"被你的善行感动了。得到了400Coin的赞助。

韩秀英嘟嘟囔囔地看向刘尚雅那边:"我还以为这样的女人只会出现在小说里。"

这话倒是让我很有同感。在灭亡来临之前,刘尚雅更像是小说中的女主角。现在我们的现实已经加上了小说的设定,所以她这样就更没什么奇怪的了……

这时,流浪者中的一个孩子朝我们走来,看起来和吉永的年纪差不多。

"怎么了?有什么事吗?"

女孩看起来像个外国人,脸蛋肉嘟嘟的,眼眶深邃,瞳色泛红。

她朝我鞠了一个九十度的躬,说:"谢谢。"

真有礼貌。我张望了一会儿,没看见她的父母。

察觉到我的视线后,孩子说:"他们都不在了。"

"两位都不在了吗?"

她轻轻点头。

我有些惊讶。一个连监护人都没有的小孩,居然能独自存活到第5个任务。《灭活法》里没有这么厉害的孩子,除非她是凭空出现的……等等,凭空出现?就在我准备启动"登场人物浏览"的时候,那孩子又开口了:"那就再见啦。"她不会真的只是来打个招呼的吧?我正打算叫住她,却下意识地转头看向身边,韩秀英正看着别处。我最后只是说:"……注意安全,去吧。"

没过多久天就黑了,我纠结片刻,叫来她们二人。

"今天就在这附近休息吧。"

就算点燃篝火,汉江的夜晚还是会寒意逼人,我们于是决定在塌了一半的废弃建筑里落脚。找好睡觉的地方之后,韩秀英十分肯定地警告刘尚雅:"等着瞧吧,那群家伙肯定会再找过来的,你没看到他们眼馋我们武器的样子吗?他们肯定会恩将仇报的!"韩秀英补充道,"人类没一个好东西,全都是忘恩负义的人渣。"

刘尚雅看了看我的表情,小心翼翼地接话:"就算已经到了末日,世上也还是有好人的。"

"根本没有!全都是坏的!"一个小时后,韩秀英说:"马上就要来了,他们很快就会流着口水来了。"又过了一小时。"嗯,这群家伙还挺有耐心的。"

再过一小时。"这不可能啊？"终于，总共四小时过后，外面传来动静，刘尚雅的表情逐渐变得阴沉，韩秀英则露出一个会心的微笑："看吧，我说什么？"

韩秀英拿出武器得意大喊的时候，有人来到了废弃建筑物内部。

"那个……请问有人在吗？"

正准备起身攻击的韩秀英愣住了。

找过来的人正是那个毕恭毕敬问好的小女孩，她的脸有点红，往前递出了什么东西："呃，这个是……"

那是一摞不知从哪儿弄来的毯子。她怕我们冷，便从附近找来的。韩秀英一脸吃惊，刘尚雅也呆住了。就算世界已经灭亡，也并非所有人都会忘恩负义。

星座"恶魔般的火之审判者"露出慈爱的微笑。得到了2000Coin的赞助。

刘尚雅作为代表站了出来，说："谢谢，我们会好好用的。"

"好的……"

"你是一个人吗？这么晚了，到处跑很危险的。"

"现在在哪儿都很危险。"那语气就像在说"没什么好担心的"。

刘尚雅眉头紧锁道："你要和我们待在一起吗？"

"什么？"

"和我们待在一起就不会有事了。"

刘尚雅看了过来，似乎是在征询我的同意，但那孩子比我更快做出回答："我不想麻烦你们。"说完，低着头的孩子就准备跑开，一把暗器却咔的一声插在了她的脚前方。孩子吓了一跳，一屁股摔到地上。

韩秀英用充满杀气的声音说："慢着，你不能走。"

"你到底在干什么？！"刘尚雅看着韩秀英，声音里透着寒意。

但韩秀英却在看我："金独子，你知道该怎么做吧？你也是为了这事才决定在这里过夜的吧？"

我缓缓闭上眼睛。该死的，我还以为她没察觉到呢……是我失算了吗？也对，这个见人就使用"特性探索"的家伙，不可能不知道。

韩秀英撇了撇嘴，说："啊哈，还要惺惺作态吗？就因为她是个孩子？"

"……"

"你这次也只想扮红脸吗?那就让我来唱白脸吧。"

刘尚雅拦住了一边活动指关节一边走向孩子的韩秀英:"别这样。"

"让开,要不换你来杀她?"

"杀她?你到底为什么要对一个普通的孩子——"

"普通的孩子?"韩秀英扑哧一声笑了,对孩子抬起手。

"我警告过你了。"刘尚雅的匕首指向韩秀英的脖子。

与此同时,召唤出十几个阿凡达的韩秀英怒吼道:"金独子,在我气疯了把她们全部杀掉之前,你赶紧解释清楚!"

最后还是到了这步田地。我叹气道:"那孩子……"孩子抬头用清澈的双眼看着我,我心头浮上一阵难以言喻的悲哀,"她将在五天后毁灭首尔。"

刘尚雅的神色剧烈动摇。要是没被韩秀英发现,这事很可能蒙混过关,但事已至此——

这个该死的任务,再无可能走向我们期望中的美好结局。

星座"深渊的黑焰龙"露出微笑。

多数星座对该任务的剧情发展感兴趣。

我已经很久没有这般痛恨星座们的通知了。

"那孩子是'第5个任务'中最后一个灾殃。"

4

孩子没有死在那天夜里。刘尚雅不愿意杀她,我也表示同意。

"……随你们的便。"韩秀英气呼呼地走出去,消失不见。

废弃建筑物里只剩下我和刘尚雅,和已经在"点穴"的作用下入睡的孩子。

刘尚雅抚摸着孩子的头发,哑声问:"这孩子是灾殃?"

"是。"

"这也是用你的能力查出来的吗?"

"差不多。"

我想起《灭活法》中的句子。

第5个任务中最后的"泛滥之灾",是最为危险,也最为悲伤的灾殃。

刘尚雅咬着嘴唇问:"这孩子也跟'提问之灾'一样……是吗?"

"像,但完全不一样。"

如果这孩子发挥出全部力量,将会招致一场远超"提问之灾"的灾难。"提问之灾"顶多毁灭江东区,但"泛滥之灾"却是不同量级的。只要她想,就能在一小时内毁灭首尔。

"但不论怎么看,她都不像是灾殃啊,难道短短五天就能让这孩子成为灾殃吗?"

刘尚雅的逻辑是对的。现在这孩子还不是灾殃。

专属技能"登场人物浏览"已发动!

+

<人物信息>

姓名:申流承

年龄:11岁

背后星:无(目前有两个星座对该人物感兴趣)

专属特性:驯兽师(稀有)、反思性杀害者(一般)

专属技能:驯服 Lv.5、多元交流 Lv.7、灵敏双足 Lv.6、异种好感 Lv.4

星痕:无

综合能力值:体力 Lv.12、力量 Lv.12、敏捷 Lv.16、魔力 Lv.24

综合评价:她的魔力等级高,但整体能力值较低。尽管有着出众的潜能和罕见的特性,但由于性格软弱,她并未得到星座们的关注

+

申流承。这孩子的名字,说明她的确是灾殃无疑。五天后,她一定会毁灭首尔。

刘尚雅接着说:"我听说灾殃都是从陨石里孵化出来的,但这孩子又不是……"

"没错，这孩子不是陨石孵化的，而是土生土长的地球人。就算到了五天后，也改变不了这个事实。"

"那到底为什么……"

"'提问之灾'本来也是地球人。"

刘尚雅瞪大了眼睛说："难道这个孩子也和'提问之灾'一样……"

"可以这么说，但不全对。"

"什么意思？"

出身地球的灾殃就是"归来者"，那是一群毁灭其他世界后回归地球的破坏者。这孩子同样也毁灭了克罗诺斯，所以也属归来者之一，但这不是事情的全貌。这孩子是克罗诺斯的五个灾殃中最特别的，而且，也是最危险的。

"灾殃不是现在这孩子，而是未来的她。"

"未来的她？"

"那个她会从几十年后回来毁灭地球。"

现在这个善良纯真、彬彬有礼的孩子，未来会成为最可怖的灾殃之一。

"所以韩秀英才说要杀了这孩子，只有这样才能消灭未来的她。"

而且，就连刘众赫也无法阻止这个灾殃。

***

刘众赫望向自己胸口被刺穿的洞，除非立即使用"起死回生"，不然这个伤口不可能愈合。他怒不可遏地质问罪魁祸首："申流承，为什么……难道你的想法改变了？"

"改变？我没有变。"申流承笑了，"我和队长你不一样，我不是世界线的回归者，而只是被困在任务齿轮中的玩具而已。现在的我，和你在之前轮回里遇见的那个'灾殃申流承'是一样的。"

"那你到底为什么……"

"你不是说这是第3次回归吗？我在第2次回归的时候应该也给过你机会吧，但你还是失败了。我给了你那么多情报，你最后还是失败了。"

原本板着脸的申流承对刘众赫露出悲伤的微笑。

"这个世界根本不会改变，队长你也和从前一样，什么都没变。"申流承抬头看着天上的异界虫洞说，"所以我想，这个世界就应该在这里画上句号。"

久违地研读《灭活法》，熟悉的情绪再次涌上心头。果不其然，看《灭活法》就是为了这种滋味。

"喂，你干吗呢？"韩秀英的声音传来，我按灭手机屏幕，"你怎么打算的？"

"正在想。"我声音里的犹豫让韩秀英皱起眉头。

怕被不远处的刘尚雅和申流承听到，韩秀英压低声音："你忘了吗？第3次回归的刘众赫差点被最后的灾殃杀掉。"

"那不是差点嘛。"

"我的重点是，正面交战是赢不了她的。"

韩秀英说的是事实，第3次回归的刘众赫的确差点被申流承杀死。

"如果不是'妄想恶鬼'金南云杀了她……"

但不幸的是，这次轮回没有"妄想恶鬼"。

"我已经表明过态度了，我不同意杀了她。而且我警告你，应该不止我一个人这么想。"

一部分讨厌狗血剧情的星座心急如焚。

星座"紧箍儿的囚徒"为应对狗血剧情而准备碳酸饮料。

星座"恶魔般的火之审判者"期待你做出明智的判断。

看来我们这次的对话没有被屏蔽。对未来情报的屏蔽逐步解禁了……

不远处，连连叹气的刘尚雅结束了和申流承的对话，朝我们走来。

"独子，我怎么想都觉得不该这样。"她的表情非常恳切，"那还是没有发生的未来啊，如果我们好好引导这孩子，说不定她就不会变成灾殃了，不是吗？就像蝴蝶效应之类的……"

将要作为灾殃降临的是"未来的申流承"，而当下这个"过去的世界"，则造就了申流承的未来，所以刘尚雅的话也不无道理，只不过——

"让这孩子成为灾殃的事件发生在很久以后，不是当下的我们能影响到的。"

蝴蝶效应并不会如此轻易地发生。太平洋上的蝴蝶扇动一次翅膀就引发地球另一端的台风？那只是理论上有可能发生的事。这里的关键是从"扇动翅膀"到"发生台风"之间所需要的时间。

刘尚雅快快不乐道："但还是有一点点可能吧……"

"我已经说过了，现在这个时间点是绝对不可能做到的。就算我们成功地改变了这个孩子……五天后找上门来的灾殃还是不会改变。"

原著中的刘众赫也进行过几次相似的尝试。他找到了小申流承，尝试哄好她以阻止灾殃，但他失败了。不论给现在的申流承带来怎样的变化，五天后，未来的申流承都会找上门来，并且毁灭首尔。

刘尚雅的声音渐渐变得无力："……这孩子为什么会变成灾殃？未来到底发生了什么事？"

"我也不清楚。"

其实我知道答案的，但没必要讲出来。我转头走向坐在地上啃肉吃的申流承。

"好吃吗？"

"……好吃。"

不远处的刘尚雅和韩秀英都盯着我。

——不会的吧？

——杀了她。

——你不会那样做的，对吧？

——我叫你杀了她。

就算现在杀死申流承，也不会影响故事的最终走向。但如果现在不杀掉她的话，只要我们稍有失误，首尔就会在第 5 个任务中灭亡。也就是说，从短期来看，救下申流承是一种损失。

正在吃肉的申流承用复杂的眼神望着我。

"大叔，你能看到未来吗？"

"嗯？"

"我……我以后会成为一个大坏蛋吧？"

看来她偷听了我们的对话。

我老实回答："恐怕是的。"

"会有多坏呢？"

"应该是全首尔最坏的坏蛋吧。"

"跟小丑[1]和灭霸[2]一样坏吗？"

"有可能。"

申流承垂头丧气道："那也不奇怪。"

"怎么？"

"我已经是一个坏人了。"

就算她不说，我也知道她是什么意思。毕竟我知道她在这个世界存活下来的原因。

对登场人物"申流承"的理解度有所提升。专属技能"全知读者视角"第二阶段已发动！

——我杀了它。

为了生存，她在第 1 个任务中杀死了自己养的小狗。

——对不起。

她从已经遇害的老人身上偷走外套。

为了守护自己的绿色区域，她甩开了一直照顾自己的女人。

她把被追赶的男人交给追兵，然后得到了食物。

这些是这个世界上的任何人都可能犯下的错。

但不是所有人都能将这些事合理化。

——我必须受罚，我没有活下去的价值。

申流承因恐惧而颤抖的眼神逐渐变得坚定，那是一心赴死的表情。

"那个……杀了我也没事的，我已经准备好了。"

---

1 小丑：美国 DC 漫画旗下的超级反派。

2 灭霸：美国漫威漫画旗下的超级反派。

假如我是这个故事的主角，我会毫不犹豫地杀了申流承。但我是读者，所以我会做出读者的选择。我将手放在申流承的头上说："别担心，我想要的结局里，你不会死。"

要是杀了这孩子，刘众赫的回归将会变得毫无意义。他为了改变过去而与世界正面对抗，若是因为"既定的未来"去杀死某个人，那他所做的又有什么意义呢？所以，为了刘众赫，我必须阻止这个孩子的死。

申流承的眼神动摇了。

登场人物"申流承"对你表现出了隐约的信任。

对登场人物"申流承"的理解度有所提升。

"但是，只有我死了才能……"

"我有办法阻止灾殃。"

身后传来韩秀英叹气的声音，而刘尚雅正紧咬嘴唇望着我。

"你帮忙的话，就有可能阻止。"

我期望中的结局原本绝无可能发生。但是，如果在一件件微小的不可能之事上做出改变，不可能也许真会变为可能。而申流承，就将成为那个不可能的结局中的一块小小基石。

我立刻让鼻荆打开"鬼怪包袱"，买了几个道具。

申流承弱弱地说："但我能做什么呢？我只是个小孩，而且没有背后星………"

"谁说你没有背后星？"

你已向化身"申流承"赞助"成长礼包Ⅰ"。

申流承呆呆地张着嘴。

你已向化身"申流承"赞助"成长礼包Ⅱ"。

你已向化身"申流承"赞助"新任务纪念礼包"。

……

系统通知不断传来，申流承惊慌失措道："这……这都是……"

"没事的，我有很多钱。"

"大叔……你到底是什么人？"

"我叫独子，金独子。"看着申流承难以置信的表情，我把手放在她头上，说，"接下来的五天内，你会变得比在场的所有人都强大。"

我没有夸大。"驯兽领主"申流承。日后，这孩子将成为这个世界上最强百人之一。

这个注定化为灾殃的孩子，将在这次轮回中成为我的"第一个化身"。

5

我本以为自己只是小憩了一会儿，但睁开眼时已经是拂晓时分了。

星座"恶魔般的火之审判者"劝导你照顾化身。

乌列尔发来的这条通知让我在半梦半醒间清醒过来。该死的，昨天我发表了一番"背后星宣言"之后，星座们就一直这样了。

星座"紧箍儿的囚徒"因你的选择而咯咯地笑着。

但我其实只是嘴上逞强而已，毕竟在没有积累多少传说的情况下，我是不可能成为真正的背后星的。不能借给化身星痕的家伙又算什么背后星？但不管怎么说，我现在能动用的资金比普通的伟人级星座都要多。

相当多的星座对你的选择表示好奇。

部分星座认为你的行动太过放肆。

对于我要赞助申流承的宣言，星座们的反应大致可以分为两类。表示好奇的是"寻找化身"群体，认为我放弃的是"寻找乐趣"群体——准确来说是其中讨厌我的家伙。而且还混入了一个立场含糊且身份不明的星座。

星座"隐秘的谋略家"兴致勃勃地观察你的计划。得到了1000Coin的赞助。

第一次看到这个星座称号时，我还以为这是个伟人级星座，但最近我的想法稍有改变。不论是他的赞助规模，还是他展现出来的从容不迫，都让我感觉他至少是传说级的。但我在《灭活法》里怎么找也找不到他的称号。因此，他要么是异界的星座，要么是《灭活法》中没有过多描写的家伙……这个"隐秘的谋略家"究竟是谁？

嗡嗡嗡嗡。从昨晚开始，申流承就一直在废弃建筑物的角落里疯狂练习技能。申流承把我给她的魔力恢复药水摆成一堆，不断对一只被抓来的戈鲁尔幼崽释放技能。从申流承身上散发出的微弱气息抚触着戈鲁尔的表皮。我曾在李吉永身上看到过，那是"多元交流"的力量。

申流承的眼下青黑，我问她："流承，睡觉了吗？"

"还没。"

"不睡觉会遭到就寝惩罚的，你睡醒之后再练吧。"

"……我再练一会儿。"

登场人物"申流承"正在发动"多元交流 Lv.8"。

登场人物"申流承"已发动"驯服 Lv.7"！

……

"驯服"失败了！怪兽已经失控！

眨眼间就脱离了控制的戈鲁尔扑向申流承。还没等我有所动作，一旁说梦话的韩秀英就扔过去一枚暗器。咔的一声，戈鲁尔幼崽被钉在废弃建筑物的墙上，停止了呼吸。韩秀英说着梦话翻了个身。我看了一会儿闷闷不乐的申流承，然后发动技能。

专属技能"登场人物浏览"已发动！

转换成摘要版本。

+

＜登场人物摘要浏览＞

姓名：申流承

专属特性：驯兽师（稀有）、反思性杀害者（一般）

专属技能：驯服 Lv.7、多元交流 Lv.8、灵敏双足 Lv.8、异种好感 Lv.6

星痕：无

综合能力值：体力 Lv.19、力量 Lv.14、敏捷 Lv.44、魔力 Lv.45

★ 正在使用"成长礼包Ⅰ"

★ 正在使用"成长礼包Ⅱ"

★ 正在使用"新任务纪念礼包"

+

给她用上两个"成长礼包"之后，技能的成长速度非常惊人。不仅如此，我还给她用了促进特性进化的"新任务纪念礼包"。在朝鲜半岛的化身中，应该很少有人得到如此规模的礼包赞助。

她本就是个有天赋的孩子，"多元交流"不久后就会突破10级，进化为"高级多元交流"。

问题是，拥有如此强大能力值的申流承，此刻却无法驯服戈鲁尔这种区区8级的怪兽。从任务系统的标准来看，这其实是不可能的事情。

申流承难堪地垂下了头："看来我没有天赋。"

"你其实是非常有天赋的。"

我不能放任好不容易得来的宝贵化身陷入挫败感。我知道，应该是心理创伤让申流承没法发挥出全部的力量。

"是因为有什么忌惮吗？"

"……我害怕。"

不难猜到她在怕什么。

"怪兽不是宠物。"

"我知道的。"

申流承通过亲手杀死自己的小狗活了下来。直到现在，这件事还深深烙印在她的心灵深处。

我考虑了一会儿才接着说："你知道吗，任务全部完成之后，你的愿望就会实现……"

"大叔，你说谎的时候鼻孔会变大。"

吉永也说过这种话，看来能使用"多元交流"的孩子都对身体语言很敏感。但无论怎样，我的确不太会安慰人。

申流承反倒想要让我安心，她问："我能做到的吧？"

"当然了，毕竟你是我选中的。"

申流承的眼神微动。

"我不后悔暂时放弃首尔，选择你。"

"……"

"你能比任何人都做得好。"

申流承抬头看了我一会儿，赶紧低下头，她攥紧拳头又张开。然后她居然开始细细打量我的五官。

"大叔，如果我真的变强的话……"

"变强的话？"

犹豫了很久，申流承最终轻笑道："没什么，我会继续努力的。"

接着，申流承转过身去，继续练习技能。

突然感觉有点不对劲。忽然，我想起原著中申流承的人设。

"众赫哥哥好帅啊。"

"众赫哥哥最棒啦。"

"我最喜欢众赫哥哥啦。"

在《灭活法》原著中，这家伙是刘众赫的粉丝来着。可能是因为她的年龄太小，所以理所当然地没有成为女主角候补，而只是个跟在刘众赫屁股后面的小妹妹。在我的印象中，她好像总在和刘美雅吵嘴。

这么一想，我突然有点担心。我这么认真地培养她，她以后不会被刘众赫抢走吧？

我猛地回过头，看见韩秀英伸着懒腰站起来，对上视线后，她立刻扭开了头。那家伙从昨天起就是一副气鼓鼓的样子。

"喂。"

"干吗？"

"你还要赌气吗？"

"别跟我说话。"

"我想问你个问题。"

为了不让申流承听见，我特意小声问："和刘众赫比的话，我的长相怎么样？"

韩秀英一副耳朵里进了虫子似的表情望着我。

"你问这个到底是出于什么目的?"

"我真的只是好奇。"

高中毕业后,我再也没在意过自己的长相。但不论是刘众赫的妹妹,还是那些"先知者们",好像都觉得我长得不太帅。但我偶尔也会在卫生间里自拍,我不觉得自己长得丑啊……

一位风流的星座同情地望着你。

"你还是接受现实吧。"

"不是,我不是想要你安慰我才问的,我只是好奇……"

"但我现在能做的只有安慰。"

可恶。

"……我有这么丑吗?"

我默默望向申流承那边。我决定了。绝对不能让那孩子和刘众赫碰面。

***

我们一有时间就猎杀怪兽,收集 Coin。我收集到的 Coin 全都用在了申流承身上,得益于此,她的能力值以惊人的速度增长着。为了让她最大限度地发挥"灵敏双足""驯服"以及"多元交流",我主要投资了她的"敏捷"和"魔力"。

又过了一天,时间再次来到夜里,申流承终于学会了"高级多元交流",但她的"驯服"技能还是无法使用。

申流承问:"未来的我强多了吧?"

那是自然。

如果展开正面对决,现在的申流承只会惨败。但是,经过高强度的修炼,她至少能封印未来申流承的一项重要能力——"泛滥之灾"的危险在于她一人就是千军万马。

"比起还没降临的未来,我更相信现在的你。"

既然未来申流承能做到,那么小申流承也有可能办到。而且未来申流承不可能杀死小申流承,所以光是这孩子愿意与未来的自己为敌这一点,就已经让我们产生了胜算。

"我吃好了。"刘尚雅把啃得只剩骨头的戈鲁尔后腿收拾干净,祈祷了一会儿。

"你信教吗?"

"不,现在不信了。"

"那你为什么祈祷……"

"我是在对奥林匹斯众神祈祷。"

她这么一说反倒弄得我不知怎么接话了。话说回来,当所有的神都出现在现实中,就连祈祷也有明确的指向性了。

"今晚我和韩秀英先值夜,你先休息吧。"

"真的可以吗?"

"嗯。"

刘尚雅低下头睡着了,她对面的韩秀英倚墙而坐,不断点按着手机屏幕。气氛尴尬。我们曾经是敌人,再加上她的想法与刘尚雅背道而驰,所以不论今后发生什么,她们意见相左的情况一定会多于合作的情况。申流承也累得睡着了,寂静的夜里,只余篝火噼啪作响。

韩秀英先开口了:"你也睡吧。"

我虽然躺在地上,却没有睡意。距离第5个任务开始只有四天的时间了,申流承这边没有多少进展,而且我白天时还听到了江西区传来的通知。

有人阻止了降临在西边的"冰雪之灾"。

不用想,通知里的"有人"一定指的是刘众赫。要是"冰雪之灾"完全降临,首尔一带将会冻回冰河时期,但刘众赫亲自阻止了这场灾难,估计他也已经顺利和李贤诚会合了。

韩秀英盯着蹿向空中的篝火看了好一会儿,忽然说:"喂,我想问你件事。"

"你长得不好看。"

韩秀英皱眉道:"谁要问这个了?你个小心眼的家伙。"

"那你要问什么?"

"你到底想干吗?"

"我想干吗？"

"我一直想不通，你的目的究竟是什么？摧毁王座、不杀申流承……你到底打算干什么？"

"我想看到理想中的结局。"

"理想中的结局？"

我轻轻点头。意外地，韩秀英没有刨根问底，而是话锋一转："我也有一个想写的结局。"

"你是指你的小说？"

"嗯。"

"我也问你件事吧。"

"什么事？"

"你为什么抄袭？你不是挺会写东西的吗？"

"我才没有抄袭好吧？你好像把《灭活法》当《圣经》了，但那本小说本来就融合了各种设定。超自然存在们的赞助、生存任务、游戏系统，再加上回归者主角——最近的小说全都在写这些设定。"

"问题是，偏偏你的小说和《灭活法》最像。"

"那也是有原因的，我给你讲个故事吧，在很久很久以前，有个贫穷的小女孩……"

"这个贫穷的小女孩立志成为一名作家却屡屡受挫，为了维持生计，她开始抄袭别人的小说——如果你要讲的是这个故事，那我就不听了。"

韩秀英目瞪口呆，而后撇了撇嘴，说："你其实会读心术吧？"

"嗯？"

"总之，你有类似读心术的技能，没错吧？"

"你当我是神吗？我要是会这种技能，怎么可能过得这么辛苦？"

人物"韩秀英"正在使用"测谎 Lv.3"。

人物"韩秀英"已确认上述发言为谎话。

韩秀英咯咯地笑着说："嗯，总之如果你会读心术，就来读一读我的想法吧。"

"我说了我不会。"

"我真的没有抄袭。"

我投去怀疑的目光，韩秀英立即得意扬扬地对自己使用"测谎"。

人物"韩秀英"已确认上述发言为事实。

什么？

"我的确看过《灭活法》，但内容雷同纯属巧合，我不过是完整地记录了自己的梦境而已。"

人物"韩秀英"已确认上述发言为事实。

我还在想这家伙在打什么算盘，原来是用潜意识做挡箭牌啊。

"但不管怎样，你看过原著，所以就是看了之后才做的梦吧？"

"说不定是那样，但是……"韩秀英犹豫着继续说，"我最近偶尔会产生一种想法。"

"什么想法？"

"如果我们身处的世界中有一本小说，而小说之外的我的一切行动都恰好和小说里写的一样，那我的存在本身就是抄袭吗？那么……"

"你是想借一些我听不懂的话蒙混过关吧……"

"我只是想说，我产生过这种想法。"

老实说，自从《灭活法》变成现实后，我也总会这样想：这个世界是覆盖在小说之上的现实吗，还是现实世界突然变成了小说？

我摇摇头，站起身说："换个班，我先值夜，你睡吧。总是聊这种让人头疼的话题，会让频道里的星座变少的。"

"我还想说呢，因为最近和你一起行动，星座们给我的赞助都变少了。"

"那是因为你自己总是干出让人上火的事。"

那之后，我们又互相言语攻击了几个回合，便不再说话了。我靠着废弃建筑物的墙壁转头看去，韩秀英已经在打呼噜了。可笑的是，我竟然产生了这样的想法——

有这家伙在，也许是种幸运。

每每想到除我之外还有人知道这个世界是小说，我都莫名感到安慰……

渐渐地，我的脑袋一点一点开始犯困。或许是太过疲惫，又或许是意料之外的安慰感让我放松警惕，总之，我就这样睡了过去。尽管没休息多久，还是睡了个好觉。但也许我不该睡着的。第二天醒来时，韩秀英已经成了一具冰凉的尸体。

Episode 20
泛滥之灾

1

摸到韩秀英凉透的脉搏,我的心立刻沉了下去。比起韩秀英死了这件事本身,更让我惊讶的是:我居然会这么吃惊。等我逐渐找回理智时,已经是半晌后的事了。

"……独子?"刘尚雅察觉到了什么,站起身来,帮我一起探查韩秀英的尸体,"没有伤口。"

事情的真相变得扑朔迷离起来。没有伤口的话,难道是被下毒了?尸体上没有中毒痕迹,那么有可能用来杀死韩秀英的就只有无形之毒了。但现在那种毒不可能已经开放使用,而且,古怪之处也不止这一点。如果她真是被下毒,那为什么其余几人都没事?就算出现已经得到这种毒的家伙,也没理由只挑韩秀英动手吧。

其实从我突然打瞌睡的那一刻起,事情就开始不对劲了。等等,打瞌睡?

"呃……抱歉,我睡太久了吧。"申流承缓缓睁开眼睛。

我猛地回头看向刘尚雅:"你也一直睡到现在吗?"

"……是的。"刘尚雅不好意思地红了脸。

如果连刘尚雅都没醒的话,那就意味着我们昨天夜里根本没有人值夜。也就是说,当原本在轮班的我睡着之后,我们三人全都陷入了沉睡。是我犯傻了。我不该一上来就考虑"是谁,又是怎么杀死了韩秀英",而应该想想自己突然睡着的原因。

是睡眠魔法吗？不对，那种魔法是归来者们爱用的。

点穴？不，施加技能的过程不可能瞒过我的感官。

所以，就只剩一个答案了。

一靠近篝火旁，我就看到地上那些昨天吃剩的戈鲁尔骨头。既然我们几个都睡着了的话，最有可能出问题的地方就是这里了。我扫开被啃得干干净净的骨头堆，散落在地的绿色粉末映入眼中。

阿纳斯雷塔特的茎。

不出所料，有人把茎的粉末混进了戈鲁尔的肉里。如果不提前喝"阿纳斯雷塔特"的汁液，直接吃茎会引发强烈的催眠效果。而且这是一种异界的植物，《东医宝鉴》也不能解毒。这也是之前我为什么煮了汁液让大家一起吃……

"昨天是谁料理的戈鲁尔？"

"应该是秀英……"

我轻叹一口气。我们昨天吃的，就是申流承没能成功驯服的戈鲁尔幼崽的肉。当时杀了那头戈鲁尔的不是别人，正是韩秀英。

"被耍了。"

我走向韩秀英苍白的尸体。刚才太慌张，以至于我忘记了一点。只要脑袋不炸开，阿凡达是不会消失的。但她为什么要开这种玩笑？她已经被"临时协议书"绑定了，应该想逃也逃不掉吧。这时，韩秀英的心脏处浮现出蓝色的光芒。

那是？"稍等。"我不顾其他人的反应，把手放到韩秀英的脑袋上。下一瞬，青蓝色的光炸开，阿凡达原地灰飞烟灭。

人物"韩秀英"的阿凡达正在代为承受违反合约的效果。

人物"韩秀英"以自己的阿凡达为祭品抵消"临时协议书"的大部分惩罚。

"啊……"直到这时才理解我用意的刘尚雅发出一声呻吟。

就连我也不知道阿凡达有这种作用。虽然在原著中看到过阿凡达替本体承受损失的桥段，但我真没想到这东西还能替本体承担违约的代价。从"大部分"这个形容词来看，阿凡达应该也不能完全抵消惩罚，但不管怎么说，剩下的惩罚也不至于杀死韩秀英的本体。

申流承问："那个姐姐走了吗？"

"好像是的。"

追问"为什么"毫无意义。这样看来，韩秀英在和我同行的时候没有获得多少收益。

——我还想说呢，因为最近和你一起行动，星座们给我的赞助都变少了。

我很快就会和忠武路的同伴们会合，而他们对韩秀英的敌意不亚于刘尚雅。

——喊，不值得信任的人可太伤心咯。

韩秀英再次变回孤身一人。有那么一阵子，我以为自己能和她成为同伴，但那可能只是我的错觉吧。阿凡达变成白色粉末散落后，露出了地上的一点 Coin 和一张字条——

饭钱。

说真的，这种形式的告别还真是那家伙的行事风格。阿凡达粉末被汉江的风吹走，就好像此前发生的一切都归于虚无了。但我好奇的是，既然韩秀英能使用阿凡达代替死亡，那她为什么这段时间一直跟我待在一起……

我不知道。就像读不到刘尚雅的想法那样，我同样也读不到韩秀英的内心。解释了一切的《灭活法》也没法告诉我这些问题的答案。

"我们也起身吧。"

就在这时，我一个激灵，产生了一种微妙的感觉。全知读者视角？我凭本能盯着传来感觉的方向看，却没看到任何东西。

是我的错觉吗？

***

"蠢货。"远处的高楼上，韩秀英俯视着废弃的建筑物说道。汉江的风吹过破洞牛仔裤，带来一阵寒意，她咬着嘴喃喃："难道不应该装模作样地找一下我吗？"

但她的心里其实很清楚，那是不可能的事。这也是自然。因为那人和她一样，都是"读者"。韩秀英点开手机上的记事本，开始记录些什么。作为一名作家，灵感出现时一定要记下来，这是她改不了的习惯。

——善于阅读，不代表善于洞察人心。

"嗯，还会再见的吧。"

她不知道金独子想要什么样的结局，但只要他们二人都朝着故事的结局行动，就一定会再次相遇。

——下次见面时是敌是友，她也不得而知。

韩秀英关了手机屏幕，继续走自己的路。

***

上午的时间一眨眼就过去了。等到下午的时候，申流承的魔力和敏捷都达到了任务的极限值60级。我估摸着快到时候了，于是找鼻荆买了"背后契约书"。鼻荆一边嘟囔一边把契约书给我。

——你知道这样是不会改变灾殃的吧？

我没有接鼻荆的茬。

——现在那孩子和未来的灾殃并没有直接关联，灾殃是从其他世界线上派生到宇宙中来的，而且就算二者有关联，历史也……

——别废话，把合同给我。

写完合同后，我把合同交给了申流承。

"我现在没有星痕，也不能像其他星座那样把力量借给你，但我的 Coin 还挺多的。"

"……"

"你不愿意的话，不签也行，但我可以保证你签了不会后悔。"

"签下这个的话，就不能和其他星座签约了吗？"

"是的，但是别担心，我不会像其他背后星那样干涉你。"

申流承犹豫了一会儿，但很快就下定决心似的点了点头。

"好，反正我已经决定相信大叔了。"

"背后契约"已缔结。你已成为化身"申流承"的背后者。

耀眼的光芒将我和申流承包裹起来，和绚丽光芒形成鲜明对比的是寒碜的消息通知。

你不是星座。不能使用背后星的大部分权限。

+

＜可用权限目录＞

1. 赞助后援

2. 鼓励化身

+

嗯，我已经猜到了。现在估计只能做这些吧。

星座"紧箍儿的囚徒"嗤之以鼻。

星座"隐秘的谋略家"祝贺你的第一次签约。

得到了 5000Coin 的赞助。

相当多的星座希望成为你的背后星。

星座们的反响也非常热烈。因为现在和签下十恶孔弼斗那会儿不一样，申流承成了我的直属化身。因此，"寻找化身"群体的星座们一定会为我疯狂。我不是星座，却已拥有了自己的"化身"。自然而然地，和我签约的星座就能同时将申流承收入麾下，所以我的化身数量越多，想签下我的星座数量也会急剧增加。

——频道要挤爆了啊！

我没理会发出幸福尖叫的鼻荆，而是回头看着同伴们说：

"是时候出发了，咱们过江吧。"

"但是我们还没有找到桥，真的能过江吗？"

"我们游过去。"

"什么？"

"你会游泳吧？"

"会是会……"刘尚雅的视线在我和汉江之间逡巡，满脸担心。我知道她在担心什么。汉江的水位升得更高了，徘徊的鱼龙比昨天更多，每一头鱼龙都是7级怪兽。

申流承说："我不会游泳……"

"那你抓着这个。"

我把事先找来的泡沫箱子推给她，然后拜托刘尚雅用"阿剌克涅的蛛丝"把我和箱子连在一起。

"出发吧。"

我不带一丝犹豫地跳入汉江中，刘尚雅紧随其后，申流承虽然有点害怕，但也立刻抓紧泡沫塑料，踏进汉江水里。身体被寒冷的江水包裹，陌生的怪兽腥臭味扑面而来，鱼龙们开始改变巡游方向。刘尚雅问：

——真的不会有问题吗？

当然会有问题。但考虑到剩余时间，这已经是最切实的办法了。

——真有危险的话，我们就马上从水里出去。

——好。

——所以在那之前，请装成遇到危险的样子。

——什么？

——只有这样才能让流承迅速觉醒，请一定要演得像一点，明白了吗？

交代完之后，我拉着泡沫箱子游向汉江中心。我之前对申流承说过，让她别担心，提升技能等级就行。我这样说是经过考量的，虽然特性视窗里没有写出来，但她有着天生的随机应变能力。

一个普通的小女孩绝不可能活到第5个任务。

申流承外表看起来只是个善良的孩子，但她的内心并不是那么纯真。在一触即发的危急情况中，她杀了自己的宠物狗，后来她不仅欺骗了大人们，还为了获取强者的好感而伪装自己——这就是申流承，从她第一次见到我们的时候，她的脑子里应该就在算计了。

申流承已经开始眼珠滴溜转了，我看着她说："流承。"

"在，我在！"

"不要逃跑。"

"……"

"要是你在这儿逃跑，我不会再接纳你。"

申流承微张的嘴唇抿紧了。与其说她狡猾，倒不如说她是个伶俐的孩子。

"做你能做的。"

小把戏是行不通的。也不会因为她是个孩子就有人来保护她。

"……我明白了。"

害怕深化为恐惧，又转为决意。

登场人物"申流承"已发动"高级多元交流 Lv.3"！

危机四伏，觊觎猎物的捕食者的气息正变得浓烈。目前光是露出水面的就有十头鱼龙，我们很难一次性对付这么多。但也可以想办法逃跑，反正只要离开汉江，鱼龙们就追不上我们了。

"独子！"刘尚雅警告似的叫了我一声。

鱼龙们开始发动袭击，锋利的牙齿同时从四面八方刺向我。

"信念之刃"已激活。

我挥动剑刃，刺穿了一头鱼龙的嘴，和不断拍打水面、搅乱汉江的鱼龙们擦身而过。我随着水势一同向上飞去，转头一看，没抓住泡沫箱子的申流承也被掀到了空中。一阵风掠过，刘尚雅朝申流承伸出了蛛丝。她同时施展了"赫尔墨斯的散步法"和"阿剌克涅的蛛丝"。

就在刘尚雅稳稳接住申流承的时候，我踩在那只死鱼龙的尸体上，对向我逼近的鱼龙们挥动手中的剑。"你们这群家伙！看我啊！"十几头鱼龙破开水面向我游来，江水滚滚，仿佛卷起了惊涛骇浪，我脚踩的尸体随江水的起伏而岌岌可危地晃动着。我调整着呼吸，同时摆好了作战姿势。只要发动"风之径"就能轻易化解危机，但那样就无法打造出壮烈的场景。

"大叔！"被刘尚雅抱在怀里的申流承表情变得急切。几枚利齿刺进我的身体，我接连挥剑，一头鱼龙受到致命伤，被我击倒，但整体的数量仍不见减少。身上流出的血很快就凉透了，我的呼吸逐渐变得急促。但我笑了。变得更焦灼、更迫切、更心急吧！那样我的计划才能成功。噗咻咻咻咻！鱼龙的利齿在我身上留下难看的伤口，我皮开肉绽，血流不止。

——不可以——

耳边响起震耳欲聋的通知声。

登场人物"申流承"的特性即将进化。

化身"申流承"已进入恍惚状态。

申流承的眼睛翻白，跟使出全力的李吉永一模一样。一切都在预料之中，我所做的都是为了这一刻。

登场人物"申流承"已发动"驯服Lv.9"！

60级的魔力喷洒出瀑布一般的光辉，随着汉江水蔓延开来。扑来的鱼龙们变得犹豫了，就像是受到强烈的精神感召一般，它们颤抖着身子发出呻吟。

咿咿咿咿……在水面露头的鱼龙数量更多了。刚才只有十头左右，现在已经有二十多头了。这意味着加上水面之下的，周围已经聚集了成倍的鱼龙。然后，鱼龙们又看向了我，思维混乱的鱼龙们浑身散发出更为凶残的杀气。该死的，计划失败了吗？

"刘尚雅！"在这种情况下，最好的办法就是利用她的星痕迅速逃脱。刘尚雅点了点头，她放出的细线避开鱼龙朝我靠近。

我呼唤申流承："流承啊，可以停下了，申流承！"

申流承没有回答我。她周围浮动的气流逐渐增强，全身都流淌着青蓝色的光辉。就在这时，汉江中心卷起旋涡。我没来得及出手就被水流裹挟卷走，周围鱼龙们的身体撞在一起，连连发出悲鸣，我堪堪挂在鱼龙的鳞片上，坚持着不被离心力甩出去。下一刻，江面上卷起滔天的浪花，比普通鱼龙大五六倍的一头鱼龙缓缓浮出水面。那家伙太过庞大，我甚至没想到那真的会是一头鱼龙，甚至比我杀死的那头"海上统治者"还大。它有着威严满满的胡须，以及足以支配一个种族的高傲目光。周围所有的鱼龙都把头低向了水面。

5级海兽"海后米尔巴德"出现了！

怎么偏偏叫来了这家伙？我知道申流承的天赋出众，但也没想到她能叫来"海后"。

那可是只足以和小型灾殃比肩的怪兽。

就在我打开"书签"准备发动"风之径"的那一刻，刘尚雅的声音传来。

"独子?"

我回头一看,申流承的身体已经飘在空中。一条光辉之路连接着海后米尔巴德,申流承沿着这条路缓缓靠近海后。海后和女孩久久对视,直到申流承的小手轻轻地抚摸海后的鼻梁。

周围的水流趋于平静,水面之上的鱼龙们也都安静地潜入水中。等我再回头看时,申流承已经坐在了海后的头上。我再次真切地体会到,申流承是多么强大的存在。

驯兽领主。

所有怪兽的统治者。

申流承的眼睛慢慢恢复正常。就好像这一切没什么大不了似的,她一下擦干鼻血,对我说:"走吧,大叔。"

我点点头。

2

韩明伍曾经夸耀过自己在马尔代夫买的别墅和私人游艇,当时他怎么说的来着?"螺旋桨破开水面的一瞬间,就好像来到了海上的高速公路一样"?

我现在明白那到底是种什么样的感受了。如果说韩明伍去的是京釜高速公路[1]的话,那我现在就像在德国高速公路[2]上疾驰。

"……好吓人啊。"

我和刘尚雅坐在海后的背面,失神地看着汉江的水流。似乎是在试探自己对海后的控制力,申流承并没有一路直走,而是不断率领鱼龙群破开水面。现在汉江已经成了安全地带,我们得前往距离龙山区尽可能近的陆地。

吼哦哦哦哦。就像是跟着鸭妈妈的小鸭子一样,鱼龙们在海后米尔巴德的呼唤下列队游泳。我感受着拍打在脸上的清爽空气,闭上眼睛。在从前的世界里,

---

[1] 京釜高速公路:韩国的一条高速公路。
[2] 德国高速公路:以不限速出名。

我一辈子都不可能体会到这种奢侈。

申流承调整着与海后的精神连接，以维持同步，她贴在海后的脑袋旁不断喃喃低语着什么。

刘尚雅看着申流承神情复杂地开口道："但是，现在流承变强的话，未来降临的流承也会变强吧？"

我早就猜到刘尚雅能考虑到这个问题。

"不会的。"

原著中，"泛滥之灾"是来自"其他轮回的未来的申流承"。那个申流承遭到刘众赫的背叛，被抛弃到了世界线之外。她被逐出自己的时间分支，在遥远的宇宙里流浪，成为"星流放送"系统的附庸品、任务的一部分，并且在初期的任务中作为灾殃降临。

接着，刘尚雅提出了疑问："就算现在的流承死了，未来的灾殃也不会死，对吧？因为她们来自完全不同的时间分支……"

"你听说过'断开的胶卷理论'吗？"

"……没有。"

我看着被海后的身躯破开的水面说："简而言之，我们可以把申流承在一个世界里的人生当成一个胶卷。"

"胶卷……你是指电影的胶卷吗？"

"是的。"

"是平行宇宙论吗？用胶卷来比喻其他宇宙的历史。"

我点点头，说："假设我们所在宇宙中的申流承是一号胶卷，那么其他世界线里还会有无数个其他的胶卷，比如二号胶卷、四十一号胶卷。"

"胶卷的数量应该和世界线的数量一样多吧。"

"但是如果其中一个胶卷从中间断开，然后接在一号胶卷后面，会怎么样呢？"

"什么？"

"假设断开的四十一号胶卷的后半部分粘在了一号胶卷的后面？如果放映混合后的胶卷，会发生什么呢？"

刘尚雅短暂沉思后，说："那样的话，画面就会在中途改变……啊，等等，所以两个故事其实无法互相影响？"

"没错。"

"啊……现在流承就面临这种情况啊。如果说一号胶卷的申流承是现在，那么四十一号胶卷的流承就是灾殃。两个故事是完全独立的存在，所以就算这个世界的流承发生变化，也不会影响到灾殃……"

果然聪明。

"但我的疑问还没有解决，那假如现在的流承死了，灾殃不还是没事吗？"

"两个胶卷的内容不能互相影响，但它们毕竟是相连的。"

"什么意思？"

"如果前面的胶卷着火了，会怎么样？"

刘尚雅小声感叹道："后面的胶卷……也会烧起来吧。"

两条世界线已经被强行连接，那么如果现在的申流承死了，未来的申流承也会死。但并不是现在的申流承有所改变，未来的申流承也会突然变化。这种模糊不清的悖论就是这个灾殃的关键所在。

"独子，你真的懂好多东西啊。我虽然听说过平行宇宙论，但还是第一次听到这种理论呢。"

我尴尬地点了点头。刘尚雅当然不会知道这个理论，因为这是《灭活法》作者自创的。已经说过很多次了，但我还是要再次强调，《灭活法》无人问津是事出有因的。

不久后，细微的停泊声响传来，汉江的水流变得平稳了些，我们终于抵达了对岸。

海后把我们放在地上后，再次潜入水中。申流承重重地叹了口气，这时才放松了紧张的神经。

"辛苦了。"

"嗯。"

申流承的脸莫名涨得通红，看来她很喜欢被夸奖，毕竟也没有其他人会夸奖她了。

就在这时,龙山区的高楼大厦之间传来了肃杀的敌意。一个巨大的身影从高楼之间出现,接着出现一把巨大的绿色镰刀。

巨型螳螂?

骑在虫王种头顶的少年们正低头看我。

"独子哥哥?"那是歪戴棒球帽的李吉永和戴着头戴式耳机的韩东勋。顺着螳螂的身体滑下来后,李吉永直接扑进我的怀中。棒球帽顺势掉落,我揉揉李吉永的短发。再次相见,正好时隔一周。

嗡嗡,我的手机收到了韩东勋发来的信息。

——哥哥,很高兴见到你。

"好久不见,你现在还不能说话交流吗?"

——我不想。

***

刚一见面,李吉永和申流承就展开了微妙的心理战。李吉永的头发丝像触角一样乱动,申流承竖起毛发,牵制着李吉永。

"大叔,那个男孩子总是瞪我。"

"哥哥,她是谁?"

同类之间果然会互相感应,毕竟他们一个是怪兽大师,另一个则是虫子……大师。也不知道两人以后能不能合得来。

我问李吉永:"还没见过熙媛吗?"

"嗯,但是大概知道姐姐在哪里了。我派虫子去查了,熙媛姐姐现在在北边。"

北方是"流浪者之王"的据点,郑熙媛可能已经和那个王接触过了。

"我也早就知道哥哥会来!我可是派了很多水虱出去呢。"

这么一看,李吉永还真满头都是虫子,从前明明只有蟑螂来着……申流承嫌恶地皱起眉头。

确认完同伴们如今的战斗力水平,我做出了决定。

"剩下两天就待在这里吧,请大家尽可能提升技能的熟练度,空余时间也请收集 Coin,投资自己的综合能力值。啊,还有……刘尚雅。"

"在。"

"你和家人联系过了吗?"

闻言,刘尚雅的表情愁云密布。如我所料,她还没能联系上家人。

"东勋。"

戴着头戴式耳机的韩东勋默不作声地点了点头,他的"广域网络"技能能和外部进行通信。刘尚雅的手机响了,同时出现了网络已连接的通知,她满脸震惊地看着那条通知,然后转头看我,一副要哭的表情。

我点点头,说:"把这边的情况告诉你的家人吧,这次任务结束后,首尔外围也不再安全了。"

"到底会发生什么事?"

"就是因为不知道会在什么时候发生什么事,所以才要提前做好准备。"

"独子,你不用联系家人吗?"

"我不用。"

"但是……"

"我的家人在首尔。"

"在首尔?那……"

"那个人很安全。"

我沉默地望向北方。下一刻,系统通知就传来了。

有人处置了北边的"恶水之灾"。

"流浪者之王"也顺利完成了任务。现在,就只剩最后的"泛滥之灾"了。

***

耀眼的刀光划开空气,发出刺耳的破空声,一瞬间就划出了几十次攻击。郑熙媛眼中燃烧的鬼气逐渐收敛,对战双方都停下了动作。

"练到这种程度应该够了。"

郑熙媛仔细检查着自己的刀刃，同时露出满意的微笑。她对面的中年女人也淡淡地笑了。

"田禹治的道术可真厉害。"

"熙媛你的剑道也很出色，你很快就会有背后星的，到那时，我可能就打不过你了。"

"过奖过奖。"

郑熙媛静静地看着对方的天蓝色囚服。一周以来，郑熙媛都在欠他们的人情，而且这辈子应该都很难还清。

中年女人问："你真的不打算和我们'新浪潮'一起行动吗？你加入的话，王也会很开心的。"

"很抱歉，我在等我的同伴。"

郑熙媛歉疚地挠了挠脸。中年女人见状也露出了一个无奈的笑，她已经知道郑熙媛的同伴是谁。

"希望那个人也知道你这么拼命修炼。"

"那个人会知道的。"郑熙媛有些不爽地望着天空说，"我总觉得那个人现在就在看着我。"

真不知道我俩到底是谁有"全知读者视角"啊。

总之，郑熙媛似乎是在茁壮成长。她是个在原著中没能显露光芒的人物，所以我一直有些担心，但她证明了我的选择没错，这让我很是欣慰。接下来，我又开始用"全知读者视角"寻找其他人的视角。可惜的是，没几个能看到的视角。

嗯？这是什么？一会儿后，画面晃动了一下，一张熟悉的脸出现了。那不是我自己吗？

等等，这些家伙是在？

"喂，你。"李吉永凶巴巴地说，"趁我好好说话的时候，赶紧离哥哥远点。"

下一秒，紧紧贴着熟睡的我的申流承说："才不要。"

"哪有你这种狗屎一样的……"

"别跟我说话，小虫子。"

李吉永愣住了，爬在这家伙头上的蟑螂和水虱凶狠地动了动触角。好不容易才找回了冷静，李吉永发起反击。

"哥哥不喜欢你这样的孩子。"

"我知道大叔喜欢谁。"

"……你知道哥哥喜欢谁？是谁？"

"是个姐姐，就是说……"

李吉永扑哧一声笑了："你好像还不太清楚一些事——"

我正期待着接下来的对话，却突然从睡梦中醒了过来。我急忙转头看去，只见申流承和李吉永头靠头睡得香甜。是我看错了吗？刚才那是我的梦吗？

"独子，出什么事了吗？"值夜的刘尚雅问，我轻轻摇摇头。

看来那果然是我的梦。我再次躺下后，不知何处传来了窃窃私语的声音。

"喂，虫子，你刚才被大叔抱了是吧？"

"那又怎样。"

"你是小宝宝吗？"

原来不是做梦。

"孩子们，行了，快睡吧。"

刘尚雅的声音传来，周围再次安静下来，孩子们很快就开始呼呼大睡。

***

一晃眼，两天过去了。

"*支线任务：生存活动*"已结束。

这个任务的期限说长也长，说短也短。听到任务结束的通知，同伴们都站起身来做准备。

鼻荆的消息出现在空中。

——9421。

一串莫名其妙的数字。鼻荆继续说：

——9513。

——什么啊？

——还能是什么？9611。

我立刻明白这串数字的含义。是我当时许下的"10000 订阅"的约定吧。这小子真是的。

喜欢朝鲜半岛的星座们因订阅星座的数量而紧张。

我问鼻荆：

——都按我说的做了吧？

——做是做了，但不知道结果如何。总之，祝你好运咯。9781。

天空中呈旋涡状的"异界虫洞"开始出现异常的征兆，雷鸣不断，偶尔传来滚滚雷声。一阵啪滋滋滋的声音后，中级鬼怪出现了。

"各位，久等了吧。"

许久未见，这家伙脸色憔悴，可能在管理局受了很多折磨。

"各位喜欢这段时间的生存活动吗？终于，各位等待已久的主线任务就要开始了。出了一些差错，导致日程有些变动，但……嗯，这次的任务一定会妙趣横生，不负众望。"

那家伙看向我和其他几个化身，用不爽的语气继续说：

"各位已经解决了五个灾殃中的四个呢。我充分认可各位的功劳，但是啊，比起即将找上门来的最后一个灾殃，其他四个不过是小孩子间的打闹而已。"

它说得没错，其他所有灾殃加起来的危险程度，也只有"泛滥之灾"的万分之一。同伴们的表情逐渐变得紧张了起来。

"这个任务成功与否，将决定各位至今以来的所有努力是否会化成泡影。说实话，失败概率高于百分之九十，还好，有些大人物可怜各位。"

我紧紧握拳。终于要开始了。这是进入第 5 个任务之前的最后一个活动。

"那么，现在开始第二次'选择背后星'。"

3

一道道璀璨的光从天边洒向首尔全境。有些光的落点在北边,有些在西边,但总体范围并不广,基本都聚集在首尔附近。这说明化身们已经开始集结以完成任务了。

"终于可以签约了!我也要签约!"附近的化身们发出了轻快的声音。看来目前除了我,还有人也没有背后星。很快,化身们的头上就开始出现小星星,那代表选择了这个化身的背后星数量。

+

＜选择背后星＞

——请选择你的背后星。

——被选择的背后星将成为你坚实的后盾。

+

所有没签约的化身应该都和我看到了同样的画面。

不过,准确来讲,应该稍有些不同。

+

1. 紧箍儿的囚徒

2. 深渊的黑焰龙

3. 隐秘的谋略家

+

这次果然也有"紧箍儿的囚徒"和"隐秘的谋略家"。虽然很抱歉一直拒绝他们,但我也别无他法……"深渊的黑焰龙"这家伙又来了。去韩秀英那里呗,干吗总来找我?

+

4. 西厓一笔

5. 秃头义兵长

6. 兴武大王

+

历史上朝鲜半岛的伟人们也排着队来了。

"西厓一笔"应该是指柳成龙……

哎哟，我们的"四溟大师"也来了啊。还有"金庾信"将军，他真觉得我会选他吗？

待选目录还没结束。

+

21. 高丽第一剑[1]

22. 酒与恍惚境之神

+

"高丽第一剑"肯定是被称为"高丽剑圣"的那位吧。狄俄尼索斯也来了……奥林匹斯似乎也加入了"金独子争夺战"。

待选目录还没滑到底，接下来出现的意料之外的星座让我有些困惑。

+

48. 黑暗之光引渡者

49. 天空的书记官

50. 复仇与启示的统治者

+

我并没有记住所有星座的称号，"黑暗之光引渡者"和"复仇与启示的统治者"又是谁呢……

但我清楚地知道"天空的书记官"的身份。那家伙是绝对善派系中首屈一指的强大星座。

大天使"梅塔特隆"。

如果仅看权势，这家伙是公认的天上的二把手，地位比乌列尔还要高。该死的，关注我的到底是群什么样的家伙啊？

我猛地抬头一看，才发现自己头上有几百颗星星，光芒明亮到足以照亮这一片的夜空，十分壮观。远处的几个化身失魂落魄地看着我这边。

---

[1] 高丽第一剑：指高丽王朝的武臣拓俊京。

"那个……"

"那人到底是什么来头?"

申流承呆呆地看着我的头顶说:"大叔,你现在就像一棵圣诞树。"

喜欢朝鲜半岛的星座们要求你遵守约定。

多数星座想要确认你是否遵守信义。

最后,该来的终究还是来了。我轻轻吸了一口气,呼唤鼻荆。

——鼻荆。

——怎么?

——现在有多少个星座了?

战胜独脚的时候,我对星座们立了公约:"选择背后星"当天,频道里的星座数量超过10000的话,我就会选择背后星。

——9812。不,14……16。

星座的数量还在不断上升,鼻荆的语气也非常紧张。

距离"选择背后星"结束,还有3分钟。

结果将在三分钟内确定。

星座"秃头义兵长"焦急地望着你。

我真想回一句:看我也没用。

距离"选择背后星"结束,还有2分钟。

星座"秃头义兵长"向你赞助了200Coin。

星座"西厓一笔"向你赞助了300Coin。

星座"兴武大王"向你赞助了400Coin。

赞助竞争愈演愈烈。这是自然,从星座们的立场来看,这都是为了在我这里加点印象分。

几位传说级星座因伟人级星座的拙劣而咋舌。

星座"紧箍儿的囚徒"向你赞助了5000Coin。

这就是我想看到的剧情发展。

很好,很好。再多砸点钱吧。

星座"天空的书记官"向你赞助了30000Coin。

不愧是梅塔特隆，赞助的量级就与众不同。不过，他毕竟是"天空的书记官"，这也是理所应当的。

星座"紧箍儿的囚徒"瞪着"天空的书记官"。

距离"选择背后星"，还有1分钟。

我问鼻荆：

——现在多少？

——9973……76，77。

终于到了令人心跳加速的时刻。

——9981……84。

30秒。

——9993。

20秒。

——9998。

多数星座的心揪紧了。

10秒。

——9999……

5秒，4秒，3秒……

"选择背后星"已结束。

然后，我轻轻叹了口气。我一望向鼻荆，那家伙就咧开嘴笑道："各位，真是太遗憾了。"

相当多的星座大喊这压根不像话！

喊也没用。

目前订阅星座数量：9999。

鼻荆在空中放出的数字是既定事实。几个化身目瞪口呆地看着这派景象。

申流承问："大叔，你是什么明星视频博主吗？"

或许她这个比喻挺对的。我厚脸皮地对着天空说："真可惜，要是达到10000个，我就要立刻做出选择了。"

多数星座想知道你打算选谁。

鼻荆旋即插话道："为保护该化身的隐私，此问题的答案不予公开。"

干得漂亮。

相当多的星座引发暴动！

轰隆隆隆隆。龙山区一带的天空变得扭曲，落雷劈在无辜的人身上。空气中火花四溅，看来星座们也被愤怒冲晕了头脑，居然降下了足以影响到盖然性的力量。

"好了，各位星座大人，请冷静些。真的真的很可惜，但由于一名的差距，导致活动失效了……"鼻荆瞥了一下我的表情，继续说了下去，"为表歉意，我将进行奖励活动。"闻言，雷击暂时停止，"我估计各位都在想，反正自己得不到这个化身，留着他又有什么用呢？"

相当多的星座倾听着鬼怪"鼻荆"的话语。

"我充分理解各位的心情！所以，我将严惩这个拒绝了第二次'选择背后星'的浑蛋！不过，这也得看各位星座大人的意愿……"

相当多的星座强烈同意鬼怪"鼻荆"的建议。

鼻荆满意地点了点头。

申流承不理解地问我："大叔，你为什么不选背后星？"

"单纯就是不想。"

老实说，梅塔特隆出现的时候，我的确有点动摇。但如果在这里选择某个星座，那我之前的所有努力将成为徒劳。我不会成为任何人的下属。

"刘尚雅，你带着孩子们藏起来。"

"……你计划好了吧？"

"那是当然。在我发出信号之前，你们绝对不要出来。"

收到了新的"悬赏任务"。你成了"悬赏任务"的目标。

然后，就和我预料的一样，"悬赏任务"开始了。

+

<悬赏任务：天罚>

类别：悬赏

难度：A

完成条件：残忍地杀害化身"金独子"。杀害的手段越残忍，得到的 Coin 越多

规定时间：20 分钟

奖励：40000～？？？Coin

失败惩罚：无

+

就为了杀我一个人，奖励最低都有 40000Coin。别人看了，估计会以为我才是第五个灾殃呢……申流承也收到了任务，她脸色一白，急忙朝我伸出手："……大叔？"

刘尚雅拉着申流承退后，几乎与此同时，发现了我的化身们开始从四处拥过来。我的头顶上出现了"目标"的标志。

"真是疯了！给 40000Coin？"

"喂，抓住那个王八蛋！"

相当多的星座因任务的剧情发展而感到开心。

那些本因我的选择而感到愤怒的星座，已经在不知不觉间被我抱头鼠窜的样子逗得哈哈大笑。就好像忘记了"10000 订阅公约"。是啊，这就是星座们的本性。

鼻荆看着逃跑的我，用失落的表情拨通了通信。

——没想到真的和你说的一模一样。

——我早就猜到了，我在游戏公司上班的时候就经常做这种事。

要想安抚对活动不满的用户，唯一的办法就是举办新的活动。鼻荆的角抖了抖，说：

——应该不会出事吧？被发现的话……就真的会遭到"盖然性合格判定"。

其实鼻荆的订阅星座没能超过 9999，是证据确凿的造假行为。因为打从一开始，鼻荆的 #BI-7623 频道最多就只能容纳 9999 名订阅星座。如果这回独脚又找上门，我们一定难逃一劫，但幸好这次不会有人来找碴了。经过上次的事情后，下级鬼怪们全都在缩着脖子做事。

——不是说好了要承担一切后果吗？

但这个方法还是一步险棋。脑子转得快的星座们一定会产生怀疑。偏偏在 9999 时停止了增长——怎么想都不只是个巧合吧。所以为了转移星座们的注意力，我们得举办一个新活动。星座们讨厌麻烦，追崇快乐。利用这一点，我便推出了"天罚"活动。

鼻荆笑嘻嘻地开口道："星座大人们，我提醒一下，在这个'天罚'活动中，各位可以通过赞助化身'金独子'，给他施加惩罚。"

这家伙话音刚落，我的脚步就变得沉重了。

一位自私的星座向你施加了"速度惩罚"。得到了 500Coin 的赞助。

收到的 Coin 越多，我身上的惩罚就越多。换作平时，那些化身根本追不上我，但现在却都紧跟在我后面。

"你们好像都被 Coin 蒙蔽了双眼呢？"

我笑了笑，朝身后挥动"信念之刃"。

"哇啊啊！"

一位希望你不幸的星座向你施加了"攻击力惩罚"。得到了 500Coin 的赞助。

我的攻击力比平时少了一半，所以化身们虽然被我逼退了些，却都没有死。我反倒是乐见这种情况，因为不用担心自己会失手杀人了。

一位渴望你死去的星座向你施加了"防御力惩罚"。得到了 500Coin 的赞助。

真是个恶心的赞助。被飞来的匕首刺中后，我的右臂感受到剧烈的疼痛。要不是穿着这件"无限次元亚空间大衣"，我的胳膊就已经被砍断了。

少数星座因你所处的危机而感到担心。

在这种情况下，竟然还有给我鼓励的星座，我真是要感激涕零了。我紧紧按住受伤的手臂，奔向龙山区的西南方。记得没错的话，沉睡着"泛滥之灾"的那块陨石就在这个方向。

即将孵化的陨石气息越来越近。

"鼻荆，这到底是在搞什么鬼？"

"瞧你说的，这只是进入正式游戏之前的小小娱乐节目罢了。"

鬼怪们斗嘴的声音从空中传来。鼻荆在那些名声大的鬼怪面前也毫不畏缩，看来它现在的发言权的确越来越大了。

我拖着沉重的身体不断往前奔跑。只要再坚持一会儿……汉江终于出现在眼前。

"抓住他！"

我堪堪甩脱卡在腿上的耙类武器和凶狠的手掌，跳进汉江。追赶的化身们知道汉江有多危险，只好留在岸上。

"那个疯子！"

像等待许久了似的，7级海兽鱼龙开始拥向我这边，想要把变弱的我吞吃入腹。

相当多的星座乐得合不拢嘴。

面对来势汹汹的鱼龙们，我心想：我没有天赋，就算进行修炼，也无法提升技能熟练度，但不能因为这一点就认为我弱小。

专属技能"书签"已发动！

因为我变强的方式，和其他人并不相同。

"人物书签"已激活。

可用的书签槽：4个。

调出可启用书签目录。

"解除3号书签的'煽动家千仁浩'，加入'驯兽师申流承'。"

3号书签已激活。

明亮的光芒包裹住我的身体，我鼻尖感受到的怪兽气味开始发生变化。有些气味是亲切的，有些则充满敌意。原来我身边近在咫尺的地方，就有一个我不曾了解过的世界。归根结底，决定世界如何发展的，是阅读这个世界时的感知能力。

根据书签技能的等级，决定持续时间。

持续时间：5分钟。

对登场人物的理解度很高，可以激活登场人物所拥有的几项技能。

一头位于远处的鱼龙和我形成了同步连接，我的大脑中生长出复杂的回路。

"高级多元交流 Lv.3"已激活。

"驯服 Lv.9"已激活。

我流出鼻血。原来那两个小鬼头一直以来都是这种感觉啊。

我缓缓开口道："米尔巴德海后,过来。"

4

鱼龙的海后破开水面向我靠近,流畅的身体曲线勾勒出壮观的景象,整个汉江都被翻动。陆地上慌张的化身们一齐退后。

"呃啊啊啊!那是什么啊?!"

凌厉的视线扫来,我面对的是一个种族的统治者。我再次切身体会到申流承和李吉永的了不起。

"趴下。"我下达命令,海后只是抖了抖胡须上的水,假装没听见。不出所料,就算释放同样的技能,也很难达到相同的效果。回想起来,我在借用莱卡翁的"风之径"时也遇到了差不多的情况。我无奈地靠近那家伙,爬上它的鳞片。

呼噜噜噜。就像是在拒绝我伸出的手一般,海后的身体剧烈晃动。但这已经是我目前能做到的极限了。说实话,光是和海后进行同步连接,就让我的前额叶有种缓缓燃烧的感觉。

我转身背对那些目瞪口呆的化身。"走吧。"海后的身体开始甩动,根本不在意我能否呼吸,它一会儿潜入水中,一会儿露出头来,就像在耍我玩一样。"噗哈!"我像只湿透了的老鼠,摇摇晃晃地挂在海后身上,不断喘着气,"这真是……"吼哦哦哦哦!周围的鱼龙们朝我叫唤,很享受这一幕的样子。

星座"紧箍儿的囚徒"看着你咯咯地笑。

虽然我对海后的控制力差得一塌糊涂,但它至少在缓缓朝着我想去的方向前进。

龙山区的西南方。

那里有汉江中为数不多的岛屿之一，"弩督岛[1]"。并且，如果我没记错的话，那座岛就是最有可能孵化"泛滥之灾"的地方。

第五个灾殃是在汉江的人工岛上孵化的。

《灭活法》中没有提起过准确的年份，我也不知道原著的故事发生在什么年代，但能隐约感到和我生活的年代相近。这本书毕竟连载了十年，为避免书中科技发展的历程和现实对不上的情况，《灭活法》里几乎没有提到现代机器，有时甚至会使用模糊不清的地名。现在就是这种情况。

"汉江的人工岛"……这到底指的是哪里？但就算是这样，我还是能定位到"弩督岛"。我的依据是原著的描述和陨石的尺寸。

嚓啊啊啊！海后的急刹车打断了我的思路。我翻滚一圈，摔到弩督岛上。米尔巴德瞥了我一眼，头也不回地消失在了汉江中。真是个无情的家伙。

专属技能"书签"已解除。

"哕哕哕哕。"我一次性吐出误吞的水，头晕目眩，整个世界都像在旋转。灾难来临之前，我没来过弩督岛，心情难免有些奇怪。岛上萧条的树木看起来还和世界灭亡之前一样。

趁着鱼龙消失的空当，江对面的化身们正在过江。唰一声，几个化身从天空中飞了过来。我屏住呼吸，躲在树木之后看着他们。

"那家伙去哪儿了？明明是往这边来了啊。"没想到这段时间学会了"机动飞行"的家伙这么多，他们又不是回归者，怎么适应得这么快？四五个男人在弩督岛上轻盈地着陆，开始搜寻四周。

"那边的几位大哥，咱们一起找到那家伙之后再瓜分奖励吧。那家伙看起来挺强的，一个人去抓还是有点悬吧？"

"我也是这么想的，你看到刚才那家伙头上的星星了吧？简直是个怪物。"

"既然能操控怪兽，那家伙的特性至少是英雄级的。"

"就算是这样，他难道还能强过西边的霸王吗？"

他们可是为了杀我而来，这种语气未免太过稀松平常了。不管怎么说，他

---

[1] **弩督岛**：位于韩国首尔，汉江中的孤岛。

们居然拿我和刘众赫做比较，真让我惶恐。我本来想再躲一会儿，等到悬赏任务结束的时候再现身，但森林里走出了一个早已抵达此地的人。

"那边的几个大叔，趁我好好说话的时候，赶紧滚出这个岛。"少女的嗓音充满霸气，她穿着校服裙子，披着一件黑色连帽衫，手握长刀走向男人们。

"你谁啊？"

"小孩子家家，不知道怕——"

唰喀。

"呃啊啊啊，我的胳膊！"

刀从空中划过，一条胳膊便顺势飞了出去，男人们惊恐惨叫。

一个相对年轻的化身大喊道："她是那个……那个忠武公！"

"什么？那个娘们儿怎么会在这里?!"

"快跑！大家快跑！"

看着使用"机动飞行"落荒而逃的化身们，我想：天赋就是天赋。

几天没见，李智慧竟然已经变得这么强了。看来忠武公选她也不仅仅因为她是自己好友的后代。她锋利的长刀指向我："大叔，你也差不多该出来了吧？脑袋上顶着这么明显的标志，你躲起来又有什么用？"

这么一看，我的头顶的确还显示着一个箭头。我叹了一口气，举起双手走到树林之外。

"你也想杀我吗？"

"我倒是想杀，但是怕师父伤心，所以实在下不了手。"

"他倒是会因为没有亲手杀了我而伤心。"

李智慧笑嘻嘻地收起长刀，她看了看我受伤的胳膊，说："你这段时间过得好吗？虽然问这个问题也没什么用。"

"你不是回台风女高了吗，怎么会在这里？"

"前几天师父把我接过来了，也不知道他是怎么找到我的。"

刘众赫亲自去接她？也是，李智慧毕竟是刘众赫小队的核心，这也正常。

我用"冷静洞察"估算着她的体力、力量、敏捷等级，总和大概超过了160级。虽然体力和力量稍微差了些，但这家伙几乎已经达到了第5个任务的能力值上限。而且她的"鬼杀"和"剑术锻炼"似乎也上了一个台阶，说不定所有《灭活法》中的人物只有不在我面前时才能更快成长。难道大家都瞒着我有一个精神和时间之房吗？

"大叔，你的同伴们呢？你见到熙媛姐了吗？"

"同伴们在龙山区等我，还没见到熙媛。"

"真可惜，我还想见姐姐一面呢。"

话说回来，郑熙媛和李智慧的人设还挺相似的，我小心地打量着周遭，问："刘众赫跟你一起来的吗？"

"嗯？我以为你来之前已经知道了欸。"

就在这时，一阵嘈杂的声音从弩督岛的一端传来。和鱼龙们殊死搏斗之后的化身们，已经在不知不觉中来到了岛的附近。有些家伙是坐鸭子船来的，有些则是游过来的，还有坐游览船或使用特殊技能登陆的。别人看了这光景，估计会以为是个旅游团。

"给我搜！那家伙就在这里！"

而且，他们的景点好像就是我。

看到化身们那副样子，李智慧皱起眉头，说："……你干吗带着一群小喽啰过来？"

"还能为什么？带他们来杀灾殃。"

这个世界上，有志者会自发培养势力以应对灾殃，但并非所有人都是这样。没有归属的化身们都躲在首尔的角落，坐等别人处理主线任务，这些人的摆烂导致人类的战斗力大大减少。消极怠工、一盘散沙的人类注定无法打败最后的灾殃，必须所有人通力合作……

"为什么？可以不杀啊。"

"嗯？"

"我师父说了，可以不杀灾殃。"在我不明所以的眼神注视下，李智慧继续说，"他说只要他在，最后的灾殃就完全不危险，所以叫我阻止那些没用的家伙上岛……该死的，他们怎么一下就上来了。"

李智慧再次拔刀跑了出去。仔细一看，在这座岛的边缘阻止其他人的不止李智慧一个。此刻，一只手正朝着靠近陆地的船只挥动。

"各位，不能进来！这里是危险区域！"

"什么？你算老几？"

"我是6502部队中尉……"

"哪来的中尉敢在这里叫嚣！"

男人砍来的剑刃被中尉轻松抓住。

"肆意抵抗公权力是很容易面临危险的。"

"喂，给我放手！"

穿着套装的中尉脸上长满了杂乱的胡子，健壮的体格不禁让人联想到巨大的熊。

"我来送你回到安全的地方吧。"

中尉用一只手就把那个男人举了起来，然后将他扔向了汉江对岸。

唰啊啊啊啊！男人以惊人的速度横飞过汉江，伴随着一声巨响砸到对岸的地面上。

中尉问："还有人需要我送吗？"

"疯了！全都退后！这人是怪物！"

化身们在中尉眼里就如山般堆积的部队伙食，那张我许久未见的脸上，出现了筋疲力尽的神情。

"好累……"

"感觉要死了……"

"独子，你在哪儿……"

"李贤诚。"闻言，李贤诚转头看向我这边。那表情仿佛是在干旱的沙漠里发现了绿洲一样。

"独子……独子？"李贤诚朝我靠近，我本能地后退了一步，"独……独子！是我！李贤诚！"

就在我准备张口的一瞬间，又有一群化身吵吵嚷嚷地闯了过来。"标志在那里！给我追！"

李贤诚的脸皱成一团："那个……请问我不是说过这里是危险区域吗？！"接

着，他下意识地转过身，拳头砸向地面。

登场人物"李贤诚"已使用星痕"粉碎泰山 Lv.5"！

整个弩督岛都为之震颤，同一时刻，伴随着震耳欲聋的响声，岛的一端发生了爆炸。我震惊地看着飞出去的化身们。刘众赫到底是怎么开发李贤诚的能力的……

李贤诚兴冲冲地奔向我，我问他："刘众赫在哪儿？"

他的表情里透出一丝失落。

"啊，他在岛中央。那个……"

"我很快就回来，到时候再聊吧。"

我刻意回避了李贤诚恳切的眼神，奔向岛中央。虽然我有很多想问李贤诚的，但现在不是寒暄的好时机。我必须尽快确认一些事。不知在树林里奔跑了多久，我终于看见嵌在公园中心的巨大陨石，尺寸是我目前见过最大的。陨石表面萦绕着的红色气息，显然蕴含着灭亡的力量。而陨石旁边站着一个女人。

"啊，你是？"

就在李雪花脸色一变的瞬间，那个让我找了好久的家伙从陨石后走了出来。

"刘众赫。"

刘众赫面无表情地站在那里，释放出强大的存在感。

"你现在到底在干什么？"

"你这家伙不是有未来视吗？不知道的事也太多了吧。"

看着那家伙从容作答的样子，我也不知道该如何回话了。巨大的"灾殃陨石"中插着"黄色陨石"，我立刻察觉到这家伙为什么急忙赶到了这里。

"你不会是想把向导陨石喂给灾殃吧？"

"反正向导今后只会成为障碍，在能够处理的时候抹除更好。"

不祥的预感总是对的——这家伙正在试图提前孵化灾殃，和李雪花之前的做法如出一辙，这是怕谁不知道他俩是恋人吗？

"到底为什么啊？先不说向导的事，你提前唤醒灾殃后又打算怎么办？你是终于疯了吗？"

刘众赫的视线暂时停留在了陨石上，眼中透出独有的傲慢："这次的灾殃，是我上次轮回时的同伴。"

"什么？"

"所以这次的灾殃是安全的。"

安全？那一刻，我脑子里掠过了许多想法。啊……众赫啊，好吧。难怪我总觉得你这次回归做得太好了。

"泛滥之灾"准备孵化。

被他帮了几次，导致我暂时忘了——

眼前这个"翻车鱼"，今后还要再死几百次才能堪堪把一只脚踏进结局。

事态已经很明确了。相信此时的刘众赫，无异于坐以待毙。

我朝李雪花大喊道："李雪花，请立刻带着那家伙逃离弩督岛。'泛滥之灾'和之前的任务都不一样，必须让大家一起列阵战斗才行，只有所有人一起面对——"

"金独子，不想死的话就别来妨碍我。"

刘众赫来到我的身后，咻的一声按了一下我的脖子。我突然间浑身无力，膝盖在不知不觉中跪到了地面。我恨铁不成钢地喊道："刘众赫，你听我说！即将苏醒的申流承不是你认识的那个她了，你要是见到她……"

虽然我想再喊几句，但我的声音已经在不知不觉之中变成了哼哼唧唧。该死的，我使用"点穴"一点点打通了堵结的穴道。既然他这么不听劝，就只能把他打到服气了……但现在首尔的确没人能用武力压制刘众赫。

不对，正好有一个。就是那个马上要孵化的家伙。

"泛滥之灾"已苏醒。

通知传来的同时，陨石上迸发出耀眼的光芒。终于，孵化开始。中级鬼怪的声音传来。

"各位化身真是急性子啊，其他行星都在拼尽全力地躲避灾殃，没想到你们竟然会这么着急唤醒……"

看来鼻荆也很难继续拖延时间了。

"看来各位很怀念先走一步的同伴呢？好，那就准备好迎接灾殃吧，你们的同伴们都在幽冥等着你们。"

收到了新的主线任务。

+

<主线任务#5：泛滥之灾>

类别：主线

难度：SS

完成条件：请解决"泛滥之灾"申流承

规定时间：无

奖励：100000Coin，？？？

失败惩罚：首尔灭亡

+

巨大的陨石对半裂开，其内部景象让人联想到胚胎内部。一个蜷缩着的赤裸女人像化石一样嵌在其中。女人白皙的皮肤上散发出神秘的光泽。扎成马尾辫的长长秀发包裹着她的全身。那是成年申流承的样子。

"是个女人？"

"那是啥啊？是灾殃吗？"

李贤诚和李智慧似乎没能阻拦所有人，有些化身悄悄靠近并且看见了申流承。战斗力相差悬殊，他们完全感知不到申流承的威压。

专属技能"第四面墙"已抵消你的精神冲击。

"泛滥之灾"和其他灾殃不一样，她不会面临被削弱的惩罚。越早苏醒的"泛滥之灾"越强。

睁开眼睛的一瞬间，申流承全身上下都长出了近似动物皮毛的雪白毛发，就像一套定制的衣服一样。咔咔咔。申流承缓缓脱离陨石，踏上地面。她的步伐像个蹒跚学步的小孩，但她光是脚碰到地面，就镇住了周围的所有事物。这是个完全不同量级的强者。

就连在化身中位列强者的李雪花也僵住了。但也有人没被她的气势吓退。

"申流承，我等你很久了。"

申流承缓缓转头看向刘众赫。

"……队长？"

只消一眼，申流承就察觉到了什么。

"这样吗……队长你一直在等我吗……这不是你第一次见我，对吧？"

刘众赫点了点头，说："我需要你的帮助。"

"在那之前……队长，你现在是第几次回归？"

"你为什么好奇这个？"

"我需要知道答案。"

刘众赫稍作犹豫后，答道："第3次。"

"果然是这样……那你在第2次回归时就已经见过我了，没错吧？"

"没错。"

第2次回归的刘众赫之所以能一路走到第46个任务，正是多亏了眼前这位"泛滥之灾"。她是从第41次回归的世界线归来的登场人物，也是第41次回归的刘众赫给过去的自己派去的助手。被原本的世界线抛弃后，申流承很长一段时间都在次元中旅行，最终以任务的形式降临地球。

"既然现在是第3次回归，就说明即便我给了你情报，上次回归时你还是失败了。"

"所以我需要更多情报。"

第2次回归的申流承把自己已知的情报交给刘众赫后就自杀了，那是她对他最后的关照。但现在已经是第3次回归。

申流承开口了："我用了几千年。"

我从申流承面无表情的脸上感知到无法被岁月消解的疲惫。第41次回归的刘众赫所做的这件事，比杀人还要残忍。几千年——这是长到足以让一个人完全崩溃并且自我磨损的时间。申流承挨过了漫长的几千年，终于成了灾殃。

"队长，你知道我有多累吗？你知道我答应了你的请求之后，是在多么痛苦的岁月里苦苦支撑过来的吗？"

"……什么意思？"

"我很想你，队长。"

申流承微笑中的绝望是刘众赫完全无法理解的。

他漠然地开口道:"把第 41 次回归的情报交给我,那次回归的我还说了别的什么吗?"

我真想大喊:不能这样说!但我发不出声音。

申流承的眼神就像风暴眼一样平静。只有我能读懂她眼底的惊涛骇浪。

——果然,什么也没变啊。

由于刘众赫的计划,申流承数千年间都在迷宫之中孤独地游荡。第一个两百年,她为了人类而坚持,下一个两百年,她为了实现约定而坚持。然后又是两百年,她想着曾并肩作战的同伴和刘众赫,撑了过去。在漫漫岁月之中,申流承为了守住自己的本心,将那么一点儿记忆回想了一遍又一遍。但越是反复回想,她就越会产生疑问。

"这一切都有什么意义呢?"

时间抹除了她坚守的大义,夺走了她的正义感,只留下一具没什么看头的人类灵魂。她的内心翻涌着对那个让自己和同伴们沦为"回归"工具的刘众赫的怨恨。在深入骨髓的孤独和被世界抛弃的慌乱之中,申流承靠着对罪魁祸首刘众赫的痛恨,熬过了千年岁月。

"队长,你一点都没变。"

"没时间了。别废话,先给我情报。"

"对你来说,我们到底算什么呢?"

"……什么?"

"我已经仁至义尽,也给过你一次机会,但你还是跟从前一样。"

她最后的仁慈就是帮助了第 2 次回归的刘众赫。

"并且今后也还会继续下去吧。你永远把人当作工具,而我也始终被困在世界线的迷宫里。那些不值一提的正义感、该死的大义……我恨透了在世上独活的你!"

然后,她和第 3 次回归的刘众赫相见了。

"我现在能告诉你的只有一件事:你救不了任何人。"申流承的笑让人毛骨悚然,"你的第 3 次回归到此为止。"

申流承的手中绽放出耀眼的光,同时我解开了"点穴"技能。

"刘众赫,让开!"我全力奔跑,以肉身承受了爆发的以太风暴。小腹痛到像是被完全剥除了,不过一瞬间,我的神志就变得模糊。岛中央被炸出一个巨大的坑,我和刘众赫被弹到空中,好一会儿后才落回地面。好痛。真的好痛。

"……金独子?"

刘众赫吃惊地望向摔倒在地的我。我的呼吸越来越快,眼前的天空变成了黄色。我再次意识到,自己之前的运气有多好。

这个世界本来就如此危险,但凡踏错一步都会丧命。

"金独子!"

这家伙可真会装。

我咧嘴一笑,对刘众赫说:"喂,把我杀了吧,你平时不是特想杀我吗?"

"你在说什么?!"

"我就给你一分钟时间,赶紧动手吧。"

刘众赫这时候才看到我的下腹。原来这就是想摸腹部却摸不着东西的感觉啊……我的嘴里不断涌出血沫,整个世界天旋地转。"嘀呃……"我始终喘不上气来。

专属技能"第四面墙"已抵消你的部分疼痛。

要是没有"第四面墙",我可能早就痛出眼泪了。上回一瞬间就死了,所以没经历这种痛苦……

"金独子,你先别死!现在还不迟。"

"已经迟了,臭小子。"

"还不迟!"

"王八蛋,你现在杀了我还能得到Coin。我已经死定了,你赶紧动手吧。"

我真的很久都没看见刘众赫露出这种表情了。这小子,第一次在地铁里看到我的时候也是这副表情吧。

"我不可能那样做。"

我的视野就这样变得模糊了。刘众赫还在给我点穴,但我已经流了太多的血,而且最重要的是……我的下半部分内脏完全消失了,所以我必死无疑,就算李雪花出马也无力回天。

我的意识就像沙子城堡一般缓缓塌陷。

你已死亡。

过了一会儿，我听见了系统通知声。

目前业力点数：100/100。

拥有足以使用特典的业力点数。

"不杀之王"的特典已发动！

***

不出所料，我再次睁开眼时，已经身处一片黑暗之中。这种状态不论经历几次都会让人不痛快。

由于专属技能冲突的错误，"不杀之王"的特典激活已延迟。

由于死亡，你的意识已完全从肉体的束缚中解放出来。

专属技能"全知读者视角"第三阶段被强制激活。

黑暗中传来了几条我以前听到过的通知。下一刻，我的眼前就出现了画面，这是第三人称观察者视角。

"泛滥吧。"

中级鬼怪说得没错，其他灾殃全部加起来也比不上"泛滥之灾"一根手指。申流承说完这句话后，空气就开始旋转变形，怪兽从次元门里一拥而出。传说级特性"驯兽领主"的主要技能是"怪兽之门"。她在不同次元漂泊时驯服的无数怪兽，现在都变成了地球的噩梦。

"去破坏，去撕裂，去粉碎吧。"

7级怪兽就不用提了，甚至多的是6级以上的怪兽，其中还有一些能和有小型灾殃之称的5级火龙比肩。

"此刻，即是灾殃降临之时。"

弩督岛就这样发生了爆炸，汉江上波浪滔天。慌张大叫的化身们被怪兽吞噬，这时候才终于看清战局的王们开始下达命令。然而，有人带着骇人的气场出现在申流承身后。

"申流承，我要杀了你。"

那家伙疯了吗？伴随着可怖的破空声，刘众赫的以太刀锋劈开空气。申流承弯腰轻盈躲过之后露出一个微笑。

"你的'破天剑法'等级已经挺高了呢。但这种程度的话，任你怎么嚣张都赢不了我。再怎么说，你的技能也还在用'等级'衡量的范畴内，不是吗？"

"这次回归，你一定会死。"

"是吗？我都说了你肯定做不到，要是再让你修炼十年，说不准还有点机会。"

"我一定会杀了你。"

"……队长，你怎么这么激动？都不像你了。怎么回事啊？"

我默默准备使用"第一人称主角视角"。这种情况下，我的意识附在刘众赫的身体上才是最佳解决方案。虽然心里硌硬，但如果能附在他身上选择技能的话，我们就能更轻松地对战"泛滥之灾"了。

"不对啊……你还是我认识的那个队长吗？"

就在这时，申流承偏头看向我的尸体。

"那个化身是谁？其他轮回里没有他。"

刘众赫依旧一言不发地挥动着以太刀锋，仿佛不断攻击就是他能给出的唯一答案。

无数次挥刀攻击之后，刘众赫缓缓开口：

"那家伙……"

申流承的表情逐渐带上了怀疑。沉默良久，刘众赫才继续愤怒地说："是我的同伴。"

Episode 21
无法改变的东西

1

"……队长，你刚刚说什么？"

申流承震惊的语气让我猛然清醒。

"你说啊，你刚才说什么了？什么啊？同伴？"

"……"

"你说那个人是你的同伴？"

面对她难以置信的语气，刘众赫并未做出回答。自尊心极强的刘众赫居然会使用"同伴"这样的表达……身为当事人的我都很意外，更别提申流承了。

"没错。"

我甚至开始感到害怕，再怎么想，那家伙都没理由对我用上"同伴"这两个字……要是之后看到我复活，他肯定会毫不留情地杀了我吧。

星座"海上战神"因你们的袍泽之情而感动。

星座"秃头义兵长"因你们的袍泽之情而热泪盈眶。

得到了 500Coin 的赞助。

行吧，这就说得通了。刘众赫那家伙分明就是为了得到赞助。乌列尔不是最喜欢袍泽之情吗，她怎么没来掺和？总之，这绝对是刘众赫骗取赞助的神来之笔，他血流不止、悲壮大喊的样子逐渐让我的猜测变成了确信。

考虑到刘众赫这是第 3 次回归，说出"同伴"这种词也是有可能的。在早期的回归中，李贤诚和李雪花死的时候，刘众赫嘴里也会说出"同伴"一词。

一想到这家伙正在收到巨额的 Coin，我的心里就很不是滋味。想通之后，涌上心头的感动消失得无影无踪。好恨，我刚才怎么没说出那种台词。

"队长……你怎么能说那种话？"

不知道刘众赫真实目的的申流承则是一副世界观崩塌的表情。我很理解申流承的反应，更何况第 41 次回归中的她……直到第 41 次回归结束，申流承都没能从刘众赫口中听到过一次"同伴"。

喀喀喀喀喀！申流承的拳头和刘众赫的刀刃激烈碰撞。哪怕她用身体和武器硬碰硬，损坏的反倒是刘众赫的刀。那可是 SS 级刀剑"振天霸刀"，就算不附带特殊效果，耐久度和强度也极其强悍。但现在，这把刀正在申流承的拳头下发出阵阵哀号。最后，"振天霸刀"的刀刃无法抵挡冲击，这把萦绕着"破天罡气"的无敌霸刀，就这样无力地折了腰。

"你怎么敢，你怎么敢在我面前……"

申流承没有使用多么厉害的技能，只是甩出凝聚到极致的以太。但这一击竟让刘众赫喷着血向后飞去。

攻击，速度，变招——申流承对战刘众赫的领先是全方位的。刘众赫引以为傲的"朱雀神步"和"破天剑道"在她面前都失去了光彩。伴随着一声声可怖的皮开肉绽之声，刘众赫的脸被反复捶打。

这不是天赋的问题，而是时间的问题。就算申流承在被全面削弱后才降临，但第 41 次回归的申流承实力接近这个人物所能达到的极限。与之相反的是，这次回归的刘众赫再怎么强，也不过是个刚开始本次回归的新人。

"你怎么能叫他'同伴'？就因为他为你牺牲了？就因为这个？"

血流不断喷出，就算这样，刘众赫也仍未屈服，还在不断挥动手中的刀。那个蠢货到底为什么还在战斗？看着全身流血不止的刘众赫，我逐渐烦闷了起来。他既然知道形势对自己不利，为什么不掉头就跑？平时那家伙不是挺擅长临阵脱逃的吗？他今天又是哪根神经搭错了？

申流承的拳头再次砸过来，她继续说："那我和其他人又算什么？智慧姐、贤诚哥，还有雪花姐呢？我们都只为你而战，我们对你来说又意味着什么？"

"我不知道你在说什么。"

"什么？"

"我只知道——"刘众赫擦了擦嘴唇上的血，接着说，"你杀了我这次回归的同伴，所以，你死定了。"

这回连我都不禁心头一热。

由于过度投入，限制"第四面墙"的部分功能。

就算那家伙是在演戏，但他能做到这个份儿上，我甘愿受他蒙骗。是啊，就是为了这份感动，我才会一直追更《灭活法》。这么一想，刘众赫在《灭活法》中对其他人物说出这类话的时候，我也红了眼眶。我忽然开始心绪不宁。我不过区区一个读者，居然成了主角刘众赫的"同伴"。

申流承用失去了一切的表情看着刘众赫。"你不能这样……"不祥的光晕开始蚕食她的周遭，虚无感催生出背叛感，又转化为愤怒，"你怎么到现在才产生变化，不可饶恕！"

申流承的拳头里蕴含着恐怖的以太之力。我本来津津有味地看着刘众赫挨揍，还想观赏一会儿来着，此刻却产生了不能再袖手旁观的危机感。

由于过度投入，"全知读者视角"的熟练度大幅上升。

搞不好刘众赫真的会死，那就真是得不偿失了。我赶紧转换"全知读者视角"的模式，从第三人称观察者视角，变为第一人称主角视角。

视角变更为第一人称。"第一人称主角视角"变更失败。

什么？为什么？

未能满足变更视角的条件。

我震惊不已，像是后脑勺挨了一棒子。"第一人称主角视角"的使用条件有两个：

一、我死后进入灵肉分离的状态。

二、我和将附身的对象同时想着彼此。

第一个条件已经满足了，问题是第二个条件。但在这种情况下，不可能不满足第二个条件啊。不是，那他嘴里嚷嚷着要给我报仇又是什么意思？看着疯了一样挥刀攻击的刘众赫，我呆住了。"杀了你，我一定要杀了你这家伙。"

那家伙的脑子里什么也没想吗？申流承注视着刘众赫开口道："这样下去可不行，本想着简简单单结束的，但现在我改变主意了。"她的笑容如同恶鬼一般，"我会用最可怕的方式，终结你的世界。"

申流承的视线并没有看向刘众赫，而是望着其他地方。跟随她视线看过去的那一瞬间，我全身的鸡皮疙瘩都起来了。我现在真的不能再坐视不理了。

不附身刘众赫也行，必须赶紧附到其他人身上……

那一瞬间，我像是被人刺了一下——一个意想不到的人物正在想着我。我竟然能附到这个人身上？照理来说这是不可能的啊……

啊，难道是这样吗？是因为刚才刘众赫说了那些话吗？也行，说不定附身这个人效果更好。不管了，顺势而为吧。我开始对该人物倾注全部的心力，过了一会儿，我的视野开始晃动，眩晕造成的呕吐感涌了上来。

视角变更为第一人称。

空间扭曲，我的意识被吸入了某个地方。

＊＊＊

同伴？

刚听到这话的一瞬间，申流承甚至怀疑自己的耳朵。

同伴？

这话怎么可能从他口中说出来。

那可不是别人，而是刘众赫。申流承不理解自己内心深处的震动从何而起，但这份动摇唤醒了她已遗忘近千年的某种感情。

刘众赫竟然说了"同伴"？她不知道刘众赫到底经历了什么事，但如果这句话是真的，那么这次回归的刘众赫，也许，对她也……

哐哐哐哐！申流承不自觉地将拳头砸向地面。

刘众赫这个卑鄙小人！申流承瞧不起产生了期待的自己，开口道："我给你最后一次机会，现在还不算晚，如果你收回那句话，我会让你没有痛苦地死去。我要你亲口承认，你没有同伴，你自私自利、不可一世。快给我说！"

就算遍体鳞伤，刘众赫也没有屈服。被申流承击中的一边手臂血肉模糊，他的腿部肌肉也撕裂了，但他那双高傲的眸子依旧明亮。

申流承看了他一会儿，咬牙切齿道："抓住他。"

6级怪兽"硫黄木乃伊"穿过"怪兽之门"，开始行动。它们洁白的绷带紧紧缠住刘众赫的身体，将他的四肢狠狠向外拉拽，似乎下一秒就能将他五马分尸。

申流承开口道："队长，我会把他们一个一个地杀死。我会用最痛苦的方式，在你面前杀掉他们。"说完，申流承掉头朝岛外的方向走去。

"那娘儿们就是灾殃！杀了她！"发现申流承后，化身们一个接一个地爬上岸。申流承从左至右轻轻挥手，扑上来的化身们就像沾水的报纸一般被轻易撕碎了，甚至来不及惨叫就一命呜呼。

"泛滥吧。"她的一句话，就让怪兽们通过"怪兽之门"蜂拥而出，它们之中最强的两头站在她身后，如同左右护卫一般。

5级海兽"海王马斯伍德"。

5级怪兽"重金刚兽"。

就在申流承下达命令的一刹那，两头足以作为一个世界的"小型灾殃"降临的怪兽同时从两侧跃起进攻。

"想去哪儿？"闪光的长刀，修身的短裙，再加上黑色拉链式连帽衫——申流承一眼就认出了这个人的身份。"鬼杀"在李智慧眼中愤怒地燃烧着："你竟敢把我师父打成那样？"

李智慧周身迸发出伟人级星座的威压，申流承立刻察觉到这个海洋中的最强者要使用什么星痕。是啊，这么一看，弩督岛在江中。

"……今臣。"就在李智慧念诵口诀的瞬间，汉江多处水柱喷涌，形成了一艘艘透明的舰艇，"战船尚有十二……"

汉江的滚滚波涛上，现出十二艘霸气四射的战船，光是看着就让人胆战心惊。

尽管未来的申流承一直被战船压制，但眼下身处这可怖的气场中，她却只是微笑着，面露怀念。

"是啊,这是姐姐你的特殊技能。"

"姐姐?你看起来比我老吧?说什么屁话!"

"但你差得太远了。舰长应该在船上呀,你站在这儿又该怎么办呢?"

申流承瞬间移动到李智慧面前,伸手掐住她的下巴,而后者根本就来不及抵抗。

"可怜的姐姐,什么也不知道。"

"见鬼,你怎么这么快?!"

李智慧慌忙躲避,却完全跟不上申流承的速度。

"你不会知道,刘众赫会怎样利用你、抛弃你,你也不会知道,自己将如何死去。"

李智慧的刀刃劈向申流承,对方轻而易举地抓住了锋利的刀刃,继续说:"你终其一生都想得到刘众赫的认可,最后却死在了你所热爱的大海之上,被憎恨你背后星的星座们……"

"全军,发动炮击!"李智慧发出凄厉的喊声,十二艘战船同时发炮。看着蜂拥而至的炮弹,申流承笑了:"你知道在你死后,刘众赫说了什么吗?"炮弹击中申流承的身体,轰隆隆的爆炸声不绝于耳,她从硝烟中走出,接着说,"他说'以后海上作战会有些吃力了'。"

在狂轰滥炸的炮火之下,申流承雪白的外衣毫发无伤。这是申流承的固有技能,也是最强的防御技能之一——"兽王的感性"。她身上包裹的这件白色衣物,将维持她高高在上的王之姿态,永远洁白无瑕。

"姐姐,别担心,这次回归不会再那样了。"纯白的笑容在申流承脸上绽放,"我会让你毫无痛苦地死去。"

2

申流承的右手静静地抬至空中。

"怒吼吧,海王马斯伍德。"

下一刻,在她身后盘旋的鱼龙之王静静地抬起身子。在大海中呼风唤雨的鱼龙之王，海王马斯伍德使用了"冰冷呼吸"。一瞬间，汉江底部全部冻结，本在发射炮弹的"幽灵舰队"也被笼罩在鱼龙之王的呼吸之中，缓缓失去了作战能力。

"姐姐，给你一个忠告。幽灵舰队虽然很强，但在没有水的环境中，就没有什么意义了。"一切发生在转瞬之间，申流承的拳头挥动了一下，旋即传来爆炸声。李智慧的手松开了刀，她的身体毫无还手之力地飞向天空。"当然了，这个忠告在这次轮回里不会再有任何用处了。"李智慧流着血飞在空中，已经失去了意识。海王马斯伍德的"冰冷呼吸"最终扩散到了整个汉江上。

"呃啊啊啊！什么啊?！"突然袭来的寒潮让原本在过江的化身们发出尖叫。在翻涌而来的冰冷波涛之中，几百个被冻在汉江上动弹不得的化身，几乎注定要面临被冻死的命运。就在化身们变得僵硬、失去生机的时候，一个在附近观察情况的怪力拥有者救下了他们。

登场人物"李贤诚"已使用星痕"粉碎泰山 Lv.5"！

李贤诚那只肿大到不寻常程度的右手臂砸向了冰冻的汉江。由于过度使用"粉碎泰山"，他的右臂已有部分损坏，但他的努力是有回报的。咔咔咔咔咔！汉江表面出现裂痕，冰面直接塌了下去，"冰冷呼吸"的效果无法继续向前延伸。趁着这个空当，化身们跑上地面，向弩督岛进军。

"呜啊啊啊啊！"

"进攻！"

看着站在人群中心的李贤诚，申流承悲伤地笑了："是啊，贤诚哥，我就知道你也在。"

"……你认识我？"

"你曾是我们最坚固的盾，你救了我很多次。"

申流承做了一个手势，这次轮到她身后的巨大黑猩猩捶着胸脯往前了。那是5级怪兽"重金刚兽"。轰隆——那家伙后腿捣地带来的震动，让附近的化身们全都滚落在地。

李贤诚冲向了重金刚兽，肿大的胳膊和重金刚兽的钢铁肌肉正面相撞。李贤诚的力量是惊人的，他青筋暴出、唇角流血，坚持着没被重金刚兽推开分毫。

他反倒压制了怪兽。

呼噜噜……

看着这样的李贤诚，申流承麻木地继续说道："不论当时还是现在，贤诚哥都是刘众赫最忠诚的军犬。"

"你是谁？"

"你救过无数人的命，最终却为了守护刘众赫，被铁血龙的龙息击中，变成了一捧灰烬，很快就散尽了。"

"什么……"

"你知道那时刘众赫说了什么吗？"就像要把自己受到的伤害转移到其他人身上一样，申流承舌尖吐出的每一句话都像手术刀一般锋利逼人，"我贵重的盾没了。"

看到李贤诚微妙变化的表情，申流承沉浸在孤独的快感中——是啊，你们也该感受一下我所承受的那些痛苦和我看到的那些景象，虽然不能让你们全部领会，但你们也必须理解才行。

但她并不知道——这次回归，和她了解的剧情发展有一些不同。

挡开了重金刚兽攻击的李贤诚开口了："虽然不明白你在说什么，但我并不追随刘众赫。"

"什么？"

"我是金独子的同伴。"

"金……什么？"

哐的一声，重金刚兽倒了下去。申流承神色一僵，靠近李贤诚，说："你在说什么？"

申流承就这样用一记重击砸向了李贤诚的腹部，伴随着一阵似鼓面被捶炸的声音，李贤诚的身体飞向空中。在这一记以太风暴的猛攻之下，李贤诚结实的腹部被凿穿，飞向了汉江中心。这是足以摧毁他全部脏器的一击。李贤诚已经不可能继续在第3次回归中生存下去了。

但申流承的脑海中却留下了一个疑问。那是她从未听过的名字。

——金独子……那到底是谁？

申流承把冲向自己的化身们的脖子全都掰断，在冰冻的江面上缓缓向前行走。惶恐不安的化身们被拥来的怪兽用爪子撕扯开来，恐惧一点一点地侵染了人们的眼睛。面对无法抵抗的灾殃，绝望的情绪在化身们之间蔓延。

当然，还是有人在坚持奋战。"发射！"王们整理阵形，开始利用远距离技能进行攻击。箭矢和魔力子弹如雨般倾泻而下，申流承知道那些人的身份。

"美戏之王"闵智媛。

"弥勒之王"车尚景。

"中立之王"全日道。

申流承开始觉得事情不对劲。这些人原本应该死了才对，或者已经成了刘众赫的部下。因为除了刘众赫，其他的王都应该在第4个任务结束的瞬间被"唯一的王座"统率起来。这到底是什么情况？

"敌人只有一个！给我打！"

这群乌合之众，到底受了谁的命令？

"绝对王座"到底在哪里？

这个世界是由谁统治的？

就在这时，她感受到了杀意。伴随着沙沙沙的声音，申流承站着的地方已经被冻住了。"冰冷呼吸"？她下意识回头看，一只巨型鱼龙正在向她喷洒呼吸。而且，那不是海王马斯伍德。看到申流承反射性抬起的右手，海王马斯伍德动了。"吼哦哦哦哦！"两头鱼龙同时向对方咆哮道，随即缠斗在一起。海王和海后撕咬着彼此，把整条汉江变成了一个巨大的八角笼[1]。据申流承所知，足以和海王马斯伍德一战的巨型鱼龙只有一头。

"……海后米尔巴德？"

虽然知道海后就在地球上，但对方并没有攻击申流承的理由。

不是，这到底是为什么？

"你是未来的'我'吧？"转头看向声音源头的一瞬间，申流承的大脑变得

---

1 八角笼：格斗比赛的封闭擂台。

一片空白，一段十分让人怀念的时光正在动摇她的灵魂。

"把大叔还给我！"

那是一个哭天喊地的女孩，旁边还有一个阻拦她的女人。

"流承，不行！"

一阵嗡嗡作响的冲击过后，灾殃申流承明白了一切。

"哈哈……行吧。我就知道。"申流承飘浮到空中，朝着少女靠近。她所了解的那个刘众赫当然会这样做。那个为达目的不择手段的卑鄙小人，从一开始就会这样做。"刘众赫，你个人间败类……"

"流承，快跑！"刘尚雅拔出匕首握在手中，同时发动"赫尔墨斯的散步法"和"阿剌克涅的蛛丝"，冲了上去。申流承的眼中闪过一丝异彩。

"……奥林匹斯？"

但匕首却并没有碰到申流承。申流承一个简单的手势，从"怪兽之门"中出来的飞行物种就一股脑地拥向了刘尚雅。刘尚雅一瞬间就被包围了，身影被怪兽群淹没。

申流承看都没看受困的刘尚雅，而是靠近了那个女孩。抬头盯着她的女孩眼中透出恐惧和愤怒。女孩像是被绑住了一样寸步难行，申流承伸手摸上她的脸颊。

"刘众赫果然找出了这个世界线中的'我'。"

"呃，啊……"

"他想杀了小时候的'我'，来阻止现在的'我'，对吧？"

严丝合缝的推理让申流承脑海里的喜悦开始沸腾，一瞬间变得有些模糊的憎恨和愤怒又迅速回归原位。果不其然，不论回到过去几次，有些东西总是一成不变的。

灾殃申流承笑了："你好，过去的我。"

就在她的手准备行动的那一刻，后方砸来的强力一击引发了爆破声，并且将她吞噬。尘土消散的地方，一只巨型螳螂的镰刀正在闪闪发光。

"6级虫王种？"

"翅翅！干掉她！"

巨型螳螂的镰刀攻击毫无章法地劈下，像切豆腐一样把地面生生切开。非常可怕的一击，当然了，这一击还不足以抵挡灾殃。

"滚开。"灾殃申流承的右臂上凝结的以太在巨翅目的腹部爆炸开来。巨型螳螂万分痛苦地喷出绿色的血液，就这样屈膝跪倒。

"翅翅！"愤怒的李吉永从巨型螳螂的脑袋上跳了下来。李吉永的身上像降落伞一样散开的黄色黏液正在空中展开。

"去吧！安缇努斯！"出现在李吉永身上的寄生物种挥着翅膀飞了过来。5级寄生物种"帕洛赛特"。

申流承大吃一惊："安缇努斯？"

申流承当然知道那个存在，她来地球之前就毁灭了克罗诺斯。安缇努斯隶属克罗诺斯的统治种族之一帕洛赛特，也是个具备女王资格的怪兽。

难以置信，竟然有一个孩子能把统治种族当属下指使？

"还挺像样的，小鬼头。"

但惊讶只是暂时的。本想进行寄生的安缇努斯，直接被申流承抓得死死的。安缇努斯的黏液一碰到申流承的指尖，就被烧得漆黑。"啊啊啊啊啊"……向导不能对抗灾殃。

"竟然有能够驯服向导的天赋，你果然也是个有'领主'潜质的孩子，是吧？你也是队长找到的……"

李吉永根本没听她的问题，不管不顾地冲了过来。

"你把独子哥哥怎么了？！"

"什么？"

"我问你，我哥哥在哪儿？！"

李吉永跑了过来，他的拳头打向申流承的腹部。虽然对李吉永自己来说，已经是全力一击，但断裂的反倒是他自己的手腕。尽管天赋出众，但他遇到的是一名劲敌。被洁白毛发覆盖的申流承的手掐住李吉永的脖子，将他举了起来。

"'独子'到底是谁？"

李吉永不断挣扎着，脸因为充血而涨得通红。

"快说，不然你就去死吧。"

这时，远处传来开炮的声音，把申流承原本站着的地面炸得四分五裂。申流承轻盈一跃，躲开了炮击。

"幽灵舰队"的舰炮射击？怎么会？

"吉永！"

李智慧和李贤诚从远处跑了过来。灾殃申流承的脑海中出现了更多疑问。奇怪，他们受到的攻击明明应该让他们当场毙命，怎么会还活着呢？难道是力量调节失败了？我申流承还会出现这种失误？申流承意识到事情变棘手了，她掐着李吉永脖子的手用了些力道。事已至此，直接问李智慧和李贤诚反倒更好。

"再见，小鬼头。"但就在她想要收紧虎口的一瞬间，大脑中却传来了一阵刺痛，她的神经节忽然不受控制了。申流承吓了一跳，手不由得一松，李吉永顺势掉在地上。申流承的右手正诡异地颤抖着。

难道是被帕洛赛特感染了？不，那不可能。就凭一个5级寄生物种，不可能干涉世界线中身为回归者的申流承。既然如此……这到底是怎么回事？

为什么身体突然间就不听使唤了？就在这一刻，她听见一道嗓音："停下，申流承。"

这明明不是什么大不了的话，但奇怪的是，听到这道嗓音的瞬间，申流承心灵深处的某个地方像是塌陷了一样，心尖剧烈发痛。明明之前她从未听过这道声音，它如此陌生……

"你……你到底是谁？从我身体里滚出去！"但是为什么会有如此怀念的感觉呢？申流承抵抗着自己的意志，捂住了脑袋："出去！从我身体里出去！"一阵呕吐感袭来，脑中盘旋着未知的记忆。不该接续的世界，和本不能接续的胶卷绕缠在了一起。

"流承。"听到这道声音，灾殃申流承猛然清醒，幼年申流承已经在她面前了。

女孩张口道："大叔，你是不是在这里？"

3

最开始我并没有想过要控制灾殃的身体，而是有其他计划。但就在我附身申流承的瞬间，我就决定全面修改自己的计划。

专属技能"全知读者视角"第三阶段已发动！"第一人称配角视角"已发动！

确切地说，我意识到自己不得不修改计划。

——我不同意。

——那我算什么？我苦苦徘徊的几千年又算什么？

——我的人生又能得到什么补偿？

接受着申流承不断涌来的思绪，我用她的眼睛看待这个世界，我用她的鼻子呼吸，用她的手杀人，用她的声音讲述她的想法——我俨然成为申流承。

"第四面墙"剧烈动摇。

接着，我见到了李智慧。见面的一瞬间我就知道，李智慧将死在这里，所以我尝试了之前从未做过的事。

以"第一人称配角视角"干涉登场人物的行为。

"第四面墙"不祥地晃动。

脑海中电流闪动，紧随其后的是剧烈的疼痛感。尽管如此，在申流承给出决定性一击的那一瞬，我从她的右手中抽出了少许力气。由于是非常细微的调控，申流承并没能察觉到，但我的确成功了。

李智慧没有死。

你对登场人物"申流承"的理解度有所提升。

面对李贤诚的时候，我做了同样的事。

我的意识逐渐涣散，但我还在暗自想着，也许我能利用这一点做些什么。我逐步倾注着更多心力，加大了对申流承身体的控制。最后，在申流承的右手掐住李吉永脖子的瞬间——

——你……你是谁？

我成功地用自己的意志控制住申流承的右手——这是种非常惊人的体验。
你对登场人物"申流承"的理解度非常高。

"……大叔?"幼年申流承问。
"滚出我的身体!"
在我的控制下,申流承的右臂开始发作了。扭成畸形的胳膊变成了漆黑的颜色,凸出的血管肿大到就像要爆炸一样。幼年申流承跑向那条变得焦黑的胳膊,急切喊道:"大叔,大叔在这里吧?大叔!"幼年申流承抓住了我附身的那条胳膊,就在那一瞬间,以接触点为中心迸发出剧烈的火花,类似盖然性风暴。有人面露异色地跑过来,都被剧烈涌动的火花弹开。
灾殃申流承和幼年申流承同时看向彼此。记忆的洪流滚滚而来。
——大叔。
——队长。
但这本是不可能的。如果"断开的胶卷理论"正确,那么这两个人就算能够同时存在,也不能连接对方的历史。
——那个……杀了我也没事的,我已经准备好了。
——我也想活下去。
只有"登场人物"才适用"断开的胶卷理论"。
但我来自小说之外。假如我的存在……能将她们二人的记忆连接起来?也就是说,本不该接续的两个胶卷,哪怕能短暂相连的话?闭上眼睛,我感受到两个申流承正紧紧抓着我的手。第3次回归和第41次回归。来自两条时间线的人看着彼此。
——我也有活下去的价值吗?
——但是这样的人生,到底有什么价值?!
"不行!这是……这段记忆是……"
灾殃申流承慌到说话都开始结巴,嘴唇也被咬成了青紫色。灾殃体内升起了强劲的气息,伴随着一阵什么东西被撕碎的声音,幼年申流承从那只右臂上弹了出去。为了把我赶出她的身体,申流承使出了浑身解数。

噗咻，噗咻咻！她开始七窍流血，战斗力急剧下降。由于过度使用魔力，她灵魂和肉体之间的平衡正在崩溃。

"申流承！等等，停手吧！"

"啊啊啊啊啊！"申流承的头发正在变成苍白的颜色，她死死地抱住自己的头，竭尽全力想把我赶出去，通过共享的感官传来剧烈的疼痛和呕吐感，我也快被逼疯了。

要是我再这样坚持一会儿，灾殃申流承就……

该死的！我的意识从申流承的身体中抽离而出的一瞬间，感官也随之消失。

技能冲突的错误已恢复正常。延迟生效的"不杀之王"的特典已重新启动。你的肉体将死而复生。

这也许是个不合时宜的选择。但是，我有件想尝试去做的事。

一位喜欢变换性别的星座感到可惜。

要是不做，我可能会后悔。

你的肉体已开始再生。

专属技能"第四面墙"抵消了死亡带来的精神冲击。

正在准备"全知读者视角"第三阶段的使用奖励。

算上被火龙杀死的那次，这是我第二次复活。从末梢神经开始一点一点被重新构建起来的感觉让我再次挣扎起来，以粒子为单位重新构成的肺部吸入了新鲜空气，视觉神经凝聚起来，周围的环境渐渐在我眼前显现，我意识形态下抽象的精神活动此刻终于转移到了柔软的大脑皮层上。

"不杀之王"的特典已完成。消耗了100业力点数。

由于体内的代谢物完全消失，肉体的性能将会上升。体力和魔力等级各上升2级。

已超过该任务的综合能力值限制标准。

哈啊啊……有了上次复活的经验，这回我没太过狼狈。我四处张望，看到了自己穿过的衣服和使用过的道具散落一地，还好没被人拿走。怕被人看到，我赶紧穿上衣服，背后却突然传来令人毛骨悚然的声音。

"金独子？"

啊，想想也是，那家伙被捆在了这附近来着。我满脸尴尬地回头看去，刘众赫正在用不信任的眼神看着我，被硫黄木乃伊捆缚的肩膀都在颤抖。

"你到底怎么会……"

我没法在这里说明有关"不杀之王"的事，只好边叹气边回答："别再说要杀了我。这回再死的话，我就真的复活不了了。"

"金独子，你这家伙！"

"之后再跟你解释，先一起走吧，没时间了。"

我挥动"信念之刃"，砍断了硫黄木乃伊的绷带，将刘众赫解救出来。硫黄木乃伊发出尖叫，就在它们看向我的瞬间，我使用"书签"激活了"风之径"。

咻呜呜呜！

我把受伤的刘众赫扛在肩上，跑到了汉江的冰面上。远远地，我看到了正在和怪兽们战斗的化身们。龙山区一带升腾起黑色的光晕，我能确定灾殃申流承就在那里。

"大叔？"

"独子！"

同伴们发现我之后就朝这边跑来了。我把刘众赫放在地上，对他说："你在这儿歇一会儿。"接着，我立即跑向灾殃申流承。

"独子，那里很危险！"李贤诚阻止道。

"没事的。"我迈步向前，道："申流承。"

原本无人可敌的"泛滥之灾"，现在却满头白发地瘫坐在地，她的七窍中流出的血全都积在了冰面上。她现在还在释放恐怖而强大的黑色光晕，化身们全都不敢靠近。但我非常确定：只要现在所有人合力围攻，"泛滥之灾"将会被杀死。

"你……到底是……谁……"灾殃申流承用颤抖的双眼看向我，"全都毁了……就因为你……在我知道的那些回归里，从没发生过这样的事。"这个苦苦支撑了千年岁月的灵魂，正在恐惧中瑟瑟发抖，"明明，从没发生过……"

刘众赫的变化让她产生动摇，她的执念在和幼年申流承连接起来的那一瞬间就土崩瓦解了。对刘众赫的憎恨，在千年岁月中积攒的愤怒——我分明看见，她无法释怀的感情，都在流淌而来的记忆波浪中崩塌了。

她看见了改变这个世界的希望。尽管只是非常细微的一丝光亮，也足以压倒绝望。我靠近申流承，和她一同膝盖跪地，她用怒火中烧的眼神看着我。

"你来得正好。"我对她说。

我一直在思考，她最想听到的话究竟是什么。而《灭活法》中并未描述过这个，所以我只能自己思考。

如果我是申流承的话……

"我等你很久了。"

申流承的瞳孔颤抖着："你在等我？你到底是谁？"

"和你期盼着同一个世界的人。"

她呆住了。

"我……"

刘尚雅不知何时已经来到附近，她按住我的肩膀。

"独子。"

我点点头，然后站起来。同伴们都在看着我，我的视线从他们每一个人身上掠过，最后开口道："各位。"我很喜欢《灭活法》中"泛滥之灾"的情节，非常爱惜构成这个宏大场景的所有登场人物，但正因如此，我才希望从一开始就没有这个情节，"我不会杀死灾殃。"

我思考过。原著中的第 3 次回归，因幼年申流承的死亡，和她相连着的"泛滥之灾"也同时被消灭。但是，这个情节能不能走向书中没写过的其他结局呢？

"我不接受反对，所以至少这次，我希望大家都能遵从我的意愿。"

"大叔，你在说什么胡话？"

第 5 个主线任务是没有"规定时间"的。如果"泛滥之灾"放弃自身的"灾殃"角色，我们也不狩猎灾殃——那么这个任务是不是就能在没有任何人死去的情况下，变成永远在"持续进行"的任务呢？

有些同伴报以理解的眼神，也有人面露慌张。最先点头的是刘尚雅，而最先开口的则是李贤诚。

"独子，你一定有自己的想法吧，我支持你。"

"如果哥哥想这样的话，那我也没什么意见。但是她打了我的翅翅，我能打回去吧？"

"随你的便，哪一次不是大叔你擅自决定的。但是真的不会有问题吗？"

同伴们议论纷纷，我望向幼年申流承。

"我……"

女孩眼眶含泪。小申流承也看见了未来的残忍时光。所以，询问这个孩子的想法一事本就是非常残酷的。我摸了摸女孩的头，最后望向灾殃申流承。她像一头受伤的野兽那样，表情扭曲地开口道："留我一命？别搞笑了，你们算什么？"

对于失去了一切的她来说，现在唯一剩下的，就是那么点儿自尊了。

"我原来生活的第41次回归已经不存在了。这个宇宙中的任何地方、任何世界线里，都没有认识我的人了。你们了解我多少？我又怎么能把那些岁月、那些时光、所有的事都忘记呢？我怎么能？！"

申流承的话头止住了。因为刘众赫正在看着她。

"……"

在这一刻，申流承突然意识到自己刚才那些话的真正含意。失去世界、失去爱着的人们，尽管如此，还是要开启新的世界线，再活一次——在这个世界上，仅有一人能够理解她的悲伤。

"所有回归者都一边痛恨着'尚未发生的事'，一边努力活着。"回归者刘众赫说，"那家伙'之后会成为坏人'，所以杀掉。那家伙'之后会杀死我的同伴'，所以杀掉。还有些家伙'今后会成为我的同伴'，所以救下。"

那一瞬间，我读懂了刘众赫眼中的感情，我第一次感受到刘众赫是如此陌生。因为我从没见过这般坦诚的刘众赫。

"我知道那些事尚未发生，知道那些人已经不记得我，也知道他们暂时没惹出任何事端，但我坚信未来他们一定会变成那样。在我看来，未来都是'终将发生'的，这是我对这个世界的基本认知。"

申流承的眼中再次燃起怒火。

"是啊！就因为你是这样活过来的，我，还有我的同伴们……"

"所以你也这样活下去吧，申流承。"

"……什么？"

"如果你需要，我非常乐意成为你的痛恨对象。"刘众赫话语中的伤感让我一句话也说不出来，"这次回归，你就当是为了杀我才活下去的吧。"

申流承呆呆地张着嘴，看着刘众赫。回归者比任何人都习惯于承受世界的痛恨，由于"拥有上一次回归的记忆"的诅咒，而注定不被人理解。讽刺的是，申流承在活了几千年以后，逐渐理解了这个她深恶痛绝的回归者。

刘众赫转身离开，申流承对着他的背影喊道："队长……等一下，队长！"

我甚至能看到申流承心中掀起的巨浪。

——那样，真的能行吗？

——就因为那个，我一直以来都……

——这个世界真的还有希望吗……

愤怒不会消失，悲伤无法抹除。但只要还活着，就总有一天会得到救赎。

我对申流承说："申流承，现在这个地方就是你的新'回归'了。"

读者的身份让曾经的我什么也无法改变，但也正因为我是读者，此刻才能够做出改变。

——剧情是能够被改变的。

在听到中级鬼怪的声音之前，我本是这样想的。

4

"不好意思，那应该是有点困难了。"

这该死的中级鬼怪，我猜到这家伙是时候出现了。在这种情况下，管理首尔穹顶的它一定会有所行动。但我还是有一些信心的。

"哪里困难了？我们又没违反任务规定。"

"不杀灾殃？请问你们没疯吧？我看你们是都想死吧。"

"想死？恰恰相反，这是为了救下所有人。"

听到我的话，中级鬼怪的语气越来越强硬："那样做违反了规定。任务的内容是'解决灾殃'，如果你们不忠于任务的话……"

"不劳你担心，我会杀死灾殃。"

闻言，同伴们一齐转头看我。"大叔，你到底在说……"尤其是李智慧，她的眼神就像是在看一个精神病患者。我理解他们的惊讶。毕竟我刚才说了不杀灾殃，现在又说要杀。但大部分同伴都在等待我接下来的话。

我回应了他们的等待："但是，不是现在。"

"……"

"任务里明明说了'没有规定时间'，不是吗？所以，解决灾殃的时机应该由我们自己来决定。"中级鬼怪的表情像是被狠狠打了一拳，"所以，你也不要步步紧逼。"

灾殃申流承呆呆地抬头看向我，她明显是没想到居然会出现这种剧情。

星座"天空的书记官"用微妙的眼神看着你。

我完全能感受到星座们的震惊。翻遍整本《灭活法》，都找不出用这种方式来反抗任务的情节。那么对星座们而言，这一定是一个非常大的看点。像现在这样难以明确定义善恶的情况就更是如此。绝对善和绝对恶派系星座们的订阅数一定在疯狂上涨吧，毕竟那些家伙成天都在随心所欲地界定登场人物的善恶。

"我不会放任不管。"

"你又想干涉任务吗？上回你那样做了之后发生了什么，难道你都忘了吗？"

"……"

正因为这个任务是"主线任务"而不是"支线任务"，我才会有信心。像第5个任务这样的主线任务，是以整个穹顶为单位进行的，就算那家伙是中级鬼怪，也基本不可能改变任务的条件。而且中级鬼怪已经被管理局施加了好几个惩戒。那家伙一定恐惧管理局的惩戒，所以这场斗争我并非毫无胜算。

我看向附近啃手指的鼻荆。

——准备好，要是出现突发事件，就只能靠你了。

——该死的，关我什么事？

——要死也是一起死，你别忘了。

鼻荆欲哭无泪。就在这一刻，中级鬼怪开口了。

"果然很有趣，但事情不会如你所愿的。"

行吧，我就知道这次不能轻松糊弄过去。

"不是所有首尔穹顶里的化身，都和你抱着同样的想法。"

说话间，中级鬼怪打了个响指。

收到了新的"支线任务"。

我好像知道那家伙想干什么了。"主线任务"不可撼动，那家伙打算用自己能够设定的"支线任务"来决出胜负了。

从现在起，"灾殃"的悬赏将变为两倍。

既然原来的奖励是100000Coin，那么两倍就是200000Coin。凭借这些Coin，化身能一口气登上首尔穹顶的富豪榜。这种程度的话，的确是值得拼命的……但没有一个化身冲过来。

"不准擅自行动。"

"生命可贵，切勿飞蛾扑火！"

"美戏之王"闵智媛、"弥勒之王"车尚景和"中立之王"全日道正在对自己的部下们训话。

星座"海上战神"为朝鲜半岛的化身们感到自豪。

当然了，王们并不能控制所有人，但那些无法控制的人同样不敢去送死。已经见识过灾殃的恐怖实力，100000Coin也好，200000Coin也罢，在可调动人数不多的情况下，他们不可能不管不顾地上前。而且还有我们一行人在保护灾殃申流承。

"真是令人失望啊，没想到首尔穹顶的各位化身都是胆小鬼。"

不祥的预感袭来，我敏锐地意识到中级鬼怪打算破罐子破摔。我赶紧插话，现在也该分出胜负了。

"不如你退一步吧？说实话，现在这样，大家不都已经挺满意了吗？"

"……大家都满意了？"

我没有再说更多，反正中级鬼怪也已经明白了我的意思。

"哈哈，原来如此啊，你已经考虑到这么远了吗？果然就像独脚说的，你可真是个导演大师啊！"

鬼怪存在的目的就是要打造出让星座们积极响应的任务。而在"星流放送"的世界中，能够改变任务走向的奇迹，只能在一种情况下发生，那就是——观看这个任务的大多数星座，都想要改变任务的走向。

"确实，暴力不是刺激感的唯一源头。"

为了救下灾殃申流承，我已经使出浑身解数讨好星座。我尽可能避开消音内容，挑选了能够顺利播出的词汇，就算会把部分情报透露给星座们，我还是坚持一次次发声。我想让他们对灾殃申流承产生同情，并认为眼前的一切都令人感到遗憾，从而支持我的斗争。我耳边也确实正在播放被我骗到了的星座们的实时通知。

星座"秃头义兵长"尊重你的想法。

星座"黄山伐的最后英雄"因你的意志而感叹。

"你既然知道，就该做决定了吧？给我们发奖励，或者继续进行第5个任务。"

主线任务是可以叠加进行的，就算第5个任务没有结束，也能开启第6个任务。但凡那家伙有点头脑，就会在星座们差不多感到满足的时间点收手。

"化身金独子，你是我知道的所有化身中最聪明也是最可怕的存在。"中级鬼怪的表情慢慢缓和了下来，但我却有种奇怪的违和感，"但这一次，你的聪明反倒会害了你。"

"什么意思？"

鬼怪接下来的话却不是对我说的。

"星座大人们，我懂了，我会向各位展示你们期待已久的故事。"

啪滋滋滋滋！半空中火花四溅，鬼怪开始干预任务。

中级鬼怪已介入任务。根据任务契约，"泛滥之灾申流承"的控制权已移交给中级鬼怪。

系统通知出现后，灾殃申流承的脸色突变："不……不可以，慢着，我……啊啊啊啊！"

灾殃申流承的体内正涌现出黑色的光辉。我急忙喊道："慢着！你现在是在……"

"请履行契约，让任务的齿轮运转吧。"

直到这时，我才明白那家伙想做什么。它想行使任务的强制执行权。那是能够操控任务中所有"附属品"的力量。

登场人物的倾向已被强制改变。登场人物"申流承"的倾向已固定为"恶"。

灾殃申流承的身体控制权被剥夺，她正在成为一个怪物。我咬紧嘴唇。强制执行权会极大地耗费鬼怪的盖然性，所以它们不会轻易使用。但中级鬼怪已经做到了这个份儿上……

多数星座因任务的走向而欢呼。相当多的星座讨厌你的新派系。

许多星座都同意了这种剧情发展。该死的，到底是为什么？

"独子？"

"哥哥！"

刘尚雅和李吉永都紧张不已，其他同伴也都向我聚集，他们也意识到有什么地方出了差错。但我还是无法理解——怎么会呢，星座们怎么会突然弃我而去呢？我看向半空中，鼻荆的表情很是阴沉。

——对不起，我劝过了，但没用。

——到底……

——你的风评比想象中糟糕太多了。傲慢的化身啊，你以为星座们会这样轻易翻篇吗？

但我收到的所有间接通知都是对我有好感的啊？

"也是，人类的习性本就是选择性地相信自己想要相信的东西。"

看着接下来出现的间接通知，我清晰地感知到自己的判断出了错。

多数星座嘲笑你的决定。几位星座撤回了对你的支持。

是啊，并不是所有星座都发来了间接通知。给我发通知的星座只占极少数。

相当多的星座警惕你的意图。

其实大部分舆论对我都不友好。也是，我用拙劣的手段骗了他们，取消了"10000 订阅活动"。鼻荆的频道只能容纳 9999 人这件事，应该早就被那些有眼力见儿的星座发现了。但就算发现了，他们也会为了继续观看我的任务故事，而装作什么都没察觉到的样子。现在，他们不会再忍耐了。

朝鲜半岛的星座们遗憾地看着你。

星座"紧箍儿的囚徒"看着你，面露不忍。

说不定是我太小看星座了。

"化身金独子，你的运气好像只有这么多了。"

"啊啊啊啊啊啊——"灾殃申流承正在被强制恶人化，不祥的光辉从她身上溢出。就好像光是触碰到那种杀气，就能让肉体当场熔化。化身们纷纷惨叫着逃跑了，远处的刘众赫正在拔出"振天霸刀"。

"那么，希望你直到最后都能让好戏上演咯。"

我缓缓从灾殃申流承身边离开，她的面孔悲伤地扭曲了。最后还是变成了这样吗？我迅速看了看刘众赫的动向。事已至此，那家伙想做什么已无须多言。

"等等，刘众赫。"

"你失败了。"

"别动孩子。"我把幼年申流承藏到背后，继续说，"如果你敢碰她，我绝对不会原谅你。"

刘众赫眯起眼睛瞪着我："没有别的办法了。"

办法……我的嘴唇已被自己咬出血来。

"有办法的，只要给星座们看他们喜欢的任务就行。"

"……什么意思？"

"打败灾殃就行了。"

刘众赫的表情僵住了。

"那不就是自杀吗？你是想逞能吗？"

我看向灾殃申流承，她变得像个恶魔，扫荡着周围的一切。我也不想事情变成这样。

这种结果和我想要的南辕北辙。但在这个该死的世界上，就连抵抗任务一事都会成为一场好戏。

相当多的星座因你的发言而激动不已。相当多的星座想看到一场酣畅淋漓的乱斗。

行吧，如果你们想看这个的话。

"刘众赫，掩护我，我要阻止灾殃。"

想看多少，我都演给你们看。

"金独子，你……"

"我能做到的。"

我缓缓眨眼，延迟出现的选项浮现在了眼前。

你经历了"第一人称配角视角"。可继承一项你曾附身过的配角的技能。

提供可获取的技能选项。请选择你要获取的技能。

看完目录，我毫不犹豫地做出选择："我选三号，'兽王的感性'。"

获得了专属技能"兽王的感性"！

像是等待了许久一般，灾殃申流承的手中释出一团以太风暴，轰然炸裂。她这一招曾让我的腹部穿了洞，就连刘众赫也曾因此失去战斗力。哐哐哐哐哐哐！我保护着同伴们，正面受下了这一击。

专属技能"兽王的感性 Lv.3"正在发动。

洁白无瑕的毛皮披风，无比柔软又充满韧性，这是驯兽领主申流承的专属技能。我一下就被抽走了一半以上的魔力，一瞬间头晕目眩，但我还是成功承受住了申流承的攻击。在强大的以太风暴之中，"兽王的感性"也丝毫不失风度。

刘众赫皱眉道："原来你偷走了她的技能，但光凭这个是没法打败她的。"

"我知道。"

我望向灾殃申流承。恶人化让她失去了对身体的控制权，但她的眼中还留有一丝感情。她说："没关系，杀了我吧。"

看着她那双眼睛，谁又能忍心挥动手中的剑？这是个徘徊了千年岁月、受尽苦难的存在。

但我现在不得不用剑攻击她。这就是我没能成功改变故事的代价……我第一次埋怨起《灭活法》变成现实这件事。

"都给我睁大眼睛好好看着。"我直视着天空中的星座说,"这就是你们想看的好戏。"

专属技能"书签"已发动!

既然已经进入了申流承任务的最后一个阶段,那这对我而言就是一场不能输的战斗。正因如此,我们谁也不可能成为战斗中真正的赢家。

"人物书签"已激活。可使用的书签槽:4个。

调出可启用的书签目录。

"解除1号书签的'妄想恶鬼'金南云,加入'灭恶的审判者'郑熙媛。"

5

根据书签技能的等级,决定持续时间。

持续时间:30分钟。

对登场人物的理解度很高,可以激活登场人物所拥有的部分技能。

申流承冲向我,我也迎面跑了过去。我们谁也不想杀死彼此,这场战斗的双方完全不是出于真心想打败对方,而纯粹是为了取悦星座们。这一切都是任务,因此,就连戏台都是虚假的。然而,这场战斗的最后,一定会有人死去。

"审判时刻Lv.5"已激活。

激活的技能等级是5级。看来郑熙媛已经努力修炼过了。虽然她本人不能到场,但情况还算不错。

星座"天空的书记官"感到慌张。

绝对善派系的星座们因你的技能而沉吟。

也是,我现在作为"审判者",在没有得到许可的情况下使用了技能,那些星座一定会吃惊不已。但是,他们也无法出言反对。因为我眼前的存在,是个无须多言的"恶人"。

绝对善派系的星座们同意使用该技能。

身体深处喷涌出滚烫的气息,那是势要讨伐世间所有邪恶的盲目正义感。大天使们和大恶魔们展开圣战的画面正缓缓掠过我的脑海。

——惩治邪恶吧。

"审判时刻"原本是圣殿的瓦尔基里[1]们的技能。因此,技能使用者会受到大天使们的庇护。为了狭隘的正义而排斥一切的疯狂气息在我的大脑深处蠢蠢欲动。原来郑熙媛每次替我杀人时都是这种感觉啊,真是太可怕了。

锵咿咿咿!"信念之刃"上爆发出和以往不同量级的魔力波,与之共振的以太刀锋就这样直直刺向申流承。灾殃申流承吓了一跳,肩膀上鲜血喷出。"幽灵舰队"的炮击都无法击破的"兽王的感性"终于被撕开了口子,血液染红了雪白的毛发。

只要敌人被判定为"恶",使用"审判时刻"的人就不可能被打败。现在我所有的能力值都被提升到恰好能够对抗灾殃申流承的等级。"审判时刻"不是平白无故被称为作弊器的,翻遍整本《灭活法》也找不出几个能够提供这种超乎常理的增益技能。

"大家一起发起攻击!"就算我变强了,从整体上来看,申流承的技能熟练度也还是领先于我。我需要同伴们的帮助。"当她进行普通攻击的时候,你们用远距离攻击来辅助我,她进行范围攻击的时候,你们就都躲到我后面去!"听到我的话,原本愣在原地的同伴们点了点头,和我站到一起,"无法进行远距离攻击的人,就去消灭从'怪兽之门'里出来的怪兽!那边的情况也很紧急。"实际上,那些从"怪兽之门"里出来的怪兽几乎要踏平龙山区了。

"全都把剑拿起来!"王们调动部下的同时,战斗正式打响。附近的化身们都在齐心阻止从"怪兽之门"里出来的怪兽。对手大部分都是7级以上的怪兽,人们的行动看起来非常吃力,但好在实力差距似乎不是很大。

"我去负责解决那只猩猩。"

穿着厚重套装的李贤诚冲向了5级怪兽"重金刚兽"。

---

1 瓦尔基里:指北欧神话里的女武神。

"我和流承来解决海王。"

受申流承控制的海后米尔巴德发出阵阵咆哮，李吉永召唤来的几只虫王种也一起冲向了海王马斯伍德，两头鱼龙朝彼此喷出"冰冷呼吸"。

"辅助射击就交给我吧。"李智慧也站了出来。

刘尚雅补充道："我来封锁灾殃的行动。"

李智慧使用"舰炮射击"，刘尚雅则使用了"阿刺克涅的蛛丝"，她们制成的陷阱试图牵制申流承的行动。炮击几乎伤害不到申流承，而蛛丝很快就被申流承的以太风暴撕裂，但她们还是尽可能地为我提供了那么一点儿帮助。

"刘众赫，你还能继续打吗？"除了我之外，能够追上申流承的移动速度并抗住攻击的人，也就只有刘众赫了。

"还是担心你自己吧。"刘众赫朝地上吐出一口血水，他握着"振天霸刀"站到我身边。可能是已经使用了"起死回生"，这家伙的状态似乎比刚才还要好。不过"起死回生"的后遗症很强烈，这家伙能继续战斗的时间应该也不多了。

"你还能坚持多久？"

"三十分钟。你呢？"

"我也是。"

书签的持续时间也只有三十分钟。所以，我们必须在三十分钟内分出胜负。

吼哦哦哦哦——灾殃申流承身上笼罩的黑色光晕越来越浓厚了。这说明在恶人化的影响下，她的身体机能也在不断得到提升。

刘众赫的表情变得凝重了："看来为了跨越世界线，她已经和恶魔联手了。"

刘众赫的猜测是正确的。申流承已经把灵魂抵押给了恶魔，又被恶魔交给了该死的鬼怪们。

"哈哈哈，真有意思，真是太有意思了！"中级鬼怪的声音听起来十分愉悦，"这才像任务嘛。"

灭亡的倒计时每分每秒都在逼近，战场上血肉横飞，所有人都在为了首尔穹顶浴血奋战。

相当多的星座因充满紧张感的战斗而热血沸腾。

"上吧。"话音未落，刘众赫就如离弦之箭一般飞了出去。轰轰轰轰轰！下一刻，灾殃申流承鼓起脸颊，朝我们喷出"兽王的吐息"。这是比5级海兽的"冰冷呼吸"还要强劲不少的以太风暴，产生的破坏力压根不是一个级别的。

"快躲！"刘众赫把"朱雀神步"发挥到了极致，避开了灾殃申流承的部分攻击，而那些他没能躲开的，都由我发动"兽王的感性"挡住了。我们就这样配合着轮番发动攻击，与此同时，我不禁为刘众赫的战斗力之强而发出感叹。

灾殃很强，但刘众赫也的确是个怪物。只有刘众赫能在没有"审判时刻"增益的情况下对抗申流承。他是个无比强大、冷静、无情的回归者，幸好他现在是站在我这边的。

"认真点，金独子！"

"我很认真！"

"该死的……"

只要靠近之后再给出一击就行了，但要做到这件事也并不容易。在我们几次成功的攻击之后，申流承的攻击变得越来越凶猛了。进入暴走状态的申流承根本不在意魔力濒临枯竭，只是肆意释放出以太风暴。而我只能不断发动"兽王的感性"阻挡她的攻击，但这已经让我很吃力了。

过程中刘众赫也击中了几次申流承，但却没有造成多少伤害。这种攻防战不知进行了多久。等我再次注意时间，已经过了二十分钟了。刘众赫的体力急剧下降，偶尔像喝果汁一样吸一口的魔力恢复药水，也在不知不觉间见了底。灾殃太强了。

谁能想到发动了"审判时刻"之后，还要进行如此一番鏖战。"审判时刻"的副作用正在逐渐显现。我用技能强行调动的身体已经开始咔咔作响了。

"哈哈哈！真是看点满满啊！星座大人们觉得呢？"

听着中级鬼怪的幸灾乐祸，我使出吃奶的劲往前走去。经"兽王的感性"打造的毛发在攻击中不断飞扬，以太风暴把我的皮肤烤成焦黑色。

一步，两步……虽然距离缩短了，但时间上我们并不占优势。照这样下去，在三十分钟的时间节点到来之前，我们无法打出足够的伤害。

啪滋滋滋！就在这时，灾殃申流承的身体发生了异变。一串电流从她全身上下穿过，原本被染黑的双眸暂时找回了神志。

——攻击我。

灾殃申流承正在努力控制自己的身体。

——阻止我。

虽然没有开口，但我能听到她的声音。

——守护你的"轮回"。

以太风暴暂时减弱，我和刘众赫一同冲了上去。刀剑挥动之间，申流承的身体上溅出鲜血。

星座"天空的书记官"望着你。

为了不让我们拙劣的演技被揭穿，我拼尽了全力。

星座"紧箍儿的囚徒"望着你。

被剑刃砍中的申流承发出一声惨叫，而被风暴击中的刘众赫也飞向了空中。

"……金独子，去吧。"

接着，我瞅准刘众赫制造的破绽，直直冲了过去。噗呜！我毫不犹豫地挥出"信念之刃"，精准地插进了申流承的左肩。剑刃插得很深，魔力在其上疯狂喷射。剑刃撕裂"兽王的感性"，砍下了申流承的左臂。血流不止。我看着申流承的脸。就像《灭活法》里形容的那样，申流承正在笑。我这才意识到，她是故意受下我这一剑的。

多数星座正目不转睛地看着你的战斗。

我无力地笑了，握着剑的手忽然就失去力气。

紧接着，申流承也笑了：

——很狼狈吧？

没有发出惨叫，也没有任何愤怒的情绪，她不断将我摔在地上，但是一点也不痛。她的攻击本就不是为了让我感受到痛。

——但这场戏，你还是会演完吧？

"嗯。"我朝她挥剑，申流承则朝我喷出"兽王的吐息"。

就像是在回答上一个问题。我们疯狂地在彼此身上留下伤口。

"就像你之前做的那样。"

我的魔力逐渐耗尽,"兽王的感性"的效果也在慢慢消失。"审判时刻"把我的身体增强到了极致,至少还能凭借这一点再撑一会儿。激战中的我失血过多,整个世界天旋地转,但我还是没有停下。我知道我发动的攻击和承受的伤害都在增加。

一些反感你的星座对你产生好奇。

为之疯狂吧。

享受战场的星座们被你的霸气吸引视线。

不断议论吧。

驰骋沙场的星座们赞美你的意志。

将来总有一天,我定要把你们这帮家伙的舌头拔下来。不知这样来回攻防进行了多久,我拖着疲惫的身体往后退了几步。

"书签"的持续时间还剩 30 秒。

破裂的器官传来撕裂一般的疼痛,断裂的肋骨也不断戳刺着肺脏。我已拼尽全力。然而,灾殃还是好端端的。轰轰轰轰轰。短暂找回神志的灾殃申流承的眼睛再次变成了黑色。不管怎么说,这次的"泛滥之灾"比原著中出现的要更强,她用担忧的目光看着我。

——光凭你是做不到的。

她不能自杀,毕竟中级鬼怪不可能允许她以这种方式死掉。她主动招致的任务惩罚也已经达到了极限。而我,也来到了自身的极限。

——你打算怎么阻止我?

"别担心,阻止你的人马上就到。"

我从一开始就没打算亲手杀死申流承,以刘众赫目前的状态恐怕也做不到这一点。不过,现在还有一个人有能力杀死她。

就在申流承准备张口的瞬间,附近的地面发生爆炸,同时传来巨响。哐!哐哐!哐哐哐!这是从远处传来的炮声。北边出现了一群穿着天蓝色囚服的女人,她们从怪兽群中杀出了一条路,一长列军队正在朝这边进军,在人群中心统领全军的是一个戴着面具的女人。

"流浪者之王"。我正纳闷她们到底去哪儿了，现在看来应该是在来的路上顺便清理了怪兽吧。

但我等的人并不是她们。

我看向那个从队伍前端跑向这边的人。这个盘发的女人对我说："不好意思，我来得太迟了吧？"

"有点迟了。"

"还在这儿装呢，我看你一时半会儿还死不了呢。"

时隔十天再见郑熙媛，她的气质明显更加内敛了。她轻轻拍了拍我的肩，站了出来。

"交给我吧，你歇会儿。"

下一刻，红色的光辉涌动，她释放出"审判时刻"，气场比我山寨的版本要强大许多。

"灭恶的审判者"郑熙媛是我的底牌，要是连她都失败的话……

我刚才打出的伤害够吗？

"有什么好担心的？"郑熙媛的语气里传达出与往日不同的自信。

看来除了"审判时刻"，她还有其他招数。

星座"天空的书记官"发出沉吟。

星座"深渊的黑焰龙"对郑熙媛的背后星表现出敌意。

这么一看，郑熙媛也已经完成了"选择背后星"吧。她选了谁？

申流承瞳孔颤抖地看向郑熙媛。

——你是……

"大概的情况我都知道了，在来的路上，我的背后星一直在给我'实时转播'。"郑熙媛迎上申流承的视线，面露忧伤，"所以说啊，你不用担心。"

说完，郑熙媛的手轻轻扫过自己的刀刃，紧接着，被触碰到的刀身开始燃起火焰。轰轰轰轰。凌晨，首尔最为漆黑的夜里，郑熙媛刀刃上的火焰冲向天空。那火焰比我迄今为止看到的所有火焰都要清晰、耀眼。那是将会惩罚一切邪恶的，洁白的星痕之火。

我太了解这个星痕了,因为我清楚地记得《灭活法》里对它的描述。在某些情况下,这个星痕甚至能够媲美齐天大圣的星痕,是以超强破坏力而出名的《灭活法》最强星痕之一。

"地狱炎火"。

那是星座"恶魔般的火之审判者"的星痕。

郑熙媛回头看着我,露出一个冷笑:"就由我,来帮你结束这个该死的任务吧。"

大天使乌列尔将郑熙媛选作了自己的化身。

6

郑熙媛冲了出去。"审判时刻"把她的力量等级提升到了极限值,"鬼杀"的加成让刀刃末端萦绕着锐气,乌列尔的"地狱炎火"则将她的魔力打造成了最具破坏性的形态。

审判之火升腾而起。该接受审判的,并不是申流承。尽管如此,但只有申流承一人将要忍受那火焰的炙烤。

星座"恶魔般的火之审判者"悲伤地凝视着战场。

郑熙媛的刀刃划开了战斗的帷幕。

登场人物"郑熙媛"已发动星痕"地狱炎火 Lv.1"!

就算星痕的等级只有 1 级,"地狱炎火"却轻易地让申流承的以太风暴燃烧了起来,那炎火还在不断向前蔓延。加入了恶魔之力的"兽王的吐息"喷薄而出,但郑熙媛却毫不在意。她只是尽全力握紧手中的刀,自上而下劈向地面!哐哐哐哐哐!海啸一般席卷而来的"兽王的吐息"在遇到"地狱炎火"的那一瞬间,就冒着烟被劈成两半。

有人轻叹道:"我的天啊,那到底是……"

"地狱炎火"这一星痕提升到最高等级时,甚至可以使海水蒸发,在海中破出一条路。原著中"弥赛亚"登场时,最先站出来开路的也是乌列尔。她是令所有大恶魔都畏惧不已的大天使,也是最近似恶魔的恶魔之敌。

面对脚踏火焰一路奔来的郑熙媛，申流承了然点头：

——原来如此，原来你在等乌列尔啊。

面对实力强劲的大天使降下的庇护，申流承也没有分毫退却。

——那就足够画上句号了。

她反倒是一副解脱的表情。就好像终于完成了自己应尽的义务。

凝结在申流承拳头上的以太和郑熙媛刀刃上环绕的火焰相撞。申流承一个趔趄，郑熙媛则抓住这一破绽继续挺身攻击。郑熙媛有许多好用的技能，但这也导致若是同时使用这些技能，持续时间会变短。郑熙媛很清楚这一点，所以一刻不停地加快了攻击速度。哗啦啦啦啦！附近的地面都在经受神圣之火的炙烤。

尽管筋疲力尽，申流承还是撑了很久。就像是高龄演员完成人生中的最后一场戏那样，第 41 次回归的申流承为了第 3 次回归拼尽全力，只为走向死亡。

多数新来的星座因你的任务设计而心潮澎湃。

从独脚频道转过来的星座们都激动不已。

得到了 15000Coin 的赞助。

就像是从没表示过对我的厌恶一样，这些星座的出手依旧很阔绰。喜爱和憎恶，对星座们来说都不过是一瞬间的乐子而已。不幸的是，对星座们来说是一刹那的事情，放在人类身上就是一生。

朝鲜半岛的星座们用怜悯的目光看着你。

承受着无数道观看演出的视线，我一笔一画地描画这个任务的结局。

星座"隐秘的谋略家"关注着你的选择。

而在这段时间内，郑熙媛疯狂挥砍的刀将"兽王的感性"劈得残破不堪，"地狱炎火"的火焰一点点侵蚀了申流承的身体。郑熙媛全身各处的伤口也在增加。尽管是势均力敌的战斗，胜算却不在筋疲力尽的申流承那边。

郑熙媛无视一切防御直冲过去，她顶着以太风暴将长刀插进了申流承的腹部。炽烈燃烧的火焰蹿进申流承体内，那火焰将申流承体内蕴含的大恶魔之力全数烧光。那些原本在侵蚀着这个世界的黑色光晕，也都化为烟雾、蒸发殆尽。刀被拔出，鲜血四溅。就像是看着舞台上的道具一样，申流承低头看着自己血流不止的身体,然后跪了下去。

故事终于走向尾声。

海王马斯伍德和重金刚兽也倒在了她的身旁。

"怪兽之门"关闭,人类和怪兽的战斗也随之走向尾声。我走向瘫坐在地的申流承。

尽管收回了肉体的控制权,但她已经遍体鳞伤。申流承低头看着自己的身体,问:

——我快死了吗?

驯兽领主本不该因区区这点伤口而死,毕竟"兽王的生命力"有着不亚于刘众赫"起死回生"的恢复能力。但她遭到了"地狱炎火"的攻击。深入她体内的地狱之火不仅让所有邪恶悉数熄灭,还会烧光她的生命力。直到烧尽恶人的一切,这火焰才会熄灭。

专属技能"第四面墙"正在动摇。

由于过度投入,"全知读者视角"第二阶段进入发动状态。

既然那火焰已进入申流承的体内,那她就绝无生还的可能了。申流承看着我,无力地笑了。

"幸好我听了队长的话,来了这次回归。"

——我就要消失了,好痛苦啊。

"我现在能安心地离开了,也许这次轮回真的会发生改变。"

——我不想死……

全知,也是诅咒。我不得不永远欺瞒自己读心的能力。

她笑着仰望天空,在那里,中级鬼怪正僵着一张脸。

"我马上就要死了,上演一点'新派'的故事还是不错的吧?这已经算是很精彩的任务了,不是吗?"

几位星座点了点头。

部分星座爆发不满情绪。

中级鬼怪没有说话。

也是,那家伙现在该考虑的并不是这件事。任务已经完成,但并没有按照那家伙的意愿完结。而现在，那家伙就要为它的意愿付出代价了。

我回过头，刘众赫已经在朝我靠近。

"她要走了？"

"……大概吧。"

"看来你对我的恨意还不够深。"

这家伙真是，到最后都在……

刘众赫拔刀了。就在我准备制止他的时候，"振天霸刀"已经插进了申流承的头顶。冰冷的刀刃不断刺入生命垂危的申流承的脑袋里。

她说："队长，你到最后都要耍帅啊，我可是马上就要死了。"

申流承平静的低语，在我耳中听起来却是如下的句子：

——我想听你亲口说出那句话。

——就一次。

——就一次，要是能听你说出口就好了。

但是，这都是不可能传递出去的心声。刘众赫完全听不到申流承的想法，只是用漠然的语气说："问你件事。"

"你问。"看着申流承满脸的期待，我有些于心不忍。因为我知道，她的期待一定会落空。

"帮你跨越世界线的恶魔是谁？"

她愣了一下，呆呆地看着刘众赫，然后微微一笑。

"……果然，队长你直到最后都是这样。"

——你是不会改变的。

"说吧。"

"你听说过'地平线的恶魔'吗？"

——而我憧憬着这样的你。

351

"我知道这个名字。"

"要是运气不好,你很快就会见到他了。但是千万别跟他打,就算你拼命也不可能打赢。"

——很久了,真的已经很久很久了……

她的真心无法抵达目的地,只是堪堪停留在我这里。我想帮她说出来,说给这个完全听不到她心声的蠢货刘众赫听。就在我准备张口的瞬间,申流承伸手抓住我。然后刘众赫说:"我记下了。"说完,他便转身离开。

我听见刘众赫内心的声音。

——我会帮你报仇。

他隐忍的悲伤让我全身颤抖,我低头看向灾殃申流承。原来刘众赫这家伙已经知道了啊。

就算申流承没说出口,但他也已经听懂了啊。我第一次觉得,"全知读者视角"或许不是"全知"的。

——再见啦,队长。
——你辛苦了。
——之后就交给你了。
——好好休息吧。

那些无处可去的心声仿佛写到一半就停笔的信,全都落在了我的脑海中,我默默地为它们找到相呼应的句子。我全然读懂了这个故事。没多久,申流承的脚尖开始碎裂,变成灰尘飘散在空中。

——真漂亮……

幼年申流承也在不知不觉中靠近,抓住了我的衣角。看着正在消亡的未来的自己,她又是什么心情呢?不论看过多少本小说,我也无法体会到这种感情。

灾殃申流承看着我和幼年申流承,露出一个微笑。

——真羡慕啊。

灾殃申流承的下半身几乎全部消失了，消亡的速度越来越快。

星座"恶魔般的火之审判者"闭上了眼睛。

星座"紧箍儿的囚徒"发出叹息。

星座们注视着灾殃申流承，而我缓缓膝盖跪地，握住她的手。这一出乎意料的行为将申流承吓了一跳，她看向我。我用仅剩的一点点魔力发动了"兽王的感性"，我想送一件礼物给即将离开的她。尽管只是短短一瞬，但我和灾殃申流承的情感产生了连接，那是同为野兽才能共享的感受力。

拂过的风留下了阵阵轻语。那是星座和鬼怪都无法听到的句子。正在走向死亡的灾殃申流承难以置信地瞪大双眼。

——你认真的吗？这是真的吗？

还好我的意思已经准确地传递给她了。灾殃申流承胸腹部都已化为灰尘，发不出任何声音。

——为什么……

她颤抖的眼中有泪水凝结，她想对我说些什么，但最终还是被残忍的风打断了语句。接续的世界线和连接的胶片，再次断裂了。

啪嗒嗒嗒……那些构成了她的碎片成了粉末，飞散，然后消失不见。眼睛、鼻子、嘴巴和声音，一点儿也不剩了。而那段造就了她的千年岁月，也化为洁白的灰尘，如雪一般散尽。灰尘飞成一线，飘向遥远天际。像是要去远行，抑或是在舞蹈。我们许久都不能从空中那一道细微的痕迹上移开视线。

幼年申流承不相信这是真的，紧紧抓着我问："她真的死了吗？没法改变了吗？真的吗？"

我稳住心神，然后点点头。

"啊，啊啊。啊……"

李吉永抓着我的袖子，用我的衣角擦了擦眼睛。刘尚雅湿了眼眶，虽然不知道是为什么，李贤诚也在流泪，但刘众赫没哭。而唯一没搞清状况的，只有李智慧。

"……大家怎么都在哭？搞得我心里都酸酸的了。"

额头上传来一阵冰凉的触感，原来是昏暗的天空中降下了雨夹雪。无法成为雪，也变不成雨的东西。这让人们心安不已。可笑的是，人类最能感到自己还活着的时候，正是意识到其他事物的消亡之时。

"啊……"首尔穹顶里的人们终于不再恐慌，只是瘫坐在地。有人在笑，有人在哭，也有人正感到愤怒。

星座们向四处撒下赞助金，尽管他们的反应各不相同，但至少达成了一个共识：

"泛滥之灾"申流承已经死了。

我抬头看向空中，中级鬼怪失魂落魄。默默看着这一切的鼻荆开口了。

"中级鬼怪，终止任务吧。"

"怎么会这样……"

"如果你不愿意，那就由我来结束吧。"

过了一会儿，系统通知传来了。

第 5 个主线任务已结束。正在准备奖励结算。

最后，就连任务也宣告了她的死亡。

未来的申流承已死，灾殃结束了。这就是第 5 个任务的结局。——所有人都这样认为，并且这样坚信着。准确来说，除我之外的所有人都必须这样坚信。

从始至终，这一切都必须是一场完美的表演。

一场要传达"无法改变的东西是永远无法改变的"内容的演出。

一场欺骗星座、欺骗任务的，彻头彻尾的悲剧。

因为只有这样，我才能帮第 41 次轮回的申流承从该死的任务中逃脱。

下一秒，我身边小申流承的手变得像火一样滚烫。

"我要杀了那家伙……"女孩死死盯着半空中的中级鬼怪，"我一定要杀了那个鬼怪。"

就在我准备制止已经冲出去的申流承时，空中忽然火花四溅。场景扭曲，华丽的传送门正在开启。穿过那道门而来的，是一对通体发白的鬼怪双胞胎。附近的下级鬼怪们看到那两只穿着白色盔甲的鬼怪之后，全都连连后退。

这也是情有可原，毕竟那两只鬼怪是我到死都不想碰到的家伙。它们是管理局里负责管理盖然性的"执行部"鬼怪。散发出无限威严的鬼怪双胞胎来到中级鬼怪面前,直接将后者的身体束缚了起来。

"执行部,你们这是在做什么?"

中级鬼怪瞬间遭到灵体压制,执行部的鬼怪说:"中级鬼怪保罗,由于违反'星流放送'的规则,你已经被紧急拘留了。"

Episode 22
三个约定

1

执行部的紧急拘留。《灭活法》原著中，只有当鬼怪闯出严重违反任务盖然性的祸端时，才会实施这种措施。

"中级鬼怪保罗，你将被引渡至执行部。你可以对你所管辖的任务保持沉默，但你对主线任务的一切执行权将被剥夺。"

听到这段冷冰冰的台词，中级鬼怪保罗瞬间脸色大变。

"你将失去迄今为止累积的所有任务的经验值，被降级为'下级鬼怪'，并且，你将受到惩戒，应承担的代价是——"

"降……降级？等一下！请稍等一下！"中级鬼怪保罗慌忙打断了对方，它用委屈的眼神瞥向我和周围的鬼怪们，然后大喊道，"怎么突然实施'降级措施'啊？难道不应该先告诉我我究竟做错了什么吗？"

"你是真不知道，所以才问的吗？"

执行部的另一只鬼怪反问道。在那只鬼怪的威压之下，保罗短暂地退缩了一下，接着，它再次开口了。

"我真的不知道。所以到底是哪里出了问题？"那家伙似乎是打算撒泼耍赖了，"请二位看看各位星座大人吧，他们不都很享受吗？星座大人们应该都觉得我以一种精彩的方式结束了任务吧？"信心满满的发言让执行者鬼怪皱起眉头，保罗继续说，"盖然性没有问题。我是在得到星座大人们的同意之后才强制执行的，就像我刚才说的那样，各位星座大人都……"

"做实况主播的家伙们就是有这个毛病啊，成天扯什么星座长星座短的。"

并不是所有鬼怪都尊重星座。在执行部的鬼怪当中，有一些曾经是星座，但由于一些不可抗力失去了资格，从而沦为鬼怪继续活着。保罗认为自己的观众遭受了侮辱，强硬地抬起头。

"您这话说得也太过分了。"

"别嘚瑟，保罗。"

"就算您是执行者，我也不能容忍您侮辱我的观众。"

保罗还在强词夺理。

"我猜到二位执行者莅临的原因了，是我使用了'任务强制执行权'吧？"

"只有在星座们共同承担任务的盖然性时，才能使用'任务强制执行权'。"

"我也很清楚这一点，违规使用就有遭遇盖然性风暴的危险。但是，如果星座们的满意度很高，这也……"

"满意度？保罗，看看你自己的德行再说话吧。"

闻言，保罗低头看了看自己的身体。啪滋滋滋。保罗面色苍白地抬起头。"这……这是……"青蓝色的火花在空气中跃动，这是盖然性风暴即将降临的征兆，"怎么会有盖然性风暴？"

盖然性风暴是违背故事走向后必将遭受的惩罚，也就是说系统希望清除保罗的存在。

执行者笑了，露出锋利的獠牙："强制执行任务是鬼怪的所有权限中需要最多盖然性的，你把这种权限用在你那低劣牵强的剧情中，难不成还以为自己能全身而退吗？"

"不可能，这不可能！"

"保罗，你明明有机会在不使用执行权的情况下结束任务，而且那将是至今为止从没出现过的全新剧情。就因为你这家伙胡来，让首尔穹顶的管理局都进入了紧急状态。"

"那……那是……不对，等等，我明明是听从星座大人们的意愿才使用执行权的啊！"

保罗慌忙环顾四周:"星……星座大人们!各位刚才不是同意我的剧情安排了吗?"

然而,星座们一言不发。

"……星座大人们?"

之前那么多发送间接通知的星座,此刻却都陷入了沉默。

"怎……怎么会这样……到底是为什么?"

因为那些曾经支持它的故事的星座,都已经离开了朝鲜半岛的频道。

执行部的鬼怪皱眉道:"蠢东西,你不知道星座们都离开了吗?"

那些煽动鬼怪、想要我的命的星座,在故事的结局变为"新派"的瞬间就纷纷离开了频道。这是自然,谁又会在对剧情失望后继续留下来观看呢?就连鼻荆频道的订阅星座也走了将近三分之一,而剩下的那些存在——

星座"恶魔般的火之审判者"瞪着中级鬼怪"保罗"。

星座"紧箍儿的囚徒"看着中级鬼怪"保罗",咯咯地笑了。

星座"隐秘的谋略家"嘲讽中级鬼怪"保罗"。

……

他们全都反对中级鬼怪的剧本。

"不……不行,各位执行者大人!我不能就这样被消灭!"

"别担心,你不会被消灭。"

"您……您这话是……"

一瞬间,保罗的脸上闪过了一丝希望,但很快就被执行者接下来的话无情打碎了。

"我们管理局已经因你而担上了巨量的盖然性负债,所以你的惩戒比被消灭更为严重。"

执行者对处于灵体状态的保罗输入了拘禁代码。紧接着,保罗的本体被强制召唤到了这个世界,它失去了直播专用嗓音,颤抖不止地反抗,破口大骂道:"这……这都是阴谋,这不可能!"

鼻荆在它旁边吐槽道:"早就说了让你赶紧结束任务。"

"鼻荆!"在拘禁代码里胡乱挣扎的保罗终于爆发了,它用手指着鼻荆说,

"执行者们！请逮捕那家伙，我有它违反'星流放送'规则的证据。"

"它也会跟我们一起走。"听到这里，保罗大喜，但执行者们的话还没说完，"就是这家伙找我们来的。"

"那是什么意思……该不会？"

鼻荆对着气得涨红脸的保罗挥了挥手。

执行者露出一个微妙的笑容，接着说："鼻荆是个非常优秀的鬼怪。看看它身披草席的谦逊之心吧，它不醉心于奢侈，而是一心扑在任务上的那种清廉，才是实况主播中的标杆啊。和你这种明明只是个鬼怪，却穿着名牌西装的家伙有着天壤之别。"

闻言，鼻荆露出害羞的表情，它估计从没想过自己的贫穷能被夸成这样。

"不……不是的！鼻荆才不是那种家伙！"

"闭嘴。"被拘禁代码捆得更紧的保罗发出凄厉的惨叫，"这已经是第三次接受惩戒了，你应该很清楚这意味着什么吧？"

"这不合理！你以为我的上级会接受这种事吗？你们要是敢动我，那就真是太过草率了……"

"你还是回管理局之后再胡言乱语吧。"

耀眼的传送门在半空中开启，终于到了和中级鬼怪说再见的时候。估计今后再也不会在任务中见到它了。那家伙怒火中烧的目光直指我的方向。和那双眼睛对上的一瞬间，我心中的愤怒也涌上来了。

由于情绪的高涨，"第四面墙"发生动摇。

第41次回归的申流承变成灰尘，飞散而去。要不是因为这个中级鬼怪，她应该已经被我们救下来了。尽管她将永远无法回到自己的时间线，但她可以把这里当作新的回归，和我们一同迎接这个发生了些许变化的世界。但那只中级鬼怪，残忍地践踏了最后那么一点儿可能性——这就是我现在开口的原因。

"慢着，等一下。"

尽管那家伙会遭到不亚于死亡的刑罚，但我不觉得能这样算了。

"你现在是在叫我们吗？"执行者们露出吃惊的表情。它们应该没想过，区区一个化身，居然敢让执行部的鬼怪们留步。沉默地看了我一会儿，其中一个执行者开口了："你就是那个名叫'金独子'的化身，没错吧？"

另一个执行者发问了："你认识这家伙？"

"他是半岛上很有名的化身，数一数二的强者，而且听说他到现在都没签背后星。"

"哟？"

看着自顾自聊起来的鬼怪们，我立刻使用"鬼怪通信"对鼻荆说：

——鼻荆，我给你100000Coin。

——什么？

乖巧地跟在执行者们身后的鼻荆忽然瞪圆了眼睛。

——把我升级成"鬼怪包袱"的白金会员。

——不是，突然间你这是在干什么？

——别废话。

——见鬼……

看着不断靠近的执行者们，我赶紧催促鼻荆。它叹了口气，开始在半空中一番操作。

花费了100000Coin。

祝贺你！你已成为"鬼怪包袱"的白金会员！

升级时本来还会有烟花特效来着，但我让鼻荆帮忙省略了这一步。和只用5000Coin就能进阶的黄金会员不同，从白金会员这个等级开始，受到的待遇就天差地别。

"化身金独子，你找我们有什么事？"执行者们问我。

这俩家伙的块头和其他鬼怪不同，大得像一座山，所以光是和它们面对面就已经让我感到有些紧张了。虽然它们现在已经失去了星座的资格，实力大不如前，但部分执行者原本是伟人级星座，所以有这等威势也不奇怪。

我轻轻吐出一口气，张口道："我要和鬼怪进行'鬼怪密谈'。"

"什么？"执行者们因我的话慌张了一瞬，又立刻笑着看向彼此，"'鬼怪密谈'是白金以上的会员才能要求的……你难道是吗？"

"我的确是，你们自己确认吧。"

两个执行者再次对视一眼，它们操作着系统，确认了几条事项，然后爆发出一阵感叹。

"原来是真的。"

"你到底是怎么变成白金会员的？"

"我现在够格了吧？"

犹豫过后，执行者点了点头。

"你想和哪个鬼怪进行'鬼怪密谈'？以白金会员的身份，你最多可以和准上级的鬼怪进行密谈，约定日程需要……"

"没必要定日子了，你们手上就有我想要对话的家伙。"我用手指向了想要对话的鬼怪，"我想和中级鬼怪保罗密谈。"

2

闻言，执行部的鬼怪们再次转头对视："你不会是想……"擅长察言观色的执行者们似乎是看明白了些什么。远处的保罗用不明所以的眼神望着这边。执行者们犹豫了一会儿，然后露出一个颇有深意的微笑，张口道："允许你和囚犯鬼怪保罗进行密谈。"

"自由对话的时间是二十分钟。"

这俩家伙的表情就像是看到了什么妙趣横生的景象一样。我倒也能猜到它们的这种反应，毕竟它们骨子里更接近"订阅星座"，而不是"实况主播"。

话音刚落，我和保罗周围就生成了一个小小的透明空间。"鬼怪密谈"是星座和鬼怪进行秘密接触的空间。

开始与中级鬼怪"保罗"进行"鬼怪密谈"。

不过，只要使用者愿意，这个空间的用途可以随意更改。

圆顶之外的鼻荆正在和执行者们说些什么。

和我单独关在一起的保罗突然面露凶色咬牙切齿道："你怎么突然要求'鬼怪密谈'？你到底在打什么算盘？看来是想故意激怒我吧。"

这家伙身上还捆着执行者们的"拘禁代码"，只要这束缚存在，别说权限了，保罗甚至都无法使用自己原本的力量。也就是说，现在在我面前的这家伙，已经是手无缚鸡之力的状态了。

"别虚张声势了，我很清楚你现在是什么情况。"

保罗畏畏缩缩地退到了圆顶的边缘，但它的嘴角依然挂着蔑视的微笑。

"原来如此，我好像知道你想出什么鬼点子了，看来你想给那个灾殃报仇？"

"……"

"可笑啊，你以为我看不透人类肤浅的欲望吗？行啊，有种你就试试。虽然不知道你是怎么了解到'鬼怪密谈'的，但在这个地方是不能杀害生命的，不管你有多恨！"

我径直冲了过去，使出全力将拳头砸向那家伙的脸。那家伙的鼻子里淌下青色的血，惨叫着瘫坐在地。

我说："就算我杀不了你，也能把你揍得半死。"

"呃啊啊啊啊！你竟敢……"

"你还是第一次体会到这种痛苦吧？毕竟你是个鬼怪，应该从没被这样揍过。"

"嗬，喀喀，喀喀喀……"鲜血飞溅，保罗依然在笑，"你……你这家伙闯祸了，为……为了防止像你这样恶意利用'鬼怪密谈'的情况，系统已经设置了特殊规则。"

它话音刚落，系统通知就传来了。

你在"鬼怪密谈"内给鬼怪造成了伤害，作为惩罚，花费500Coin。

我真是受够了这帮鬼怪，居然会因为害怕星座们下狠手而设置了这种规则。就算它们"Coin中毒"，这未免也中毒太深了吧。但我早就知道会有这个惩罚，所以只是了然地耸了耸肩。

保罗擦着血，笑了："愚蠢的人类，因愤怒自取灭亡。行啊，想揍就揍吧，你一个化身，能有多少Coin……"

"你觉得我有多少Coin？"

那一刻，保罗闭上了嘴。

"你不觉得奇怪吗？我区区一个化身，是怎么成为白金会员的？"看着那家伙飘忽的眼神，我咧开嘴笑了，"多亏了你这家伙，我赚到了很多 Coin。"

保罗面色苍白，我则静静地握紧拳头。我的脑海中掠过这段时间发生的那些该死的任务。

持有 Coin：205902。

我想起申流承死前的样子。顺便一提，在我跟她说的悄悄话中，有一句是这样的：

——我一定会把那个鬼怪狠狠揍一顿。

所以，这是我要完成的第一个约定。

作为惩罚，花费 500Coin。

又是一拳，保罗的鼻梁骨粉碎了。我没有说"这一拳是为了某某"这种话，毕竟这种报仇本就不能真的弥补什么。

作为惩罚，花费 500Coin。

"啊啊啊啊！低贱的人类，你竟敢……"

作为惩罚，花费 500Coin。

"你敢对我做出这种事，你以为你能全身而退！"

作为惩罚，花费 500Coin。

"我要杀了你！我一定，一定会把你这家伙……"

作为惩罚，花费 500Coin。

"等……等等！等一下！停下……"

深陷恐慌的鬼怪蜷起身子，我第一次停下了拳头，这家伙的眼中立刻就有了希望。

"是……是啊，您的想法很正确，但您在这里惹出这种事，肯定不会有好……"

看着慌忙用上敬辞的鬼怪，我问："你停下了吗？"

"什么？"

"当初申流承说让你收手的时候，你停下了吗？"

我静静地俯视着说不出任何话来的保罗。这家伙只是看了看我，又看了看地面。最后，它看着天，就好像在埋怨正是那里的存在把自己变成了这样。

"你……你做这种事没有任何意义！就算你这样，你的同伴也没法死而复生啊！"

我的同伴没法死而复生——这话没错，但是——

"有意义。"

对着这个连小角都在颤抖的家伙，我再次提起了拳头。

"如果我死了，申流承也会这样做的。"血肉横飞，这家伙的牙齿被打飞了，又滚落到地上，"李贤诚也会这样，刘尚雅、李吉永也会这样。"我的拳头捶进鬼怪的腹部，打爆了它的内脏，"甚至就连刘众赫那家伙也会。"虽然刘众赫那家伙替我报仇的理由会和其他人稍有不同……无所谓了。

圆顶外的同伴们都在看着这边。眼睛红红的幼年申流承紧攥着拳头。李智慧和李吉永正在喊着什么。李贤诚正在用真挚的眼神凝视着这边，刘尚雅也紧咬着唇看着我。最后，我看了一眼刘众赫，就把视线移回保罗身上。

"我……我是任务之外的存在！你别想靠这种事赚 Coin！你不会有任何收益的！"

Coin……是啊，以这些鬼怪的脑回路，最多也只能想到这些东西了——什么故事能转化为 Coin、什么故事不能。

"也许吧。"没有任何星座给我发布悬赏任务，也没有让我教训这个鬼怪的支线任务，但正因为没有任何人指示我这样做，我此刻的行动才意义重大。

"没有收益最好。"

"什……什么？"

世界灭亡后，Coin 成为所有人类的行动原则——星座们给发 Coin 吗？不给就不做了。

但人类也不是始终受到那些东西的影响。

"你不会明白的，人类啊，原本就爱从这种事里寻找人生意义。"

"什……什么意……呃啊啊啊！"

我再次抡起拳头猛揍鬼怪。连续不断的拳击把这家伙的脸、肋骨、关节等部位完全打碎。

反正不用担心这家伙会死，我压根没控制力道。每一拳我都用上了最大的力度，每当这家伙的皮毛炸开、骨头被碾碎的时候，我的内心深处就好像有什么东西爆炸了一般。

作为惩罚，花费 500Coin。

其实我很清楚。

作为惩罚，花费 500Coin。

我非常清楚——就算我把它打成这样，也不可能给申流承的死带来哪怕一丁点儿的安慰。

死去的申流承看不到此情此景，但我还是在挥动拳头，毫不留情地揍着鬼怪。就像刘众赫做的那样——哪怕没有任何人理解那家伙的大义，他也会一直重复着回归，直到故事的终幕。

作为惩罚，花费 500Coin。

接着，空中传来了星座们的通知。

星座"紧箍儿的囚徒"因从未看过的剧情发展而激动。得到了 500Coin 的赞助。

我暂时停下了手中的拳头，仰视着天空。对星座们来说，就连这种事也成为一场好戏。

"这回我可没在演戏。"

返还了被赞助的 500Coin。

星座"紧箍儿的囚徒"大为震惊。

我继续挥动拳头。

星座"隐秘的谋略家"对你的行为表示关心。

星座"恶魔般的火之审判者"被你的行为感动。

周遭只剩鬼怪皮毛被打爆的声音和偶尔传出的几声呻吟。星座们沉默地看着我正在做的事，虽然没有任何人给我 Coin，但我也能感知到他们正在看着我。

"呃，呃呃呃……饶……饶我一命吧！求……求求你！求求你！"

保罗已经无法承受了，这家伙拖着残破不堪的身躯，不断拍打着圆顶空间的边缘。可圆顶的壁垒却只是发出无济于事的响声，执行部的鬼怪们并无任何作为。它们反倒是喜闻乐见的样子。我猜它们八成在进行这样的对话：

"原来这种行为都能赚到 Coin 啊。"

"该死的实况主播。"

就像我之前说的，执行部的鬼怪们并不喜欢实况主播，因为执行者们原本就是从"异形"的存在进化成鬼怪的。即便它们擅长打架，也没有引导任务走向的天赋。

没过多久，保罗的身体就完全变成了一摊烂泥，血肉模糊。我抓起这家伙的衣领，既然都到这时候了，也应该能问我想问的问题了："申流承的灵魂现在在哪儿？"

***

成为任务附属的灵魂，死后也无法摆脱契约的枷锁。但若能消灭契约本身，情况就会有所不同。等我再打了几十拳之后，中级鬼怪保罗才开口。

"那……那个，我也不知道。因……因为你借用了大天使的力量……那……那人和我们的契约消失了……"

不出所料。鬼怪们从恶魔那儿接手了"驯兽领主申流承"，在移交的过程中，契约之绳连接着恶魔们的权能。而乌列尔的"地狱炎火"将那根绳子烧了个干净。也就是说，申流承的灵魂上已经失去了锚链，正在世界中飘荡。

"你……你绝对……没法……找……回……她……那个可怜的灵魂，马上……就要到……世界线的……迷宫……里去……"说完这最后一句话，保罗昏了过去。

"鬼怪密谈"已结束。

透明圆顶消失，执行部的鬼怪们吊儿郎当地飞了过来，吹起了口哨。

"哎哟，还没接受惩戒，这家伙就已经遭遇可怕的事了呢。"

它们看了我一眼，微笑着飞远了。我问慌忙跟上执行部的鼻荆：

——表示过心意了吧？

——当然了，但你是不是用了太多 Coin 啊？

——还剩很多。

　　保罗在精准地挨下了一百二十四拳之后才晕倒。

　　持有 Coin：143902。

　　鼻荆边叹气边瞥了我一眼。

　　——我进入管理局之后，短期内就不能跟你通信了。我会把频道开放的，所以这段时间你千万别闯祸啊，求你了。

　　看着语重心长的鼻荆，我心想：这样正好，只要这家伙不在，就没人会对我的计划指手画脚了。

　　由于任务错误，导致额外奖励结算推迟进行。

　　主线任务的管理者缺位，短期内任务的发展会稍有停滞。虽然这最多也只会持续一两天，但对我来说足够了。我抬头看着穿过时空之门消失不见的鬼怪们，想起最后和申流承说的那些话。

　　——别担心，你不会死的。

　　——什么意思？

　　——我会帮你复活。我已经复活过两次了，比想象中容易。

　　其实，这是我不到最后一刻就不打算使用的法子。要用这个方法，就意味着她必须先死一次。但我没法保证她一定能再次活过来。

　　——我不知道要花费多少时间。但如果你愿意等，如果你不放弃，我就一定会让你复活。

　　等申流承的灵魂陷入"世界线的迷宫"，我就不可能救活她了。但现在还有一丝希望——只要能找回灵魂，她就一定能再次活过来。但问题是，我要怎样才能找到那个灵魂呢？我转头看向刘尚雅。

　　"刘尚雅。"

　　"我在。"

　　即便申流承是其他世界线的灵魂，但任何灵魂都会先经由"幽冥"，再脱离这个世界。我想起了几个和幽冥有关联的星座。但那几个星座不是在我无法涉足的地方，就是处于我现在难以望其项背的级别。不过，倒是有一个我能尝试着联系到的家伙。

"你能帮我召唤'被抛弃的迷宫恋人'吗？"

　　听到我的话，刘尚雅犹豫了一会儿，然后点点头。没多久，她周围就迸溅出细微的火花。几天前消耗过盖然性，阿里阿德涅不会直接降临，而是会微微附着在刘尚雅身上。

　　我开口了："奥林匹斯，我想和你们做个交易。"霎时火花四溅。也是，上次见面就已闹得不欢而散，他们这种反应也在我的意料之中。但这次我只能做出让步。我吸了口气，开门见山地说："让我和你们的冥王见面。"

　　现在，我该去实现第二个约定了。

3

　　从刘尚雅红一阵白一阵的表情中，我清楚地读出了奥林匹斯的回答，我这才发觉自己好像太过开门见山了。

　　"那个……独子。"也不知道刘尚雅听见了什么骂人的话，她犹豫地看着我，弄得我都有些歉疚了。

　　"你能把你背后星说的话告诉我吗？"

　　刘尚雅的周身飞溅出火花，看来阿里阿德涅还没消停呢。过了一会儿，情况才稍微稳定下来。真没想到上次的"交换三问答"会造成这么大的"后遗症"。一会儿后，火花渐渐平息，刘尚雅边叹气边说："她说'富有的夜晚之父'不是自己能随便带过来的存在……"

　　"富有的夜晚之父"是奥林匹斯三大主神中的冥王哈迪斯的星座称号。尽管这个星座是奥林匹斯的三大主神之一，但由于常居冥界，未被列入"奥林匹斯十二主神"。的确，阿里阿德涅顶多就是个伟人级星座，而哈迪斯位高权重，她很难接触到。

　　我首先表达了感谢："谢谢你，刘尚雅。"

　　"但是独子，你是不是想……"聪明如刘尚雅，一定已经猜到"富有的夜晚之父"就是哈迪斯了，估计她还多多少少猜到了我为什么要找哈迪斯。俄耳甫斯为了救回妻子欧律狄克而前往冥界的神话，在韩国也很出名。

刘尚雅犹豫着问:"能做到吗?"

从原则上说,人死不能复生。我也是因为"不杀之王"的特殊权能才得以修正盖然性的,但在大部分情况下都没有这种修正机制。对申流承来说也是一样。要是能随随便便就复活的话,刘众赫就没有回归的必要了。但无论如何,只要能拿到灵魂的话……

"抱歉,我现在不能细说。"

星座们全都盯着,我不想把未来的规划一一说明。毕竟,因为这次的事而开始讨厌我的星座也多了不少。

诱饵已经丢了出去,咬不咬钩就得看那边的了。现在重要的是耐心。

我转移话题道:"先整顿休息一下吧?"

像等待了许久似的,同伴们都朝我走来。偷瞄着申流承的李吉永,搀扶着李贤诚的郑熙媛,还有原本鼓着脸站在远处的李智慧。

下级鬼怪的声音从空中传来。

"我是临时来负责进行奖励结算的鬼怪'灵其'。"这家伙应该是个新人鬼怪,它用有些生硬的声音接着说,"现在进行第5个主线任务的额外奖励结算。"估计是比那家伙级别高的鬼怪都不在场,只好让它来充数吧。

已获得"艾拉森林的灵气"。

每人都抓到了一个从空中掉下来的小小果实。

"刚才给各位的是'星流放送'里最受大众喜爱的恢复类药品。只要吃了这个睡一觉,就算是受了重伤也能快速恢复,只需要找个安全的地方就行了。"我还是第一次见到这么恭恭敬敬的鬼怪,心里有些排斥。鬼怪看着我们几人继续说:"给主要贡献者的额外奖励将会在今天傍晚发放。各位都辛苦了,希望各位在下个任务中继续加油。"

鬼怪的声音消失了,我看向手握果实的同伴们。又有一些我不认识的登场人物死去了,也有人正在走向死亡,但我们却活了下来。同伴们的表情似乎是不知该对这一事实心怀感激还是感到悲伤。这种时候,总该有人站出来扛起大旗。我一一看过同伴们,缓缓开口道:"各位都辛苦了。"不做出任何决断,只会让时间白白流逝——悲伤依旧,快乐依旧,没有丝毫变化。只有做出决定,才能让时间过得有意义。"真的辛苦了。"我这句不值一提的话似乎变成了某种补偿，让大家的表情都变得平和，他们的确该好好休息了。

李智慧嘴角动了动，率先发话道："得了吧，刚才真是绝了啊，大叔你刚才比我师父还要帅那么一丢丢欸。我认可你了。"

以这句话为开端，李贤诚和郑熙媛也开口了。

"你这次真是太厉害了。"

"我心里也痛快了。"

这群人真是……他们一直忍着没说的，不会就是这几句简单的话吧？看着开始吵闹起来的同伴们，我露出一个苦笑。初期任务中最大的危机已经过去了，我们守护了首尔，至少短期内，这里都不会遭受威胁。

"独子，你也辛苦了。"原本在旁边目不转睛地看着我的刘尚雅也露出了一个和煦的笑。

这也许就是给我的补偿吧。啪的一声，有什么东西撞到了我的身上，原来是申流承的额头抵在了我的背上。李吉永露出一个看不顺眼的表情，但也没有说什么。我轻轻把手放在申流承头上。

***

傍晚时分，主要贡献者的额外奖励结算开始了。能够得到额外结算的共有三人。

我、郑熙媛，还有刘众赫。

第 5 个任务的额外奖励为"B 级技能"。

千辛万苦才完成的任务，却只能得到一个 B 级技能作为奖励——要是被不了解情况的人听见了，可能会觉得奖励根本就配不上任务难度。但这一奖励其实已经很划算了，毕竟不是所有等级低的技能都是烂技能。最重要的是，我们可以任选一个 B 级技能，其中不乏难以获得的技能，我心中早就有了目标。

是否浏览 B 级技能目录？

目录中的技能数以万计。但我毫不犹豫就做出了选择。

是否选择B级技能"测谎"作为奖励？

我刚一点头，一条追加通知就伴随着微弱的光传来了。

专属技能"测谎"已添加至技能目录。

哈，我终于得到这个技能了，现在回想那些因为没有"测谎"而带来的不便，我就……

回头一看，郑熙媛也在认真挑选。我问一旁的李智慧："喂，你知道刘众赫去哪儿了吗？"

"啊，他刚才带着雪花姐走了。"

和李雪花一起？像是看破了我的心思，李智慧扑哧一笑。

"嗯哼，他们好像不是大叔你想的那种关系。"

"为什么这么说？"

"我才不知道嘞。"

我歪了歪头。原著中的第2次轮回时，他们二人的确是恋人关系来着，但我不记得他们第3次轮回中有没有变成恋人了。刘众赫选择"寡王路线"的次数其实比想象中要多。这不重要，重要的是这家伙到底带着李雪花去哪儿了。

第6个任务将在三天后开始。

听到这条通知，我大概猜到了刘众赫的行踪。在第6个任务中，来自不同穹顶的化身们终于要相遇了。刘众赫那家伙是一刻也不能歇着的，他应该是去找上次轮回时没得到的那几个隐藏技能和道具了吧，毕竟首尔穹顶内还剩下很多隐藏任务。一想到那些道具就要被刘众赫抢走我就有些难过，但转念一想，那也总比被其他蠢货拿走要好。而且，要想顺利完成之后的任务，刘众赫必须变得更强才行。

"啊，对了，刚才师父让我给你带句话。"

"给我吗？"

李智慧点了点头，然后突然板着脸，握着刀柄，用严肃的语气说："金独子，誓约期限已经过了。"

我的心忽然一沉。我忙昏了头，竟然忘了还有"存在誓约"这个东西。

——那你至少要发誓，第5个任务结束之前不会杀我，不然就恕我无能为力了。

——好，我发誓。

回想起来，他的确是立下过誓约。这家伙不会是……因为那个誓约才忍到现在都没杀我吧？而且这样看来，他当时还说了奇怪的话来着。

——我不会杀你，但是……

——但是？

——挨过的揍，我会还给你。

我不禁咽下唾沫。

他的离开不会也和这件事有关吧？他是要去学一个能把我一击毙命的强大技能吗？

"……你们到底立了什么誓约啊？"

"与你无关。"

是啊，没必要现在就认怂。我已经有了申流承的"兽王的感性"技能，而且足足有 3 级呢。就算只能通过书签使用，我也还有"风之径"，再加上强大的同伴们……

李智慧和我对上视线后，笑得一脸灿烂。

"你也知道，假如师父要对你做什么，我是不会帮你的。"

"我根本就没指望过你。"

我转而看向可靠的李贤诚那边。虽然之前一直没说，但在刚才的任务中，刘众赫没给我留下多么深刻的印象，反倒是李贤诚说自己是我的同伴的时候，我真的被感动了。李贤诚为难地看了我一会儿，然后开口道："那个……独子。"

"请说。"

"老实说，我有点怕刘众赫。"

"……啊，没关系，我理解。"

这么一看，李贤诚变得这么强的原因也是刘众赫的严苛吧。该死的。但现在陷入挫折情绪还为时过早，我这边还有郑熙媛呢。她可是在原著中没能发出任何光芒、由我亲手培养出来的同伴。下一刻，郑熙媛挠着脸颊说："虽然不知道为啥，但我的背后星说让我别掺和你俩的事。"

"……什么？"

"我也不知道为什么……"

星座"恶魔般的火之审判者"露出欣慰的微笑。

我的背后突然凉飕飕的，欣慰？那个天使到底在想什么？

星座"天空的书记官"用严肃的眼神看着"恶魔般的火之审判者"。

星座"恶魔般的火之审判者"一个激灵，脸色一变。

"独子。"我吓了一跳，回头看去，刘尚雅露出沉静的微笑，看着我说，"别担心了，众赫好像也不是那么差劲的人。"

"我也希望他不是。"

"你们一定能成为好朋友的。"

刘尚雅不知人心险恶，我只得在心里偷偷叹了口气。也不知道我为什么会在这种时候想起韩秀英——毕竟除我之外，也就只有那家伙知道刘众赫的真面目了。不过，那家伙就算在这里也不会保护我……任务都结束了，也不知道她现在在干什么。

我们一边闲聊一边整顿周围杂乱的环境，拾取散落的道具。没过多久，夜深了。刘众赫还没回来，但去周围侦察的郑熙媛带着一些好东西回来了。我吓了一跳，问道："现在还有这种东西吗？"

郑熙媛带回来的是六罐装的啤酒和几瓶烧酒，她笑着说："这种时候就该喝一杯啊，纪念一下。"

我们点燃篝火，然后围坐一旁。李智慧把手伸向啤酒，我赶紧一个巴掌拍向她的手背。

"你不是没成年嘛。"

"现在连法律都没有了，还说什么未成年啊？"

"你跟小孩子一起喝汽水去。"

就在我们斗嘴的时候，酒已经敬过一巡了。郑熙媛脸颊红彤彤的，开始发酒疯，李贤诚喝了两杯啤酒之后就醉倒了，像熊一样打起了呼噜。大家的酒量比看起来还要差。

"心情尊（真）好哦……"也不知偷偷喝了几杯，脸蛋红扑扑的李智慧一屁股坐在了地上。

出乎意料的是，刘尚雅酒量不错，她已经开了第四瓶烧酒，自酌自饮，脸上没有一丝醉意。"我很能喝的。"这么想来，公司聚餐的时候刘尚雅一次都没醉过，她补充道，"如果随随便便就喝醉的话，会很麻烦的。"这句话中包含的伤感让人心酸。公司里有太多家伙想将刘尚雅灌酒之后做点什么，也许这是她第一次安心喝酒。"但今天应该不用担心吧？"她的脸好像比平时还要白皙，一想到这儿，我莫名有些难为情，躲开了她的视线。

空中悬着一轮孤月，至少今天，我们没有听到怪兽们的咆哮声，而且周围还有其他正在喝酒的队伍吵吵嚷嚷的。在这种情况下，我们竟然还能喝得这么开心……不过转念一想，正是当下的处境，才让人们除了喝酒之外无事可做。要是不喝酒，人们怎么坚持得下去呢？

就在这时，我的酒杯上迸出小火花。刘尚雅吃惊地看着我，我朝她点点头。我没喝酒的决定果然是正确的。杯子里的酒飞溅出去，像是在和我们开玩笑一样，在地上凝聚成了文字的形状。

星座"酒与恍惚境之神"想要和你对话。

奥林匹斯上钩了。

4

"酒与恍惚境之神"。这个星座称号的主人是奥林匹斯十二主神之一的狄俄尼索斯。

星座"酒与恍惚境之神"正在哼歌。

虽然听不到歌声，但洒落在地的酒液正附和着某种旋律起舞。这些液体就像有生命一样，一边舞动，一边在地上组成无数个音符。音符在我和刘尚雅之间反复跃动。

刘尚雅仔细观察着音符，然后开口道："这是《小狗华尔兹》。"

"你还会看乐谱？"

"会一点。"刘尚雅歪着头接着说，"他怎么突然哼肖邦？这是什么意思呢?"

我哪会知道,毕竟狄俄尼索斯听过肖邦这件事就已经很奇怪了。不对,在《灭活法》原著中,这个星座对后世的音乐文化非常关心,所以应该也还好?

音符如同小狗的步子一般,在地上画出小小的圆形图案,接着,那些酒液变成了一个箭头,指向了剩下的酒瓶。

刘尚雅说:"好像是让我们再多喝点的意思?"

"那就先喝吧。"不论怎么看,也只有这一种解释能说得通了,我补充道,"你少喝一点,至少要有一个人保持清醒。"

要是我喝醉了,还得有人保护同伴们。虽然也能叫醒喝完汽水就睡了的李吉永和申流承,但至少今天,我想让孩子们睡个好觉。

"独子,你不能喝酒吗?"

"不太能喝。"

我和刘尚雅轻轻碰杯,然后猛灌下一杯烧酒,时隔许久的酒精摄入让我的胃里热热的。

但音符还是没有停下。

"……好像还在让我们继续喝。"

我又连着喝了几杯,胃里泛起一阵暖意,我感觉自己的脸也红了。音符的跃动更加活泼了,不对,是因为我喝醉了才会这样觉得吗?

刘尚雅露出一个微笑,道:"但有人一起喝的感觉还是挺好的,一个人喝会有点寂寞呢。"

后来不知道又喝了几杯,迷蒙的醉意上涌,我的兴致也变高了。不知不觉中,我和刘尚雅的距离一下就靠近了,明明刚才还坐得很远来着……是我的错觉吗?隐约听见了急促的呼吸声。不知道是我的呼吸,还是刘尚雅的。

刘尚雅的肩膀轻轻蹭过。

"独子。"

"嗯。"

明明是素颜,但刘尚雅的皮肤上几乎没有瑕疵。刘尚雅有点迷糊了,她的身子正在缓缓向我靠近。她的面庞越来越近了。成对的四分音符和八分音符围绕在我们身旁，激烈地舞动着。也许是因为肩膀上传来的柔软触感，我的心脏突然开始加速跳动。

等等，有点不对劲。

专属技能"第四面墙"已缓解你的醉意。

信息响起的一瞬间，我忽然清醒过来，脑海中的迷蒙瞬间消失。是啊，这种事不可能是真实发生的，始终保持清醒冷静的刘尚雅怎么可能如此失态？这只在虚构的《灭活法》中才可能发生。

我紧紧抓住刘尚雅的肩膀，说："刘尚雅，快打起精神来。"

"什么？啊……啊？"刘尚雅吓了一大跳，眨了眨眼睛，醉意都无法染红的脸颊此刻居然泛红了。

"我……我做了什么……"

这果然不是刘尚雅的本意。我的心情突然有些凄凉，我对在地面盘旋的音符说："别再开玩笑了，还是聊正事吧。"

下一刻，所有音符都停住了动作。仿佛午夜的庆典紧急告停一般，周遭的沉默让人不安。没喝完的酒瓶全都砰的一声倒下，地面上聚集的酒液开始抖动，就像在畏惧着什么一样。接着，那些酒滴形成了一排文字。

——真扫兴。

这排文字让我有些惊讶。也许有人会问，用区区几滴酒写字有什么了不起的？但在《灭活法》的世界中，星座们传达"意志"就是这般了不起的事。星座们通过鬼怪的频道传达"间接通知"并不是没有原因的。由于这个世界对"语言"也十分敏感，所以想要不经由化身或鬼怪，直接将自己的意志传达到行星地表，所耗费的盖然性不容小觑，只有那些最高等的星座能够做到。

天空中的"异界虫洞"中传来隐约的咆哮。看来异界的神格也察觉到了狄俄尼索斯的存在。

既然这位星座刻意跳过化身，直接向我传达意志，就说明他有信心承担这一举动的后果……奥林匹斯十二主神级别的星座果然非同一般，他想表达这个意思吗？

我故意挑衅道："既然你这么有自信，那就亲自来和我谈吧。"

紧接着，排列好的文字开始重新移动。

——我讨厌那群长触手的家伙。

真是到死也要嘴硬，完全不肯认输呢。

——打架也很麻烦。而且我亲自降临的话，你们全都得死。

我本就不抱期待。而且正如他所说，要是奥林匹斯十二主神级别的星座亲临，首尔就会被立刻碾碎。

——我母亲也是被我父亲那样害死的。

看到这句话，刘尚雅轻声对我说："那是什么意思？"

"应该是在说他自己的诞生神话吧。"

据我所知，狄俄尼索斯是宙斯和忒拜公主塞墨勒的孩子。某天，对宙斯和塞墨勒的关系心怀嫉妒的赫拉假扮成塞墨勒的乳母，对塞墨勒煽风点火道："这位宙斯大人说不定是个假扮的，所以在奥林匹斯时，请您提出要求，让他露出真正的面貌吧。"被诡计所骗的塞墨勒竟真的向宙斯提出了这一要求，没多久就被宙斯本体上发出的光芒烧死了。

听完我的话，刘尚雅歪头道："啊……和我了解的传说故事有些不同呢！据我所知，那位的母亲并不是忒拜的公主……"

刘尚雅的博学让我有些吃惊。我甚至怀疑，她有的不是韩国史一级证书，而是神话史一级证书吧。当然了，世界上并不存在这种资格证。

地上的酒液欢快地变成了另一句话。

——哼嗯，看来你们都很了解我啊。

正如刘尚雅所说，狄俄尼索斯的诞生神话有两个。一是其母为忒拜公主塞墨勒的版本。

而另一个，则是其母为哈迪斯的夫人珀耳塞福涅的版本。

我问狄俄尼索斯："都说到这儿了，我还挺好奇的，这两个版本哪个是真的？"

——那重要吗？

"当然重要，对我来说，后者必须是真的。"

其实我同意郑熙嫒的提议，让大家喝酒，本就是为了引出狄俄尼索斯。珀耳塞福涅的儿子，狄俄尼索斯。如果这个版本的传说是准确的，那么狄俄尼索斯很大概率能和哈迪斯的夫人珀耳塞福涅搭上线。

——真是个无礼的人类。

汇聚成句子的酒不断抖动。

——但我喜欢。

其实我已经知道哪个版本才是准确的了。《灭活法》里提到过一些狄俄尼索斯的故事。

——以前也有个像你一样横冲直撞的人类，还是个很会弹里拉琴[1]的家伙来着。但那家伙也没落得个好下场[2]。

"我的结局不会变成那样。"

——我能帮你打开冥界的入口，"富有的夜晚之父"不喜欢我，但冥界的女神会答应我的请求。不过那是个非常危险的地方，你这家伙不一定能活着回来。

"没关系。"

——好，我也喜欢恳切的人类。

这一切发生得太过顺利，反倒让我有些警觉，毕竟狄俄尼索斯是个令人捉摸不透的星座。

——记住，你只有12个小时。要是你不能按时返回，那你就永远回不到原本的任务中了。

脑海中冒出几缕睡意，我立刻明白接下来将要发生什么。该死的，这就是他刚才让我喝酒的目的啊。我赶紧开口道："刘尚雅，把孩子们叫醒。"

这应该是我清醒时的最后一句话了。

收到了新的隐藏任务。

在我闭上眼睛的一瞬间，那些酒滴似是在笑一般，组成了下面一句话。

——希望"富有的夜晚之父"会喜欢你。

---

1 里拉琴：又名七弦琴，古希腊拨弦乐器。
2 希腊神话中，俄耳甫斯曾去冥界寻找妻子欧律狄克，却因忘记了冥王的警告，在到达凡间之前回头看了一眼妻子，于是没能把妻子带出冥界。

※※※

星座"酒与恍惚境之神"引导着你的灵魂。你的灵魂已脱离肉体的束缚。

就像陷入了迷幻之境一般,我的脑中铺开了无数的色块,额头上传来难忍的疼痛,我听见从四面八方传来的微弱声音。

"那人是谁?"

"……真有意思。"

"以化身之灵来到星座们的世界吗?"

"他会后悔的。"

讨论声叽叽喳喳的,估计是奥林匹斯的家伙们吧。

专属技能"第四面墙"已发动!

仿佛按下了静音键一般,嘈杂的声音一瞬间就消失了。

你以生者的灵魂进入了冥界。冥界的审判官们察觉到了你的存在。

最后一条通知传来,我周围的无数声响彻底归为寂静。整个世界飞速旋转一周,我的身体就这样沉重地陷了下去。没多久,我就感觉自己抵达了某个地方。虽然动作艰难,但我大概猜到了睁眼后会看到怎样的光景。冥界中充斥着可怖的气息,我的指尖缠绕着漆黑的沙砾。

我应该正身处哈迪斯管控的冥界的河畔,这是通往哈迪斯宫殿的阿刻戎河,幽冥的船夫卡戎大概正在等着我吧,而且……

"喂!起来!你在这里干什么?!"

被钝器敲击头部的感觉传来,如同漆黑石油一般的东西被泼在了我的身上。我一边咳嗽一边从地上站了起来。有人触碰到我的身体,然后揪住我的领子,把我提了起来。

"什么鬼,新来的吗?还是第一次见呢。"

我也没见过这个人。这是个面露凶恶的男人,全身肌肉虬结。周围的人们一边看着在半空中晃悠的我,一边笑着议论。

"没缺胳膊少腿呢,搜身吧,说不定他是带了些好东西过来的。"

"别乱动，这家伙既然掉到这里，那一定不是个好对付的，你们忘了不久前来的那个疯子吗？"

"啊，那家伙的确是个有点特别的疯子，但那种家伙可不常见吧？"

我没理会这群吵吵闹闹的男人，而是打量着附近的环境。这是个十分广阔的空间，四周热气蒸腾。亡灵如此猖獗的地方，应该是冥界没错。用冥界的金属打造而成的钢筋四处林立，还能看到用来治炼金属的火炉，这里就像个巨大的工厂一般。这些亡灵在凡间的时候就拼命工作，死后还要沦为冥界的奴隶，马不停蹄地制造着什么东西。一眼看去，像是个巨大的机器人……这地方到底是干什么的？

"喂，你在无视我的话吗？"

我便真如这家伙所言，无视着他的话，把他的胳膊折断了。

"什……什么啊！这家伙的力气怎么……"

我可没时间应付这些小喽啰。我打算先确认一下刚收到的隐藏任务。

+

＜隐藏任务：冥界散步＞

类别：隐藏

难度：A+

完成条件：避开审判官们的视线，找到安全返回凡间的方法

规定时间：12小时

奖励：10000Coin

失败惩罚：你将被强制成为冥界居民

+

已经顺利收到任务，狄俄尼索斯说过的规定时间也准确无误。那我为什么会在这里？

我明明应该掉进阿刻戎河。

"你这家伙！胆敢对享有'晦日鬣狗[1]'名号的我……"

---

[1] 晦日：指阴历中每个月的最后一天。

一听就是个混得不怎么样的反派角色。既然我全无印象，那这家伙肯定也没在《灭活法》原著中出现过。就在男人巨大的拳头准备向我砸来的一瞬间，后方传来一道恶狠狠的嗓音。

"喂，野狗，出什么事了？有什么好玩的吗？"

"呃，呃啊啊啊！"

"哈哈，带我一个，嗯？成天在这里摆弄'高达[1]'，我都快无聊死了。"

"疯子！大家快跑！"

包括"晦日鬣狗"在内，包围我的男人们全都一溜烟地逃走了，动作极其迅速，就像是遇到了捕食者的食草动物一般。

我转头看向声音传来的方向。那少年身形瘦削，刘海长到挡住脸。他盯着我仔细看了看，然后吃惊地喃喃道："你怎么会在这儿？"我一时间没听明白他的意思，这家伙又是谁？为什么装作认识我的样子？"什么啊，你没认出我吗？你真的不记得了吗？"直到少年掀起自己的刘海，我才认出他的身份……该死的。这么一看，所谓冥界，就是已死之人该去的地方。被我杀死的人，也理应来到这个地方。是我没考虑周全。

"啊，你别这么紧张，反正我俩不都已经死翘翘了吗？"那家伙面露好奇，猛地凑近。虽然只是短暂地见过一面，但我绝对不可能忘记他卑劣又残忍的眼神。他露出一个阴暗的微笑，说："好吧，大叔你到底是被谁杀了啊？跟我说说呗，嗯？"

我在哈迪斯的冥界中，遇见了第1个任务中死去的"妄想恶鬼"金南云。

5

我花了点时间，把四周打量了个遍，才得出自己身在何处的结论。怎么看都不会错，这里是……

"我就说你没必要这么紧张啊，只要你不靠近，它就不会咬你。"

---

[1] 高达：出自日本动画片《机动战士高达》。

看着语带嘲讽的金南云，我轻叹一口气。长着三个脑袋的怪兽正在入口处看着我们这边。我之前只在神话中读到过它，地狱犬刻耳柏洛斯。那家伙无精打采的，两个脑袋正在打瞌睡，只有一个瞪着双眼，对周围保持警惕。确凿无误，这里就是冥界地狱"塔尔塔洛斯[1]"中的监狱。金南云的架势简直就是冥界的导游，还在念叨个不停："那是只小崽子，只有4级。下一层还有更吓人的怪兽。"

那只三头犬的确是只幼兽，《灭活法》中也是这样写的。在塔尔塔洛斯，越是往下层走，就关押着越强大的怪兽，所以守护各层的刻耳柏洛斯的体形也随着楼层的下降而增大。

金南云笑嘻嘻地问："所以，来地狱之后有什么感想？"

他流里流气的态度让我心怀戒备，这个精神病说不定突然就跟我翻脸了，我不得不保持神经紧张，警惕地开口了。

"我有件事要问你。"

"啥呀？"

"这里除了你，还有其他我认识的人吗？"

"不是还有你嘛。"

"也除了我。"

我仔细打量着路过的亡灵们的面孔，却没有看到我认识的人，比如"提问之灾"明镒相，或是人外物种宋民宇之类的。

"据我所知是没有的。当时在地铁上的人，只有我一个来了这里。"

哈迪斯的冥界只是世界上万千幽冥之一罢了。估计根据死者生前的信仰，或者干脆进行随机分类，化身们会去往不同的死后世界。我猜明镒相和宋民宇也被分去了其他地方吧。

我观察着金南云的反应，接着说："最近有年轻女人到这里来吗？"

"年轻女人？"

"白色的头发，嗯……扎着马尾辫，挺漂亮的。"

---

[1] 塔尔塔洛斯：地狱的代名词，是地狱冥土的本体。在提坦战斗里战败的提坦被囚禁在这里，由百臂巨人把守。

金南云皱着眉，很快就笑了出来："啊哈，我现在懂了。"我以为这小子见过申流承，于是认真听他说话，结果他晃了晃小指[1]，"大叔，你是为了救那女人才死的吧？"

"……"

"所以说老一辈的人都有这个问题啊，为了爱情要死要活的……那都是什么年代的剧情了？"

"你到底是见过还是没见过？回答这个问题就行。"

"当然没有。怎么办啊，你见不到心爱的女朋友咯。"

看来申流承的灵魂并没有到这里来。虽然也有可能是现在还没渡过阿刻戎河……不论是什么原因，她总归是从其他世界线过来的灵魂，只能在这里停留片刻，就会被放逐到世界线之外。我要做的，就是在那之前拿到她的灵魂。

"你之前是在这儿做什么？"

"能做什么，就在造那个东西啊，你现在也要和我一起了。"金南云弹开手上的灰，接着指向后方，"就那个，看到那个长得像高达的东西了吗？"

我正好在打量那东西。从外表看像是个巨人，萦绕着黑色光泽的金属完成了这件武器的收尾工作，它就像个有生命的东西一样缓缓地呼吸着。这是为了希腊神话中最为可怕的战争而准备的武器——巨神兵。

看来哈迪斯果真已经在准备"巨灵之战"了。和那些吃喝玩乐、四处晃悠，只知道嘴上说说的奥林匹斯十二主神完全不一样。这么一想，哈迪斯虽然是希腊神话的星座，但不属于奥林匹斯。就在这时，入口外面传来了嘈杂的声音。

金南云的脸色变得严肃起来，他抓住我的肩膀。

"你过来，跟我走。"

"为什么？"

"没看见管理员要来了吗？那边有我的车间，你过去装作在抡锤子。越是新来的，就越要动作麻利才行。"

他说的这些我也清楚，这里要真是塔尔塔洛斯的"奴隶打铁铺"，那我早就

---

[1] 韩语中"小指"一词也有"恋人、情人"的意思。

心里有数了。所以，我并不是在为塔尔塔洛斯而感到吃惊。

金南云撇嘴道："干吗这样看着我啊？"

我本来不打算说的，但现在也不得不开口。

"你看到我之后难道就没有任何想法吗？"

"什么想法？"金南云思考了一会儿，然后露出一个阴森森的微笑，"啊哈，原来你是在怕我？"

"……"

"你怕我报复你，对吧？"不怕就奇怪了。我杀的这个人，在原著中是比刘众赫要更为疯狂的精神病，但他突然间对我这么友好，我怎么能不多想？"嗯，大家都是一早就死翘翘了的人，就没必要冷血地斤斤计较了吧？而且我到这里之后变了很多啦，进行了很多反省来着。"

这家伙完全是在胡扯，"妄想恶鬼"金南云会反省？这简直比"某天刘众赫突然变成美少女"还要荒谬。我知道他肯定是在说谎，但我还是本着对他最基本的礼仪，发动了"测谎"技能。我想要这个技能，就是为了在这种时候使用。

然而——

你已确认上述发言为事实。

什么？我震惊地看向金南云，对方却一脸委屈地嚷嚷道："我都说了是真的啊！为什么不相信我啊！我说了我在赎罪啊！我甚至都感谢你杀了我这件事。"

"……不是，为什么啊？"

"到点就放饭，还让人睡觉，又不用上学，也没有唠叨的爸妈……虽然的确是有点热吧，但这里真是最棒的地方了。"居然会有人这样形容地狱"塔尔塔洛斯"，"还有，无聊的时候还能去组装高达模型，多好啊！"还把巨神兵称为高达模型……"这都多亏了你啊，我认真的，真的谢谢你啊。"

这家伙果然是个疯子。

登场人物"金南云"对你抱有好感。

该死的，连系统通知都跳出来了，我也只能相信了。

"反正你赶紧过来吧，没时间了！"

金南云拽着我跑向他的车间。工作台上整齐地摆放着他用过的工具，我看到了用余下的金属制作的高达模型。用冥界的金属来做这种东西……我再次意识到，这家伙还真是个"中二病"患者。

"管理员来了，快拿起锤子。"他话音刚落，地狱门口的刻耳柏洛斯就狂吠起来。

人手一根大棒和鞭子的管理员们正在进入塔尔塔洛斯。那都是哈迪斯的眷属，身披漆黑的斗篷。虽然管理员们看起来不如审判官们那样强，但也最好别被他们发现了。我别扭地站着，装模作样地挥了几次锤子，身边的金南云见状咯咯地笑了。

管理员很快就来到了入口那边的讲坛上，发出十分刺耳的嗓音："一楼的奴隶们，请注意，接下来要进行突击检查。"

金南云皱着眉头吐槽道："那群家伙每天都整这种破事，吃饱了没事做，检查长检查短的……"

但听到管理员接下来的话之后，金南云立刻闭上了嘴。

"有非法入侵者进入了冥界，据说有生者的灵魂渡过了阿刻戎河。"拿着锤头和锯子的亡灵们满脸困惑不解的样子，交头接耳。管理员继续说："若是被伟大的死神察觉到此事，你们的下场会很恐怖。所以呢，这次的检查是为了揪出那个动机不纯的非法入侵者，暂时只做形式上的检查，所以不用紧张，在各自的位置上待命即可。"

该死的，事情的发展比我预期中还要快。

金南云气冲冲地说："胡说八道，就算有活着的家伙来到这里，那为什么要藏在塔尔塔洛斯？这里可是进来了就永远都出不去的地方啊，对吧？"

"……"

"喂，大叔？"

"哦，嗯。"

我正在思考着些什么，导致回答慢了一拍。那一刻，盯着我看的金南云用呆愣的声音说："我是以防万一问一下啊，管理员说的人不会是你……"

"没错。"

"真是见鬼了。"金南云扔开锤子，无语地笑了，"哇，你怎么能这样背后捅刀啊，我刚才难道一直在跟活人讲自己的处境吗？"

我不知道他这表情是生气还是觉得有趣。我边叹气边问："这里没有能躲起来的地方吗？"

"你觉得监狱里有能躲的地方吗？你要真想躲，那就躲到那个高达模型里面去吧！"

我望向巨神兵，的确只有这一个办法了。可问题是，那东西已经近乎一个有生命的东西，贸然进去的话，很可能直接就被消化干净了。

"那东西已经做完了吗？"

"还没，说是核心有点问题还是什么来着……你真打算藏到那里去？"

"不。"

"明智的决定。你要是进去，会直接死掉的。"

"你不是说决定做个好人了吗？"

"我只对死人善良。咱俩本来是好久不见来着，但现在就有点可惜了。不过大叔你也马上就要死了，到那时我再对你善良吧。"金南云一副幸灾乐祸的表情，用手比刀，划过脖子。

就在我们斗嘴的时候，管理员已经来到了我们身边。如果巨神兵已经制作完成，那我其实还有一个选择——坐上巨神兵，打败刻耳柏洛斯，然后直接进入哈迪斯的宫殿。但现在连这个选择也变成了空谈。

由于特性的效果，对已读页面的记忆力提升！

我绞尽脑汁地回想《灭活法》的内容。我想起来了，刘众赫在后期的轮回中也造访过冥界。

当时那家伙是怎么做的来着？

"告诉冥王，是我带走了巨神兵'普鲁托'。"

"不想死的话，就都给我滚开。"

那个精神失常的精神病患者。

读的时候还挺开心的，但等我自己身临其境时，这些情节却根本帮不上什么忙。和哈迪斯的审判官正面对决？那是刘众赫那种回归者才可能做到的事。只有那家伙才有那么强大的武力值和那样做的机会，但我……

不是，等下，我为什么不能像他一样？转念一想，我当然不可能真的像他那样行动。不过，这种胆大包天的办法，我也多的是。我为什么不能被审判官抓到？就因为隐藏任务失败之后，会成为"冥界居民"？还是说，那些看哈迪斯脸色行事的审判官会想办法让我永远消失？是我糊涂了。从最开始，只要解决了这一点，那就没什么好担心的了。

终于，管理员靠近了我们的车间。我心一横，站到前面。紧接着，管理员发问了。

"你谁啊？"

"我就是你要找的人。"

那一刻，管理员眼中寒光闪过，锋利的铁器声从某处传来，我的身体逐渐变得冰凉僵硬，后颈处扫过一阵阴风。我抵抗着深入骨髓的寒意，开口道："看来你是想让我永远消亡，但我劝你再好好想想。"我没有刘众赫那般的武力。但是，我有刘众赫没有的东西："如果现在杀了我，你们一定会在'巨灵之战'中战败。"瞬间，管理员的眼神动摇了，寒气稍稍退散。我抓住机会，望着巨神兵的方向说："告诉'富有的夜晚之父'殿下，我知道完成巨神兵的方法。"接着，恐怖的沉默笼罩下来。以脖子为中心，我的身体正被渐渐冻住，但我却故意没做任何反抗。这是一场考验。不知不觉中，寒气经由我的脖子和肩膀，入侵到胸口。我并没有慌，再撑一会儿，只要再撑一会儿。终于，就在寒气即将钻入我心脏的一瞬，冰冷的气息就像魔法一般停了下来。接着，出现了一则通知。

隐藏任务的内容已更新。

一会儿后，我跟随着审判官的指引，登上了哈迪斯的宫殿。在发出呼噜噜声响的刻耳柏洛斯身后，金南云的身影越来越远。他呆呆地看着我，而我则静静地朝他挥了挥手——那就祝你在地狱里过得好咯，南云。

6

金南云最后的样子在我的视网膜上留下一个残像,但我本就不是为了救他而来的,所以也没有什么办法。

审判官没有双腿,仿佛幽灵一般静静地飘上楼梯。一路上,有几个看起来等级很高的象征体用兴致盎然的目光望着我。那是住在哈迪斯宫中的星座们吗?我不知道。毕竟这里的存在也不全是星座。也许是发现我在四处乱瞟,审判官头都没回就说:"不好好跟着的话,你会迷路的。"审判官的嗓音就像刮挠铁片的声音一般让人心里瘆得慌,但说出来的话的确是个不错的建议。

我留意着审判官的眼色,然后看着天花板,动了动嘴。

——喂,在听吧?

我特意用审判官听不到的声音悄悄说。

——我知道你在听。

我很好奇。这里不是地表,而是哈迪斯的冥界,那么在这里,鬼怪的频道也能正常运转吗?

——是,我在看。

"鬼怪通信",但却不是鼻荆的声音。

——你是新来的鬼怪?

——是,我是下级鬼怪灵其。由于忙管理局的事,鼻荆大人暂时离开了频道,频道现在由我来接管。

鬼怪灵其。应该是白天来跑腿处理奖励结算的那只新手鬼怪。我直截了当地说:

——你都不认真工作吗?

——什么?

——隐藏任务更新了,你怎么不告诉我?

既然来到了这个危机四伏的地方,我必须得拿到隐藏任务的奖励啊。

——啊,那……那个……

看着它手忙脚乱的样子，确实是个新人没错。我本以为这只鬼怪只是傻乎乎来着……这样一对比，我才感受到鼻荆的眼疾手快。

沉默了大概十秒，鬼怪灵其突然结巴道：

——那……那个……

——又干吗？

——请问要怎么更新任务？

我一时间噎住了。

——哪有对化身提出这种问题的鬼怪啊？

——那……那是因为鼻荆大人说，如果有不清楚的就去问金独子……

鼻荆这小子是让我留下来当咨询顾问，然后自己拍拍屁股走人了吗？

——请……请稍等一下！我去问问其他鬼怪再回来。啊，然后……

——又怎么了？

——很抱歉，我能把积攒的"间接通知"放给你看吗？因为我还是第一次被派来工作呢……

我无奈地点点头。谁能想到，我竟然开始怀念鼻荆那家伙了。然后，"间接通知"爆炸一般涌入了我的脑海。

星座"酒与恍惚境之神"因你身处困境而感到快乐。

星座"紧箍儿的囚徒"因你的冒险而感到激动。

星座"隐秘的谋略家"十分好奇你会如何逃脱。

星座"恶魔般的火之审判者"祈祷你能安然无恙地回到战友身边。

……

这些星座果然全都在看着我啊。与这些反应不同，也有只顾着发出感叹的家伙。

星座"独眼弥勒"因冥界宫殿而发出感叹。

星座"秃头义兵长"因冥界的样子而大受震撼。

星座"秃头义兵长"开始怀疑自己的宗教信仰。

……

对伟人级星座们来说，这的确算是一个相当震撼的场景了，毕竟不是所有星座都能到哈迪斯的城堡来的。

得到了 12000Coin 的赞助。

仅仅通过频道播放出哈迪斯的官殿画面，就能得到 12000Coin 的赞助。这可是一笔巨额收入。也对，从严格意义上来说，我现在相当于是在禁止拍摄的私有领地里进行违法直播……

那之后不知走了多久，带路的审判官终于开口打破了沉默："到了。"

伴随着门铰链的声音，大门打开，我的眼前出现了一个配备有宴会厅的礼堂。四周昏暗，我看不真切。审判官消失之后，大门也关上了，紧接着，昏暗的礼堂中央亮起了一盏小灯。一张欧式古典风的椭圆形餐桌正在静候我的造访。桌面的大小甚至让我怀疑：古代皇帝的御膳桌会有这么华丽吗？铺着黑色天鹅绒桌布的桌面上摆满了美食，让人不禁口舌生津。而在餐桌的另一端，一个女人正看着我。

"真有意思，已经很久没有活的灵魂来到这座城堡里了，而且你还带来了让人不悦的旁听者……看来今天将会成为特别的一天。"

我立刻认出了此人的身份。因为在哈迪斯的官殿里，只有一个存在能够担任女主人。我低下头，开口道："尊敬的'至暗之春的女王'，在下荣幸之至。"

"至暗之春的女王"，哈迪斯的妻子、冥界的女王，珀耳塞福涅。

"你竟然知道我的星座称号，真是个懂礼貌的化身。"

"您过奖了。"

"更有趣的是，在听到我的真言后，你的灵魂竟然没有丝毫动摇。"

这么一看，我就算听着星座的真言，也没有什么特别的感受。一般来说，由于巨大的身份等级差异，在听到她说话的一瞬间，我的灵魂就该遭到巨大冲击，甚至直接消亡。而且不久前，光是伟人级星座金庾信的真言，就让我不太受得住……

专属技能"第四面墙"已强力激活。

我还是第一次见到技能通知里用上了"强力"这种词。无论如何，也许是见到的对象太过特别，我的潜意识里更加认为这是"不现实的"了。

"化身金独子，请坐。"

我一边感谢她的盛情款待，一边安静地在她对面坐下。老实说，她真是出乎意料地和善。我缓缓打量着餐桌上的食物，一顿丰盛的晚餐，但对两个人来说，量太大了。

"冥王殿下在……"

"你的突然造访让冥王有些不快，因此，向我说明来意是更好的选择。"

事情还是成了这样吗……我猜到了。毕竟奥林匹斯三大主神这种级别的存在，不可能因为区区一个化身的造访就轻易现身，而且我也不像俄耳甫斯那样擅长演奏里拉琴。

"那个，如果不冒犯的话，我能提一个问题吗？"

"请说。"

"现在这是您的本体吗？"

"当然只是象征体了，我本体所带来的冲击，并非你一介人类所能承受的。"

我静静地打量着珀耳塞福涅的象征体，她正以一个寒碜的老妇人形象示人。真是极致的恶趣味。说实话，我只能产生这样的想法。

"看来上了年纪的女王并不是你喜欢的。"

"并不是出于这个原因。"

她化身为老奶奶还是老爷爷，都不重要。问题是，她化形的这个老妇人，正是第1个任务中，我没能在地铁里救下的那个老妇人。

"要是让你感到不快了，我也能变成别的样子。"

珀耳塞福涅的样貌缓缓扭曲，然后变成了刘尚雅的样子。而且是穿着半遮半露的黑色旗袍、腿上系着吊带袜、化着魅惑眼妆的刘尚雅……

我不知道该看哪里，只好刻意别过脸，说："您还是变成老妇人的样子吧。"

珀耳塞福涅没理会我的话："好像快没时间了，还是聊正事吧。"

"真的可以吗？"我毕恭毕敬地问。

"其实我听狄俄尼索斯说过一些，但如果听当事人亲口说出来，应该会有不同的意义吧。"

我点了点头，浅浅吸了口气，然后一口气说："我想找回一个人的灵魂。不知道您先前是否听说过，我已经做好了交易的准备。"

"找灵魂啊……这倒是久违地让我想起了从前呢。"她垂下眼帘，短暂地陷入了思考。接着，珀耳塞福涅纤长的手指缓缓移动了，她开始切割盘子里的牛排。我耐心地等待着。

肉块被缓缓切开了。然后叉子牢牢插进肉里，餐刀前后移动，小心翼翼地切开了牛排。刀片避开筋，把牛排切得方方正正的，利落的横切面流出诱人的红色肉汁。叉子缓缓移动着，插进了肉块中。看珀耳塞福涅的表情，她似乎是在犹豫要不要吃掉这块肉。就好像早就把我说的话抛到脑后了一样。

我有些焦急地准备说话，但她先张口了。她自然不是为了吃牛排才张口的。

"这个世界上并不存在所谓'灵魂'的东西。"

灵魂并不存在——尽管所有现代物理学家都会认同这句话，但问题是，说出这句话的，是"神"。而且是长期以来，一直在为"灵魂说"辩护的奥林匹斯的神。

我语带嘲讽道："听了这话，柏拉图和亚里士多德都要从坟墓里蹦出来了。"

"那两个孩子也都成了星座，现在应该不在坟墓里。"

"我不是来和您辩论的。"

"我也没有说笑。化身金独子，灵魂并不存在，那不过是渴望自我延续性的人类打造的幻想罢了。"

"那冥界的人又是什么？他们不是灵魂吗？"

她没有回答，而是指着自己刚才切过的牛排："他们就像这个。"牛排被珀耳塞福涅缓缓送入口中。像是美食鉴赏家一般，她花了一些时间来咀嚼口中的肉块。她的嘴唇上沾染了鲜红的肉汁，汁水正闪烁着迷人的光彩："嗯，真是极品啊，要不你也尝尝？"

我眼前也有一模一样的牛排。我低头看着那东西，然后说："不了。"

"你要无礼相待吗？"

"是的，真的很抱歉，但我不得不冒犯您。"

这的确是尝了就会觉得很好吃的东西，因为《灭活法》中用了整整12页来描述这东西的味道。但是，那漫长的描写最后，写着这样的句子：

那之后，直到这次回归结束的最后一刻，刘众赫都在后悔吃下了那个食物。

吃了冥界的食物，就不能回到地表了。像是看透了我的内心所想，珀耳塞福涅笑了："冥界的生活并不如你所想的那般可怕，传说中流传的内容大部分都是假的。只要得到了冥王的允许，多的是前往地表的机会。用你们世界的词语来说，就是类似'职业军人'的存在吧。"

"军队生活是我人生中最可怕的回忆。"

"这样吗？你们国家的雄性们不是动不动就把'还是在军队里打桩[1]吧'挂在嘴边吗？我还以为没什么大不了的呢，看来是我误会了。"也不知道这位其他国家的女神为什么这么了解韩国男人。珀耳塞福涅接着说："化身金独子，你将会得到超出你预期的待遇。"

"那个劝我成为专业下士的行政官[2]也说过类似的话。"

"那个人应该没像我这样用牛排来劝你吧？吃下面前的那块牛排，你知道会发生什么吗？"

"应该会品味到牛的肉汁吧。"

"你将立刻成为'剑术大师'。"

她太过坦然地说出这句话，弄得我一瞬间以为自己听错了。"剑术大师"是去往异界的归来者们通过无尽的努力之后，所能够达到的至高境界。

"还有旁边的那份意面，吃了那个，你就能成为足以平定一片大陆的'大魔法师'。"

这份意面？

"汤呢？当然是能够成为'SSS级猎人'的汤咯。"

这……这原来不是普通的珍馐美味，而是一桌"十全大补宴"啊！我不禁

---

[1] 在军队里打桩：韩国俗语，指的是原本只用短期服役的人，由于就业难等问题，只好继续留在军队里，长期服役。

[2] 专业下士和行政官都是韩国军队里的职称。

咽了口唾沫。只要吃下这一块肉，我就能获得轻松超越刘众赫的力量？

"就算这样，你也不打算吃吗？"

我缓缓移动叉子，准备插进牛排。但就在叉子的尖端即将插入肉块的那一瞬间，我的眼前掠过了几个诡异的场景。那是一个独自练剑的男人的记忆。

——我不能变弱，我要修炼剑术。

——我会努力、努力、拼命努力，变得更强。

——终……终于做到了，我做到了！我做到了！

几个零散的场景一闪而过，我惊讶地放下了叉子。我现在要用叉子插进去的，并不是死去的牛。

"这不会是……"

珀耳塞福涅点了点头："是的，这个小小的肉块，就是人类所相信的灵魂的全部。"

她再次美滋滋地吃下了一块肉。直到这时，我才理解珀耳塞福涅口中说的"将立刻成为'剑术大师'"是什么意思。

"……原来这是一个曾是剑术大师的男人的记忆啊。"

"记忆？不是的。更准确地说，这是……"她挑选完用词，接着说，"故事。"她舔着嘴唇看着我，那目光让我一瞬间起了鸡皮疙瘩，"这是星座们最钟爱的食物。"

7

这句话让我的胳膊上立刻汗毛耸立。食用故事、痴迷于故事的存在——这就是星座的本质。

"所谓死亡，就好比故事的结局。就像被屠宰的牛无法复生那样，死去的人也不可能复活，因为他们的故事都到此为止了。"

"但我知道有一些特殊情况。"

"那是虚假的传说，其实没有特例。"

虚假的……在希腊神话中，有一些惯用套话。

"您能对斯提克斯河发誓吗？"

珀耳塞福涅的脸上第一次出现了愤怒的表情："你相信的灵魂，不过是低等故事团块罢了。"

"我想要的，正是一团低等的故事。"

"在冥界，'回头之人'必定会后悔，你需要学会接受逝去的时间。"

既然她的态度如此强硬，那我也只能掏出我藏着的牌了。

"女王殿下，时间并非一定只能向前流逝，我以为您是知道这一点的。"

瞬间，世界变成了灰色，整个礼堂里都笼罩着杀气，尽管只是短短一刻，但我好像得以一窥珀耳塞福涅的本体了。虽然没有开口，但我真想大喊一声：都这样了，你还好意思说没有灵魂？你看啊，现在我的灵魂都起鸡皮疙瘩了！

涔涔的冷汗浸湿我的后背，杀气总算是消散了。像是什么事都没发生一样，珀耳塞福涅露出一个微笑："呵呵……有意思。你的确像奥林匹斯的孩子们口中所说的'奇异点'。"

但是她的微笑和方才的有一些微妙的差异。就算不说我也能感受到，从现在起，如果稍有不慎，我可能真就要一命呜呼了。

"我知道的可不止这个。我看到了塔尔塔洛斯里那些正在制作中的巨神兵，如果您和我交易，我就把缩短巨神兵制作周期的方法……"

"这种话就不必说了。'巨灵之战'虽是一个重要事件，但就算没有你的帮助，巨神兵也能按时完工。"我瞬间被堵住了话头，现在轮到珀耳塞福涅主导对话了，"不过，要是你告诉我，你的情报是从哪里来的，我倒是可以考虑一下……"

"那不太可能，老实说，我也没信心说清楚。"

虽然很对不起申流承，但这是我无法做出让步的事情。如果公开了这件事，我的计划就全完了。珀耳塞福涅看着我的双眼，估摸着我的回答中包含几分真心，然后她用古怪的语气喃喃道："果然，■■■的■■■是……"

什么？下一刻，星座们的通知在我耳边炸开了。

星座"紧箍儿的囚徒"怀疑自己的耳朵。

星座"恶魔般的火之审判者"睁大双眼。

星座"天空的书记官"责备女王的冒失。

星座"隐秘的谋略家"发出沉吟。

珀耳塞福涅皱起眉头："请各位不速之客安静些。"

我惊讶地问："……您刚才说什么？"

"啊，没什么。"

我发自内心地感到慌张……出现了■。虽然我没法准确说出这个方块的发音，但我刚才听到的话的确是消音后的。那是目前任务中尚未公开的信息，但对已知消音内容的人来说，并不会触发消音效果。我不理解，我可是读完了整本《灭活法》的人，难道还有我不知道的情报吗？不对，那也许是……

"抱歉，娱乐节目就到此为止吧。冥界没有理由与你交易，我也可以动用其他方法查出你的情报。"

餐刀上反射出的光泛着凉意。不知为何，我并不想了解她口中的"方法"具体指什么。

"我忍很久了，你……看起来很美味。"

珀耳塞福涅一瞬间到达我的身前，捏起了我的下巴。我控制着想要立刻踢翻椅子的冲动，露出一个微笑。

"您应该无法承受杀害任务中的化身的后果吧？"

"嗯哼，你还真是小看我了，你觉得我没法承担那点盖然性吗？"

"而且，那些关注着我的星座应该也没法容忍这件事。"

紧接着，珀耳塞福涅嗤笑一声："你觉得冥王会害怕那些上不了台面的星座吗？"

哈迪斯完全有傲慢的资本，不过，"上不了台面"这个词，也不该用得如此随意吧。

星座"紧箍儿的囚徒"挑衅一般地挥动着如意棒。

星座"恶魔般的火之审判者"用冷酷的眼神拿出至高之剑。

星座"隐秘的谋略家"兴奋地煽风点火。

珀耳塞福涅也不甘示弱地释放出自己的气场："这样啊，看来大家都想比画比画?"

一瞬间,礼堂的天花板上开始出现乌云。火红又泛青的火花如同雷电一般劈下,宴会厅各处都蹿起了白色的火焰,星座们在用气势较量。就像是不惜以本体降临一般,珀耳塞福涅的象征体上涌动着巨浪般的光辉。照这样下去,城门失的火就要殃及我这条池鱼了。

我沉着地开口道:"您说过星座们喜欢故事吧。"听到"故事"一词,星座们的气场一瞬间就变弱了,"那么,这个交易如何呢?"

星座"隐秘的谋略家"正在倾听你的话。

珀耳塞福涅看向我。

"如果您肯帮我,我会向您展示这个世界上最有意思的故事,绝对是您刚才吃的那块牛排无法比拟的。"

"是让我吃掉你的意思吗?"珀耳塞福涅的手指向我。

"以您饱尝美食的经历来看,应该不需要继续进食了吧?您应该已经很饱了。"

珀耳塞福涅立刻明白我要说什么,她眼带笑意地说:"不让试吃,就想要回报?"

"我可以让您试闻一下,但如果您现在直接把我给吃了,您的余生都会为此而后悔。"

"为什么?"

"您会想:要是那时候没把那个人类吃了,他现在肯定会变得更好吃。"

珀耳塞福涅的眼神饶有兴致:"你凭什么说得这么肯定?"

"在没有背后星的情况下,我也能够对抗掌管时间的存在。"

珀耳塞福涅的眸子细微地动摇了。

"没有异界神格的帮助,我也铲除了归来者,并且阻止了降临的灾殃。而且到此为止,才经历了区区五个任务而已。"

珀耳塞福涅的上唇略显急躁地包住下唇。

"甚至,我还以生者的灵魂进入了'冥界',和您面对面聊天。您真的不好奇,我之后还会做出什么事吗?"

"你真是能言善辩，不过……"珀耳塞福涅的眼睛一瞪，继续说，"那好像已经不属于'交易'范畴了吧？"

"您当成是'求爱'也行。"

"……什么？"

我咧嘴一笑道："我是认真的，我会展现一个您先前从未见过，并且始终会好奇后续将如何发展的故事。"

说不定我想和星座们做"交易"的想法本就是个错误。反正这些家伙都是被囚禁在"永恒"之中的，不可能真诚地与微不足道的化身做交易。那么，无理取闹——至少，饱含真心的无理取闹——倒是个好办法。而且，就像所有的神话那样，有时比起一百句谎言，神会更为那一捧真心而感动。实际上，她的表情看起来也并不糟糕。

"嗯，有点为难呢，所以才说雄性们……"

"啊，当然，我不是在向您求爱，而是在向'富有的夜晚之父'求爱。"

闻言，珀耳塞福涅的眼睛瞪大了，然后爆发出一阵大笑。她一下就从我身前撤走，坐在餐桌上缓缓跷起腿。似有若无的视线打量着我的全身上下："真有意思。"她用刘尚雅的身体摆出这种姿势……我真怕自己回去之后还会想起这个画面。凝视着空气的珀耳塞福涅缓缓闭上了眼睛，虽然只是短短一瞬，但却沉重得好似过了几个小时。就在我因为沉默的重压而逐渐感到窒息的时候，她终于开口了。

"我将给你布置'试炼'。"该来的终于来了，"你不是说要展现有趣的故事吗？如果你成功了，我会帮你找回你要的那个灵魂。"

接着，系统通知出现了。

收到了新的"隐藏任务"。

说到"试炼"，我倒是想起了好几个神话。这么一看，赫拉克勒斯也曾完成过"十二试炼"来着。

珀耳塞福涅的眼里放着光说："我也想布置一次试炼。这是奥林匹斯的孩子们经常玩的恶作剧，但我的丈夫太过正经，所以我一次也没做过这种事。"

"请问是什么试炼？"

"你的试炼，是砍下蛇的脑袋。"

"……蛇？您说的难道是那条长了许多个头的蛇？"我的声音小心翼翼的，因为"那条蛇"可是一头2级怪兽。

珀耳塞福涅摇头道："我说的并非海德拉[1]。让你去杀那个东西，别人只会说我在效仿赫拉克勒斯，你要杀的蛇在其他地方。"

"但我正在进行这个世界线的任务，不能走太远。"

"不用担心，那条蛇就在你要去的地方。"

珀耳塞福涅轻轻一弹指，半空中就显示出了画面。伴随着"频道已连接"的通知，我意识到这画面是什么东西。原来星座们是在用这种方式看着我们啊。画面中铺满了茂密的绿色丛林，没过多久，我就会知道那是什么地方。因为那里，就是即将开始的第6个任务的舞台。

不过，慢着，那是什么？

"那个，大叔，把这里弄出个能躺下休息的地方呗，你不是很擅长做这种事吗？"

"我擅长的事是地产投资，而不是开垦土地，你个该死的丫头。"

我直勾勾地盯着画面中失踪已久的孔弼斗和韩秀英。怎么会这样？现在应该还没开始第6个任务吧？我感受到珀耳塞福涅正在凝视着我。

"如何，要试试吗？虽然应该会很费力，但这种程度，才能称得上'试炼'吧。"

直到这时，我才打起精神来，因为我这才意识到珀耳塞福涅想要的蛇是什么。我缓缓点了点头。

***

周遭的动静消失后，黑暗席卷了礼堂。独自留下的珀耳塞福涅静静地看着桌上的珍馐盛宴，然后开口道："都撤了吧，一点也不好吃。"一只从黑暗中出

---

[1] 海德拉：希腊神话中，生有九颗头的大毒蛇。

现的手迅速撤走了盘子。珀耳塞福涅看着盘子里的食物全都被扔进了垃圾桶里。剑术大师、SSS级猎人、十阶大魔法师……都是些吃腻了的味道。虚空中的暗影晃动着，一道嗓音传来。

"珀耳塞福涅，你为什么那样做？"那就像是空间本身发出的声音一般。

"噢，我害羞的丈夫，你现在才肯说话呀。"

"我问你，你为什么要那样做？"

"哈迪斯，你想要的不就是这个吗？"

"我没说过。"

珀耳塞福涅凝视着黑暗，说："你从没这样对待过其他化身。但你好像很满意那个孩子，这难道是我的错觉吗？"

"你为什么会这样认为？"

"因为那孩子到冥界的时候，你没有直接杀了他。"

黑暗陷入了短暂的沉默。

"你不是一直都很羡慕宙斯手下有赫拉克勒斯吗？所以这次，我就任性了一回，揣测了你的心思。"珀耳塞福涅低头看了会儿自己的手，然后握起拳头，又松开，她接着说，"老实说，我很惊讶。一个化身屁股后头竟然跟着那么多星座，其中还有我无法招架的存在呢……"

滋滋滋滋的声音响起，或许是因为频道的信号不稳定，直播画面并没有立即出现。

黑暗用寂寥的视线望着频道画面，开口道："不久后，就会出现'日后'的征兆。"

"日后"——听到这个词，珀耳塞福涅的声音里充斥着难以置信、怀疑以及不安："……'日后'真的会到来吗？"

"大概率会。"

"到那时你也会陪在我身边吗？"

哈迪斯没有回答，温柔的黑暗用温暖的气息小心翼翼地包裹住珀耳塞福涅的象征体。感受到黑暗的举动，珀耳塞福涅说："我很好奇那个孩子会展现出怎样的故事。"

画面中显示出金独子正在为了逃出冥界而在黑暗中跋涉的样子。为了不回头，金独子正努力地向前行进。

珀耳塞福涅隐隐笑了，似乎是觉得他很可爱。

图书在版编目（CIP）数据

全知读者视角. 2 /（韩）sing N song 著；杨可意译. --
北京：国际文化出版公司，2024.6（2025.7重印）
ISBN 978-7-5125-1605-2

Ⅰ.①全… Ⅱ.①s…②杨… Ⅲ.①幻想小说 - 韩
国 - 现代 Ⅳ.① I312.645

中国国家版本馆 CIP 数据核字（2023）第 249455 号

北京市版权局著作权合同登记 图字 01-2022-6528

OMNISCIENT READER'S VIEWPOINT
전지적 독자 시점 originally in Korean
By sing N song
Copyright © 2020 by sing N song
All rights reserved.
Simplified Chinese translation rights arranged with MUNPIA through KL Management, Seoul Korea.
Simplified Chinese translation copyright © 2024 by Beijing Xiron Culture Group Co., Ltd

全知读者视角2

作　　者	［韩］sing N song
译　　者	杨可意
责任编辑	张　茜
责任校对	叶　青
出版发行	国际文化出版公司
经　　销	国文润华文化传媒（北京）有限责任公司
印　　刷	河北鹏润印刷有限公司
开　　本	700 毫米 ×980 毫米　　16 开 25.75 印张　　　　　　　400 千字
版　　次	2024 年 6 月第 1 版 2025 年 7 月第 7 次印刷
书　　号	ISBN 978-7-5125-1605-2
定　　价	58.00 元

国际文化出版公司
北京市朝阳区东土城路乙 9 号　　邮编：100013
总编室：（010）64270995　　传真：（010）64270995
销售热线：（010）64271187
传　真：（010）64271187-800
E-mail: icpc@95777.sina.net